बिसासी सुजान

(रीति–मुक्त कवि घनानंद की प्रेमिका सुजान
पर आधारित उपन्यास)

बिसासी सुजान

(रीति–मुक्त कवि घनानंद की प्रेमिका सुजान
पर आधारित उपन्यास)

कथाकार

डॉ. गोपाल नारायन श्रीवास्तव

अवनी पब्लिकेशन्स

नई दिल्ली– 110046

बिसासी सुजान : (रीति–मुक्त कवि घनानंद की प्रेमिका सुजान पर आधारित उपन्यास)

प्रथम संस्करणः 2021

₹ 750

आई.एस.बी.एन. 978–93–82968–98–6

प्रकाशक : **अवनी पब्लिकेशन्स**
आर जेड–45 डी, स्ट्रीट नं. 2
मेन सागरपुर, नई दिल्ली– 110046
दूरभाष– 09891896481
ई–मेलः– avnipublications@gmail.com

शब्द संयोजक : अंजिता ग्राफिक्स, दिल्ली

मुद्रक : बालाजी ऑफसेट प्रिन्टर्स, दिल्ली

भारत से मुद्रित

स्मृति शेष जननी और जनक को हृदयतल से समर्पित

प्रभात स्मरणीय सूरज नारायन श्रीवास्तव एवं सरस्वती देवी श्रीवास्तव
जिनका अनंत वात्सल्य सदैव रहा है मेरी प्रेरणा का उत्स

अनुक्रमणिका

कल्पना ने थामा यथार्थ का दामन

डॉ. गोपाल नारायन श्रीवास्तव

हिंदी साहित्य के दो महाकवि ऐसे हैं, जिनके बारे में कहा जाता है कि वे अपने जीवन में किसी वेश्या पर आसक्त रहे। इन कवियों ने उसके साथ प्रेम विलास भी किया किंतु अंततः वेश्याओं ने उनके प्यार को ठुकरा दिया। ये कवि साहित्य जगत में घनानंद और जयशंकर प्रसाद के नाम से विख्यात हैं। मगर इन कवियों में सबसे बड़ा अंतर यह है कि घनानंद ने 'बिसासी सुजान' की रट लगा दी और खुलकर रोये। यह जग–जाहिर हो गया कि आनंद सुजान के पीछे विक्षिप्त हो गया है। 'बिसासी' का अर्थ भी बड़ा भ्रामक हैं इसे 'विश्वासी' समझने की भूल प्रायः पढ़े–लिखे लोग भी कर बैठते है जबकि 'बिसासी' का अर्थ है– जिस पर विश्वास न किया जा सके।

जिन साहित्य अनुरागियों ने 'सुजान हित' पढ़ा है और उसकी भाव विदग्धता को समझा है, वह उस 'प्रेम की पीर' से जरूर मुतासिर हुए होंगे जिसे लाला आनंद सिंह भटनागर उर्फ़ घनानंद ने अपने जीवन में भोगा। इसलिए अगर वह कहते हैं कि..... 'लोग हैं लागि कवित्त बनावत, मोहिं तो मेरे कवित्त बनावत' तो यह कथन बिलकुल सही है।

दूसरी ओर प्रसाद कट्टर अंतर्मुखी हैं। उन्होंने 'आँसू' काव्य में अपनी प्रेमिका के साथ संयोग–वियोग, पीड़ा तथा आँसू की बात तो की, परंतु छायावाद की चाशनी में लपेट कर। उसमें सारी व्यथा–कथा रूपक–द्वय (METAFER AND ALLI GORY) मानवीकरण, मानसिक रूप

(PATHETI C FALLACY), विशेषण विपर्यय (TRANSFERED EPI THET) के जाल में इस कदर उलझी है कि आम पाठक उसका सही आस्वाद नहीं ले पाता। इसका कारण यही था कि वे अपने प्रेमास्पद को प्रकाश में नहीं लाना चाहते थे। उनके इष्ट मित्र जो जानते थे, उन्होंने भी गोपनीयता की ऐसी शपथ उठाई कि आज तक किसी को यह नहीं पता चल सका कि उसका नाम–धाम क्या था ?

आनंद या तो अन्तर्मुखी न थे या फिर उनका प्यार इतना बदनाम हो चुका था कि उन्हें छिपाने की जरूरत ही नहीं थी। वे खुले आम घोषणा करते हैं कि –

'घन आनंद जीवन मूल सुजान की कोंधन हू न कहूँ दरसे।
सु न जानिये धौं कित छाय रहे, दृग चातक प्रान तपै तरसैं।।

– सुजान मूल /77

कालेज के दिनों में 'घनानंद' मेरे पसंदीदा कवि थे। तब मैं उनकी संयोग शृंगार संबंधी छंदों से उतना परिचित नहीं था। घनानंद को आचार्य बनने की कोई लालसा नहीं थी न उन्होंने लक्षण ग्रन्थ रचे। वे विशुद्ध रूप से 'प्रेम की पीर' के कवि हैं। शाह–ए–हिंद की मलिका–ए–तवायफ सुजान से उनका प्रेम मेरी समझ में इकतरफा नहीं था। इस दावे की पुष्टि अंतर्साक्ष्य के रूप में स्वयं घनानंद की उन तमाम रचनाओं से होती है, जो संयोग शृंगार पर आधारित हैं। जैसे –

1– बोलत बधाई दौरि–दौरि कै छबीले दृग
दशा शुभ सगुनौती नीकै इनपै पढ़ी।
कंचुकी तरकि मिलै सिरकि उरज, भुज
फरकि सुजान चोप चुहल महा बढ़ी – सुजान हित/76

2– पौढ़े घन आनंद सुजान प्यारी परजंक
धरे धन अंक तऊ मन रंक–गति है।
भूषन उतारि अंग अंगहि सम्हारि, नाना
रूचि के विचार सों समोय सीझी मति है – सुजान हित/69

इसके अतिरिक्त सुजान ने भी अपनी कविताओं में स्वयं इस प्रेम को स्वीकार किया है। हालाँकि विद्वान् इन कविताओं को लेकर भ्रम में हैं कि ये रचनायें किसी और सुजान की तो नहीं हैं। इस परिकल्पना में काफी किंतु–परंतु (IF & BUT) है। हिंदी साहित्य के इतिहास में केवल एक ही सुजान चर्चा में है और उन्हें हिंदी के अध्येता जानते हैं। अतः जो कवितायें 'सुजान' के तखल्लुस से मिली हैं और जिनमें प्रेम की स्वीकारोक्ति भी है उसे संदेह से देखने का कोई समीचीन कारण प्रतीत नहीं होता। भला इन पंक्तियों को कोई कैसे नकार सकता है, जो घनानंद की समकालीन भी मानी जाती हैं।

1– यह बीनति मेरि 'सुजान' कहै चित दै इत तौ पुनि लैबो करो।
कबहूँ प्रिय आव, तबै सुधि लेन, दया करिके इत ऐबो करो।
– रीतिकाल के कवि घनानंद की हिंदी साहित्य को देन, हनुमंत बाबूराव रणखांब, पृष्ठ 21

2– प्रीतम तोहिं 'सुजान' कहै कछु मोहनि पीठि प डारिय मानो।
नेह लगाय क पीठ न दीजिय आनंद या विनती उर आनो।
– रीतिकाल के कवि घनानंद की हिंदी साहित्य को देन, हनुमंत बाबूराव रणखांब, पृष्ठ 22

वास्तविकता जो भी हो, उसका पृथक से संधान करना शोध का विषय हो सकता है। पर एक उपन्यास रचने के लिए यह सामग्री बड़ी उपयोगी है। जिसने भी घनानंद का 'सुजान हित 'गंभीरता से पढ़ा होगा, वह एक बार यह सोचने को अवश्य मजबूर हुआ होगा कि आखिर यह सुजान नाम की तवायफ क्या बला थी, जिसके लिए घनानंद जैसा गुणी विद्वान् पागलों की भांति रोता रहा। घनानंद के 'प्रेम की पीर' पढने की नहीं अपितु समझने की चीज है। लौकिक प्रेम क्या इतना उद्दाम हो सकता है ? किसी एक नारी से ऐसी मुहब्बत जो तवायफ हो और वह कालजयी चरित्र बन जाए। वियोग का अगर कोई मूर्त्त रूप है तो वह निश्चय ही घनानंद के काव्य में उपलब्ध है।

आचार्य विश्वनाथ प्रसाद ने 'घनानंद और आनंदघन ग्रंथावली' रचकर इस कवि के साथ बड़ा उपकार किया और घनानंद/आनंदघन नामक तीन कवियों से परिचय कराया। इन कवियों में आपस में कोई संबंध है अथवा नहीं, वह अलग विषय है पर इस ग्रंथावली में जो प्रेमी घनानंद हैं, वही रीति मुक्त घनानंद का असली स्वरुप है। इस कवि की तमाम रचनाओं में से अकेले 'सुजान हित' से ही सुजान के बारे में काफी जानकारी मिल जाती है। यद्यपि सुजान का पूरा इतिवृत्त उपलब्ध नहीं है, पर जितना कुछ अंतःसाक्ष्य और बहिर्साक्ष्य से मुझे मिला उसमें कल्पना का रंग चढ़ाकर मैंने इस उपन्यास का ताना–बाना तैयार किया है।

प्रश्न यह है कि लाला आनंद के स्थान पर सुजान को केंद्र में क्यों रखा गया ? सच्चाई यह है कि आनंद ने तो सुजान के बारे में काफी कुछ कह दिया है। पर आनंद के बारे में अधिक जानकारी उपलब्ध नहीं है। मुझे यह भी लगा कि हिंदी के अनुरागी आनंद से कहीं अधिक सुजान के बारे में जानने को उत्सुक होंगे। सुजान को केंद्र में रखकर आनंद के चरित्र पर भी अच्छा प्रकाश पड़ने की संभावना थी। सुजान किन परिस्थितियों में 'बिसासी सुजान' हो गयी, इसका भी समाधान मुझे खोजना था। कुछ इसी उहापोह में मेरी कल्पना ने यथार्थ का दामन थामकर इस उपन्यास का रूप ले लिया।

मेरे पूज्य गुरुवर डॉ. पाण्डेय रामेन्द्र, जो मेरे अन्तर्यामी भी हैं, इस समय काफी वृद्ध और अस्वस्थ हैं। नियति के इसी मोड़ पर एक पुत्र और एक शिष्य निरुपाय हो जाता है। उनका अजस्र स्नेह मुझे बराबर मिलता रहता है। इस उपन्यास की रचना में उनका ही आशीष फलीभूत हुआ है, यह मेरी दृढ़ मान्यता है।

इस उपन्यास में निश्चय ही तमाम कमियाँ भी होंगी। विद्वतजन इसके लिए मुझे क्षमा करेंगे। मानस की एक पंक्ति है– 'जे पर भनिति सुनत हरषाहीं। ते नरवर थोरे जग आहीं।'

तुलसी का यह कथन ही मेरा पाथेय है। सादर।

मकर संक्रांति, 2020

537 ए/005, महाराजा अग्रसेन नगर
निकट डॉ. पंवार चौराहा, सीतापुर रोड़
लखनऊ –226013

सुजान हित में आये 'बिसासी' शब्द के कुछ उद्धरण

मची है चहल चहुँ दिशि चोप चांचरि सो
कासों कहों सहों हौ वियोग झकझोर कों।
मेरे मन आली वा बिसासी बनमाली बिन
बावरे लौं दौरि–दौरि परे सब ओर कों।।

–सुजान हित / 409

घनानंद जीवन दायक हौ, कछु मेरियो पीर हिये परसो।
कबहू वा बिसासी सुजान के आँगन मो अंसुवानहिं लै बरसो।।

–सुजान हित / 337

क्यों कर थाह लहै घनानंद चाह–नदी तट ही अति औंड़ी।
हाय दई न बिसासी सुनें कछु है जग बाजत नेह की डौड़ी।।

–सुजान हित / 170

ये मंडरात तऊ घनानंद जीवन मूरत जान कहाँ है ?
हाय दई न बसाय बिसासी सो ठौर रहेन को ठौर कहाँ है ?

–सुजान हित / 159

अब तो उर मांहि बसाय के मारत ए जू बिसासी कहाँ धौं बसे

–सुजान हित / 313

अथ

पूर्वाह्न का समय था। धूप में तेजी आने लगी थी। आसमान साफ़ था। पक्षियों ने अपने घोसलों से परवाज भरना बंद कर दिया था। हवा धीमे–धीमे बह रही थी, पर उसका तापमान सामान्य से अधिक था। ऐसे नीम–गर्म मौसम में देहात की कच्ची सड़क पर चार कहार अपने कंधों पर एक पालकी उठाये तेजी से अपने गंतव्य की ओर भागे जा रहे थे। सबके हाथों में एक–एक मजबूत लठ्ठ था, जिससे वे अपना संतुलन बनाकर चल रहे थे। अपने सफ़र के श्रम को बहलाने के लिए वे सब मोहक स्वर में कहार–गीत गा रहे थे –

भा भिनुसारा चलै कहारा, होतहिं पाछिल पहरा रे।
सखी जी गावहि हुडुक बाजाहिं हंसि के बोला महरा रे।।
हुडुक तबर को झांझ मंजीरा, बांसुरि महुआ बाजै रे।
सबद सुनावा सखिनन्ह गावा, घर–घर महरी साजै रे।।

इन कहारों और पालकी के समानांतर अरबी घोड़े पर सवार एक अधेड़ सा आदमी भी चल रहा था। वह रेशमी कुर्ती और सफ़ेद धोती पहने था। उसके सिर पर एक सफ़ेद पगड़ी बँधी थी। एक तलवार भी उसकी कमर से नीचे लटक रही थी। पालकी के अवगुंठन से किसी नारी के कराहने की आवाज आ रही थी।

'थोड़ा धीरज रखो, बेगम।' –अधेड़ ने पालकी के अंदर बैठी नारी को लक्ष्य करते हुए कहा– 'नैया तक आ गये हैं। आगे अहिरन का पुरवा है। उसके बाद ही वैद्य जी का गाँव है।'

पालकी से कोई जवाब नहीं आया। अलबत्ता कराहने की आवाज़ बदस्तूर आती रही। गर्मी के दिन थे इसलिये नैया में पानी गहरा नहीं था। कहार उसे आराम से पार कर सकते थे। मगर कहार थक चुके थे। उनमें से एक ने हिम्मत कर कहा –'मालिक, तनिक सुस्ताय लिया जाय। नैया का पानी जूड़ है। हाथ–पाँव धो लेंगे तो थकान मिट जावेगी और थोड़ी सी तरावट भी आय जावेगी।'

अधेड़ के पास कोई विकल्प नहीं था। कहार सचमुच थक चुके थे। उसने अनिच्छा से अनुमति दे दी। कहारों ने नैया के पानी में अर्धस्नान किया। अपने सिर पर बंधे अंगौंछे से सबने थोड़ा गुड़ निकाला। उसे खाकर नैया का पानी पिया। इस दरम्यान वह अधेड़ व्यक्ति नैया के किनारे एक टीले पर बैठ कर सुस्ताता रहा। कहारों ने तरोताजा होकर ज्योंही पालकी फिर से उठायी, उन्हें दूर से आता एक शोर सुनाई दिया। बहुत से निहत्थे लोग भाग रहे थे। कुछ अरहर के खेतों में जा छिपे। कुछ ने नैया के कगारों में शरण ली। कुछ भागते ही चले गये। इतने में घोड़ों पर सवार आठ सिपाही वहाँ प्रकट हुए। यह मुग़ल सेना के निरंकुश सिपाही थे, जो अकारण ही प्रजा को लूट लिया करते थे।

अधेड़ व्यक्ति ने हाथ जोड़कर विनती की– 'जनाब मेरी बेगम हमल से है और बहुत सख्त बीमार है। मैं उसे वैद्य जी के पास लेकर जा रहा हूँ। खुदा के वास्ते जनाब, हमें बख्श दें।'

'बीबी के इलाज को जा रहे हो तो बड़ा ज़र होगा तुम्हारे पास, वह हमें दे दो फिर बेशक जाओ।'– एक खूँखार दिखने वाले सिपाही ने कहा।

'थोड़े से सिक्के हैं, पर वह इलाज के लिए हैं।' –अधेड़ गिड़गिड़ाया।

'पैसे निकालता है या तेरा सिर कलम करूँ।' –दूसरे ने अपने जूते की नोक अधेड़ के सीने में अड़ाकार कहा।

'खुदा के लिए हम पर रहम करो।'– पालकी के अंदर से महिला की कराहती आवाज़ आयी। लेकिन सिपाहियों को रहम नहीं आया। अधेड़ की मनःस्थिति यह थी कि यदि वह पैसे दे देता तो फिर इलाज कैसे करा

पाता। यही बात उसने सिपाहियों से कही –'पैसे दे दूँगा तो इलाज काहे से कराऊंगा, जनाब ?'

'जनाब के बच्चे हमसे जुबान लड़ाता है। जानता नहीं हम आलमगीर मुइनुद्दीन अहमद औरंगजेब (शा.का.1658–1707 ई०) की फ़ौज के सिपाही हैं।' –सिपाही ने इतना कहकर जूते की एक जोरदार ठोकर अधेड़ के सिर पर मारी। अधेड़ वहीं खड़े–खड़े उलट गया। उसने किसी तरह अपने को सँभाला। अब उसके पास दूसरा कोई रास्ता नहीं था। अचानक उसने तड़पकर अपनी तलवार निकाल ली। सिपाही अधेड़ की इस हरकत पर आग बबूला हो गये। उन्होंने भी तलवारें तान लीं।

मौके की नजाकत देखते हुए स्वामिभक्त कहारों ने भी लाठी भाँजना शुरू किया। लाठी के सिरे पर लोहा लगा था। इसलिए आनन–फानन दो सिपाहियों के सिर फट गये और वे कटे वृक्ष की भाँति घोड़े से गिर पड़े। फिर क्या था बाकायदा युद्ध होने लगा। अधेड़ भी मामूली नहीं था। उसके दांव देखकर सिपाही सकते में आ गये। अधेड़ ने दो सिपाहियों को मौत की नींद सुला दिया। इस बीच कहारों की लाठी से दो सिपाही और मारे गये। बदले में तीन कहार भी शहीद हुए। एक सिपाही ने मौक़ा ताड़कर अपना भाला अधेड़ के सीने में उतार दिया। यह देखकर महिला ने पालकी से बाहर आने की कोशिश की पर उसे प्रसव की उठती पीड़ा ने बेदम कर दिया। आखिरकार चौथा कहार भी मारा गया। बचे हुए सिपाहियों ने महिला की प्रसव–पीड़ा देखकर उसे मारने का विचार त्याग दिया। उन्होंने अधेड़ की तलाशी ली और जो भी रुपया–पैसा मिला, उसे लेकर चंपत हो गये।

इस खूनी संघर्ष से नैया का पानी लाल हो गया। कुछ ही देर में वहाँ चील, कौए और गिद्ध आ गये। उन्होंने लाश को नोचना शुरू कर दिया। धीरे–धीरे पूर्वाह्न से शाम हो गयी। हालाँकि अँधेरा होने में अभी देर थी। इस बीच कब प्रसव संपन्न हुआ कब बच्चे की रोने की आवाज़ हवा में गूँजी, कब वह आवाज़ बंद हो गयी, कहना कठिन है। वहाँ की घोर निस्तब्धता तब भंग हुयी। जब बैलगाड़ी का एक काफिला वहाँ आया और यह भयानक दृश्य देखकर ठिठक गया।

(2)

'बैलगाड़ी क्यों रोक दी रे बैजुआ?'

एक रोबदार महिला–स्वर गूँजा।

'नैया आय गयी है सरकार।'– बैजू ने स्थिति को समझने का प्रयास करते हुए उत्तर दिया।

'तो कौन आफत आय गयी। बैलवा पियासे हैं का ?'

'बैलन का हाल तो बाद माँ द्याखा जाई सरकार। मगर हियाँ बड़ा गड़बड़ लगत है।'

पीछे की बैलगाड़ियों में कुछ रक्षक थे। वे अपने भाले और तलवार लेकर बाहर आ गये।

'हियाँ कछू मारकाट हुयी है। पाँच अध–खायी लहाशें पड़ी हैं। तमाम गिद्ध–कौए मंडराय रहे हैं।' –एक ने कहा।

'अरे एक डोली भी जमीन मां धरी है।'– दूसरे ने कहा।

'अरे अम्मी, यह गाड़ी क्यूँ रुक गयी?'– एक लड़की का स्वर उभरा।

'देखती हूँ बेटी।' –महिला उठ खड़ी हुयी। उसने अपना लहँगा लपेटा और बैलगाड़ी से कूदकर नीचे आ गयी।

'का हुआ बैजुआ ?'– महिला ने पूछा।

'डोली माँ कौनो जनाना होई। कैसे देखी ?'

'ओ हो, बड़ी शर्म आ रही है। माँ–बहन नहीं देखी का कभी। जाके देख मर गयी है या ज़िंदा है?'

बैजू ने हिम्मत की। उसने डोली का पर्दा हटाया। अगले ही पल उसके मुख से चीख निकल गयी।

'अब क्या हुआ रे, भंडुये ––?'– चीख सुनकर महिला ने कहा।

'सरकार महिला ने एक बच्चा जना है। दोनों बेहोश जान पड़त हैं।'

'सत्यानाश –––।' –महिला ने अकुलाहट भरे स्वर में कहा– 'अरे सुलतान, तू ज़रा देख बेहोश हैं कि मर गये हैं, ससुरे।'

'देखता हूँ बाई जी।'

सुलतान ने मुआइना किया और जोर से बोला –'बाई जी, बड़ा अजीब मंजर है। औरत मरने के कगार पर है। पर बच्चा अभी गरम है।'

'यह बच्चा–बच्चा क्या ? देख लड़की है या लड़का। लड़का है तो मरने दे हरामी के पिल्ले को और अगर लड़की है तो हमारे काम की है, उसे यहाँ लेकर आ। बुढ़ापे में यही हमें कमा के खिलायेगी।'

'मैं कमाकर खिला तो रही हूँ न अम्मी।'– अचानक उस लड़की की आवाज़ आयी, जो बैलगाड़ी में पहले से मौजूद थी।

'हाँ, लाडो, तू खिला तो रही है। पर डेरेदार का क्या भरोसा कब किसी रईस के यहाँ फुर्र हो जायें। वैसे भी तवायफों की कद्र ज्यादा दिनों तक नहीं रहती। सो बुढ़ापे के लिए सोचना पड़ता है न, बच्ची।'

लड़की ने सुना पर कुछ नहीं बोली। इतने में सुलतान ने अवगत कराया –'लाऊं कैसे ? अभी तो नाल जुड़ी है। बिटिया है किसी की ?'

'हाय––– अल्लाह।'– महिला के मुख से निकला –'अरे गुलाराबानू, ज़रा चाकू तो निकाल।'– महिला ने उसी लड़की से कहा।

डेरेदार के रक्षकों ने उस स्थान को घेर लिया था। अनुभवी बाई पालकी तक गयी और अपने काम में जुट गयीं। थोड़े से प्रयास के बाद वह नवजात को लेकर बैलगाड़ी तक वापस लौट आयीं –'औरत तो नहीं बच पायी पर यह बच्ची सलामत है। गनीमत है कि औरत ने अभी दम तोड़ा इसलिए जहर नहीं फैला। पर अब इसे दूध कहाँ से दें और कैसे दें ? इसे तुरंत कुछ तो मिलना चाहिए।'

'अम्मी, हम जहाँ जा रहे हैं। इस सब चक्कर में वहाँ समय से नहीं पहुँच पाएंगे तो–––

मुजरा करने में देर होगी और राजा साहब बेवजह नाराज होंगे ?'

'अरे राजा की तो –––।' – महिला गाली देते–देते रुकी – 'इस खुदा की नेमत को देखें या राजा साहब को। हम भी डेरेदार हैं। ऐसी वैसी नाहीं हैं। फिर तेरी नजर का तो एक तीर ही काफी है। है न–––?'

'ऊँ अम्मी तुम भी –––––––।'– लड़की धीरे से हँसी। कुछ देर चुप रहकर लड़की फिर बोली–'अम्मी, यह लड़की तुम्हें खुदा की नेमत लग रही है अगर यह लड़का होती तो तू इसे मरने के लिए छोड़ देती।'

'नहीं तो, किसने कहा। मैं ऐसा हरगिज न करती।'

'पर तुमने सुलतान से कहा था कि लड़का हो तो मरने दे हरामी के पिल्ले को।'

'अरी बिटिया माँ–बाप औलाद को कोसते हैं तो क्या वे सचमुच उनका अनभला चाहते हैं। कुछ बातें हम तवायफों की जुबान से यूँ ही निकल जाती है।'

इसी समय एक धुनियाँ उधर से गुजरा। उसके कंधे पर धुनकी थी और हाथ में डंडा। बैलगाड़ी के रुके हुए काफिले को देखकर वह ठिठका और जायजा लेने लगा कि माजरा क्या है ? थोड़ी ही देर में

उसकी समझ में आ गया कि यह किसी डेरेदार तवायफ[1] का ताम–झाम है।

'बाई जी, सुस्ताय रही हो। कहाँ है आज मुजरा ?'

'हराम के जने, तुझे इससे क्या ? डेरेदार के मुँह लगता है। इतनी औकात है तेरी ?

'अम्मी, काहे बेमतलब उलझ रही हो ?'– लड़की ने मना किया।

'उलझना जरूरी है, वरना ये छोटे लोग सिर पर सवार हो जाते हैं।'

'नहीं, बाई जी।'– धुनकी ने कहा– 'आप बड़े लोग हो सरकार। आपका डेरा हियाँ रुका था सोय पूछ लिया।'

'तो ठीक है, अब जा।'– महिला ने रुआब से कहा। धुनकी ने अपनी धुनक सँभाली और चलने को हुआ। अचानक उसकी आँखे फ़ैल गयीं– 'हियाँ कुछ मार–काट भई है का, चिथड़ा भई लाशें फ़ैली हैं ?'

'हाँ, हुयी है।' –एक रक्षक ने जोर से कहा– 'पर तुझे क्या तू अपने काम से जा।'

'जाता हूँ भाई।'– धुनक ने भयभीत होकर कहा। तभी बाई को जैसे कुछ याद आया –'अरे सुन रे, हो धुनकवा।'

1– डेरेदार तवायफें बड़ी सम्मानित मानी जाती रही हैं। ये प्रायः कमसिन होती थीं और देह का व्यापार नहीं करती थीं। ये किसी राजा या रईस के आश्रित होती थीं और उनके साथ पत्नी की भाँति रहती थीं। हालाँकि उन्हें पत्नी का दर्जा नहीं प्राप्त था। पर इनके बेटों को पिता की संपत्ति में हिस्सा मिलता था। इनके शान और ठसक की कहानियाँ इतिहास में दर्ज हैं। इनका डेरा बहुत बड़ा होता था। उसमें सेवक, साजिन्दे और रक्षकों की एक छोटी सेना होती थी। आश्रयदाता जिन्हें 'सरफराज' कहा जाता था वह इनका खर्चा उठाते थे और रहने के लिए आलीशान महल या कोठियाँ देते थे। इनका विस्तृत विवरण अमृतलाल नागर की पुस्तक 'ये कोठेवालियां' में मिलता है। –लेखक

धुनकी ठिठक गया। उसने प्रश्नवाचक निगाहों से बाई की ओर देखा।

'यहाँ पास में कोई गाँव है, जहाँ गाय का दूध मिल सकता है।'

'हाँ, है आगे अहिरन का पुरवा है। नैया के पार थोरी ही दूरी पर है।'

'ठीक है, अब तू जा, अरे रुक ज़रा।'

'तेरे धुनकी में कुछ रुई तो होगी ?

'नाहीं है सरकार। थोरी–मोरी चपकी होयगी।'

'अरे तो हमें भी सेर भर कहाँ चहिए। चुटकी भर में काम चल जाएगा।'

'तो ई लो सरकार। अब हम जाईत है।'

'हाँ, जाओ।'

'अम्मी यह रुई कान में लगाओगी क्या ?'– लड़की ने पूछा।

'धुत पागल, इस बच्ची को मैं अपना दूध पिला नहीं सकती और तेरा तो अभी उतरा ही नहीं। तो अब यह रुई के फाहे से गाय का पानी मिला पतला दूध पियेगी। अल्लाह ने चाहा तो बच्ची जी जायेगी। पर सच पूछो तो बड़ा ही कठिन काम है, इस बच्ची को जिंदा रखना।'– बाई ने बच्ची को सीने से लगाते हुए कहा।

अब तक बैजू और उसके साथी गाड़ीवान बैलों को पानी पिला चुके थे। बैलों ने पुआल भी खा लिया था।

'सरकार अब तो चट्टे चल दिहा जाए। देर करब ठीक नाहीं होई।' – बाई के ख़ास नौकर ने कहा।

'हाँ, जल्दी–जल्दी हाँको।'– बाई ने कहा और बच्चे को गोद में लेकर बैलगाड़ी में जा बैठी। औरत की छाती की गर्मी पाकर बच्ची धीरे से कुनमुनायी। बाई ने संतोष की साँस ली।

'अल्ला हाफिज।'– उसके मुख से निकला।

(3)

अहिरन का पुरवा एक छोटा सा गाँव था। मुश्किल से तीस घर रहे होंगे। यहाँ अहीरों की आबादी शायद ज्यादा थी, इसीलिए इसे अहिरन का पुरवा कहा जाता था। डेरेदार तवायफ गुलाराबानो का काफिला जब उस गाँव में पहुँचा, तब तक अँधेरा फैलने लगा था। गाँव में सन्नाटा छाया था। फ़ौज के सिपाहियों ने यहाँ भी लूटपाट की थी। पूरे गाँव में यहाँ–वहाँ खून फैला था, जो जम चुका था। डर के मारे सब ग्रामवासियों ने अपने घरों के दरवाजे बंद कर रखे थे। केवल उनके ढोर बाहर अपने–अपने थानों में बँधे थे। इनमें अधिकतर भैंसें थीं। कहीं–कहीं पर गाय भी दिख जाती थी।

बाई ने पहुँचते ही बैजू को हुक्म दिया कि वह किसी का भी घर खुलवाकर एक गिलास गाय का दूध ले आये। आधे घंटे बाद बैजू ने आकर सूचना दी कि किसी भी आदमी ने घर का दरवाजा नहीं खोला, इसलिए दूध नहीं मिल सका। बाई को इस बात पर आश्चर्य नहीं हुआ। मुग़ल सम्राट आलमगीर मुइनुद्दीन मुहम्मद औरंगजेब के अमल में सिपाहियों द्वारा आम जनता को लूटना आम बात हो गयी थी।

बच्ची को होश आ गया था। बाई उसे अपना सूखा स्तन पिलाकर बहलाने का प्रयास कर रही थी। बैजू के जवाब पर उनके मन में आया कि यह कोई चतुर इंसान तो है नहीं। इसलिए क्यों न सुलतान को भेजा जाए। यह विचार आते ही उन्होंने सुलतान को हुक्म दिया कि वह किसी

भी तरह कोशिश कर एक गिलास गाय का दूध ले आये। आधे घंटे बाद सुलतान भी बैरंग वापस आ गया। इधर बच्ची का बुरा हाल हो रहा था। बाई को बड़ा क्रोध आया। उन्होंने बच्ची को गुलाराबानो के सिपुर्द किया और अपना लहंगा समेटकर बैलगाड़ी से कूदकर नीचे उतरी। इस बार वह खुद गिलास लेकर गाँव में प्रविष्ट हो गयी।

एक अच्छा सा घर देखकर उन्होंने कुंडी खटकाई। अंदर से एक उकताई हुयी आवाज आयी –'अरे बाबा कह तो दिया कि घर में गाय का दूध नाहीं है। कौनो दूसिरा घर देख लो भाई।'

'मगर आप दरवाजा तो खोलिए। हम डेरेवालियाँ हैं, तनिक गरज है नहीं तो हमारे यहाँ एक इशारे में लोग नाक के बल खड़े हो जाते हैं।'

'तुम जो भी हो दूसरा घर देखो। हियाँ दरवाजा नाहीं खुली।'

बाई को बड़ा गुस्सा आया। उनका इलाका होता तो वह यह उपेक्षा कतई बर्दाश्त न करतीं। पर यहाँ उनका कोई जोर नहीं था। बाई ने दूसरे घर की कुंडी खटकाई। इस घर के सामने छप्पर के नीचे भैंस के साथ गायें भी बंधी थी। अंदर से कोई आवाज नहीं आयी। बाई ने जोर से देर तक कुंडी बजाई तो अंदर से किसी मर्द की आवाज आयी –'सुबह आइयो, इस समय दूध खत्म होय चुका है।'

'मगर मेरी बात तो सुनो। मैं डेरेवाली हूँ।'

'काहे मजाक करती हो, कहीं राजा गरीब के दुआरे आवत हैं। हमका माफ़ करो माई।'

बाई से कुछ कहते नहीं बना। वह आगे बढ़ गयी। उन्होंने फिर एक मकान में दस्तक दी।

'कौन है ?' अंदर से मरदाना आवाज आयी।

'मैं हूँ डेरेवाली। थोड़ा गाय का दूध चाहिए।'

'ओ हो, डेरेवाली। ये मुँह और मसूर की दाल। आगे जाओ यह ठाकुर भुजंग सिंह का घर है, किसी अहीर का नहीं।'

बाई को कुछ समझ में नहीं आ रहा था कि वह क्या करें? उन्हें निराशा होने लगी। अचानक एक घर से उसे कुछ आवाजें आती सुनायी दीं। वह उस घर की ओर बढ़ गयी। पास पहुँचने पर पता चला कि उस घर से रोने की आवाज आ रही थी। बाई ने हिम्मत कर दरवाजा खटखटाया। अंदर से कोई जोरों से चीखा –'हमार बिटवा का मार दिहेव। अब का हमार प्राण लेहो। जाओ भागो। भले दरवज्जा तोडि देव पर हम नाहीं खोलब।'

रोने की आवाज और तेज हो गयी। बाई का मुख लटक गया। अब तो इस बच्ची को भगवान ही बचा सकते हैं। बाई यह सोच ही रही थी कि उनका चेहरा चमक उठा –'धत तेरे की। पहले यह बात क्यों नहीं सूझी?'

बाई तुरंत लौट पड़ीं। कुछ ही देर में वे अपने काफिले में आ गयीं।

'काम हुआ मालकिन ?'– सुलतान ने पूछा।

'नहीं अभी नहीं हुआ। पर अब उम्मीद बन गयी है। यह बताओ तुममें से कोई दूध दुहना जानता है?'

'अरे, ई काम तो बैजुआ ही कर सकत है।' –सुलतान ने कहा।

'तब ठीक है।' –बाई की साँस में साँस आयी –'अरे बैजू इधर तो आ।'

'हाँ मालकिन, हुकम ?'

'देख बैजुआ, ये ससुरे या तो बहुत डरे हैं या बड़े कमीने हैं। ये दरवाजा नहीं खोलेंगे। पर इनके ढोर ज्यादातर बाहर ही हैं। तू दूध दुहना जानता ही है। बस किसी तरह आधा गिलास दूध दुह के ला। मैं तुझे बढ़िया दारू पिलाऊँगी।'

दारू का नाम सुनकर बैजू के मुख में पानी आ गया। वह गिलास में पानी लेकर फ़ौरन गाँव की ओर भागा।

'अम्मी, ये तेरी बच्ची रो भी रही है और मेरी छाती भी गीला कर रही है।'– गुलाराबानो ने उकताकर कहा।

'बस थोड़ा और सब्र कर बेटी। बचाने वाले के हाथ लंबे होते हैं। अल्लाह चाहेगा तो अब काम बना ही समझो।'

काम सचमुच बन गया। बैजू पूरा गिलास भर कर ले आया। बाई ने बैलगाड़ी में बैठकर बच्ची को अपनी गोद में लिया और गुलारा से कहा ज़रा दूध में उतना ही पानी डालकर इसे पतला करो। कुछ देर के बाद जब रुई के फाहे से दूध की कुछ बूँदें बच्ची के हलक से नीचे उतरीं तो उसका रोना धीरे–धीरे थम गया। अब तक सुलतान ने लालटेनें जलाकर बैलगाड़ियों के नीचे लगवा दीं। बाई की बैलगाड़ी में तेज रोशनी का प्रबंध हुआ। बच्ची के सहज और शांत होने पर बाई ने हुक्म दिया –'अब चलो भाई देर मत करो। राजा साहब परेशान होंगे।'

'अब राजा की याद आयी।'– गुलारा ने ताना मारा –'जब आपकी बच्ची टन्न हो गयी तब।

'चुप मुँहजली, यह सोच इस नन्हीं सी जान ने कितना झेला?'

(4)

गुलाराबानो ने अपनी दासियों से हाथ और पैरों में मेंहदी रचवायी। दासियों ने बेहतरीन बेल–बूटे बनाए। गुलारा मन ही मन प्रमुदित हुयी। वह मेंहदी सुखाने की गरज से अपने महल के ऊपरी माले के पूर्वी झरोखे पर जाकर एक ऊँची कुर्सी पर बैठ गयी। महल के नीचे वाले माले में बानो की दासियाँ और रक्षक रहते थे। गुलारा महल के बाहर का दृश्य देखने लगी। यह महल उसे राजा साहब शिकारपुर ने रहने के लिए दिया था। यहाँ उसकी देख–रेख और सुख–सुविधा के लिए सैकड़ों दास और दासियाँ तैनात थीं। वैभव का ऐसा कोई सामान नहीं था जो, इस महल में न हो। राजा साहब ने अपनी प्रिय प्रेयसी गुलाराबानो की शान में कोई कमी नहीं रखी थी। जिस दिन बाई को वह बच्ची मिली थी, उस रात गुलारा ने राजा साहब के खासमहल में एक मुजरा पेश किया था। इस मुजरे की धमक बहुत दूर–दूर तक गयी। स्वयं राजा साहब इतने मुतासिर हुए कि उन्होंने गुलारा को अपने पास स्थायी रूप से रखने का फैसला कर लिया। तब से गुलारा इस महल में रह रही थी। बाई को मजबूरन वहाँ से उस नवजात बच्ची के साथ अनूपशहर लौटना पड़ा।

बानो का मन यहाँ लग नहीं रहा था। राजा साहब का जीवन बहुत व्यस्त था। उन्हें प्रायः दिल्ली जाकर आलमगीर मुइनुद्दीन मोहम्मद औरंगजेब के दरबार में हाजिरी लगानी पड़ती थी। औरंगजेब को राजा शिकारपुर पर बड़ा भरोसा था। इस कारण राजा साहब कभी कभार ही

गुलारा के पास आ पाते थे। मगर जब वे आते तो उस रोज महल में रौनक बिखर जाती और गुलारा के सपनों को पर लग जाते।

गुलारा ने आँख उठाकर महल के पश्चिम भाग में उस सड़क की ओर देखा जो देवधुनि गंगा की ओर रायघाट नरौरा तक जाती थी। महल से सड़क की दूरी लगभग आधा मील थी। लेकिन बीच में कोई आबादी न होने के कारण यह सड़क महल से साफ़ दिखती थी। उस पर आती–जाती बैलगाड़ियाँ और अन्य सवारियाँ खिलौने की तरह नजर आतीं। गुलारा को इन सब चीजों में कोई आकर्षण नहीं दिखता था। ऐसे दृश्य तो वह रोज ही देखती थी।

अचानक बानो को अपनी माँ बाई की याद आयी। उसकी माँ को यहाँ से गये लगभग तीन साल हो गये थे। जिस दिन बाई को वह नवजात बच्ची मिली थी उसी दिन गुलारा का बाई से साथ छूटा। प्रकृति ने माँ का एक सहारा छीना तो दूसरा उसे दे दिया। तो क्या भगवान ने सब इंतजाम पहले से कर रखा था। उसे इस संजोग पर आश्चर्य भी हुआ और भरोसा भी।

गुलारा हर महीने अपनी माँ को गुजारे के लिए मतलब भर के पैसे भेजती थी। माँ के संदेशे और कुशल समाचार उसे चरों द्वारा मिल जाते थे। अचानक उसकी सोच ने दिशा बदली– अरे अब तक तो वह बच्ची बड़ी हो गयी होगी। पूरे तीन साल की हो गयी होगी। तब तो वह दौड़ती और बतलाती भी होगी। उसकी इच्छा हुयी कि वह एक बार उस बच्ची से मिले और उसे खूब प्यार करे। उसे माँ के भेजे संदेशों से पता चला था कि बाई उस बच्ची को शज्जो कह कर बुलाती थी। गुलारा को लगा कि काश उसका भी अपना कोई बच्चा होता। बिना माँ बने प्रेमी को तभी तक बाँधे रखा जा सकता है जब तक शरीर में आकर्षण है। अभी गुलारा की उम्र केवल बीस वर्ष ही थी, पर राजा के सानिध्य में रहते उसे तीन वर्ष भी तो बीत चुके थे। कौन जाने राजा का मन कब फिर जाए।

बानो घूमते–घूमते उस बारजे पर आ गयी, जहाँ से महल का मुख्य द्वार दिखता था। यहाँ बहुत से पेड़ थे। सफ़ेद, लाल और रंग–बिरंगे फूलों

की क्यारियाँ थीं। मुख्य द्वार से महल कि मुख्य दरवाजे के बीच एक बड़ा सा फौव्वारा बना हुआ था। अचानक गुलारा चौंक उठी। मुख्य द्वार पर कोई घुड़सवार आया था और पहरेदारों से कुछ पूछ रहा था। गुलारा का मन शंका से भर उठा। अक्सर ऐसे घुड़सवार राजा का संदेश लेकर आते हैं। इन संदेशों में अधिकतर मुजरा पेश करने की दरख्वास्त होती थी। जब राजा साहब का कोई ख़ास मेहमान उनके दरबार में आता था तब राजा साहब बड़े अदब से अपनी प्रेयसी से मुजरा पेश करने का अनुरोध करते थे। पर गुलारा की रूचि अब मुजरों में कम हो गयी थी। उसे यह सब एक भार लगने लगा था। वह राजा साहब की दरख्वास्त का इंतजार करने लगी।

गुलारा इस समय सामान्य वेश–भूषा में थी। उसने कोई शृंगार नहीं किया था। शृंगार वह तभी करती थी जब राजा साहब के आने की पूर्व सूचना उसे मिलती थी। मगर गुलारा अपने सहज रूप में भी बहुत सुंदर दिखती थी। बारजे से निकलकर वह धीरे–धीरे अपने कक्ष की ओर बढ़ी। तभी उसकी प्रिय दासी शामली जो उसकी सहेली भी बन गयी थी, दौड़ी–दौड़ी आयी और चहकते हुए बोली–'रानी साहबा, आपकी मेंहदी सूख गयी होगी। आज आपने बड़े मौके से लगवा ली। अब मुख मीठा कराइए। बड़ी सोनी खबर है।'

'पता है, राजा साहब ने मुजरा पेश करने की पेशकश की है ?'

'अरे लानत भेजिए मुजरे को, यह तो कुछ और ही खबर है।'

'अरे ऐसी क्या खबर है ?'– गुलारा ने सामान्य स्वर में पूछा– 'तू तो ऐसे चहक रही है जैसे तेरा शौहर लौट आया हो।'

'तो समझ लीजिये कुछ ऐसी ही बात है।'

'ये क्या पहेलियाँ बुझा रही है तू। सच–सच बता न क्या बात है?'

'सच बात यह है कि भ्रमर आ रहा है। कली को सावधान हो जाना चाहिए।'

'साफ़–साफ़ कह न, क्या राजा साहब आना चाहते हैं?'

'बिलकुल बानो। आज यहीं कयाम भी करेंगे।'– शामली ने गुलारा का मुख चूम लिया।

'ओह ––––––।'– गुलारा के कपोलों पर लज्जा की लाली फ़ैल गयी। उसका मन बल्लियों उछलने लगा।

'तब मेरी बहना तू मेरी मेंहदी छुड़ा और मेरे शृंगार का इंतजाम कर। कुछ दासियों को स्नानागार भेज दे, वे मुझे नहला दें और रसोइये से कहो कि नाश्ते एवं खाने का बढ़िया बंदोबस्त करे।'

यह आदेश सुनकर शामली ने गुलारा के कान में शरारत भरे स्वरों में कहा– 'और बाकी बंदोबस्त?'

गुलारा के कान लाल हो गये। उसने शामली की पीठ पर मुक्का मारते हुए कहा– 'यार, तू वाकई बड़ी ढीठ हो गयी है।'

(5)

गुलारा जब स्नानानागार पहुँची तो वहाँ दासियाँ उसे प्रतीक्षा करती मिलीं। दासियों ने सबसे पहले गुलारा की मेंहदी छुड़ाई। मेंहदी के प्रभाव से जहाँ बानो के हाथ–पाँव ललछौंहे हुए वहीं उसके होठ, नाखून और हथेलियाँ भी आरक्त हुईं। अब दासियों ने चंदन, अगरु, कालीयक और सुगंध से बने अंगराग से बानो को उबटन लगाया। बहुत सी दासियाँ स्नानागार के तड़ाग में भरे जल में गुलाब आदि के फूल बिखेरने लगीं। उसमें कुछ केवड़ा भी डाला गया। रसायन का प्रयोग कर उसमें ढ़ेर सारा झाग उत्पन्न किया गया। अब तक उबटन की प्रक्रिया पूरी हो चुकी थी। गुलारा ने सीढ़ियों से उतर कर तड़ाग में प्रवेश किया। तड़ाग का पानी शीतल और सुगंधित था। गुलारा उसमें तैरने लगी। तैरने में उसे बड़ा मजा आया। थोड़ी ही देर में उसे हल्की सी थकावट का अनुभव हुआ। उसने दासियों को पुकारा। दासियों ने तब विधि–विधान से उसका स्नान संपन्न कराया।

शामली ने पहले गुलारा का शरीर पोछा, फिर बालों को निचोड़कर उसका पानी अलग किया। इसके बाद सूखी केसर और कुमकुम मिले श्वेत चंदन और अरगजा से उसने बानो के शरीर पर आपादमस्तक लेप किया और गालों, मस्तक और भवों के आस–पास अनेक प्रकार के फूल–पत्ते और छोटी–बड़ी बिंदियाँ बनाई। फिर उसे नये परिधान पहिनाये। आसमानी रंग की साड़ी। गाढे नीले रंग की कंचुकी। इन सभी परिधानों में सोने–चाँदी का काम था और कुछ रत्न भी लगे थे।

एक अन्य दासी ने दुलारा के केशों को अगरु एवं धूप के धुयें से सुगंधित किया। फिर उन्हें सँवारा। उसमें कोई खुशबूदार तेल लगाया और वेणी गूँथकर उसमें एक गजरा लगा दिया। तदनंतर माथे पर लाल चंदन की बड़ी सी बिंदी लगाई गयी। माँग में सिंदूर के स्थान पर मोती सजाये गये। आँखों में अंजन लगा। कानों में सोने के कुंडल और कलाईयों में सोने के ही कड़े डाले गये। कटि–प्रदेश में मणि–खचित करधनी पहनाई गयी। कानों, हाथों, कलाईयों और बाहों में कमल, कुंद, मंदार, शिरीष, केसर आदि के फूलों की मालायें बाँधी गयीं। शरीरांगो में आवश्यकतानुसार अन्य आभूषण भी पहनाये गये। दाँतों में मिस्सी का लेप हुआ। नाभि तक लटकते हुए स्वर्णहार में बानो का सौंदर्य और भी निखर गया।

गुलाराबानो ने तैयार होकर अपने आप को आईने में निहारा। उसने एक दासी से पान की फरमाइश की। वह पान का इंतजार कर ही रही थी कि पूरे महल में हड़बड़ी मच गयी। गुलारा समझ गयी कि राजा साहब आ गये हैं। वह शृंगार–कक्ष से सीधे स्वागत कक्ष में आ गयी। राजा साहब शिकारपुर वहाँ आराम–फरमां थे। उनके अंगरक्षक महल के नीचे वाले माले में रुक गये थे।

राजा साहब एक सुदर्शन व्यक्ति थे। इस समय वे सफ़ेद अंगरखा और चुस्त पायजामा पहने थे। पगड़ी उतार कर उन्होंने तिपाई पर रख दी थी। तलवार उन्होंने यथास्थान दीवाल पर टांग दी थी। उनकी उम्र चालीस के आस–पास थी। मुख पर पतली मूँछे थीं। चेहरे पर राजाओं वाला रोब था। एक दासी उनके सिर पर चँवर डुला रही थी।

'खुश–आमदीद मेरे सरताज।'– गुलारा ने कक्ष में प्रवेश करते हुए कहा।

राजा साहब ने नजर उठाकर गुलारा को देखा। उस बेपनाह हुस्न की मलिका को देखकर एक पल को उनकी आँखें चुँधियाँ गयीं।

'भगवान की कसम बानो। तुम्हारा हुस्न तो दिन दूना और रात चौगुना बढ़ रहा है।'

'सब आपकी मेहर है, मेरी खुशहाली के लिए इतना इंतजाम जो कर रखा है।'– इतना कहकर गुलारा राजा साहब के पैरों में गिर गयी। राजा साहब ने धीरे से उसे उठाया और अपने सामने बिठा लिया। बहुत देर तक वे चुपचाप गुलारा के अप्रतिम सौंदर्य को देखते रहे–'मेरी खुश किस्मती है कि ऐसा नायाब हीरा मेरे कंठ का हार है।'

'यह आपकी जर्रानवाजी है, सरकार।'– यह कहकर गुलारा ने ताली बजाई। अगले ही पल शामली ने प्रवेश किया। उसके हाथ में एक बड़ी सी तश्तरी थी, जिसमे एक कटोरी में कुछ मिष्ठान्न था और पानी के दो गिलास थे। उसने तश्तरी एक बड़ी सी तिपाई पर रख दी और फिर उसे खिसकाकर बानो एवं राजा के बीच कर दिया।

'लीजिये मेरे सरकार। थोड़ा सा जलपान कर लीजिये।'– गुलारा ने आग्रह किया।

'हाँ पी लेता हूँ –––मगर तुम तो जानती हो तुम्हारे साथ हमें क्या पीना पसंद है?'

'बिलकुल मेरे आका।'– इतना कहकर उसने शामली को देखा–'बहना, मेरे शयनकक्ष में सुराही लेकर जा और सारा इंतजाम कर। हम यहाँ से सीधे वहीं आयेंगे।'

'जी रानी साहिबा।'

शामली चली गयी तो राजा साहब ने पूछा –'यह हकीर दासी तुम्हारी बहन कैसे हो गयी ?'

'यह सबसे अलग है, इसलिए।'

शयनकक्ष में शराब के कई दौर चले। दुलारा ने पिलाया ज्यादा और खुद कम पिया। भोजनादि से निवृत होकर जब दोनों को एकांत मिला तब तक राजा साहब पूरे शरूर में आ चुके थे।

'रानी कोई गाना सुनाओ – कोई गज़ल।'– राजा ने झूमते हुए कहा।

'जी ---जैसा हुक्म।'

दुलारा ने गज़ल का मतला पढ़ा –

हम किसी से मिलने उसके घर नहीं जाते।
आप भी हैं जिद में मेरे दर नहीं आते।[1]

'शुभानअल्लाह रानी। मगर यह तंज वाजिब नहीं है। राजाओं के पास बहुत से काम होते हैं। समय निकाल पाना मुश्किल होता है। मगर केवल गाना ही क्यों ? तुम्हारा नाच भी बहुत दिन से नहीं देखा।'

'ठीक है नाच भी सही।'

गुलारा नाचने लगी। उसके पावों में घुँघरू नहीं थे और न कोई संगीत पर फिर भी नाच में अद्‌भुत शृंगार था। गुलारा के सुरों में भी जादू था। उसने आगे गाया–

बेबसी महबूब की किस भाँति समझाऊँ
आज भी उनको मिरे चश्मेतर नहीं भाते
जिंदगी बीती है उनकी सूफियाना सी
मस्त तो हैं रहते साजो पर नहीं गाते
इश्क में हूँ जांबलब मेरा भरोसा क्या
फ़िक्र उनको कब है चारागर नहीं लाते
एक साया उसका बांटी जिंदगी हमने
अन्यथा जीवन में कुछ भी कर नहीं पाते

राजा साहब झूम उठे– 'रानी तुम कितना खूबसूरत गाती हो। हमारे लिए यह तय करना मुश्किल है कि तुम्हारी सूरत ज्यादा अच्छी है या सीरत। भई, क्या बात है –इश्क में हूँ जांबलब। लेकिन आपको हमसे बड़ी शिकायतें हैं।'

'शिकायतें तो इश्क में जायज हैं।'– दुलारा ने हँसते हुए कहा– 'आप बहुत दिन के बाद आये हैं और फिर जाने कब तशरीफ़ लायेंगे।

---

1. लेखक द्वारा लिखी गई गज़ल से।

मेरी आपसे एक इल्तिजा है।'

'इल्तिजा क्या ---? हुक्म करो रानी। आखिर तुम हमारे दिल की मलिका हो।'

'मेरे हमनवां मुझे अपनी माँ से बिछुड़े तीन वर्ष हो गये। वह जबसे मुझे आपके पास छोड़कर गयी है तब से मैंने उसे नहीं देखा। अगर आपका हुक्म हो तो मैं अपनी माँ से मिल आऊँ। मेरा थोड़ा जी भी बहल जाएगा।'

'बात तो रानी ठीक है। अगर जाना ही है तो सुरक्षा के लिए सेना की एक टुकड़ी लेकर जाना। यहाँ हमारे राज्य में भितरघाती बहुत हैं। उनसे होशियार रहना जरूरी है। मगर तुम दो दिन से अधिक मत रुकना।'

'जी बिलकुल।'

'तो, कब जाना चाहती हो?'

'आने वाली पूर्णमासी को।'

'ठीक है, हम इंतजाम कर देंगे।'

'मेरे अच्छे सरताज।'– गुलारा ने कहा और राजा साहब के सीने पर अपना सिर रख दिया। राजा का धीरज टूट गया। उन्होंने गुलारों को बाहों में भर लिया।

(6)

अनूपशहर मुख्यतः पुण्यसलिला गंगा नदी के दक्षिणी तट पर बसा हुआ है। उस समय नदी की बायीं ओर खेत और हरे–भरे जंगल थे। इस क्षेत्र को अनूपशहर बादर कहा जाता था। तब वहाँ मल्लाहों की एक छोटी बस्ती हुआ करती थी। बाई का घर गंगा नदी पर बने शिवघाट से लगभग एक फर्लांग दूर था।

गुलाराबानो का रथ जब बाई के दरवाजे पर आकर रुका तब दिन का तीसरा प्रहर चल रहा था। रथ के साथ उसका अपना लाव–लश्कर और सिपाहियों की एक टुकड़ी भी थी। यह देखकर तमाशबीनों की एक बड़ी भीड़ वहाँ इकठ्ठा हो गयी। बाई की खुशी का तो ठिकाना ही नहीं था। उसकी बेटी जो अब रानी थी, उसके द्वारे पर आयी थी। वह बार–बार बानो की बलैय्याँ लेती। तीन साल के बाद माँ को देखकर गुलारा माँ के गले लगकर फूट–फूट कर रोयी। हालाँकि माँ को स्वस्थ और खुशहाल देखकर वह भीतर ही भीतर प्रसन्न भी थी। गुलारा के लश्कर ने घर के सामने मैदान में डेरा डाल दिया। सारे अनूपशहर में खबर फ़ैल गयी की शिकारपुर की डेरेदारिन अपनी माँ से मिलने आयी है।

औपचारिक बातों के बाद जब माँ–बेटी आमने–सामने बैठीं तो बाई ने पूछा– 'बानो तू खुश तो है न। राजा साहब तेरा ख्याल तो रखते हैं?'

'माँ, पिंजरे में बुलबुल जितना खुश रह सकती है, उतनी खुश तो मैं हूँ। डेरेवालियों को रानी का दर्जा भी मिल जाता है पर वह सुहागन

1– (i) The chief town of the tahsil stands on the right bank of Ganges, at a distance of 25 miles east of Bulandshahar–– other roads lead from Anoopshahar to ShIikarpur through Malakpur ---- The town itself is long and narrow and is well drained by the ravines which surround it - The road from Bulandshahar enters the town on the north

-Bulandshahar A Gazeteer, HR Nevill P-179

(ii) The town of Anupshahar was built by the Bargujar Raja Anoop Rai in the reign of the Emperor Jehangir on the site of an old khera known as Bahadur- Jahangir in his memoirs mentions the courage displayed by the Raja while attending the Emperor on a hunting expedition - In return for this he received the tItle of Ani Rai Singh Dalan and a grant of eighty four villages on both sides of Ganges which were formed into a separate Paragana-

-Bulandshahar A Gazeteer, HR Nevill P-179 182-183

(iii) 'ऐतिहासिक नगरी और वेस्ट यूपी की 'छोटी काशी' अनूपशहर का इतिहास मुगल काल से जुड़ा है।–––––––––––– गंगा के तटीय क्षेत्र में मुगल शासक जहाँगीर शिकार खेलने आते थे। इतिहासकारों के अनुसार शिकार के दौरान एक शेर ने जहाँगीर पर आक्रमण कर दिया। जहाँगीर की सेना के जवान अनूपसिंह ने शेर को तलवार से मौत के घाट उतार दिया। इससे खुश होकर जहाँगीर ने बलभद्र क्षेत्र के 84 गांव अनूप को पुरस्कार में दिए थे। राजा अनूप ने बलभद्र को अपनी राजधानी बनाया और इसका नाम अनूपशहर पड़ गया।–––––– महाकवि सेनापति अनूपशहर के निवासी थे। उनकी याद में सेनापति स्मारक आज भी है। महाकवि घनानंद, आचार्य चतुरसेन अनूपशहर के थे।'

-https:@@www-amarujala-com/uttar-pradesh/
bulandshahr/Bulandshahr-22707-110

कभी होती नहीं। अब माँ तुझे क्या बताऊँ तू तो सब जानती है। इतना बड़ा महल है। ढेरों नौकर–चाकर हैं पर मैं इनसे क्या बात करूँ। महल के झरोखे से धरती की वही संपदा बार–बार क्या देखूँ। माँ मैं संपन्न तो हूँ पर शायद खुश नहीं।'

'बेटी, डेरेवालियों की यही किस्मत है, पर तू यह बता कि राजा साहब का बर्ताव तेरे साथ कैसा है?'

'राजा साहब भले इंसान तो नहीं हैं। अलबत्ता मुझ पर उनकी नजरे इनायत रहती है, पर मैं डरती हूँ मेरी जवानी बहुत दिन तक तो नहीं रहेगी।'

'अभी मत डर, बीस साल की उम्र कोई उम्र होती है। भगवान तेरी गोद भर देगा तो राजा साहब अपने आप ही बँध जायेंगे।'

'तो क्या मेरा बेटा उनका वारिस बन सकेगा।'

'नहीं बेटी, उसे राजा का बेटा तो माना जाएगा। संपत्ति में भी उसका हिस्सा होगा पर वह राजा नहीं बन पायेगा।'

'हाँ माँ, पर अगर मैं माँ न बन सकी तो?'

'शुभ–शुभ बोल बेटी। तू इतनी मायूस क्यों है। अल्लाह जो कुछ करेगा अच्छा ही करेगा।'

'अरे माँ वह शज्जो कहाँ है? माँ तूने कैसे उसे जिला लिया। बगैर माँ का दूध मिले कैसे जी गयी वह ? हम तो समझते थे तू उसे बचा नहीं पायेगी?'

'अभी वह पं० विद्याधर महाराज से संगीत और नृत्य की शिक्षा ले रही है और बचाता तो ऊपरवाला है। हम सब उसके इशारे पर नाचते हैं, बस। इस बच्ची की डोर अल्लाह ने मुझे थमा दी थी। बहुत रातें जागी हूँ उसके लिए। मगर खुदा का शुक्र है, तेरा जैसा ही रूप उसे मालिक ने दिया है। वह भी किसी न किसी दिन डेरेदार जरूर बनेगी।'

'अल्लाह न करे अम्मी। बाहर से देखने में ही बड़ा ताम–झाम

लगता है। अंदर बड़ी घुटन है। अल्लाह किसी को ऐसी राजशाही न दे।'

'बेटी इस समाज में औरत सुरक्षित हो, यही बड़ी बात है। कम से कम तेरी ओर कोई आँख तो नहीं उठा सकता। वरना इतना रूप देखकर आदमी कुत्ते और गिद्ध बन जाते हैं। तू इतना घबराती है जबकि बहुत सी लडकियाँ ऐसी हैं, जो डेरेदार बनने की खातिर तरसती रहती हैं।'

'हाँ, यह तो है, ठसक में तो कमी नहीं है। मेरी एक दासी है शामली। मैंने उसको अपनी सखी बना लिया है। किसी से तो दिल की बात कह सकूँ।'

'यह तूने अच्छा किया। जहाँ रहना है दिल वहीं लगाना पड़ेगा। यह बता इस तेरे लाव–लश्कर की खातिर मैं कैसे करूँ ? मेरी इतनी औकात नहीं है।'

'तू फ़िक्र न कर माँ, ये लोग सब सामान लाये हैं। अपनी व्यवस्था खुद कर लेंगे। तेरे हाथ का बना तो सिर्फ मैं खाऊँगी।'

'तब ———————।'– बाई कुछ कहना चाहती थी कि उनकी निगाह दरवाजे पर अटक गयी, जहाँ एक तीन वर्ष की लड़की आकर औचक खड़ी हो गयी थी। बाई के साथ एक जवान लड़की को देखकर वह चकित और चुप थी।

'आओ शज्जो। यह तुम्हारी आपा हैं, गुलाराबानो। शिकारपुर से आयी हैं।'

शज्जो ने हाथ उठाकर सलाम किया तो दुलारा ने उसे बाहों में उठा लिया और उसे लिए–लिए कक्ष का एक चक्कर लगाया– 'वाह, तू तो सचमुच परी जैसी है। माँ तू ठीक कहती थी। यह तो मेरी उम्मीद से बढ़कर सोनी है। यह जरूर किसी दिन किसी दरबार की रौनक बनेगी।'

'अल्लाह करे, ऐसा ही हो।'– बाई ने कहा –'अब तू शज्जो से बात कर, मैं खाने का इंतजाम करती हूँ। अरे, यह चंपा कहाँ मर गयी?'

'आ शज्जो।'– गुलारा ने हाथ फैलाकर कहा– 'आपका नाम क्या है?'

'आपा आपतो मालूम तो है ना, अबी आपने अमको शज्जो कहा।'

'अरे हाँ, मुझे तो मालूम है, आप तो बड़ी सयानी हैं।'

'सानी माने तो ?'

'सयानी माने होशियार, चतुर।'

'हाँ———————आ, तो अच्छा।'

'अच्छा, तुम्हें पंडित जी क्या सिखाते है ?'

'गाना औल संगीत औल नाचना।'

'तो कितने लोगों को सिखाते हैं ?'

'माने तो––?'

'मतलब तुम्हारे साथ कोई और भी सीखता है?'

'हाँ आपा।'

'एक ललका है ?'

'लड़का ————?'

'हाँ ————'

'क्या नाम है उसका ?'

'नाम ———?'

'हाँ ———।'

'अन्नू ———।'

सोते समय गुलारा ने बाई से पूछा– 'माँ पं० विद्याधर संगीत के बड़े शिक्षक हैं, क्या ?'

'शिक्षक नहीं, माने हुए उस्ताद हैं। किसी को सिखाते नहीं। राजा साहब शिकारपुर के नाम पर शज्जो को सिखाने के लिए राजी हुए हैं।'

'मगर वह एक लड़के को भी तो सिखाते हैं।'

'हाँ, आनंद नाम है उसका। थोड़ी दूर पर ही उसका घर है। वह कायस्थ जाति का है। उसके बाप की पहुँच दिल्ली दरबार तक है तभी पंडित जी उसे भी सिखाने को मजबूर हुए।'

'पर तू इतना फ़िक्र क्यों कर रही है?'

'यों ही माँ आदत हो गयी है।'

'पगली ---।'– बाई ने दुलार से कहा– 'आधी रात हो गयी है, अब सो जा।'

पर गुलारा को नींद नहीं आयी।

(7)

अम्मी से मिल भेंट कर गुलारा शिकारपुर वापस चली गयी। पं० विद्याधर को इन दोनों बच्चों को संगीत की औपचारिक शिक्षा देते हुए लगभग तीन वर्ष और बीत गये। इन दिनों मराठे दिल्ली के बादशाह आलमगीर औरंगजेब के लिए मुसीबत बन चुके थे। मराठों को दबाने का अभियान उसने 1983 ई० में शुरू किया था और लगभग सत्रह वर्षों से लगातार उसमें लगा भी था। पर मराठों का दमन संभव नहीं हो पा रहा था। आलमगीर ने भी कसम खा रखी थी की वह मराठा शक्ति को निर्मूल करके ही रहेगा। सच पूछो तो यह लड़ाई अब बादशाह–ए–हिंद की अस्मिता की लड़ाई बन चुकी थी।

देश–काल की इस संक्रांति अवस्था में राजनीति से दूर पं० विद्याधर अपने शिष्यों को संगीत की शिक्षा देने में लगे थे। उनका मानना था कि बच्चे जब तक कुछ बड़े नहीं हो जाते तब तक उन्हें संगीत की बारीकियाँ नहीं सिखाई जा सकतीं। उनके दोनों शिष्यों में आनंद उम्र में बड़ा था। इस समय उसकी आयु लगभग ग्यारह बर्ष की थी। उसका शरीर स्वस्थ था और वह दिखने में बड़ा ही मासूम लगता था। वह अनूपशहर के एक संपन्न भटनागर कायस्थ लाला रामसूरत सिंह का बेटा था।[1] उसके पिता वहाँ के

1– श्री नवरत्न कपूर ने नागरी–प्रचारिणी सभा द्वारा प्रकाशित पत्रिका में अपने वृहद् लेख में घनानंद के दीक्षा–गुरु और उनकी दीक्षा के समय पर गंभीरतापूर्वक विचार प्रस्तुत किया है। ––––––उनके अनुसार– कवि जो राम सूरत सिंह का पुत्र लाला आनंदसिंह है, सन् 1722 ई० के लगभग दिल्ली से बाहर गया।

– रीतिकालीन कवि, घनानंद की हिंदी साहित्य को देन, पृष्ठ 13

संपन्न कायस्थों में से एक थे। औरंगजेब के दरबार में उनका आना जाना था। इसलिए अनूपशहर के लोग उनकी बड़ी इज्जत करते थे। आनंद का गला बचपन से ही बड़ा सुरीला था। कुछ शास्त्रीय राग तो केवल लोगों के मुख से सुनकर ही अनायास उसके मुख से फूट पड़ते थे। राग भैरवी, राग सारंग और राग यमन वह बिना किसी अभ्यास के आसानी से गाता था। उसकी इस निसर्गजात प्रतिभा के कारण ही उसके पिता ने उसे पाठशाला के साथ ही साथ गायन की शिक्षा हेतु पं० विद्याधर महराज के यहाँ भेजने का निर्णय लिया था। पं० विद्याधर संगीत के बड़े आचार्य थे। उनकी जोड़ का उस्ताद उस इलाके में दूर–दूर तक नहीं था।

विद्याधर महाराज इन बच्चों को अपने घर पर ही शिक्षा देते थे, पर वे समय के बड़े पाबंद थे। उनका कोई शिष्य अगर एक पल भी देर से आता तो वे उसे वापस कर देते थे। इस डर के मारे आनंद और शज्जो, जिसका वास्तविक नाम शाजिया था, दोनों समय से पहले वहाँ पहुँच जाते थे। विद्याधर महराज गायन की शिक्षा हेतु अपना समय बदलते रहते थे। उनका कहना था कि हर राग का अपना एक निश्चित समय होता है और उस समय विशेष में ही संबंधित राग का गायन शुभ माना जाता है। अतः जिस समय जो राग गाना चाहिए उसी समय उसका प्रशिक्षण दिया जाएगा।

तीन वर्ष तक तो विद्याधर अपने दोनों शिष्यों को औपचारिक प्रशिक्षण देते रहे। इस बीच उन्होंने अनुभव किया कि आनंद में जहाँ गायन की नैसर्गिक प्रतिभा है, वहीं शाजिया में नृत्य की जन्मजात प्रतिभा है। आज उन्होंने निश्चय किया कि वे अपने शिष्यों को गायन का पहला पाठ पढ़ायेंगे।

भादों का महीना था। सवेरा हो चुका था। पर आसमान में काले बादलों की वजह से अँधेरा था। विद्याधर महराज अपने अभ्यास कक्ष में जमीन पर बिछी कालीन पर मसनद के सहारे दीवाल की ओर पीठ किये बैठे थे। उनके दाहिनी तरफ शाजिया और बायीं तरफ आनंद आमने–सामने बैठे थे।

'तो तुम लोग तैयार हो ?'– महराज ने पूछा।

'हाँ, गुरु जी।'– दोनों शिष्यों ने एक साथ कहा।

'तो पिछले पाठों के आधार पर यह बताओ कि संगीत किसे कहते हैं अर्थात् संगीत का मतलब क्या है?'

दोनों ही चुप रहे तो गुरु का आश्चर्य हुआ। कुछ देर ठहरकर उन्होंने कहा– 'आनंद तुम बताओ।'

आनंद उठकर खड़ा हो गया। उसने कुछ देर विचार किया फिर बोला– गुरु जी, ध्वनि जो व्यवस्थित हो और रस उत्पन्न करे, उसे ही संगीत कहते हैं। गाना, बजाना और नाचना इसके तीन अंग है। शायद इन तीनों का एक साथ होना ही संगीत है।'

'बिलकुल, मगर यह शायद क्यों? पूरा आत्मविश्वास होना चाहिए। बैठ जाओ।'

'तो पहली चीज है गायन और इसका पहला धर्म है लगाव या रूचि, वह एक सीमा तक तुम दोनों में है। चूँकि गाने का अभ्यास शुरू में खड़े होकर किया जाता है। तो तुम दोनों खड़े हो जाओ।'

दोनों शिष्य खड़े हो गये। गुरू ने टोका –'ऐसे नहीं। पैर सीधे लेकिन घुटने खुले हुए और कमर सामने की ओर सीधे।'

दोनों ने वैसा ही किया। गुरु संतुष्ट हुए– 'हाँ, ठीक है, पर रीढ़ सही रेखा में और पेट बिलकुल सपाट। सीना सामने की ओर तना हुआ। कंधे नीचे पीछे की ओर।'

शिष्यों ने गुर्वाज्ञा का पालन किया। गुरु ने फिर सावधान किया– 'शज्जो सिर झुकाओ नहीं और आनंद तुम अपना सिर सीधे सामने की ओर करो –––––– नहीं, ऐसे नहीं तुम मानो शाजिया को देख रहे हो।'

आनंद ने वैसा ही किया। गुरु संतुष्ट हुए– 'हाँ अब ठीक है। यह गायन की सही मुद्रा है। इस समय सूर्योदय का समय है, हालाँकि बादल

की वजह से अँधेरा है। शास्त्रीय मत से यह भैरव, भैरवी और रामकली राग का सही समय है। बसंत के दिनों में इस समय राग हिंडोला भी गाया जाता है। कुछ समझ में आया?'

शाजिया ने नहीं की मुद्रा में सिर हिलाया।

'और आनंद, तुम?'

'हाँ, गुरू जी, कुछ समझ में आया।'

'यही कि सवेरे–सवेरे चार राग गाये जा सकते हैं।'

'समझे तो तुम ठीक। पर रागों की संख्या बहुत अधिक है और फिर उनके भेद भी हैं। इन सब को जानने का दावा कोई नहीं कर सकता। प्रातःकाल गाये जाने वाले राग और भी है पर हम केवल खास रागों की बात कर रहे हैं और वही सिखाएंगे।'

'तो क्या गुरू जी सारे राग आप भी नहीं जानते?'

'सारे राग तो माता सरस्वती ही जानती हैं।'

'कौन हैं यह माता?'– आनंद ने पूछा।

'यह तुम लोग बड़े होकर जानोगे। अभी यह समझ लो कि संसार में जितना ज्ञान और संगीत है, वह उन्हीं का दिया है। वह हमारी देवी भी हैं।'

आनंद चुप हो गया। सारी बातें ठीक–ठीक उसके समझ में नहीं आ रही थीं। उसके दिमाग में गुरु का यही वाक्य घूम रहा था– ऐसे नहीं मानो तुम शाजिया को देख रहे हो। उधर शाजिया को कुछ भी समझ में नहीं आया, पर वह निर्देशानुसार गायन की मुद्रा में खड़ी रही।

'धीरे–धीरे सारी बातें तुम दोनों को आ जायेंगी अभी अपना मन इस मुद्रा के अभ्यास में लगाओ। आनंद तुम तो भैरवी गा लेते हो। तुम्हारे पिता ने बताया था। तुम इसका आरोह और अवरोह बता सकते हो ?'

'नहीं गुरू जी।'– आनंद ने कहा।

'तब गाते कैसे हो ?'

'सुनकर गुरू जी।'

'ठीक है तो कोई बंदिश गाकर सुनाओ।'

'जी गुरू जी।'– आनंद ने खड़े होकर अपनी मुद्रा सही की और शज्जो के मुख की ओर देखकर गाना शुरू किया –

मधुर बंशी नाद सुनत
ब्रज सुंदरी भई पुलकित
चित आवत श्याम मुरत
नुपुर झंकार करत
कंकन मृदु नाद होत
मंद–मंद हसत चलत
गुन गावत राधावर।।

'ठीक तो है –––अंतरा ठीक से नहीं सधा। आरोह और अवरोह टूट जाता है जब इसका शास्त्रीय पक्ष समझ लोगे तो सही और शुद्ध गा पाओगे। शाजिया अभी छोटी है, उसे बाद में सिखाता रहूँगा पर तुम सुनो।'

'जी ––––।'

'इसका आरोह है – सा र ग म प ध नी सा और अवरोह इसका ठीक उलटा है –सा नी ध प म ग रे सा। इस बंदिश को ताल–दादरा कहते हैं।'

अचानक पं० जी का ध्यान दूर से आती एक आवाज के कारण भंग हो गया। अनूपशहर में डुग्गी पिट रही थी– 'होशियार ! खबरदार ! अवामे आम और ख़ास अनूपशहर को यह इत्तला दी जाती है कि दिल्ली में मुग़ल बादशाह की फ़ौज में इजाफा किया जा रहा है, जो जवान इसमें भर्ती होना चाहें, वे तुरंत दिल्ली पहुँचे। बादशाह आलमगीर मराठों पर कहर बनकर टूटने वाले हैं। यह फ़ौज का इजाफा इसी मकसद से है। एक माह की तनखाह लोगों को पेशगी दी जायेगी।'

(8)

'बड़ी आफत है।'— पं० विद्याधर महराज ने कहा— 'ये मराठे आलमगीर का खून चूस कर रहेंगे। दिल्ली की बादशाहत भी बेलगाम हो चुकी है। जो भी आता है ससुरा अपनी सनक में आता है। बादशाहत न हो गयी दादागीरी हो गयी। सत्रह साल से मराठों को कमजोर नहीं कर पाए, तो काहे के बादशाह हिंद हो भाई। अपनी दुकान बंद करो, दूसरे को दो, मगर मरने से पहले नहीं देंगे, राज—लिप्सा ऐसी ही होती है।'

कुछ देर वह विचार मग्न बैठे रहे फिर बोले— 'बच्चों, अब घर जाओ। आज मन ससुरा उचट गया है।'

उस दिन शाजिया घर पहुँची तो देखा बाई का सारा शरीर ज्वर से तप रहा है। चंपा नाम की सेविका उनका प्राथमिक उपचार कर रही थी। बाई जब भी बीमार हो जाती हैं तब—तब शाजिया चिंतित हो जाती है। उसे पता है कि बाई उसकी सगी माँ नहीं है। पर पाला उसी ने है। वह शाजिया का एक मात्र सहारा थी। इसलिए शाजिया का व्याकुल हो जाना स्वाभविक था। वह बाई के सिरहाने आकर बैठ गयी।

'अम्मी हकीम जी को बुलाया कि नहीं?'— उसने पूछा, पर उत्तर चंपा ने दिया —'हकीम साहब मरीज को देखने पास के किसी गाँव में गये हैं। उनके घर में संदेशा जा चुका है। वह वहाँ से लौटकर, फिर आवेंगे।'

'कौन गया था ?'— शाजिया ने उत्सुकता से पूछा।

'सुलतान चचा गये थे?'

'अरे————तब तो ठीक है।' –उसने संतोष की साँस ली और फिर पूछा –'अम्मी ने कुछ खाया कि नहीं?'

इस बार बाई ने जवाब दिया –'अरी शाजिया, मामूली बुखार ही तो है, ठीक हो जाएगा। तू काहे इतना फ़िक्र करती है बिटिया?'

'क्यों न करूँ अम्मी, अभी कल ही तो तू जिक्र कर रही थी कि इस बार गुलारा आपा ने पैसा नहीं भेजा, खर्चा कैसे चलेगा?'

'हाँ, मगर यह हमारा सिर दर्द है तू काहे अपना दिमाग ख़राब करती है?'

'क्या यही वजह तो नहीं है जो हकीम साहब नहीं आ पाये?'

'धुत पगली ! हाथी कितना भी मरी हालत में हो, सवा लाख से कम का नहीं होता। मुझे तो गुलारा की चिंता है। बहुत दिनों से उसकी कोई खबर नहीं आयी। आजकल मेरी बायीं आँख भी बहुत फड़कती है। जाने किस हाल मे होगी मेरी बिटिया ?'

चंपा काढ़ा बनाकर लाई। बाई ने पिया तो शरीर में कुछ जान आयी। इसी समय बैजू ने आकर बताया कि हकीम सैयद शबीउल हसन जाफरी तशरीफ़ लाये हैं। बाई ने अपने कपड़े सही किये और पलंग पर उठकर बैठ गयी।

जाफरी साहब काफी देर तक मुआइना करते रहे। जीभ देखी, आँखों में झाँका, हाथ पैर की नाखून देखे। आखिर में उन्होंने मरीज की कलाई थाम ली और नब्ज देखने लगे।

'बाई, शरीर में खुजली होती है ?'

'हाँ हकीम साहब।'

'हाजत ठीक से रफा होती है ?'

'नहीं, कई बार जाना पड़ता है फिर भी तस्कीन नहीं होती।'

'थकावट बहुत लगती है ?'

'बिलकुल।'

'बाई आपको कामला की शिकायत है। इसे कॉवर या पीलिया भी कहते है। अभी गनीमत है इलाज से ठीक हो जाएगा। मगर लापरवाही से हालत बिगड़ सकती है। आपको बिस्तर पर आराम करना होगा। इलाज एक महीने से ज्यादा चलेगा पर आराम जल्द ही मिल जाएगा।'

'हकीम साहब मेरी अम्मी जल्द ठीक हो जायेगी न?'– शाजिया ने सुबकते हुए कहा।

'हाँ बेटी, तेरी अम्मी बिलकुल ठीक हो जायेगी पर तुम उन्हें परेशान मत करना।'

'जी हकीम जी, मैं शैतानी नहीं करूँगी। मैं अब बड़ी हो गयी हूँ।'

'हाँ बेटी तू बड़ी हो गयी है।'– इतना कहकर हकीम जाफरी नुस्खा लिखने लगे।

हकीम के जाने के बाद बाई ने सुलतान को नुस्खे के अनुसार दवा लाने के लिए भेज दिया। पर सुलतान उलटे पाँव लौट आया' –बाई जी, शिकारपुर से एक सिपाही आया है और वह यह मिट्टी की मूर्ति लाया है। कहता है गुलारा रानी ने इसे भेजा है। बाई को ताज्जुब हुआ। न रूपये–पैसे, न कपड़े और न गहने। उसने मूर्ति को हाथ में लेकर देखा। मूर्ति काफी वजनी थी। किसी ग्वालन की छवि थी और रंगीन होने के कारण सुंदर भी दिखती थी पर इस माटी की मूरत लेकर मैं क्या करेगी– बाई ने सोचा। शाजिया उसे कौतूहल से देखने लगी।

'उस सिपाही को भेज दो और तुम जाकर दवा ले आओ। –बाई के स्वर में चिंता थी। उसके पास पूंजी कम थी और नौकर–चाकरों का खर्चा बहुत था। उसके 'सरफराज' बानू के जन्म के बाद ही चल बसे थे और लड़कियों को संपत्ति में हिस्सा मिलता नहीं था। इसलिये बाई को

कुछ भी नहीं मिला। शुक्र है कि राजा शिकारपुर को गुलारा भा गयी और बाई का भी गुजारा होने लगा।

'सलाम बाई साहब।' –सिपाही ने उपस्थित होकर सलाम बजाया।

'हूँ, तो शिकारपुर से तुम आये हो ?'– बाई ने रोब से कहा।

'जी बाई साहब।'

'मेरी बेटी गुलारा कैसी है ?'

'जैसे रानी को होना चाहिए, वैसी ही हैं। सभी लोग उनकी इज्जत करते हैं। उनका स्वभाव ही ऐसा है।'

'अच्छा तो मेरी बेटी ने कोई ख़त नहीं दिया या कोई खबर ?

'नहीं बाई जी बस यह मूरत ही भेजी है।'

बाई का चेहरा उतर गया। सिपाही से सीधे पैसे के बारे में पूछना इज्जत के खिलाफ था और अब इसकी कोई उम्मीद भी नहीं बची थी। बाई ने उदास मन से चंपा को लक्ष्य कर कहा– 'चंपा, सिपाही बहादुर को ले जाओ और नाश्ता पानी कराओ। जब यह जाने लगे तो इन्हें राह खर्च दे देना।'

सिपाही आदाब बजा कर चला गया। चंपा उसके पीछे–पीछे गयी। बाई मायूसी से उस मूरत को निहारने लगी। उनकी उंगलियाँ बहुत देर तक उस माटी की ग्वालन को सहलाती रही। बाद में शाजिया भी उस खिलौने से खेलने लगी।

थोड़ी देर में सिपाही को विदा कर चंपा वापस आयी। बाई ने कहा– 'अरे चंपा तू इस मूरत को अलमारी में रख दे। बेटी ने भेजा है, इसको फेंक तो नहीं सकती।'

'अम्मी, इसे अलमारी में मैं रखूँगी।'– शाजिया ने जिद की।

'तू रहने दे बेटी, ठोस मिट्टी की बनी है। बहुत भारी है। तू सँभाल नहीं पायेगी।'

'मैं सँभाल लूँगी अम्मी। बड़ी हो गयी हूँ अब।'

'अरे तू बहुत बड़ी हो गयी है। अच्छा चल तू ही रख दे।'

शाजिया को मानो मुँह माँगी मुराद मिल गयी। वह मूरत लेकर भागी। मगर वह अलमारी में रख नहीं पायी। मूरत भारी थी। उससे वजन सँभाला न गया। मूरत उसके हाथ से छूट गयी। फर्श पत्थर का था। मूरत के टुकड़े हो गये। मगर इसी के साथ बाई, चंपा और शाजिया की आँखें फटी की फटी रह गयी। उस टूटी मूरत से निकल कर तमाम सोने के सिक्के पूरे फर्श पर फ़ैल गये थे।

(9)

बाई पागलों की भाँति नाच रही थी। खुशी के मारे उसने पूरा घर सिर पर उठा लिया था। अपनी जवानी के दिनों में बाई कभी मुजरों में भी इस कदर न नाची होगी। घर के नौकर–चाकर सभी हैरत में थे कि आखिर बाई को हो क्या गया है। वह बार–बार गुलारा बानो की बलैय्या लेती। शाजिया को बाई के नाच में कुछ कदम ताल ऐसे भी लग रहे थे जो विद्याधर महराज ने शज्जो को सिखाये थे। अंततः चंपा ने टोका– 'बाई जी अब नाच बंद कीजिये। आपको याद नहीं हकीम ने आपको बिस्तर पर आराम करने को कहा था।'

'अरे चंपा, आज जी भर कर नाच लूँ। जिंदगी में इससे बढ़कर खुशी अब दोबारा नहीं मिलने वाली।'

चंपा अब बाई की खुशी में व्यवधान कैसे डाले। उस मूरत से सोने के सौ सिक्के निकले थे। उन दिनों के हिसाब से यह बड़ी रकम थी। गुलारो ने बड़ी बुद्धिमानी से उसे भेजा था। इससे बाई की धन संबंधी चिंता बिलकुल समाप्त हो गयी। परंतु यह धन ही इस असीम प्रसन्नता का कारण नहीं था। बाई की असली खुशी तब सामने आयी जब उन्होंने उन सिक्कों के साथ भेजी दुलारा की चिट्ठी पढ़ी। तभी से वह पागलों की भाँति नाच रही थी। किसी को भी पता नहीं था कि इस खुशी की वास्तविक वजह क्या है?

चंपा ने कई बार टोका पर अपनी तबियत ख़राब होने के बावजूद वह तब तक नाचती रही जब तक कि वह गिर कर बेहोश नहीं हो गयी। बाई के बेहोश होते ही सब नौकर चाकर सन्नाटे में आ गये। शाजिया को काटो तो खून नहीं। आखिरकार हकीम जाफरी फिर बुलाये गये। हकीम ने बाई के मुख पर ठंडे पानी के छींटे मारे। कोई दवा उनके मुख में डाली। पांच मिनट के उपचार के बाद उन्हें होश आ गया।

'कैसी है आप?'– हकीम ने पूछा।

'मैं तो ठीक हूँ, मगर आप –––?'

'बाई आप बेहोश हो गयी थीं। इसलिये मुझे बुलाया गया। आपके खून का दबाव बढ़ गया था। मैंने तो आपसे बिस्तर पर आराम करने को कहा था, पर लोगों ने बताया कि आप पूरे घर में नाचती फिर रही थी। आपकी हालत नाचने की नहीं है और इस उम्र में अब क्या नाचना ? आपको अपनी सेहत का ध्यान रखना चाहिए वरना काँवर को झाँवर बनते देर नहीं लगेगी और तब आपका मर्ज ला–इलाज हो जाएगा। अब मैं चलता हूँ। आप मेरी हिदायतों पर गौर फरमायें। आराम करें और समय से दवाएं लें। खुदा हाफिज।'

हकीम साहब चले गये, तब बाई ने शाजिया को बुलाया। चंपा वहीं पास खड़ी थी। बाई ने शाजिया को गले लगा लिया और बोली– 'मेरी इस बेपनाह खुशी का कारण वह पैसे नहीं हैं जो गुलारा ने भेजे है। उसकी खुशी अलग है पर यह खुशी बिलकुल मुख्तलिफ है, जिसकी वजह से मैं अपने आपे में नहीं हूँ। सच्ची बात तो यह है कि मेरी शाजिया बेटी अब मौसी बन गयी है। गुलारा के चाँद सा बेटा हुआ है। उसकी चिट्ठी में यही लिखा था। अल्लाह की मेहर से अब उसकी जिंदगी पूरी तरह सुरक्षित है। राजा साहब की संपत्ति का हिस्सेदार पैदा हो गया है।'

इस खबर के खुलासे से शाजिया और घर के सभी नौकर–चाकर खुश हो गये। बाई ने कहा– 'अरी चंपा ! अब मैं तो न उठ पाऊँगी। हकीम साहब की हिदायत का ध्यान रखना है, पर तू तो थरिया बजा और

गा। मेरे कलेजे को तभी ठंडक पहुंचेगी, जब मेरे आँगन में खूब धूम–धड़ाका होगा।'

'जी बाई जी।'– चंपा ने कहा और जाकर फूल की दो थालियां ले आयी। एक थाली उसने ली और दूसरी थाली उसने शाजिया को दी। फिर दोनों उसे डंडी से बजाने लगीं। तब चंपा ने बधाई गायी –

अब तो बजै बधइया, नाचौं नारि।
नए लाल पर डारौ, दुनियाँ वारि।।
अँगनइया माँ थरिया मधुर बजाव।
पानी भरी गगरिया भौजी लाव।।
नाउन है बिरझानी माँगे नेग।
पायल मैया बहिनी देहु सवेग।।
वारिन बोलै दादी जाइ न देब।
नया लाल है जन्मा बिछिया लेब।।
तुम काहे मुँह बाँधे ददुआ ठाढ़ि।
बटैं बताशा अब तो गा सुख बाढ़ि।।
हमरा मुख का देखौ, तुमहू गाव।
नवा लाल है आवा खुशी मनाव।।[1]

'यह तो बरवै छंद है। पं० विद्याधर ने हमें सिखाया है।'– अचानक शज्जो ने कहा –'अन्नू (आनंद) इसे बहुत अच्छा गाता है।'

तभी वहाँ बैजू आया और बोला –'खूब थरिया बजाव। अब जो भीड़ दरवाजे पर आय के ठाढी है तनिक वहिका सँभालो।' फिर वह बाई की तरफ मुड़कर बोला– 'मालकिन आपका आराम करइ का नाहीं मिली। बाहर चलो, भीड़ का मनाव, नेगाचार करो।'

बाई के पूरे शरीर में दर्द था। पर इस सूचना से उनके मुख पर हल्की सी मुस्कान तैर गयी।

1–लेखक द्वारा रचित।

(10)

शाजिया अब तेरह वर्ष की हो गयी। आनंद ने अठारहवें में प्रवेश किया। दोनों शिष्य अब अपनी–अपनी कलाओं में महारत हासिल करते जा रहे थे। एक दिन शाजिया जब साधना के लिए पं० विद्याधर के घर पहुँची, तो आनंद वहाँ पहले से मौजूद था। कुछ देर की प्रतीक्षा के बाद गुरु का संदेश आया कि उनकी तबियत ठीक नहीं है। इसलिए आज साधना नहीं हो सकेगी।

'ओह ——— आज मैं घर पर बढिया रियाज करके आयी थी, पर———।'– शाजिया ने एक दीर्घ निःश्वास लेकर कहा।

'नृत्य तो आप वैसे भी बहुत अच्छा कर लेती हैं। आपके पैरों की गति चपला को भी मात देने वाली है।'

'झूठी तारीफ़ मत करिये, गुरू जी तो सौ ऐब निकालते हैं।'

'यह तो उनका काम है। वह गायन हो या वादन या नृत्य सभी में शुद्धता चाहते हैं। पर हम मनुष्य हैं शुद्धता के करीब पहुँचने का प्रयास भर कर सकते हैं। इससे अधिक नहीं।'

'आप भी तो बहुत अच्छा गाते हैं। गुरु जी कह रहे थे कि सरस्वती की कृपा आपको घुट्टी में मिली है। पर यह सरस्वती हैं कौन ?'

'तुम्हें याद नहीं, गुरु जी ने बताया था। हमारे हिंदू धर्म में देवी–देवता होते हैं, जैसे तुम्हारे मजहब में फरिश्ते होते हैं। सरस्वती माँ संगीत की

देवी हैं और वह कवियों की भी माता हैं। हम लोग मानते हैं कि उनकी कृपा के बिना संगीत और काव्य रचना संभव नहीं है।'

'इसका मतलब उनकी कुछ मेहर हम पर भी होगी।'

'बिलकुल, मगर हो सकता है तुम्हारे मजहब में उनका कुछ और नाम हो।'

'हाँ, जरूर हो सकता है।'

अभी उनकी यह बात चल रही थी कि पं० जी का नौकर फिर आ गया– 'अरे, तुम पंचे अभी गये नहीं। कहा था न कि पंडित जी नाहीं आवेंगे। उनकी तबियत ठीक नाहीं है। चलो अपने घरे जाओ। काल्हि फेरि आयो।'

शाजिया उठ खड़ी हुयी – 'चलो चलें।'

'हाँ, चलते हैं।'– आनंद ने उठते हुए कहा। थोड़ी देर ठहर कर उसने फिर कहा– 'शाजिया, मेरे साथ गंगा मैया के तट तक चलोगी। थोड़ा घूमेंगे और बात करेंगे।'

'और घर में क्या कहेंगे?'

'अरे घर में क्या कहना है। हम उतना ही वक्त बिताएंगे जितना गुरू जी साधना कराने में लगाते हैं और समय से घर पहुँच जायेंगे।'

'कहीं अम्मी को पता चल गया तो बहुत मारेंगी।'

'आप माँ से इतना डरती हो?'

'हाँ ———।'

'हम तो समझते थे आप बहादुर लड़की हैं, मगर लगता है आप मेरे साथ चलना नहीं चाहती———।'

'नहीं यह बात नहीं है। अच्छा चलो——— पर हम जल्द लौट आयेंगे।'

'बिलकुल शाजिया।'

बरसात के दिन थे। गंगा में अगाध जलराशि थी। धारा की गति बहुत तेज हो गयी थी। मल्लाहों ने नावें घाटों से बाँध दी थी। इस समय बहुत ही आवश्यक होने पर ही उनका कोई उपयोग करता था। नदी के किनारे कुछ बच्चों के अलावे और कोई न था। शाजिया और आनंद पक्के घाट पर गंगा में पैर लटका कर बैठ गये।

'पानी ऐसे ही बढ़ेगा तो, घाट डूब जाएगा।' –आनंद ने कहा।

'जैसे भावना की बाढ़ में मन डूब जाता है, है न ?'

आनंद को लगा जैसे किसी ने उसकी चोरी पकड़ ली हो। उसने बात को बदलते हुए कहा– 'गंग की तरंग हिय में उमंग जगाती है।'

'आनंद, आप कविता करते हो ?'

'नहीं, कभी कोशिश नहीं की पर मुझे सवैया बहुत पसंद है। घनाक्षरी और कवित्त भी अच्छे लगते हैं।'

'गुरु जी कहते हैं ये सब वर्णिक छंद हैं।'

'हाँ, वर्णिक छंद मात्रिक छंदों से कठिन होते हैं। इनमें मात्रा के साथ ही साथ वर्णों का भी ध्यान रखना पड़ता है।'

'कभी मैं भी सवैया लिखूँगी। सुना है आप फारसी भी सीख रहे है ?'

'ठीक सुना है, मेरे बाबा जी अबुल–फजल के शिष्य थे। तभी से मुगल दरबार से हमारे बाप–दादों का संपर्क हुआ। मेरे पिता जी काफी बुजर्ग है पर अभी भी मुग़ल दरबार में जाते हैं। वे चाहते हैं कि मैं फारसी सीख लूँ, तो मुझे भी दरबार में जगह मिल जायेगी। उन्हीं के कहने पर यह मनहूस काम कर रहा हूँ। एक मौलवी साहब मुझे घर पर पढ़ाने आते हैं।'

'अबुल–फजल कुछ जाना पहचाना सा नाम लगता है।'

'अरे वही जिन्होंने 'आईने अकबरी' और 'अकबरनामा' लिखा था।'

'अरे वह तो अकबर के नवरत्नों में से एक थे।'

'हाँ थे, मगर शाजिया, क्या हम यही बात करने यहाँ आये है ?'

'शायद नहीं ———।'

'तब —————?'

'अच्छा चलो, मैं आपसे एक सवाल पूछती हूँ, सही–सही जवाब देना'– शाजिया ने लापरवाही से कहा।

'हाँ, पूछो —————।'

'मैं असमंजस में हूँ, पूछूँ या न पूछूँ?'

'यह क्या बात हुयी? असमंजस कैसा?'

'तो बताओ जब गुरु जी आपसे गाने को कहते है तब आपकी निगाहें मेरे चेहरे पर क्यों रहती हैं ?'

घनानंद गंभीर हो गया। बात बिलकुल सच थी। उसने कुछ देर सोचा फिर सफाई देते हुए बोला –'गुरु जी ने जब गायन की मुद्रा बतायी थी तब उन्होंने सामने सीधे देखने को कहा था और मेरे सामने तुम्हारा चेहरा था। बस तभी से एक आदत सी बन गयी है।'

'अगर यह आदत है तो जब मैं सामने नहीं रहूँगी तब कैसे गाओगे?'

'त———तब शायद नहीं गा पाऊँगा।'– आनंद का गला भर आया।

'यह तो पागलपन है। मैं तो साधना पूरी होने पर चली जाऊँगी।'

'तब मैं अकेले में सिर्फ अपने लिए गाऊँगा। यह केवल मैं रियाज के लिये करूँगा।'

'वैसे एक बात बताऊँ। आप जब मुझे देखकर गाते हैं, तो मुझे बहुत अच्छा लगता है।' –कहने को तो शाजिया ने कह दिया पर अगले ही पल लाज की एक लाली उसके पूरे चेहरे पर फ़ैल गयी।

'सच —————————।' –आनंद का चेहरा खिल उठा। उसने बड़ी हसरत से शाजिया की ओर देखा और हँसते हुए बोला– 'मुझे भी अच्छा ही लगता है तभी तो गा पाता हूँ।'

(11)

बात सामान्य ही थी, मगर दोनों सुकुमार हृदय व्यथित हो उठे। जहाँ आनंद को शाजिया का यह कथन बार–बार याद आता – 'आप जब मुझे देखकर गाते है तो मुझे बहुत अच्छा लगता है।' वहीं शाजिया, आनंद की यह बात न भूल पाती– 'मुझे भी अच्छा ही लगता है तभी तो गा पाता हूँ।'

दोनों के मन में एक अजीब सी कसक थी। दोनों एक दूसरे से मिलने के लिए बेताब थे। पर अगले दिन पं० विद्याधर की कक्षा में दोनों ने गुरु की शिक्षा में ध्यान लगाया। मौक़ा मिलने पर भी वह आपस में एक शब्द नहीं बोले। शाजिया सोचती कि यह क्या हो गया मिलने की तो बड़ी तड़प थी पर अब आँख क्यों नहीं उठती। उसे अचानक 'बिहारी सतसई' का एक दोहा याद आ गया और वह बरबस हँस पड़ी –

इन दुखिया अँखियान को सुख सिरजोई नाहिं।
देखत बनै न देखते अनदेखे अकुलाहिं।।

(इन दुखी आँखों के लिए तो सुख का सृजन हुआ ही नहीं। देखने के अवसर पर देखने की ताब नहीं रहती और जब देखने को नहीं मिलता तो आंखें व्याकुल हो उठती हैं।)

यह इन दोनों की वयःसंधि की अवस्था थी। इस अवस्था में लडकियों के शरीर का भूगोल बदलता है। मन सपनीला हो जाता है।

लड़के–लड़कियाँ परस्पर आकर्षित होने लगते हैं। आनंद अपने मन में यह आकर्षण अनुभव कर रहा था। पर शाजिया के मन में क्या था, यह जानना मुश्किल था।

आनंद जहाँ गाने और बजाने में निपुण हो चुका था, वहीं शाजिया की नृत्य का कोई सानी नहीं था। पर गुरु विद्याधर अभी उन्हें माँज रहे थे। वे चाहते थे कि उनके शिष्य संगीत की हर विधा में महारत हासिल कर उनका नाम और यश पूरे देश में फैलायें। एक चीज जो विद्याधर नहीं सिखा सकते थे, वह था मुजरा। डेरेदार की बेटी को यह आना चाहिए और बाई सिखा भी सकती थी। पर वह अपनी बीमारी के कारण लाचार थीं।

गुरु जी अस्वस्थ थे। साधना का सत्र पूरा होते ही वे बिना एक पल रुके घर के अंदर चले गये। शाजिया ने आनंद की ओर नहीं देखा। उसने अपने दुपट्टे को सहेजा और फिर वह बड़ी शीघ्रता से साधना कक्ष से बाहर निकली। आनंद से नहीं रहा गया उसने आगे बढ़कर बड़ी विनम्रता से हाथ जोड़कर उसका रास्ता रोक लिया।

'यह क्या ?'– शाजिया ने रुखाई से कहा।

'क्या अब, आप हमसे बात भी नहीं करेंगी ?'

'नहीं –––। '

'मगर क्यों ––?'

'जरूरी नहीं कि हर बात बतायी जाय।'

'कल मेरी बात का बुरा लगा हो तो हमें माफ़ कर दीजिये।'

'माफ़ करने जैसी कोई बात नहीं थी।'

'तब यह बेरुखी क्यों ? कल तो आपने कहा था, मेरा देखना आपको अच्छा लगता है।'

'वह मेरी भूल थी, मुझे ऐसा नहीं कहना चाहिए था।'

'भूल ही सही, पर बात तो सच्ची थी।'

'मुझे डर लगने लगा है।'

'किससे ?'

'अपने आप से। मैं एक लड़की हूँ। मेरी कुछ सीमायें और मर्यादायें है। मैं उन्हें पार नहीं कर सकती।'

'हमने कोई गलती तो नहीं की। फिर किस बात का डर ?'

'आप जो मुझे देखते रहते हैं, मुझे उसी से डर लगता है।'

'तो क्या आप चाहती है कि मैं गाना छोड़ दूँ, आप जानती है कि आपको देखे बिना मेरा कंठ नहीं फूटता।'

'नहीं, मैं यह नहीं चाहती कि आप गाना न गायें।'

'तो फिर आप चाहती क्या हैं ?'

'मुझे नहीं मालूम, मुझे कुछ नहीं पता। अल्लाह के लिए मुझे जाने दीजिये। मेरी अम्मी बीमार है। मुझे उसकी चिंता है।'

'ठीक है, आप बेशक जायें। पर बीमार मैं भी हूँ, यह मत भूलियेगा।'

शाजिया ने आश्चर्य से आनंद को देखा। दोनों की निगाहें आपस में टकराईं और दोनों को एक दूसरे की आँखों में एक जादू सा दिखा। कुछ देर तक यह स्थिति बनी रही किसी ने नजरें हटाने की कोशिश नहीं की। अंत में शाजिया ने ही प्रयत्नपूर्वक अपनी आँखे हटाईं और फिर वह घबराकर सरपट अपने घर की ओर भाग गयी। आनंद उसे जाता हुआ देखता रहा। जब शाजिया आँखों से दूर हो गयी तब वह भी धीरे–धीरे अपने घर की ओर बढा।

घर पहुँच कर आनंद अंदर जाने के बजाय अपने अध्ययन कक्ष में चला गया। यहाँ आकर वह गुमसुम कुछ देर तक यूँ ही बैठा रहा। फिर कुछ सोचकर उसने अपनी लेखनी उठायी और एक कागज़ पर कुछ लिखने लगा। वह कागज पर लिखकर उसे पढ़ता और फिर उसे फाड़ देता। कुछ ही देर में उसके पास कागजों का ढेर लग गया। आखिरकार एक घंटे की मेहनत के बाद वह जो लिखना चाहता था, वह पूरा हो

पाया। उसने प्रसन्न मन से उस कागज की तह बनाकर अपने अंगरखे की जेब में रख लिया। वह यह कर ही रहा था कि उसकी माँ सामने आकर खड़ी हो गयीं –'तू गुरु जी के यहाँ से आकर अपने कक्ष में बैठा था और मैं समझी तू अभी तक आया ही नहीं और यह कागज का ढेर क्या लगा रखा है। कुछ लिख रहा था क्या ?'

'हाँ, माँ, कविता बनाने की कोशिश कर रहा था।'

'हे भगवान क्या तू कवि बनेगा? तेरे पिता तुझे फारसी की तालीम क्या इसीलिये दिला रहे हैं। तुझे तो मुग़ल दरबार में जाना है। तू हिंदी में नहीं फारसी में मन लगा।'

'माँ तुम बेकार की चिंता करती हो। मुझे फारसी भी उतनी ही आती है फिर हिंदी पर कविता करने में हर्ज ही क्या है ? यह तो अंदर से आती है।'

'तो यह बात तू मुझे मत समझा। तेरे पिता जब मुगल दरबार से छुट्टी लेकर आयेंगे तब उन्हें बताना। अभी चल खाना खा ले। थक गया होगा।'

माँ के जाते ही आनंद ने फिर वह कागज का पुर्जा निकाला। ध्यान से पढ़ा और संतुष्ट होकर उसे चूमा फिर उसने उसे पूर्ववत जेब में रख लिया।

(12)

शाजिया जब घर पहुँची तो बाई को उलटियाँ आ रही थीं। पेट में भयानक दर्द था। यह दर्द बाई को पिछले एक माह से हो रहा था। चंपा पानी का लोटा लिए उसके पास खड़ी थी। कुछ और नौकर–चाकर भी हाथ बाँधे खड़े थे। शाजिया यह दृश्य देखकर घबरा गयी। उसने बाई का सिर सहलाना शुरू कर दिया। फिर उसने चंपा से पूछा– 'आपा, आपने हकीम जाफरी को नहीं बुलाया ?'

'बुलाया था?''

'क्या कहा उन्होंने ?'

'उन्होंने बताया कि पीलिया की दवा असर नहीं कर रही है। पीलिया में इस तरह पेट दर्द नहीं होता। उनका कहना था पीलिया के साथ कोई और मर्ज भी है। शायद पित्त की थैली में पथरी हो। कह रहे थे पथरी छोटी हुयी तो गनीमत है वरना पीलिया को रोकना मुश्किल होगा।'

बाई ने पानी से कुल्ला किया और शाजिया ने उनका चेहरा साफ़ किया। बाई पलंग पर लेटकर लंबी–लंबी साँसे लेती रहीं। शाजिया उसे हवा करने लगी। चंपा ने दवा बनाकर बाई को पिलाया।

'हकीम साहब ने पथरी की दवा दी ?'– शज्जो ने पूछा।

'नहीं।'

'क्यों ?'

'कह रहे थे कारूरा की जांच करेंगे। तब दवा देंगे।'

'अब यह कारूरा क्या है ?'

'सुबह की पहली पेशाब।'

'ओह ---।'– शाजिया चुप हो गयी। अब तक बाई प्रकृतस्थ हो गयी थी। उसने शाजिया और चंपा का वार्तालाप सुन लिया। वह कराहते हुए बोली– 'अब हमारा समय पूरा होय रहा है। अल्लाह का शुक्र है कि हमारी बिटिया बड़ी होय गयी है। अब यू खुदै अपने को सँभाल लेई।'

'अम्मी, चुप करो।' –शाजिया ने धीरे से कहा– 'क्या अंट–शंट बोलती हो। कारूरा की जाँच हो जाने दो। फिर देखते हैं। क्या जाफरी ही एक हकीम हैं। जरूरत पड़ी तो आपको लेकर बुलंदशहर जायेंगे। वहाँ की हिकमत तो मशहूर है। यह बताओ अम्मी पेट दर्द कुछ हल्का हुआ या नहीं ?'

'हाँ, हल्का हुआ है।'– बाई ने धीरे से कहा। शज्जो के चेहरे पर संतोष दिखाई दिया। चंपा खाने की तैयारी में लग गयी। शज्जो बाई का सिर दबाने लगी।

रात को जब नौकर–चाकर सोने चले गये। तब शाजिया कुरआन शरीफ लेकर बाई के पास बैठ गयी और उसे धीरे–धीरे पढ़ने लगी। कुछ देर तक तो बाई उसे सुनती रही। फिर उसने कहा– 'शज्जो रानी अब पाठ बंद कर और इधर मेरे पास आ। आज मैं तुझसे कुछ कहना चाहती हूँ।'

शाजिया ने कुरआन शरीफ को माथे से लगाया और उसे कपड़े में लपेटकर यथा स्थान रख दिया। फिर बाई के पास आकर बोली– 'हाँ, क्या बात है अम्मी, बताओ ?'

'बेटी, मेरी इच्छा थी कि तुझे जोड़े में देखूँ। गुलारा तो ऐसी फुर्र हुयी कि मैं उसे कुछ दे ही नहीं पायी। राजा साहब ने तीन साल तक

उसे आने ही नहीं दिया। तब तक वह हजारों जोड़े पहन चुकी थी। मैंने अपना वह जोड़ा सहेज कर रखा है जब मैं पहली बार अपने सरफराज से मिली थी। मैं चाहती हूँ आज तू वह जोड़ा मुझे पहन कर दिखाये। तेरा हुस्न तो गुलारा से भी बढ़कर है तू जरूर किसी दरबार की शान बनेगी। तू पहन लेगी तो मेरी आँखों को ठंडक मिलेगी। मैं देखना चाहती हूँ कि मेरी शज्जो जोड़े में कैसी लगती है।'

'इतनी जल्दी भी क्या है अम्मी?'

'शज्जो, तू नहीं समझेगी। इस उम्र में ही भौरे मंडराते हैं। किसी कद्रदान की नज़र तुझ पर पड़ गयी तो। माना कि मैं तेरा सौदा नहीं करूँगी पर अगर राजा साहब की तरह तुझे भी किसी ने अपना लिया तो मैं तेरे हित के लिए मना भी नहीं कर पाऊँगी। डेरेदार का बस इतना ही मुकद्दर है।'

शाजिया की आँखों में आनंद का भोला चेहरा नाच उठा। किसी की नजर तो मुझ पर पड़ ही चुकी है— उसने सोचा। प्रकट में बोली— 'ठीक है अम्मी जैसा तू कहे।'

'तब ठीक है, तू जा लोहे वाले सन्दूक में सबसे नीचे वह जोड़ा रखा है, वह निकाल ला और देख बाकी कपड़े करीने से रख देना।'

शाजिया को भी उस जोड़े को देखने की उत्सुकता हुयी। वह थोड़ी ही देर में उसे ढूंढ़ लाई। सुर्ख लाल रंग का जोड़ा था जो उस नीम उजाले में भी चमक रहा था। उस जोड़े में सितारे लगे थे। बहुत दिनों से रखे रहने के कारण कुछ मैला अवश्य हो गया था।

'ला बेटी, मैं तुझे अपने हाथ से पहनाऊँगी।'— बाई ने बिस्तर से उठते हुए कहा—' न——— न——— इस समय रोक मत मुझे। मेरी वर्षों की साध आज पूरी होने जा रही है।'

शाजिया ने कोई शृंगार नहीं किया था पर जब वह जोड़ा पहन कर तैयार हुयी तो बाई की चीख निकल गयी— 'अरे तुझे मेरी नजर न

लगे शज्जो। तू तो गुलारा से भी बढ़कर है। तू हुस्न की परी नहीं, बल्कि मलिका है। मैं तुझ पर हजार जान कुर्बान जाऊँ।'

बाई चारों तरफ नाच–नाच कर शज्जो की बलैय्या लेने लगी।

'ज़रा आइने में अपने को देख बिटिया।'

'अम्मी तू फिर नाचने लगी। हकीम साहब ने ताकीद की थी।'

'अरे मुए हकीम को क्या मालूम असली खुशी क्या होती है। भला ऐसे में किसी को कोई रोक सकता है।'

शाजिया जब आईने के सामने आयी तो उसे पहली बार अहसास हुआ कि वह सचमुच बड़ी हो गयी है। उसका बहुत मन हुआ कि काश इस जोड़े में आनंद उसे एक बार देख लेता। पर यह संभव नहीं था। विवशता में उसकी आँखों में आँसू आ गये।

बाई ने उन्हें खुशी के आँसू समझा।

(13)

'चंपा आपा।'– शाजिया ने पास बैठते हुए धीरे से कहा। चंपा सब्जी काट रही थी। इस पुकार में कोई नयी बात नहीं थी। पर जिस स्वर में शाजिया उससे मुखातिब हुयी थी, उससे चंपा को आश्चर्य हुआ।

बाई अस्वस्थ थी। वह अभी सोकर नहीं उठी थी। रविवार का दिन था इसलिए साधना के लिए गुरु विद्याधर के यहाँ जाना नहीं था। उपयुक्त अवसर पाकर शाजिया चंपा के पास आयी–'आपा, आजकल मुझे जाने क्या हो रहा है। सारा शरीर ऐंठता है। छाती में दर्द होता है।'

'शज्जो———।' –चंपा मुस्कराई– 'यह कोई नयी बात नहीं है। अब तू जवान हो रही है। यह सारा बदलाव उसी वजह से है।'

'एक बात और आपा मुझे मुजरा नहीं सीखना है। मैं मुजरा नहीं करूँगी।'

'हाय दैय्या, जानती है शज्जो, तू क्या कह रही है?'

'सीधी–सच्ची बात है। मैं नहीं चाहती बस।'

'यह बगावत होगी। बाई से बगावत। पेशे से बगावत और मुकद्दर से भी बगावत। बिना मुजरा जाने डेरेदार की बिटिया को कौन पूछेगा?'

'मैं ब्याह कर अपना घर बसाऊंगी।'

'हाय अल्लाह, शज्जो तवायफ की बिटिया से कौन अक्लमंद शादी

करेगा।'

'अगर कोई, मुझे चाहता हो तो ?'

चंपा के पाँव के तले से ज़मीन खसक गयी।

'शुभ शुभ बोल शज्जो, कोई इज्जतदार तो दूर मामूली घरबारवाला भी तवायफ की बेटी से ब्याह नहीं करेगा और यदि कोई ऐसा दावा करता है तो वह सरासर झूठ बोलता है। कोई तुझे बेवकूफ बना रहा है। वह तुझको बर्बाद करके छोड़ देगा। समझी मेरी बच्ची। इतना दूध महतारी का किसी ने नहीं पिया है कि वह तुझे अपनी घर की बहू बना लेगा और उसके घर वाले या यह समाज मान जाएगा। लाशें बिछ जायेंगी, शज्जो! तू किस गुमान में है। अरे सपना देखना बंद कर मेरी बहना। जमाना बड़ा जालिम है। कोई अगर हिम्मत दिखाता भी है तो यह दुनिया उसे ज़िंदा नहीं रहने देती।' –चंपा ने रुककर साँस ली, फिर बोली– 'शज्जो, तुम तो गुरु जी के अलावे कहीं और जाती नहीं हो। तो –––––ई गुल कहाँ खिला बैठी –––कौन लड़का है?'

'नहीं, कोई नहीं। बस ऐसे ही। मैं मुजरा नहीं सीखना चाहती थी, इसीलिये।'

चंपा चुप हो गयी। वह समझ गयी कि बात उससे छिपाई जा रही है। दाल में कुछ तो काला जरूर है। इसी समय सुलतान ने आकर बताया कि माधोपुर के तालुकेदार अपना डेरा–डम्बर लेकर बाई से मिलने के लिए आये है। शाजिया ने बाई को जगाया और उन्हें इस अनजान अतिथि की जानकारी दी। बाई को आश्चर्य हुआ। भला तालुकेदार का उससे क्या काम। प्रकट में उसने कहा –'तालुकेदार साहब को मेहमानखाने में इज्जत से बिठाओ। मैं तैयार होकर आती हूँ।'

बीमारी ने बाई को कमजोर कर दिया था। मगर उनमें हिम्मत की कमी नहीं थी। थोड़ी ही देर में तैयार होकर वह तालुकेदार साहब के सामने पेश हुईं और बड़े अदब से उन्हें सलाम किया। बाई की अनुभवी आँखों ने

ताल्लुकेदार का मुआइना किया। पचपन की उम्र, ठिंगना कद, पेट निकला हुआ, आबनूसी रंग, चेहरे पर घनी दाढ़ी और मूँछ। चेहरे पर काइयाँपन। वे मुख में ठुंसे पान के बीड़े को धीरे–धीरे चुभला रहे थे। रेशमी कुर्ता और पायजामा उनका परिधान था। सिर पर सफ़ेद रंग का साफा भी था।

तालुकेदार ने बाई को पढ़ने की कोशिश की। बीमार, कमजोर, मैरून साड़ी, काला ब्लाउज, सोने के तमाम गहने। नाक–नक्श बताते थे कि कभी इनका भी जलवा या जमाना रहा होगा।

'शरबत नोश फरमाइए'– बाई ने बड़ी तहजीब से आग्रह किया। चंपा और शाजिया मेहमान–खाने की बंद खिड़की की दराज से उस तालुकेदार की हरकतें देखने और बातें सुनने को साँस रोककर मुस्तैद हो गयीं।

'जी जरूर————————।'– तालुकेदार ने एक साँस में शरबत का गिलास खाली कर दिया।

'अरे हजूर आहिस्ता, आप तो ———?'

'बाई यह कोई शराब तो है नहीं कि चुश्की लेकर पिया जाय और फिर वैसा माहौल भी तो होना चाहिए।'–इतना कहकर वह एक भद्दी हँसी हँसा।

'कमीना है साला।'– शाजिया ने चंपा के कान में धीरे से कहा।

'बाई जी मेरे आदमी और सिपाही बाहर मैदान में है।'– तालुकेदार ने साभिप्राय कहा।

'आप फ़िक्र न करें सरकार। शरबत उन्हें भी मिल जाएगा। अब आप बताने की कृपा करें कि आपने इस गरीबखाने का रुख किस मकसद से किया।'

'रुख नहीं, हम तो जहमत करते हैं।'– फिर एक भद्दी हँसी। बाई की इच्छा हुई कि एक तमाचा उसको लगाये और घर से बाहर कर दे। पर वह बीमार थी, उसने जब्त से काम लिया।

'हाँ सरकार, आपकी इस जहमत की वजह ?'

'आपकी बेटी, वह क्या नाम है उसका ---?'

शाजिया की आँखों में खून उतर आया– 'आपा मुझे जाने दीजिये। मैं इस उजबक को दस जूतियाँ लगाऊँगी।'– उसने फुसफुसाकर चंपा से कहा। चंपा ने कहा –'चुप कर अभी तमाशा देख। इसके लिए अपनी बाई ही काफी है।'

'आप शायद शाजिया की बात कर रहे हैं ?'

'हाँ, बिलकुल वही। सुना है बड़ी गजब की उठान है।'

'मैं इसके दांत तोड़ दूँगी, आपा, अल्लाह कसम छोड़ूंगी नहीं। न मुँह में दांत, न पेट में आंत, मुआ अपनी बेटी–बहन नहीं देखता।' –शाजिया क्रोध में पागल हो गयी। पर चंपा ने हाथ पकड़ कर उसे रोका।

'हाँ, जवान है। इस उम्र में खूबसूरत लड़कियाँ मर्दों के दिल में राज करती ही हैं।'–बाई ने कुढ़कर कहा।

'हाँ, वजा फरमाया। तो हम उसकी नथ का सौदा करने आये हैं। कीमत मुँह माँगी मिलेगी। तुम्हारी बेटी को सोने से तोल देंगे हम।'– वह बेशर्मी से हँसा।

'हुजूर, अभी उसकी उमर ही क्या है? अभी तो उसने मुजरा करना भी नहीं सीखा।'

'हमें मुजरे से क्या ? हम तो नथ की बात कर रहे हैं?'

'मगर -----?'

'अब अगर–मगर नहीं। वह तुम्हारी जनी बेटी तो है नहीं फिर तुम्हें काहे तकलीफ हो रही है।'– उसने खौफनाक अंदाज में कहा। बाई की आँखों में खून उतर आया। उधर शाजिया चंपा से कह रही थी –'मुझे छोड़ो आपा, मैं इसकी तालुकेदारी यहीं मिट्टी में मिलाती हूँ, अभी।'

'जब आप इतना जानते हैं तो यह भी जानते होंगे कि मेरी बड़ी बेटी राजा शिकारपुर की डेरेदार रानी है।'– बाई ने कहा।

'हाँ––––'– तालुकेदार का स्वर हल्का पड़ गया।'

'तो राजा साहब की भी नजर शाजिया पर है। आप उन्हीं से बात कर लीजिये न हुजूर। वह कहेंगे तो हमें कोई उज्र नहीं होगा। आखिर वे राजा हैं और आप महज एक मामूली तालुकेदार।'– बाई ने मामूली शब्द पर जोर देते हुए कहा।

तालुकेदार की बोलती बंद हो गयी। वह उठा और दरवाजे से बाहर निकल गया। उसके जाते ही शाजिया भागती हुई आयी और बाई से लिपट गयी और काँपते हुए बोली– 'अम्मी कभी मेरा सौदा मत करना वरना शाजिया ज़िंदा नहीं रहेगी।'

(14)

'कलियाँ चटक भी नहीं पाती के भौंरे मंडराने लगते हैं। गुड़ कहीं भी रखा हो चींटे उसे ढूंढ ही लेते हैं। दीपक छोटा हो या बड़ा परवाने मरने चले ही आते हैं।'– चंपा ने कहा तो शाजिया चौंक उठी।

'क्या मतलब आपा?'

'मतलब यह रानी कि तू पं० विद्याधर के घर जाने के अलावे तो कहीं जाती नहीं। फिर भी तेरे हुस्न के किस्से अनूपशहर की सरहद कैसे पार कर गये?'

'मैं क्या जानूँ ?'

'तू नहीं जानती तो फिर कौन जानेगा। सच–सच बता नहीं तो मैं बाई से कह दूँगी कि तेरा उस लाला भटनागर के लडके के साथ कुछ लफड़ा है।'

'आहिस्ते आपा, आहिस्ता बोलो। बाई सुन लेगी तो गजब हो जाएगा।' शाजिया ने हाथ जोड़ लिए– 'और सच पूछो तो मेरा कोई लफड़ा–वफड़ा नहीं है। बस वह मेरे चेहरे को देख कर ही गाता है और यह मुझे अच्छा लगता है। बस।'

'तू सच कह रही है ?'

'हाँ आपा, आपको अपना राजदार बनाया है, तो झूठ नहीं बोलूँगी। पर आपा मेरी लाज अब तुम्हारे हाथ में है।'

'अच्छा तो तू आनंद के साथ गंगा तट पर नहीं गयी थी ?'

शाजिया के काटो तो खून नहीं। चंपा को यह बात कैसे मालूम हुयी ?

'वह----- तो ----- वह तो--।'– शाजिया से कुछ कहते नहीं बना। वह घबरा कर बोली– 'आपने बाई को तो नहीं बताया?'

'अब तू मुझे आपा कहती है, तो कैसे बताती?'

'मेरी अच्छी आपा।'– शाजिया चंपा से लिपट गयी।

'तो फिर साफ़–साफ़ बता, तुझे गंगा की सौं वहाँ क्या बात हुयी?'

'कुछ पढ़ाई की बातें। कुछ---- हाँ मैंने उससे पूछा तुम मेरे चेहरा देखकर क्यों गाते हो, तो उसने कहा कि तुम्हारा चेहरा नहीं देखूँगा, तो गा ही नहीं पाऊँगा।'

'उसने ऐसा कहा ?'

'हाँ'

'तब तो बहुत बड़ा मजनू है।'

'तुमने तो कुछ नहीं कहा ?'

'कहा आपा, जाने कैसे मुख से निकल गया। मैंने कहा, मुझे यह अच्छा लगता है।'

'सत्यानाश शज्जो! तूने अपनी कमजोरी भी बता दी। उसको तो संजीवनी मिल गयी न। तुमने उसे हौसला दे दिया। वह अब और आगे बढ़ेगा।'

'तो क्या करूँ आपा ?'

'क्या वह सचमुच तुझे अच्छा लगता है ?'

शाजिया कुछ नहीं बोली। चंपा समझ गयी कि आग दोनों तरफ बराबर लगी हुयी है। मगर अब इस समस्या को निपटाया कैसे जाय?

बाई को बताना किसी के विश्वास को तोड़ना होगा। चंपा चक्रव्यूह में उलझ कर रह गयी।

'शज्जो !'

'जी आपा ?'

'अब तू आनंद से कोई बात न करना। वह करना चाहे तब भी। पत्थर बन जाना, मेरी बहना। अब इसी में तेरा कल्याण है?'

'अरे क्या सिखा रही है तू चंपा, मेरी बिटिया का कल्याण किस में है?'

जाने कब बाई उठकर इधर चली आई। चंपा का जैसे हलक सूख गया। उससे कुछ कहते नहीं बना। तब शाजिया ने स्थिति संभाली – 'अम्मी आपा कह रही थी कि नाच तो हमने हर तरह का सीख लिया पर मुजरा कैस पेश करते हैं। यह सीखने में ही मेरा कल्याण है।'

'बिलकुल सौ टके की बात है। चंपा ने गुलारा का रियाज देखा है न। यह बड़ी सयानी है, सब जानती है।'

(15)

पं० विद्याधर महराज गुर्वासन पर विराजमान थे। उनके दोनों शिष्य पूर्व की भाँति आमने–सामने बैठे थे। उन्होंने शिष्यों की ओर देखकर कहा– 'अब तक मैंने अपनी क्षमता के अनुसार तुम्हें गायन, वादन और नृत्य का प्रशिक्षण दिया। आज हम तुम्हारी परीक्षा लेना चाहते है।'

दोनों शिष्यों के शरीर में सिहरन उत्पन्न हो गयी। पता नहीं महराज क्या पूछें? दोनों ने अपनी साँस रोक ली और प्रश्न की प्रतीक्षा करने लगे।

'पहले शाजिया तुम बताओ। भरतनाट्यम में नृत्य के तीन मूलभूत तत्व क्या है?'

'भाव अथवा मनःस्थिति, राग अथवा संगीत और स्वस्माधुर्य और ताल अथवा काल समंजन।'– शाजिया ने आत्मविश्वास से उत्तर दिया।

'और जीवन के मूलभूत तत्व?'

'वे भी तीन ही हैं – दर्शन शास्त्र, धर्म एवं विज्ञान।'

'इसमें, हाथ, पैर, मुख, व शरीर संचालन के समन्वयन के कितने सिद्धांत हैं?

'कुल चौंसठ। पर कौन कितना कर सकता है यह उसके कौशल पर निर्भर है।'

'यह नृत्य महत्वपूर्ण क्यों है?'

'भरत मुनि का नाट्यशास्त्र पंचम वेद माना गया है। यह प्राचीनतम और उत्कृष्ट है, शायद इसलिए।'

'शायद क्यों ?' क्या तुम्हें अपने कथन पर भरोसा नहीं है ?'– गुरु ने टोका।

'है, पर––––'– शाजिया बोलते–बोलते अटक गयी।

'कोई बात नहीं, न ज्ञात हो तो मत कहो, पर जो कहो पूर्ण विश्वास से कहो।'

'जी गुरु जी।'

'अब यह बताओ कि कथक की क्या पहचान है?'

'गुरु जी, कथक का नृत्य सौ से अधिक घुंघरुओं को पैरों में बांध कर तालबद्ध पदचाप और विहंगम चक्कर द्वारा पहचाना जाता है।'

'सुंदर––––––।'– गुरु ने प्रशंसा की।

'कथक का अर्थ क्या है और मुगलों के आने से इसके रूप में क्या बदलाव हुआ ?'

'कथक का अर्थ है किसी कथा को नृत्य के माध्यम से पेश करना। मुगल संगीत से इसमें कुछ बदलाव आया है। अब कसा हुआ चूड़ीदार पायजामा इसकी पहचान बन गया है। आजकल यह नृत्य मुगल दरबार की शान बन गया है।'

'बिलकुल।'– गुरु ने स्वीकार किया– 'और तुमने इसका बड़ा सुंदर रियाज किया है। मुझे फख्र है कि तुमने इसके दोनों घराने, लखनऊ और जयपुर की शैलियों में महारत हासिल कर ली है। अब यह बताओ कि क्या तुम्हें मालूम है कि कथकली और कुचिपुड़ी नृत्य मैंने क्यों नहीं सिखाया ?'

'क्योंकि ये नृत्य मूल रूप में पुरूषों द्वारा किये जाते हैं।'

'क्या बात है ?'– गुरु जी ने विभोर होकर कहा– 'मोहिनीअट्टम

और कुटियाट्टम का अभ्यास मुझे नहीं है। इसलिए इन्हें भी मैंने नहीं सिखाया। ओड़िसी और मणिपुरी पर काम चल ही रहा है। अब वादन पर आते हैं। कितने प्रकार के वाद्ययंत्र होते हैं ?'

'भारतीय वाद्य चार प्रकार के होते है। पहला तन्तु वाद्य अथवा तार वाद्य जैसे वीणा या सितार। दूसरा, सुषिर वाद्य अथवा वायु वाद्य जैसे वेणु। तीसरा अवनद्व वाद्य और चमड़े के वाद्य, जैसे तबला या पखावज और चौथा घन वाद्य या आघात वाद्य (ठोस वाद्य, जिन्हें समस्वर स्तर में करने की आवश्यकता नहीं होती) जैसे घंटा, मजीरा आदि।'

'आपने कौन से वाद्य सीखे ?'

'चित्र–वीणा, सितार, सुरबहार, सारंगी, श्रुति उपांग, पखावज और तबला तरंग।'

'पखावज और मृदंग में क्या फर्क है ?'

'कोई फर्क नहीं। एक ही वाद्य के दो अलग–अलग नाम हैं।'

'बहुत खूब ! शाजिया तुमने वाकई मन लगाकर पढ़ा है और सीखा है। अब तनिक गायन पर आते हैं। मगर अब आनंद की बारी है, वह जवाब देगा।' –विद्याधर ने आनंद की ओर देखा –'गायन में मैंने सबसे पहले किस शब्द का रियाज कराया?'

'ओंकार का गुरु जी।'

'कितनी देर तक और कितने दिन किया?'

'रोज एक घंटा, तीन माह तक।'

'ओंकार के साथ और कौन सा रियाज किया?'

'सरगम के आरोह एवं अवरोह का, वह भी आधा घंटा रोज।'

'स्वर ठीक से लगने कब शुरू हुए?'

'लगभग दो माह बाद से।'

'रियाज में कब मुख से साँस लेते है और कब नाक से?'

'हमेशा नाक से ही साँस लेते है, मुख से नहीं।'

'वाह, बहुत सुंदर, आनंद ! तुम ध्रुपद बहुत अच्छा गाते हो। क्या होता है यह ध्रुपद?'

'गुरुवर सही शब्द है ध्रुव–पद अर्थात् जिसके नियम निश्चित एवं अटल हों। नाट्यशास्त्र के अनुसार वर्ण, अलंकार, गान–क्रिया, यति, वाणी, लय आदि जहाँ परस्पर सम्बद्ध रहें, उन गीतों को 'ध्रुव' कहा गया है। यह गंभीर प्रकृति का गीत है। इसे गाने में कंठ और फेफड़े पर बल पड़ता है। इसलिये लोग इसे 'मर्दाना गीत' भी कहते हैं।'

'अति उत्तम ! अब कुछ बात रागों की भी कर लें।'

किंतु गुरु जी आगे बात जारी नहीं कर पाए। सड़क पर भागते लोगों की चीख–पुकार सुनकर वह खड़े हो गये। उन्होंने अपने सेवक को पुकारा। सेवक फाटक की ओर से दौड़ता हुआ आया –'महराज जी, गंगा मैया कुपित ह्वै गयी हैं। लोग–बाग़ जान बचावे के बदे भागि रहे है। सूना है खलार के घरन मां पानी घुसि आवा है।'

'अच्छा यह बात है। गंगा मैया का कोप जल्दी शांत नहीं होता। कुछ तबाही होकर रहेगी।'– उन्होंने शिष्यों को आदेश दिया–'तुम लोगों के घर तो ऊँचाई पर है। पर बाढ़ का असर तो पड़ेगा ही, तुम सब जल्दी घर जाओ।'

गुरु की आज्ञा पाकर शाजिया अपना दुपट्टा लपेटकर भागी। आनंद पीछे रह गया। वह तेजी से भाग कर शाजिया के पास आया –'शाजिया, एक पल मेरी बात सुनो।'

'मैं तुमसे बात नहीं करना चाहती।'

'ठीक है मत बात करो पर कल मैंने पहली बार एक कविता लिखी है तुम उसको देख लो फिर जो गलती समझ में आये मुझे बता दो।'

'लेकिन मुझे तुम्हारी कविता से क्या लेना है ?'

'अरे हम सहपाठी हैं, दोस्त हैं। क्या तुम मेरे लिए इतना भी नहीं कर सकती ?'

'जल्दी दिखाओ, क्या है ?'

'सवैया है, ज़रा इत्मीनान से घर ले जाकर पढ़ना।' इतना कहकर आनंद ने अपने अंगरखे की जेब से वही कागज़ का पुरचा निकाला, जिसे उसने घर में तैयार किया था और शाजिया के हाथों में थमाकर तेजी से नौ दो ग्यारह हो गया।

(16)

शाजिया ने वह पुर्जा ले तो लिया। पर वह बड़े असमंजस में थी कि शायद उसे वह कागज का टुकडा नहीं लेना चाहिए था। पता नहीं उसमें सवैया ही था या कुछ और बात तो नहीं। किसी ने आनंद को ऐसा करते देखा न हो। उसने उस पुर्जे को अपने वक्ष में सुरक्षित रख लिया। मगर जब से यह टुकड़ा उसके पास आया है। उसका मन स्थिर नहीं है। वह कोई भी काम करती है, उसका जी नहीं लगता। उसने चंपा की मदद करनी चाही तो चपातियाँ जला दी। नाच के रियाज करते समय कदम–ताल भूल गयी और हद तो तब हो गयी जब बाई के सिर में तेल लगाते समय उसके हाथ से तेल की शीशी छूट गयी।

चंपा ने अकेले पाकर धीरे से ताना मारा–'बन्नो, तुम्हारा जी तो उस लाला के लड़के में लगा है। तो कैसे कोई काम ढंग से होगा ?'

'आपा, जाने आप क्या सोचती हैं। बाई तो कह रही थी यह उम्र ही लापरवाही की है। पर उन्होंने यह भी ताकीद की है कि मैं अकेले में ज्यादा न रहूँ और दिन में सपने न देखूं।'

'शज्जो, संभल के रहना, बाई ने घाट–घाट का पानी पिया है। अगर तू ज्यादा उड़ेगी तो तेरे पंख कतरने में उन्हें ज़रा भी देर नहीं लगेगी और उस भटनागर के लड़के की भी ऐसी–तैसी कर देंगी वह, भले उसके बाप की दखल मुग़ल दरबार में हो।'

'आपा, मैंने ऐसा कुछ नहीं किया है। जितनी बात है, वह आप जानती हैं। आप सच–सच बताइये मैंने अब तक कुछ गलत किया है।'

'शज्जो, तूने अभी तक गलत नहीं किया। मगर तूने कीचड़ में पाँव तो डाल ही दिया है। तवायफ की बेटी के दिल में किसी लड़के के प्रति हमदर्दी बुरी चीज है। नेह का मार्ग बहुत टेढ़ा होता है। कहते हैं इसमें और युद्ध में हर तरह का फरेब भी जायज होता है। मेरी बन्नो तू किसी फरेब में न आ जाये हमें यही डर है। सच्चा चाहने वाला किस्से और कहानियों में ही मिलता है। मेरा काम तुझे आगाह करना है।'

शाजिया की रूह काँप गयी, उसकी इच्छा हुयी कि वह उस कागज के बारे में चंपा को बता दे। फिर उसने सोचा, अभी तो मैंने ही नहीं पढ़ा और आनंद ने जाने क्या लिखा हो? इस विचार से उसने चंपा को उस पुर्जे का राजदार नहीं बनाया। चंपा सोने चली गयी तो शाजिया बाई के पास आयी। बाई सो रही थी। शाजिया बैठकर बाई का चेहरा देखने लगी। कितना तेज था इन आँखों में। चेहरा कैसा दमकता था। इसी के मजबूत हाथों ने उसे रुई के फाहों से दूध पिलाया था। शज्जो के मन में आया कि वह बाई का चेहरा चूम ले, पर बाई जाग सकती थी और इस बीमारी में उसका जागना ठीक नहीं था।

शाजिया ने शमादान बुझाने के बजाय उसे उठा लिया और उसे लेकर वह अपने रियाज वाले कमरे में चली गयी। उसने सावधानी से कमरे का द्वार अंदर से बंद कर लिया। फिर उसने अलमारी से भरतमुनि के नाट्यशास्त्र की पोथी निकाली। उसने अपने वक्ष से आनंद के दिए हुए कागज के पुर्जे को निकालकर उसने नाट्यशास्त्र के पन्नों में छिपाया और धीरे से उसकी तह खोली। शमादान की रोशनी में उसने पन्ने को गौर से देखा। बड़ी ही सुंदर लिखावट में उसमें चार पंक्तियाँ दर्ज थीं। शाजिया ने मन ही मन पढ़ा–

चातक चंद क रीति अनूप, सु प्रेम क पंथ क लीक ह भारो।
जानि अननंत, अलभ्य, अगम्य, तऊ नहि टेक निवारत प्यारो।

रूप क शीतल छाँह क चाह सु है वहिको अवलंबु बिचारो।
सोइ दशा भ जू शाजिय दर्शन, टारत पै दृग जात न टारो।।[1]

शाजिया एक साँस में पढ़ गयी। अर्थ पर उसने ध्यान नहीं दिया। उसने मात्राएँ गिनी SII X 7 और दो SS अर्थात् मत्तगयन्दम। 'बढ़िया' उसने सोचा– शिल्प तो ठीक है अब भाव––––। शाजिया ज्यों–ज्यों भाव समझती गयी उसका संदेह सच्चाई में बदल गया। यह प्रेम–पत्र ही था, कविता की चाशनी में लिपटा हुआ। इसमें आनंद ने अपने हृदय की सारी पीड़ा उडेल कर रख दी थी। शाजिया की साँस तेज हो गयी। सारा शरीर पसीने में तर हो गया। उसक मुख से इतना ही निकला– 'हे आनंद! मेरे आनंद !'

अचानक कमरे की सांकल बाहर से खटकी। शाजिया का कलेजा मुख में आ गया– 'ओह बाई –––? हो गया सत्यानाश।' उसने कागज को फिर से छाती में छिपाया। नाट्यशास्त्र को ढंग से पकड़ा और अपनी भावनाओं को जब्त करते हुए तेजी से दरवाजा खोला। सामने प्रश्नवाचक चिह्न लिए चंपा खड़ी थी। शाजिया उसके कंधे पर कटे वृक्ष की तरह ढह गयी। चंपा ने कहा– 'शज्जो, मैं भी इस इम्तहान से गुजर चुकी हूँ। अगर बाई ने दामन नहीं थामा होता तो जाने मेरी क्या दुर्गति होती। इसीलिये मैं तुझे बार–बार आगाह करती हूँ। यह जानते हुए भी कि इस अवस्था में दिल अपने वश में नहीं होता। पर तू मुझे आपा कहती है और मैं भी तुझे छोटी बहन ही मानती हूँ इसलिए मुझसे तुझे डरने की कोई जरूरत नहीं। तेरा राज मेरे साथ ही इस दुनिया से दफ़न होगा, पर तू बजाय सोने के यहाँ इस कमरे में किसका फातिहा पढ़ रही है?'

'आपा, अगर कोई किसी को अच्छा लगता है और फिर यह मालूम हो कि वह तो शिद्दत से चाहता भी है तो दिल में कैसा लगेगा ?'

'जाहिर है कि वैसा ही लगेगा जैसा तू इस समय महसूस कर रही

1– लेखक के काव्य संग्रह 'मनस विहंगम आतुर डैने' से। इसमें 'शाजिया' शब्द स्थानापन्न है।

है पर इस बात का क्या सबूत है कि वह सचमुच तुझे शिद्दत से चाहता है ?'

''तो सबूत यह है।'– शाजिया ने कागज का टुकडा चंपा को पकड़ा दिया। चंपा ने एक बार बाई के कमरे के पास जाकर झाँका फिर वह संतुष्ट होकर वापस लौट आयी और उस सवैये को पढने लगी। पर चंपा को इतना ज्ञान नहीं था। उसने कहा–'शज्जो! तुझे समझाना होगा।'

'आपा इसकी पहली पंक्ति का मतलब है – 'चातक और चंद्रमा की रीति अनुपम है, निराली है और प्रेम मार्ग की मर्यादा है लीक है।'

'यह बात तो ठीक है, चकोर रात भर चाँद को ही देखता है। यह कहावत तो बड़ी मशहूर है।'– चंपा ने कहा।

'दूसरी कतार कहती है कि चकोर जानता है कि चाँद अनंत दूरी पर है, उसका मिलना कठिन है, वहाँ तक जाना मुश्किल है। फिर भी चातक अपनी जिद अपनी टेक नहीं छोड़ता।'

'बात तो यह भी बरोबर है। भूमिका अच्छी बनायी है।'

'आगे यह है कि चाँद का रूप तो उसे दिखता ही है। चंदा की शीतलता भी उसे मिलती है। इतना ही सहारा उस चातक के लिए बहुत है। इस सहारे के दम वह सारी रात चाँद को एकटक देखते हुए जागकर गुजार लेता है।'

'यह आनंद तो सचमुच बहुत अच्छा कवि है। अभी तो यह शुरुआत है। आगे जरूर बड़ा कवि बनेगा। अब आख़िरी पंक्ति भी पढ़ दे।'

'वह कहता है कि वही दशा शाजिया के दर्शन से मेरी—— ——।' –शाजिया का स्वर काँपने लगा। वह फफक कर रो पड़ी। चंपा ने होंठ काट लिए –'शज्जो सँभाल मेरी बहन, आवाज पर काबू कर ——————।'

इतने में बाई की कमजोर आवाज सुनायी दी– 'अरी चंपा तू क्या रात भर शज्जो को जगाये रखेगी। गंगा मैया हहराय रही है मगर हियाँ

तक नाहीं आयेंगी। चिंता मत करो। चुपचाप सो जाओ। शाजिया ने जल्दी–जल्दी अपने आँसू पोछे। उस कागज को फिर वक्ष में छिपाया, नाट्य–शास्त्र को अलमारी में रखा। चंपा –'जी बाई' कहती हुई नीचे वाले माले में बनी अपनी कोठरी में चली गयी। शज्जो शमादान लेकर बाई के पास आयी। उसने शमा बुझा दी और बाई के बगल में पड़े तख़्त पर लेट गयी। शाजिया को लगा उसका हृदय गंगा का लम्बा–चौड़ा पाट है और उस पर लहरों के रूप में असंख्य रूपहले नाग फन उठाये तेजी से भाग रहे हैं। ठीक उसी समय भयानक आवाज के साथ गंगा का एक बड़ा कगार टूटकर गिरा।

(17)

शाजिया के हृदय में जो सैलाब उमड़ रहा था, उससे जाने कितने तटबंध टूटे और कितने कगार ढहे। वह लेट तो गयी पर नींद उसकी आँखों से बहुत दूर। उसे सवैया पूरा का पूरा याद हो गया था। वह बार–बार इन्हीं पंक्तियों में अटक जाती–'जानि अनंत, अलभ्य, अगम्य, तऊ नहि टेक निवारत प्यारो।' शाजिया को लगता कि आनंद ने अपने मन की नहीं अपितु स्वयं उसकी मनोदशा भी लिख दी है। उसकी आँखें भी तो हमेशा आनंद को ही देखने को लालायित रहती हैं। लोक–लाज और अपनी दुर्बलता छिपाने के लिए ही उसे आनंद से अपनी दृष्टि बरबस बचानी पड़ती है। पर आनंद ने तो अपनी दुर्बलता नहीं छिपाई। उसने जो महसूस किया, उसने उसे कविता के रूप में प्रकट कर दिया। तो क्या आनंद मुझसे अधिक निष्कपट और ईमानदार है। क्या अपनी कमजोरी छिपाना कपट है ? शाजिया कोई निर्णय नहीं कर सकी। उसे अपने सीने में एक मीठा सा अकथनीय दर्द उठता महसूस हुआ। अपनी छाती सहलाकर उसने पीड़ा का निवारण करने की कोशिश की। पर पीड़ा शांत नहीं हुयी। उसे चंपा की याद आयी। उसने कहा था कि वह इन अनुभवों से गुजर चुकी है। तो क्या सचमुच आनंद को मुझसे और मुझे आनंद से नेह हो गया है और यदि हो गया है तो यह निभेगा कैसे? कहाँ वह मुग़ल दरबार के नुमायंदे का बेटा और कहाँ मैं मामूली तवायफ की बेटी। उसे लगा कि आनंद से इस बारे में साफ़ बात कर लेनी चाहिए। मगर मुसीबत यह थी कि दोनों एक दूसरे को देखकर अपनी सुविचारित बातें ही भूल जाते थे।

तभी मुर्गे ने बांग दी। शाजिया चौंक उठी। क्या सारी रात यूँ ही जागते हुए गुजर गयी ? उसने बिस्तर छोड़ दिया। वह ऊँचे माले के गलियारे में आ गयी। अँधेरा छँटने लगा था। नीम रोशनी में आज गंगा मैया कुछ शांत लग रही थी। उसकी इच्छा हुयी कि वह आज कोई अच्छा परिधान पहनकर प्रशिक्षण लेने जायेगी। अच्छा पहनने और दिखने का तभी आनंद है जब यह पता हो कि उसे कोई देखने वाला भी है। यह विचार आते ही उसके मन में झुरझुरी आ गयी। उसे लगा कि आनंद उसे किसी कोने से झाँक रहा है। उसने इन विचारों को परे झिटका और फिर वह अपनी दैनिक चर्या में लग गयी। कुछ देर में चंपा भी आ गयी –'क्यों शज्जो रानी, आज बहुत सवेरे––––– रात को नींद नहीं आयी क्या ?'

'सही कहा आपा, सचमुच नींद नहीं आयी।'

'जाहिर है, रात भर कुछ न कुछ सोचती रही होगी।'

'हाँ, यह भी सच है।'

'तो क्या सोचा ?'

'यही कि आज हिसाब साफ़ ही कर दूँ कि जब 'अनंत, अलभ्य, अगम्य' मानते हो तो क्यों मरे जा रहे हो। आसमान के चाँद की तो मजबूरी है बार–बार आसमान पर आने की, पर जब यह चाँद ओझल होगा तो तुम उसकी सूरत भी देखने को तरस जाओगे? तब क्या करोगे?'

'तुम ऐसा कह पाओगी ?'

'बिलकुल फ़ौरन से पेश्तर।'

'शज्जो, जिद मत कर, मेरा दावा है कि तू नहीं कह पायेगी।'

शज्जो ने कोई उत्तर नहीं दिया। उसका स्वयं पर विश्वास कम था। संभव है चंपा की ही बात सच हो। वह उठकर खिड़की के पास चली गयी और उसने आँख उठाकर बाहर की ओर देखा।

अँधेरा छँट चुका था। आकाश में अरुणाभा फ़ैल गयी थी। गंगा के आयाम में कमी नहीं आयी थी, पर उसका हाहाकार कम हो गया था।

अचानक बाई के कराहने की आवाज आई। शाजिया ने पलट कर देखा। चंपा उन्हें उठाने के लिए उनके बिस्तर की ओर दौड़ी। बाई को उठाते समय चंपा को बाई के अधोवस्त्र गीले मालूम हुए। उसमें चिपचिपापन भी था। उसने गौर से देखा तो उसके चीख निकल गयी।

'क्या हुआ, आपा ?'– शाजिया चीख सुनकर घबराई हुयी आयी।

कुछ देर के असमंजस के बाद यह स्पष्ट हो गया कि बाई की पेशाब से खून आ रहा है। बाई कमजोरी के कारण न उठ पायी थी और न किसी को पुकार सकी थी। चंपा ने पहले जीने का दरवाजा बंद किया ताकि बैजू या सुलतान ऊपर न आ सकें। फिर शाजिया के साथ मिलकर उसने बाई की अच्छी सी सफाई की। उन्हें कुल्ला कराया। गुनगुने पानी से उनका पूरा शरीर धोया आर साफ कपड़े पहनाये। बाई का बिस्तर बदल दिया गया।

शाजिया ने चंपा से पूछा– 'आपा अब क्या करें। यह स्थिति तो भयानक है। खून ज्यादा निकल गया तो जान पर बन आयेगी।'

'शज्जो, कह तो तू सच ही रही है। पर कुछ देर रूककर देखते हैं। हकीम साहब को तैयार होकर आने में अभी कम से कम दो घंटे और लगेंगे। तू पं० विद्याधर के यहाँ जायेगी क्या ?'

शाजिया गंभीर हो गयी। उसने निश्चय भरे स्वर में कहा– 'नहीं, बाई को इस हालत में छोड़कर मैं कहीं नहीं जा सकती। आप बैजू से जाकर कह दो कि वह पं० महराज को खबर कर दें कि शाजिया आज नहीं आ पायेगी। तब तक मैं बाई को दूध मखाना खिलाती हूँ।'

'सोच लो शज्जो, आनंद इसका क्या अर्थ निकालेगा ? यही कि तुझे बुरा लगा है और तूने शायद प्रशिक्षण छोड़ दिया।'

'एक दिन तो यह होना ही है, आपा। सपनों से जिंदगी नहीं चलती।'

'शज्जो, इसे भाव और बुद्धि का संघर्ष कहते है। यहाँ कभी बुद्धि

का पलड़ा हावी हो जाता है। कभी भावना हावी हो जाती है। दोनों में संतुलन बनाना कभी–कभी बहुत मुश्किल हो जाता है।'

'जानती हूँ आपा। रोना सचमुच रोना ही होता है और रोना कोई मजाक नहीं है।'

उसने पिछली रात गंगा के अथाह जल में चांदनी का विलास देखा था। आज सूरज की किरणों ने जाल पसार रखा था। शाजिया सोचने लगी –

कितनी बार भंवर में डूबे,
मौजों ने सौ बार उठाया।
कितने चाँद छुड़ाने आये,
सूरज ने भी जाल बिछाया।।
चातक की रट पूजा जैसी, वह 'पुनरुक्ति प्रकाश'[1] नहीं है।
धीरे–धीरे अश्रु थमेंगे, रोना है परिहास नहीं है।[2]

1– आश्चर्य, घबराहट, घृणा या रोचकता प्रकट करने के लिए किसी शब्द को काव्य में दोहराना ही 'पुनरुक्ति प्रकाश' अलंकार है। जैसे– मधुर–मधुर मेरे दीपक जल।

2– लेखक के काव्य संग्रह 'मनस विहंगम आतुर डैने' से।

(18)

कारूरा की जांच का परिणाम आ गया था। यह तय हो गया कि बाई की पीलिया का कारण पथरी ही है। अब यदि पेशाब से खून आने लगा है तो हिकमत से इसे कुछ दिनों के लिए रोका जा सकता है परंतु अंतिम विकल्प केवल शल्य चिकित्सा ही है। हकीम साहब ने आकर अपना निर्णय सुना दिया।

शल्य चिकित्सा के लिए बाई को बुलंदशहर जाकर कुछ दिन वहाँ ठहरने की आवश्यकता थी। पर गंगा मैया के कोप ने अनूपशहर को टापू में तब्दील कर दिया था। जो घर, मवेशी और नर–नारी डूब कर मर गये, उनकी कोई गणना ही नहीं थी। बचे हुए घरों में साँप, बिच्छुओं और घडियालों का ख़तरा बढ़ गया था। अनूपशहर का संपर्क बुलंदशहर और आस–पास के ख़ास इलाकों से कट जाने के कारण वहाँ सब्जियों और अन्य जीवनोपयोगी अतिआवश्यक चीजों का अभाव हो गया। पानी के निरंतर जमाव के कारण बीमारियाँ होने लगी थीं। ऐसी स्थिति में बाई को बुलंदशहर कैसे ले जाया जाये, यह एक चुनौती थी और इस चुनौती को शाजिया ने स्वीकार कर लिया। बाई जब कष्ट में होती तो शाजिया रोने लगती थी, पर अब शाजिया के आँसू सूख गये थे। उसने निर्णय ले लिया कि मेरे प्राणदाता के जीवन की भी रक्षा अवश्य होगी। उसने सुलतान और बैजू को तलब किया और उन्हें बताया कि अगले दिन हर हाल में बाई को लेकर सूर्योदय के समय बुलंदशहर प्रस्थान करना है। शाजिया

के इस बदले रूप ने चंपा को आश्चर्य में डाल दिया। शज्जो वाकई बड़ी हो गयी है– चंपा ने सोचा।

बाई होश में रहकर भी निष्प्राण सी रहती। कमजोरी के कारण वह प्रायः अचेतन हो जाती थी। बैजू यात्रा की तैयारी का सामान लेने बाजार गया था। सुलतान इक्का या तांगे के बंदोबस्त में निकला था। चंपा रास्ते का नाश्ता तैयार कर उसे बाँध रही थी कि अचानक नीचे से किसी के पुकारने की आवाज सुनाई दी। उसने झाँककर देखा तो उसके पाँव के नीचे से जमीन खिसक गयी। आनंद नीचे खड़ा था। वह भागकर शाजिया के पास आयी–'सत्यानाश हो शज्जो वह तेरा दीवाना, उसकी यह हिम्मत वह घर के नीचे खड़ा तुम्हें पुकार रहा है। शाजिया के शरीर में मानो प्राण ही शेष नहीं रहे। उससे कुछ भी बोला नहीं गया। आनंद इस सीमा तक जा सकता है, उसने कभी सोचा न था–'आपा, आप ही जाओ, उसे सँभालो। कह देना शाजिया उससे नहीं मिल सकती–––।'

मगर शाजिया का वाक्य पूरा नहीं हुआ। आनंद कब नीचे से ऊपर आ गया। कोई जान नहीं सका। इस समय चंपा ने स्थिति सँभाली। उसने दोनों को जीने के रास्ते से नीचे भेजा और धीमे स्वर में कहा–'नीचे जाकर कुछ पल बात कर लो, तब तक बाई को मैं सभाल लूँगी। पर ध्यान रहे दो पल से ज्यादा नहीं।'

शाजिया को चिंता थी कि कहीं बैजू या सुलतान न आ जाए। तब तो भांडा फूटते ज़रा भी देर नहीं लगेगी। उसे आनंद पर गुस्सा भी आ रहा था और बहुत–बहुत प्यार भी आ रहा था–'आपको यहाँ नहीं आना चाहिए था। आप भले घर के लड़के हैं और यह तवायफ का कोठा है। मैं तो बदनाम गली हूँ ही पर आप अपनी मिट्टी पलीद करने पर क्यों तुले हैं।'

'मुझे इससे कोई फर्क नहीं पड़ता कि आप तवायफ की बेटी हैं। इंसान तो आप भी हैं। दिल आपका भी धड़कता है। अपने सपनों पर भी आपका ही हक है। बंदिशे तो खुदगर्ज दुनिया ने बनायी हैं। वो इंसान

बुजदिल हैं जो इन बंदिशों के गुलाम हैं। खैर छोड़ो, आज कक्षा में क्यों नहीं आयी ?'

'बाई की तबियत ठीक नहीं है। हम उन्हें लेकर कल बुलंदशहर जा रहे हैं। उनकी शल्य चिकित्सा के बाद ही लौटेंगे। समय लगेगा, आप जाइए और मेरी छोटी सी इल्तजा है कि आज के बाद फिर कभी तवायफों के घर की ओर रुख मत करना।'

'मतलब आप जा रही हैं। आपको गंगा मैया के कोप की भी परवाह नहीं और कब लौटेंगी यह तय नहीं। फिर भी बेरुखी?'

'खुदा के वास्ते अभी चले जाओ आनंद। मुझे रुसवा करोगे क्या?'

'नहीं, बिलकुल नहीं, पर मुझे तुमसे बहुत सी बात करनी है। तुम्हें यहाँ डर है तो टीले वाले मंदिर में आकर मिलो, अभी।'

'नहीं, बानो नहीं आयेगी।'– अचानक चंपा ने आधे जीने पर आकर कहा। हमें बहुत सी तैयारियाँ करनी हैं। आप जो भी हैं फ़ौरन यहाँ से चले जायें वरना हमें मजबूरन बाई से कहना पड़ेगा।'

'आप कौन हैं, मैं नहीं जानता, पर आप हमें धमकी दे रही हैं। मैं खुद ही बाई से बात कर लेता हूँ।'

चंपा को यह उम्मीद नहीं थी। उसने कुछ देर सोचा फिर निर्णय लेते हुए कहा– 'ठीक है आप मंदिर पहुँचिये, शाजिया आ जायेगी। पर समय की बंदिश है। चौथाई घड़ी से अधिक समय नहीं होना चाहिए।'

'आपा————————यह क्या ———?'–शज्जो ने हैरत से कहा।

'जब किसी पर पागलपन सवार हो तो कुछ ख़तरा उठाना ही पड़ता है। यह तो आदमजात है पर तू हमारी इज्जत है।'

'आपा जी, आदमजात जरूर हूँ पर बदजात नहीं, आइंदा से मेरे बारे में सोच कर बोलियेगा। मैं मंदिर की ओर जा रहा हूँ।'

आनंद चला गया तो दोनों की जान में जान आयी।

'यह लड़का तो किसी और ही मिट्टी का बना है, शज्जो। तेरे लिए यह आख़िरी मौक़ा है। अगर तुझसे हो सके तो अपने दिल पर पत्थर रख और उसका दिल तोड़ के आ। कह दे कि तू उसे पसंद नहीं करती।'

'कैसे आपा–––कैसे कह दूँ––– क्या मैं कह पाऊँगी ?'

'इसके अलावा कोई चारा नहीं है, बानो। तवायफें इश्क नहीं करतीं। अब बात आगे बढी तो फिर मैं भी सँभाल नहीं पाऊँगी। इस लड़के की हिम्मत तो देखो, मुख उठाया और यहाँ तक चला आया। यह आसानी से मानने वाला नहीं है, तुझे एक हुनरमंद तवायफ का चरित्र दिखाना होगा। अब तुझे ठेस लगे तो लगे। पर इसका हौसला यहीं पस्त हो जाना चाहिए। अब जा, मैं यहाँ सँभाल लूँगी। अगर बाई पूछेगी तो मैं कह दूँगी कि बुलंदशहर जाने की तैयारी में अपना कुछ निजी सामान लेने नौकरों के साथ बाजार गयी है।'

(19)

यह कहना बहुत आसान है कि अपने प्रेमी को भूल जाओ। उसे साफ़ जवाब दे दो। उसका ऐसा तिरस्कार करो कि वह अपनी दीवानगी भूल जाए। उसका दिल इस शिद्दत से तोड़ो की वह दोबारा तुम्हारी तरफ रुख न करे। प्रेमियों को लेकर दुनिया का हमेशा यही रवैया रहा है। मगर तल्ख़ सच्चाई यह है कि न इश्क कभी हारा है और न दुनिया कभी थकी है। यह वह दिया है जो तूफ़ान में भी मुसलसल जलता है।

टीले वाला मंदिर शाजिया के घर से अधिक दूर नहीं था। टीले पर होने के कारण वह गंगा मैया के प्रकोप से बचा हुआ था। मगर शाजिया को गंगा के वास्तविक आयाम का पता अब चला। अभी तक उसने अपने घर की खिड़की से ही गंगा का प्रवाह देखा था, जो उसे अधिकाधिक उत्साहित करता था। देवनदी का यह रूप देखकर वह डर गयी। अँधेरा भी घिरने लगा था। उसने मंदिर की ओर निगाह डाली। वहाँ बहुत सारे दिये जल रहे थे। पुजारी भक्तों से प्रसाद लेकर उसमें से कुछ अंश देवता को भोग लगाता, बाकी वापस कर देता। वह भक्तों को लाल टीका भी लगाता। शाजिया दुपट्टे में मुख छिपाये जब वहाँ पहुँची तो आनंद मंदिर की सीढ़ियों के पास खड़ा था। शाजिया को देखते ही आनंद उसके पास आया–'मैं प्रायः गंगा के तट पर घूमना पसंद करता हूँ। मुझे वहाँ आत्मिक शांति मिलती है। तुम कभी मिलना चाहो तो गंगा जी का किनारा याद रखना वह भी महादेव घाट के पास का। पर इस समय तुम्हें वहाँ

नहीं बुला सकता था। गंगा जी उफनाई हुयी हैं। इसलिए मंदिर में बुलाया। यहाँ समय की बचत भी होगी और हम कुछ देर बात भी कर सकेंगे। चलो पहले प्रसाद चढ़ाते हैं। इससे किसी को शक भी नहीं होगा।'

शाजिया कभी मंदिर नहीं आयी थी। उसे बड़ा अजीब लग रहा था। बुतपरस्ती उसके मजहब के खिलाफ थी। पर यहाँ परिस्थिति ऐसी थी कि वह इंकार नहीं कर सकी। दोनों ने मिलकर प्रसाद चढ़ाया। पुजारी ने दोनों के माथे पर लाल टीका लगा दिया। दोनों मंदिर के बाहर परिसर में बिछी घास पर बैठ गये। यहाँ इक्के–दुक्के लोग ही थे। आनंद ने शाजिया को प्रसाद खिलाया और धीरे से बोला–'आपने मेरी कविता पढ़ी थी ?'

'हाँ, आपने सवैया अच्छी लिखी है।'

'सिर्फ अच्छी। शाजिया मैंने आपको कविता के रूप में अपने हृदय का फूल भेजा था और आपने उसे मसल कर कहा, हाँ, खुशबू अच्छी है? आपने तो शिरीष के फूल से शीशा ही तोड़ दिया।'

'आनंद, आप चाहते क्या हो, मुझे जीने नहीं दोगे क्या?'

'शाजिया, आप इतनी नादान भी नहीं है कि आप मेरी बात समझ न सकें। यह सच है कि मैं आपके दिल की बात नहीं जानता। मैं यह भी नहीं जानता की आपके दिल में मेरी क्या हैसियत है, पर आपके बिना मैं कुछ भी नहीं। मेरा कोई वजूद नहीं।'

'आनंद, मैं एक तवायफ की बेटी हूँ। मुझे प्यार करना जेब नहीं देता। हमारे यहाँ इश्क की इजाजत नहीं है और तवायफ पर भरोसा भी नहीं करना चाहिए।'

'जो सच्चे मन से चाहता है, वह भरोसा करना भी जानता है। बस एक बार तुम भी यह मान लो तुम भी वही दर्द झेल रही हो जो मुझे मथता रहता है।'

शाजिया आनंद के मुख से 'तुम' शब्द सुनकर चौंक गयी। यह बेतकल्लुफी उसे अजीब सी लगी। उसने सोचते हुए कहा– 'मुझे डर

लगता है आनंद। हमारे मजहब भी अलग हैं। सारे मुसलमान तुम्हारी जान के दुश्मन हो जायेंगे ?'

'तुम जमाने का डर मुझे मत दिखाओ। मैं बच्चा नहीं हूँ। मेरे पिता की पहुँच दिल्ली दरबार तक है।'

'आप क्या समझते है, आपके माँ–बाप को एतराज नहीं होगा ?'

'वह बाद की बात है। एक बार तुम्हारा इशारा मिल जाय तो मैं दुनिया भर से लड़ लूँगा। अब जब तुम कल बुलंदशहर जा रही हो तो तुम्हारी हाँ से मुझे जीने का मकसद मिल जाएगा।'

'आनंद, यह मार्ग बहुत टेढ़ा है। मैं सीधी–सादी लड़की हूँ, मुझे चतुराई नहीं आती।'

'शज्जो, सच तो यह है कि प्रेम का मार्ग बिलकुल सीधा है और यहाँ चतुराई की आवश्यकता ही नहीं। यहाँ सरल–सीधे लोग अपना अहंकार भुलाकर किसी के हो जाने का स्वप्न देखते है,[1] जैसे मैं तुम्हारे सपने देखता हूँ।'

'आनंद, मैं बुलंदशहर जाकर बाई की जिंदगी एक बार वापस लेकर आ जाऊँ, फिर हम अपने बारे में कुछ तय करेंगे। इस दौरान मुझे सोचने का कुछ समय मिल जाएगा।'

'तुम बहुत ही कठोर हो, शाजिया। हाँ और ना के बीच तुम इतनी दूरी कर दोगी, यह मैं नहीं जानता था। पर एक बात मैं साफ़ कर देता हूँ ——————।'

आनंद का वाक्य पूरा नहीं हो पाया कि एक बुलंद आवाज ने दोनों को चौंका दिया–'यह क्या हो रहा है यहाँ और यह लड़की कौन है ?'

अपने पिता को सामने देखकर आनंद के पैरों के नीचे से जमीन खिसक गयी। शाजिया का दिल बैठ गया। सामने एक रोबीला किंचित बूढ़ा सा व्यक्ति खड़ा था। उसकी पोशाक से वह कोई संभ्रांत व्यक्ति लगता था। आनंद बड़ी मुश्किल से किसी प्रकार इतना ही कह पाया–

'यह पं० विद्याधर के यहाँ मेरे साथ संगीत सीखती है।'

'अच्छा, तो यह रसूलनबाई की बेटी है।'

'जी———'

'तो तुम लोग इस समय यहाँ क्या कर रहे हो ?'

'मंदिर आया था तो यहाँ यह मिल गयी, हम लोग बात करने लगे?'

'यह तो मुसलमान है, यह मंदिर क्यों आयेगी ?'

इस प्रश्न पर आनंद बौखला गया। शाजिया जो अभी तक थर–थर काँप रही थी। उसने अपने को सँभाला और बोली–'मेरी माँ बीमार है। हम उसे कल बुलंदशहर लेकर जा रहे हैं। मैं दुआ माँगने मस्जिद गयी थी। पर मेरे मन ने कहा यहाँ भी माथा टेक लूँ। यह भी तो भगवान हैं ?'

'हूँ ——— बड़ी अकलवाली है तू।' आनंद के पिता लड़की की चतुराई पर दंग थे–'ठीक है, अब अपने घर जाओ और आनंद से दूर रहो। तवायफ की बेटी हो तो अपनी हद में रहो।'

आनंद के पिता उसे लेकर चले गये। पिता के सामने वह कुछ बोल ही नहीं पाया। उसकी पलट कर देखने की भी हिम्मत नहीं हुयी। शाजिया के सामने ख्वाब और हकीकत का पर्दाफाश हो चुका था। आनंद में तो ज़रा सी भी हिम्मत नहीं थी। उसके ह्रदय में आनंद के पिता का यह वाक्य किसी हथौड़े की माफिक चोट कर रहा था– 'तवायफ की बेटी हो तो अपनी हद में रहो।' उसने मन ही मन तय किया कि वह आनंद से आगे कोई संबंध नहीं रखेगी। यह निर्णय कर उसने तेजी से अपने घर की ओर कदम बढ़ाये।

शाजिया घर के पास पहुँचने ही वाली थी कि अचानक दो बेहूदे से दिखने वाले लडकों ने उसका रास्ता रोक लिया–'मेरी जान। कसम से ऐसा हुस्न आज तक मैंने नहीं देखा।'

'इसने तो अपनी बहना गुलाराबानो के भी कान काट लिए। मुगल बादशाह देख ले तो वह भी लट्टू हो जाये।'

'कौन हैं आप लोग ?' मेरा रास्ता छोड़िये।'

'अरे छोड़ देंगे मेरी जान, तनिक देर हमारे साथ भी बैठ लो।'

'यह क्या बदतमीजी है ?'–शाजिया ने फुंकारते हुए कहा।

'अरे ---यह तेवर क्यूँ दिखाती हो। उस लाला के लड़के के साथ बैठने में तो तुझे कोई एतराज न था। हमारे शरीर में कांटे लगे है क्या ?'

शाजिया की रूह फना हो गयी। बात इतनी जल्दी फैलती है, इसका उसे गुमान तक न था। वह तेजी से आगे बढ़ने को हुयी। इतने में एक लड़के ने उसका हाथ पकड़ने की कोशिश की। शाजिया तमतमा गयी। उसने एक भरपूर तमाचा उस लडके के गाल पर जड़ दिया। लड़का बौखला गया –'तेरी ये जुर्रत, तवायफ की लौंडी।'

लड़का कुछ और जोर–जबरदस्ती करना चाहता था कि तभी किसी जिन्न की तरह हाथ में लठ्ठ लिए सुलतान वहाँ प्रकट हुआ– 'घबराना मत लड़की, मैं आ गया हूँ। इन सालों को अभी छठी का दूध याद दिलाता हूँ।'

लड़के मरदाना आवाज सुन और सुलतान की कद काठी देखकर भाग खड़े हुए। सुलतान ने देखा, यह तो शाजिया थी।

'अरे बेटी, ये साले तुझसे बदतमीजी कर रहे थे ? अल्लाह की कसम मैं इन सालों को ज़िंदा न छोड़ता।'

'नहीं चाचू, आप बिलकुल समय से आ गये। मैं तो घबरा गयी थी।'

सुलतान ने गौर से शाजिया को देखा और कुछ सोचते हुए बोला– 'बिटिया तुझे अब घर से अकेला नहीं निकलना चाहिए। शायद तुझे अपनी अहमियत नहीं पता। तेरा असली मोल तो बाई ही जानती है।

हाँ, चंपा बेटी कह रही थी कि तू बाजार गयी थी। पर यह रास्ता तो बाजार नहीं जाता और तेरे माथे पर यह लाल टीका कैसे ? क्या तू टीले वाले मंदिर गयी थी ?'

'हाँ ———'

'मगर मंदिर क्यों ?'

'बाई की सेहत की दुआ माँगने।'

'कमाल है, बिटिया, तू मस्जिद न गयी ?'

'अल्लाह से तो हर रोज दुआ माँगती हूँ पर वह सुनते कब हैं ?'

सुलतान की कुछ समझ में नहीं आया। वह सिर हिलाकर रह गया।

(20)

शाजिया ने जब घर में प्रवेश किया, चंपा उसका बेसब्री से इंतजार कर रही थी। उसे रह–रहकर क्रोध भी आ रहा था–यह लड़की हमेशा मुझे मुसीबत में डाल देती है। अगर बाई ने पूछ लिया तो वह क्या जवाब देगी। बाई की हालत यह थी कि कभी चौंककर जाग जाती। कभी बेसुध हो जाती। शाजिया को देखते ही चंपा अपना जब्त खो बैठी और धीमे स्वर में बोली– 'अल्लाह कसम बन्नो, तुम तो निकल जाती हो और साँसत मेरी होती है ?'

शाजिया ने कोई जवाब नहीं दिया। इससे चंपा और खीझ गयी– 'ज़रा देर के लिए कहकर गयी थी और कितना वक्त लगा दिया, कुछ होश भी है ?'

शाजिया फिर कुछ नहीं बोली। अब चंपा के सब्र का बाँध टूट गया– 'अब कुछ बोलोगी भी या मुख सिले रहोगी। क्या फैसला करके आयी हो ?'

'आपा सब तैयारियां तो हो गयी है न ?'–शाजिया ने चंपा की बात पर ध्यान न देकर संजीदगी से पूछा।

'अरे तू किस मिट्टी की बनी है। यहाँ मेरी जान पर बन आयी थी और तू तैयारी की बात पूछ रही है ?'

'इस समय यह बात ही जरूरी है आपा। फालतू बातों के लिए अभी वक्त नहीं है।'

शाजिया की आवाज और उसके तेवर देखकर चंपा सकते में आ गयी। आखिर एक नौकरानी ही तो थी वह। उसने शाजिया का हाथ पकड़ लिया और बोली–'तो आओ बन्नो, तुम्हें मैं तैयारी दिखाती हूँ।'

चंपा की तैयारी में कहीं कोई कमी नहीं थी। सारा सामान ढंग से लगा था और गठरियों या संदूक में महफूज था।

'आपा, आप हर काम बहुत मन लगाकर करती हैं ?'

'नौकरानी हूँ, काम करना मेरा धर्म भी है और मजबूरी भी।'

शाजिया के रोंगटे खड़े हो गये। वह चंपा से लिपट कर बोली– 'आपा, आप का मुख देखकर बड़ी हुयी हूँ। मुझे इतना छोटा मत करो। अम्मी के बाद मैं सिर्फ तुम्हें जानती हूँ। मेरी जो हालत है, वह आपको पता है। फिर भी कोई चूक हो गयी हो तो मुझे माफ़ कर दो। मेरे लिए इस घर में कोई नौकर नहीं है। हम सब एक परिवार हैं। आज तो सुन लिया पर फिर कभी ऐसी कच्ची बात कहोगी तो मेरा मरा हुआ मुख देखोगी।'

चंपा का क्षोभ क्षणिक था। शाजिया की बातों ने उसे हिला दिया। उसने शाजिया को गले लगाते हुए कहा– 'मैं जानती हूँ, तभी तो इतना ध्यान रहता है। पर तूने मेरे सवालों का जवाब क्यों नहीं दिया ?'

'क्या देती आपा ? मेरी कुछ समझ में नहीं आता। अगर गली में सुलतान चचा नहीं मिल गये होते तो जाने क्या होता ?'

'अरे––––– सुलतान ––––– तू पूरी बात मुझे बता?'

शाजिया ने पूरी दास्तान एक ही साँस में बयान कर दी। चंपा ने ध्यान से सुना और बोली– 'आनंद के पिता तक तो बात ठीक है। पर जमाने को भनक पड़ गयी, यह बहुत बुरा हुआ। कुछ ही देर में सारा अनूपशहर इस बात को जान जाएगा। हम बाई को क्या जवाब देंगे ?'

'आपा, यह बाद में सोचना। हम तो कल सुबह अनूपशहर छोड़ ही देंगे। अभी तो यह बला फिलहाल टल ही गयी।'

'हाँ, देखो बकरी की माँ कब तक खैर मनाती है? अब चलो बाई को जगाओ। उन्हें कुछ खिलाओ। फिर जल्द ही सो जायेंगे। कल तडके ही उठना भी है।'

बाई के भोजन से निपटते ही बैजू नीचे से भागता हुआ आया।

'अरे तुम्हारा और सुलतान चचा का खाना अभी भेजती हूँ। तनिक सी देर हो जाए तो चूहे कुलबुलाने लगते है।'– चंपा ने मीठी सी झिडकी दी।

'अरे ऊ बात नाहीं है।'

'तो फिर की बात है ? चंपा ने उसकी नकल उतारी।

'अरे वू शिकारपुर से कौनो दूत आवा है ? तो का हुकुम है ?'

शिकारपुर का नाम सुनकर बाई के दुर्बल चेहरे पर चमक आयी। बिटिया का हाल–हवाल आया होगा, उसने सोचा। तभी उसे शज्जो की आवाज सुनाई दी।

'अरे हुकुम क्या –––? कोई पहली बार थोड़ी आया है। उसे नाश्ता कराओ और विदाई देकर रफा करो। हम उसे रात में रुकने नहीं दे सकते। कल तड़के हमें बुलंदशहर के लिए रवाना होना है। हाँ, वह कोई संदेश जरूर लाया होगा ?'

'बस एक चिठ्ठी है और यह मर्तबान। शायद अचार होगा।'– सुलतान ने प्रकट होकर कहा। उसके एक हाथ में चिठ्ठी थी और दूसरे हाथ में एक झोला जिसमे मर्तबान महफूज था।

'ठीक है, चचा। आप उसे समझा कर वापस कर दो। मैं उसे एक गिन्नी विदाई में देती हूँ। इतना कहकर उसने दुपट्टे की खूंट से दो गिन्नियाँ बरामद की। एक उसने सुलतान को दे दी और दूसरी को उंगली में फंसाकर घुमाने लगी। जब बैजू और सुलतान दोनों चले गये तो जिज्ञासावश पहले मर्तबान खोला गया। उसमें सचमुच जमींकंद का अचार था। यह शाजिया का मनपंसद था। वह खुशी से उछल पड़ी। उसके उछलते ही वह दूसरी गिन्नी जिससे वह खेल रही थी उस मर्तबान में गिर गयी और अंदर धँस गयी।

'सत्यानाश !'– चंपा के मुख से निकला। बाई घबराकर उठने की कोशिश करने लगी, तब शाजिया ने उन्हें शांत किया– 'अम्मी, कुछ नहीं है, बस एक गिन्नी मर्तबान में चली गयी है। अब उसे निकालना पड़ेगा।

'चंपा निकाल लेगी बेटी तू चिट्ठी तो पढ़।'–बाई ने इसरार किया।

'पढ़ लूँगी अम्मी। जल्दी क्या है? ज़रा आपा की मदद कर दूँ। गलती भी तो मेरी ही है।'

चंपा एक कठौता उठा लाई। पूरा अचार उसमें पलटा गया। गिन्नी तो नहीं दिखी पर उसमें एक डिब्बा जरूर बरामद हुआ। डिब्बा हर ओर से पूरी तरह बंद था। दोनों ने चाकू की मदद से खोला तो चंपा की चीख निकल गयी। उसमें अशर्फियाँ भरी थी।'

'कुछ भी हो, गुलारा आपा के अंदाज की दाद देनी होगी। वह इस तरह से भेजती है कि लाने वाले के फ़रिश्ते को भी न पता चले।'

'हाय मेरी गुलारा, तूने अम्मी को हमेशा याद रखा। हमें फख्र है तुझ पर।'– बाई की आँखों में आँसू आ गये।

थोड़े से प्रयास से गिन्नी भी बरामद हो गयी। अचार को फिर से मर्तबान में महफूज किया गया। इस कार्य से निवृत होकर वे दोनों फिर बाई के पास आयीं। अब चिठ्ठी पढने की बारी थी। शाजिया ने उसे खोलकर पढ़ना शुरू किया। चिठ्ठी में लिखा था –

'आदाब अम्मीजान,

यहाँ सब खैरियत है। उम्मीद है कि अल्लाह की मेहर से आप भी खैरियत से होंगी। आपका नवासा अंबर सिंह अब आठ वर्ष का हो गया है। वह मुझसे तमाम सवालात पूछकर मुझे दिक् करता रहता है। पर वही मेरे जीने का मकसद और सहारा भी है। वरना यहाँ बड़ा अकेलापन और ढ़ेर सारी घुटन है। अब तो आपकी भी चिठ्ठी नहीं आती। शज्जो तो माशाल्लाह अब जवान हो गयी होगी। उसके नाक–नक्श तो बचपन में ही बड़े तीखे थे। अब यह आपकी एक बड़ी जिम्मेदारी है। उसके जीजा यानी कि वो तो शज्जो से मिलने को बड़े ही बेताब हैं। इन राजाओं की

फितरत कोई नहीं जानता। अब आपसे क्या कहना अम्मी आप तो सब जानती हैं। यहाँ और मुझे कोई कमी नहीं है। राजा साहब अभी तक तो मेहरबान हैं आगे खुदा जाने। उन्होंने मुझे सिर से लेकर पैर तक सोने से लाद रखा है। आपको कोई दिक्कत हो तो मुझे जरूर इत्तेला कीजिएगा।

– आपकी गुलाराबानो

पत्र पूरा होने के बाद शाजिया गंभीर हो गयी। बाई के चेहरे पर चिंता की रेखायें घिर आयीं। चंपा का मन यह सोचकर काँप उठा कि बाई के बाद क्या होगा?

'बेटी अब मुझे तेरी फ़िक्र है। जाने तेरे भाग्य में क्या बदा है?'–बाई ने शाजिया के हाथ अपने हाथों में लेकर कहा।'

'अम्मी मेरे भाग्य की चिंता बाद में कर लेना अभी सो जाओ, कल सुबह तड़के ही निकलना है।'

चंपा भी उठ गयी। शाजिया उसके पीछे–पीछे आयी। जब बाई कुछ दूर रह गयी तो शाजिया ने फुसफुसाकर कहा– 'आपा, आज की घटना से क्या आपको लगता है आनंद कुछ बड़ा होने पर मेरे लिए अपने माँ–बाप का सामना कर सकता है?'

'कुछ कह नहीं सकती शज्जो, पर अभी तो जो उसने किया यही मुनासिब था। अभी घर से बगावत करने की उम्र नहीं है उसकी।'

'ठीक है आपा। इस बारे में सोचने का अभी बहुत वक्त है।'

'शज्जो, मुझे भी तुझसे एक बात पूछनी है।'

'हाँ आपा, बताओ।'

'क्या तू अपने जीजा अर्थात् राजा साहब शिकारपुर का न्योता कबूल करेगी ?'

'कबूल करेगी मेरी जूती? क्या समझता है अपने आपको। राजा है तो क्या सबको खा जाएगा। गुलारा आपा से जी नहीं भरा उसका ? मैं हरगिज नहीं जाऊँगी।'

(21)

रात्रि का तीसरा पहर, निशीथ काल। शाजिया बाई के पास एक तख्त पर लेटी थी। अचानक उसे बाई का महीन और धीमा स्वर सुनाई दिया– 'शज्जो सो गयी क्या?'

'नहीं अम्मी नींद नहीं आ रही। पर आप भी नहीं सोईं ?'

'जिसकी बेटी जवान हो रही हो और माँ मजबूर, उसे नींद कैसे आ सकती है ?'

'अम्मीजान, आप नाहक परेशान रहती हैं ?'

'नाहक नहीं बेटी। पहले तुम्हें सूंघते हुए वह पागल तालुकेदार आया। अब राजा साहब शिकारपुर का निमंत्रण। मैं स्वस्थ और जवान होती तब तो मैं सँभाल ही लेती। मगर......'

'मगर क्या ?'

'इन औरतखोर राजाओं से बच पाना मुश्किल होता है। इनके पास साम, दाम, दंड और भेद ये सब रास्ते हैं। ये षड्यंत्रों के ऐसे जाल बिछाते हैं कि उससे बचना नामुकिन हो जाता है और ये मरने भी नहीं देते।'

'आप क्या कहना चाहती है अम्मी ? मेरी समझ में नहीं आ रहा है।'

'मेरा मतलब यह है कि तुम्हें राजा साहब का निमंत्रण स्वीकार कर लेना चाहिए।'

'अम्मीजान आप भी ऐसा कहती हैं ?'

'बेटी मैंने जमाना देखा है? बड़े–बड़े मजबूत इरादों को काल की चौखट पर नाक रगड़ते देखा है। राजा साहब की बात मान लेने से तेरा भविष्य सुधर जाएगा। गुलारा की तरह तू भी रानी बन जायेगी।'

'आप चाहती हैं कि मैं गुलारा आपा की सौत बन जाऊँ। यह मुझसे नहीं होगा।'

'बेटी मैं तेरी भावना समझती हूँ। पर तवायफ की बेटी में भावना के लिए जगह नहीं होती। तेरे लिए यह सुनहरा मौक़ा है। लक्ष्मी खुद तुझे बुला रही है।'

'अम्मी मुझे माफ़ करो, वह राजा मेरी बाप की उम्र के बराबर हैं ?'

'अरे उस मुए के मुँह में आग लगे, तुझे इससे क्या, तुझे तो दोनों हाथ से दौलत बटोरनी है ताकि तेरा बुढ़ापा महफूज हो जाए। इसके लिए ऐसे खडूस बूढ़े को महज थोड़ी देर के लिए बर्दाश्त करने में हर्ज ही क्या है ?'

'नहीं माँ, यह मुझसे नहीं होगा। मैं जान दे दूँगी पर यह समझौता नहीं करूँगी।'

'तब तो तू अपनी बोटियाँ इंसानी चील–कौओं से नुचवाने के लिए तैयार हो जा।

ऐसी बददुआ तो मत दो अम्मी।'

'यह बददुआ नहीं, हकीकत है। तू सच्चाई से मुख मोड़ रही है, मेरी बच्ची। हर औरत को एक आदमी के सहारे की आवश्यकता होती है। फिर हम तो तवायफ हैं किसी के घर की बहू तो बन नहीं सकतीं। बनना तो रखैल ही पड़ेगा।'

'अम्मी बस करिए। हमें सब पता है। अल्लाह जैसा चाहेगा वैसा ही होगा। आप बेकार में अपनी सिर खपाती हैं ?'

'क्या करूँ बेटी, मैं माँ हूँ तेरी। किस शिद्दत से मैंने तुझे पाला है यह मेरी आत्मा ही जानती है।'

शाजिया कुछ नहीं बोली। थोड़ी देर तक शांति छाई रही। अचानक बाई ने एक अटपटा और चुभता हुआ सवाल किया, जिससे शजिया की रूह फना हो गयी और वह उछलकर तख्त पर बैठ गयी– 'यह आनंद कैसा लड़का है ?'

शाजिया का सारा शरीर पसीने से तर हो गया। उसकी साँस किसी धौंकनी की तरह चलने लगी। उसने अपने को काबू करते हुए पूछा–'कौन आनंद?'

बाई के चेहरे पर एक फीकी मुस्कान तैर गयी –'किसी मुजरिम से जब कोई चुभता हुआ सवाल पूछा जाता है, तो उसकी हालत वैसी ही हो जाती है, जैसी इस समय तुम्हारी।'

'मुजरिम ––––? अम्मी आप क्या कह रही हैं?'

'मैं तो सच ही कह रही हूँ बेटी, पं० विद्याधर महराज की शागिर्दी में जिस लड़के के साथ तू तेरह साल से संगीत सीख रही है, तू उसे नहीं जानती ?'

'ओह –––मम्मी, मैं तो डर गयी थी कि आप किसकी बात कर रही हैं ?'

बाई फिर मुस्कराईं। एक गहरी तपी हुयी मुस्कान। उनकी स्थिति ऐसी थी जैसे कोई मंजा हुआ सपेरा किसा संपोले से खेल कर रहा हो।

'तेरह साल का साथ है, तो दोस्ती तो हो ही गयी होगी?'

'नहीं माँ –––।'– शजिया ने अपने को सँभाल लिया– 'मैं उससे ज्यादा बात नहीं करती। मैं बस अपने रियाज में ध्यान लगाती हूँ।'

'अच्छा तो फिर तू पिछली शाम उससे मिलने मंदिर क्यों गयी थी?'

शाजिया को काटो तो खून नहीं। अम्मी को किसने बताया? क्या चंपा ने या फिर सुलतान ने। जबान उसकी तालू से चिपक गयी थी।

उसके मुख से एक शब्द नहीं निकला। वह मन ही मन उस घड़ी को कोस रही थी जब उस मनहूस फैसले के तहत वह आनंद से मिलने मंदिर गयी थी। पर अब क्या हो? क्या जवाब दे वह?

'अम्मी मैं आपकी सेहत के लिए दुआ माँगने मंदिर गयी थी। वह वहाँ पहले से मौजूद था। अचानक मुलाक़ात हो गयी।'

'और--- तुम दोनों वहाँ घास पर बैठकर बातें करने लगे।'

शाजिया सकते में आ गयी। बाई को तो सब पता है। अब वह क्या कहे? 'झूठ बोलना बेकार था। सच बोलने की हिम्मत न थी। वह घुटनों में सिर रख कर रोने लगी।

'फिर उसके पिता आ गये। आगे क्या हुआ यह तुम बताओगी या यह भी मुझे ही कहना पड़ेगा ?'

शाजिया फूट-फूटकर रोने लगी। बाई ने बोलना बंद कर दिया। कुछ देर फिर चुप्पी छाई रही।

'तूने और चंपा ने मिलकर सारी बात मुझसे छिपाई। क्या ऐसी बातें कभी छिपती हैं? मर्द जाति का क्या ठिकाना, कब रुसवा कर दामन छोड़ दे। मुझे उसकी या उसके रसूखवाले बाप की भी परवाह नहीं। उससे तो यह बूढ़ी बाई निपट लेगी। पर अगर तू ही मुझे जलील करना चाहती है तो फिर मैं लाचार हूँ।'

'अम्मी मैंने कुछ नहीं किया। मुझे माफ़ कर दो।'

'मैं जानती हूँ मेरी बच्ची कि तू गैरत वाली है। पर यह मनहूस जवानी बड़ी बेवफा है। यह कब धोखा दे जाय कुछ नहीं कहा जा सकता। इसलिए तुझे मेरा कहना मानना होगा। मेरे पास यह कटार है। डेरेदार तवायफों के यहाँ रिवाज है। वह अपनी अस्मत की हिफाजत के लिए इसे अपने पास जरूर रखती है। आज तेरी वजह से मेरी इज्जत खतरे में है। अब तेरे पास केवल दो रास्ते हैं। इनमें से एक रास्ता तुझे चुनना ही होगा। पहला रास्ता तो यह है कि तू यह कटार मेरे सीने में

उतार दे और अपनी मर्जी की जिंदगी जी या फिर यह तू अपने सीने में उतार ले और मुझे जिल्लत से बचा।'

शाजिया के कंधो से फ़रिश्ते उड़ गये। बाई को मारना उसके लिए संभव नहीं था और खुद वह मरना नहीं चाहती थी।

'अम्मी मेरा इतना कठिन इम्तहान मत लो। आप जानती हैं कि मैं एक चींटी नहीं मार सकती। मैं ऐसा कैसे कर सकती हूँ। आप तो मेरी प्राण–दाता हो। आपने कैसे यह सब सोच लिया?'

'मैं जानती थी कि तुझसे यह नहीं हो सकेगा। इसलिए अब मुझे ही वह सब करना पड़ेगा जिससे इस डेरेदारन की आबरू बच सके।' इतना कहकर बाई ने कटार अपने सीने में उतार ली। खून का एक फौवारा उसकी छाती से फूट पड़ा। शाजिया पागलों की तरह चीखी –'ओ मेरी बाई, मेरी अम्मी। यह तूने क्या किया किया?'

बाई उसकी चीख सुनकर जाग गयी। उसने शाजिया को झिंझोड़ा –'क्या हुआ मेरी बच्ची कोई बुरा सपना देखा क्या?'

शाजिया की भी नींद खुल गयी। वह पसीने से लथपथ थी। कुछ देर तक अपने को सामान्य कर वह रुक–रुक कर बोली– 'शुक्र अल्लाह का, वह सब सपना था। मैंने सपने में देखा कि तूने खुद को कटार मार ली।'– शाजिया ने लंबी साँस छोड़ते हुए कहा–'चलो इसी बहाने नींद खुल गयी। विहान हो चुका है। अब चंपा वगैरह को जगा दें और हम भी तैयार हो लें।'

(22)

शाजिया को बुलंदशहर छोड़े एक माह हो गया। आनंद ने अपने हृदय में एक अजीब से दर्द का अनुभव किया। लाख कोशिशों के बाद भी वह इस दर्द की वजह तलाश नहीं सका। हर समय उठते–बैठते उसके ख्यालों में शाजिया का चित्र घूमता रहता। एक दिन पं० विद्याधर ने उससे ठुमरी सुनाने के लिए कहा। आनंद की सूनी निगाहें अदृश्य में किसी को खोजती रहीं, पर वह बहुत कोशिश करके भी गा नहीं सका। कभी आरोह टूट जाता कभी अवरोह सध न पता। विद्याधर को आश्चर्य हुआ। उन्हें लगा कि या तो आनंद का खान–पान संगीत के लिहाज से असंतुलित हो गया है या फिर रियाज में कुछ कमी हो रही है। उन्होंने आनंद को गायन की दृष्टि से संतुलित आहार के निर्देश दिए।

गुरु के घर से आकर वह घर के बाहर उपवन में बैठकर घंटो पखावज बजाता रहता। यहाँ तक कि उसकी आँखों से आँसू बहने लगे। घर वाले उसकी मनःस्थिति से अनजान थे। उसकी माँ समझती कि बेटा रियाज कर रहा है। कभी वह अपने कमरे में बैठकर ढेरों कागज रंगता रहता। पर कोई ढंग की कविता भी नहीं बन पायी। एक दिन वह मंदिर गया, तो शाजिया की याद ने उसे बड़ी शिद्दत से घेर लिया। वह मंदिर की सीढ़ियों के पास देर तक खड़ा रहा, जहाँ शाजिया से वह मिला था। उसने मंदिर की पूरी परिक्रमा की और वहाँ बने भित्ति–चित्रों को देखा। राधा–कृष्ण के चित्रों को देखकर वह सोचता रहा कि क्या वे सचमुच ऐसे

रहे होंगे। फिर उसने सोचा चित्र तो केवल आभास देते है। पर आभास से भी मन को शांति मिलती है। वह मंदिर के बाहर परिसर में वहाँ भी गया जहाँ शाजिया से उसकी आख़री भेंट हुयी थी। पर वहाँ कोई परिवार पहले से बैठा था। उसका मन उचट गया।

गंगा नदी अब सहज और सामान्य हो चुकी थीं। मंदिर से वहाँ तक की दूरी लगभग आधा मील थी। आनंद घूमते–घूमते तट पर जा पहुँचा। वहाँ नदी में स्नान हेतु सुरक्षित भाग दर्शाने के लिए बांस गड़े हुए थे। कुछ बच्चे उस घेरे के अंदर तैर रहे थे। कुछ नहा रहे थे। कुछ अपने अंगौछे हवा में फहरा रहे थे। गंगा अब तन्वंगी, शांत और निर्मल थीं। कुछ बच्चे गीली रेत से घरौंदे बना रहे थे। आनंद कुछ देर तक यह खेल देखता रहा। फिर उसकी आँखों में एक चमक सी आयी और वह भी गीली रेत इकठ्ठा करने लगा। पर उसने उससे घरौंदा नहीं बनाया। उसने रेत से एक सुंदर मूर्ति बनायी। बहुत ही चिकनी, साफ़ और शफ्फाक। फिर वह उसे देखकर खुद ही चौंक गया और उसके मुख से बरबस ही निकल पड़ा– 'आह, शज्जो ?'

आनंद उस मूर्ति को मंत्रमुग्ध होकर देर तक निहारता रहा। समय जैसे थम गया। आनंद को खुद होश नहीं। दो घड़ी तक यही स्थिति रही। फिर अचानक आनंद के होठों से अनायास ही संगीत फूट पड़ा। पहले स्वर धीमे थे फिर आरोह और अवरोह। वह मूर्ति को इतनी एकाग्रता से देख रहा था जैस साँप सपेरे की बीन को देखता है। उसे अपने आस–पास के वातावरण का कोई संज्ञान नहीं रहा। केवल उसके शब्द हवा में बिखर कर लहराती–बलखाती हवा में सम्मोहन घोल रहे थे–

> झलके अति सुंदर आनन गौर, छके दृग राजत कानन छ्वैं ।
> हँसि बोलन में छवि–फूलन की बरसा, उर ऊपर जाति है ह्वै।
> लट लोल कपोल कलोल करै, कल कंठ बनी जलजावलि द्वै।
> अंग–अंग तरंग उठै दुति की, चरिहै मनौ रूप अबै धरि च्वै।[1]

1– सुजान हित, प्रकीर्णक 2

आनंद गाता रहा। एक नहीं कई बार गाया। क्या स्वर क्या तान और मीडों–मुर्कियों का तो कहना ही क्या? कब एक भीड़ वहाँ आकर इकठ्ठा हो गयी वह नहीं जान पाया। जब आनंद की आँखों से आँसू बहने लगे तब किसी ने पीछे से उसके कंधे पर हाथ रखा। आनंद का स्वर अचानक बंद हो गया। उसने घबराकर देखा। एक भरपूर जवान आदमी उससे मुखातिब था–'बहुत अच्छा गाते हो भाई, वाह। जितना अच्छा गला भगवान ने दिया है, उतना ही पक्का रियाज भी है। किस गुरु ने सिखाया है ?'

आनंद ने उस व्यक्ति को गौर से देखा। वह धूमिल रंग का कुर्ता पायजामा पहने था। उसके कंधे से एक झोला लटक रहा था। उसमें से कुछ रंग–बिरंगे पन्ने झाँक रहे थे। उसके एक हाथ में लंबी सी पेन्सिल थी।

'मेरे गुरु तो पं० विद्याधर शास्त्री है। पर आप कौन हैं ?'

'अहो शास्त्री जी, बड़ा दरबार है उनका। उनको तो दिल्ली सरकार ने भी कई मरतबे बुलाया पर शास्त्री जी अनूपशहर छोड़कर नहीं गये।' उस व्यक्ति ने तारीफ़ करते हुए कहा–'खूब सीखा भाई, तुम अपने गुरु का नाम जरूर रोशन करोगे और मैं एक मामूली चित्रकार हूँ। दिलजोई के लिए कभी–कभी थोड़ी सी कविताई कर लेता हूँ। पर माँ शारदा तुम पर जैसी मेहरबान हैं, तैसी मुझ पर नहीं। मैं लोगों के चित्र बनाकर अपनी जीविका चलाता हूँ।'

'तब तो आप भी कलाकार हैं।'

'नहीं भाई, वैसे है तो यह कला ही, पर मैं बहुत मामूली आदमी हूँ, कलाकार नहीं।' –चित्रकार ने सकुचाते हुए कहा।

'मैं आपसे सहमत नहीं। जिसमे स्वाभिमान नहीं, वह कलाकार नहीं।'

'कहते तो ठीक हो भाई, पर गरीब का क्या अभिमान और क्या स्वाभिमान? खैर, छोड़ो यह बताओ कि जो सवैया तुम अभी गा रहे थे,

वह किसकी रचना है ?

'किसी दूसरे की नहीं। मेरे मुख से अपने आप निकल गया।'

'क्यों मजाक करते हो, अभी तुम्हारी उम्र ही क्या है ? यह कविता तुम्हारे कद से बहुत ऊँची है।'

'मैं मजाक नहीं करता। अपरिचित से तो बिलकुल नहीं।'

चित्रकार किंकर्तव्यविमूढ़ हो गया। यह सत्रह–अठारह साल का लड़का इतनी उत्कृष्ट बृजभाषा में रचना कैसे कर सकता है, उसे पल भर को विश्वास नहीं हुआ। उसने परखने के लिए पूछा– 'कविता ताजी है, पर कहीं लिखी नहीं तो याद भी नहीं होगी ?'

'बहुत गहरे से अनायास निकली है। बार–बार गाया है, इसलिए याद तो है।'

'तो फिर अर्थ बताओ ?'

'अर्थ तो आप बूझिये न भाई? कविताई तो आप भी करते हो? कोई दोष होगा तो मुझे पता लग जाएगा।'

'कमी कोई नहीं है, अच्छा चलो पढो मैं अर्थ करता हूँ।'

आनंद ने कविता पढ़ी और चित्रकार ने उसका उल्था इस प्रकार किया –

(हे प्रिये ! तुम्हारा अति सुंदर गोरा मुख झलक रहा है और तुम्हारे नेत्र अपने विस्तार के कारण कानों तक फैले हैं और उन्हें छूकर छके हुए हैं, जब तुम हँस कर बोलती हो तो छवि–फूलों की वर्षा होने लगती है और तुम्हारा हृदय ऊपर की ओर उठ जाता है। बालों की चंचल लट गालों पर क्रीड़ा करती है और तुम्हारे सुंदर कंठ उरोज रूपी दो कमलों पर बने–ठने है। अंग–अंग से प्रकाश की तरंगे उठ रही है मानो टपकते हुए रूप को पकड़ने चली हों।)

'हाँ, आपने अच्छी व्याख्या की। पर अंतिम पंक्ति का अर्थ कुछ लोग अन्य तरीके से भी कर सकते हैं।'

'बिलकुल यह संभावना तो हर कविता में हमेशा ही रहती है, पर, भाई तुम यह कविता इस मूर्ति को देखकर गा रहे थे और इस कदर उसमें डूबे थे कि तुम्हें अपना बिलकुल होश नहीं था।'

'ऐसा ————————?' आनंद ने चौक कर कहा– 'हो सकता है, पर मुझे नहीं मालूम।'

'अच्छा तो क्या यह मूर्ति भी तुम्हीं ने बनाई है ?'

'हाँ, पर क्यूँ आप यह सब किसलिए पूछ रहे हैं ?'

'बता दूँगा————?' चित्रकार ने धीरे से कहा फिर भीड़ की ओर मुख करके बोला –'आप लोग जाओ यहाँ से। तमाशा–गाना ख़त्म हुई गवा।'

भीड़ में अधिकतर बच्चे थे। वे सब भाग खड़े हुए। उनके जाने के बाद चित्रकार ने कहा–'भाई एक सवाल और है, फिर जो तुम पूछोगे वह मैं बताऊँगा।'

'जी पूछिए?'

'यह मूर्ति किसकी है, तुम इसे जानते हो या यूँ ही बन गयी है ?'

'बन तो यूँ ही गयी है, पर मैं इसे जानता हूँ।'

'बस–बस भाई, तुम जिस तरह गा रहे थे। मैं तभी समझ गया था। यह मामला इश्के मजाजी का है।'

'इश्के मजाजी ————?'

'अब तुमसे क्या कहूँ, मुझसे बहुत छोटे हो। यह इश्क मजाजी दुनियाबी प्यार है। पर कभी–कभी यह भगवान से लगाव की वजह भी बन जाता है। मैं पहले तुम्हारा सवैया लिख लेता हूँ, यादगार भी रहेगी और निशानी भी। फिर मैं तुम्हें एक जादू दिखाता हूँ।'

यह कहकर पहले चित्रकार ने कागज पर आनंद की कविता लिखी। फिर बोला– 'अब जादू देखो।' –इतना कहकर उसने अपने थैले में हाथ डाला और एक मोटा सा कागज बरामद किया। वह कागज आनंद

को देते हुए चित्रकार ने कहा– 'यह तुम्हारी बनाई मूर्ति का ही चित्र है। यह मैंने उस समय बनाया, जब तुम बेसुध होकर गा रहे थे। मैने इसमें रंग भी भर दिए हैं। शायद तुम्हें अच्छा लगे।'

आनंद विस्मय से भर गया। उसने कागज लेकर ध्यान से देखा। शाजिया की जो मूर्ति उसने बनायी थी उससे कहीं अच्छी छवि इस रंगीन चित्र में दिख रही थी। आनंद ने कहा– 'मैं नहीं जानता कि आप कौन है? पर भाई आपने मुझ पर यह जो एहसान किया है वह मैं इस जन्म में नहीं भुला पाऊँगा। आप नहीं जानते कि आपने क्या किया है?'

'मैंने-----?' चित्रकार संकोच में पड़ गया–'मैंने क्या किया?'

'आपने मुझे जीने का सहारा दे दिया है, मित्र !'

'वह कैसे ?

'मेरे पिता जंगी तालीम के लिए मुझे दिल्ली ले जा रहे है। वहाँ इस तस्वीर का बहुत सहारा रहेगा मुझे। बहुत–बहत शुक्रिया मित्र।'

'मित्र कहा है तो मित्रता का मान रखना। जाने जीवन कि किस मोड़ पर फिर मुलाक़ात हो जाये।'

'हाँ जरूर।'

(23)

राजा साहब शिकारपुर की आँखों से अंगार बरस रहे थे। उन्होंने पहले गुलारा के हाथों शाजिया को आने का न्योता भेजा था। उसका कोई जवाब नहीं आया। राजा को बेचैनी थी कि कहीं यह शिकार उससे पहले कोई और रईस न दबोच ले। इसलिए उन्होंने गुलारा को बिना बताये बाई के लिए ढेरों उपहार, सोने और आभूषण एक पालकी सहित इस अनुरोध के साथ भेजी कि उसी पालकी से बाई शाजिया को शिकारपुर भेज दें। मगर पालकी और सब उपहार आदि बैरंग वापस लौट आये। अभी पूरी बात राजा साहब को मालूम भी न हुयी पर पालकी और उपहार का बैरंग वापस आना राजा को हजम नहीं हुआ। उनका पारा सातवें आसमान पर पहुँच गया–'इस दो कौड़ी की छोकरी की यह मजाल? और उस बदजात रसूलनबाई को क्या कहूँ। साली हमारे ही टुकड़ों पर पल रही है और हमी को आँख दिखाती है। सरे आम उठवा लूँगा तो डेरेदार की ठसक धरी रह जायेगी, कुतिया।'– राजा साहब ने नफरत से थूक दिया।

अब किसकी हिम्मत थी कि राजा साहब को असली बात बताये। बिल्ली के गले में घंटी कौन बांधे। राजा आग में भरे अपने कक्ष में बैठे थे। मंत्री की घिग्घी बँध चुकी थी। उसने सिर झुकाया और वहाँ से भाग खड़ा हुआ। उसी समय गुलारा का नौ वर्ष का पुत्र अंबर सिह वहाँ आ गया। उसने राजा के चरण छूकर भोलेपन से कहा– 'पिता जी, माँ आयी है, आपसे मिलना चाहती है।'

राजा साहब को गुलारा का आना अटपटा लगा। आमतौर पर वह अपने महल में रहती थी और महल से बाहर जाना होता था तो राजा साहब से अनुमति लेकर ही निकलती थी। वह इससे पहले कभी इस तरह राजा से मिलने नहीं आयी। राजा खुद ही इच्छा होने पर गुलारा के पास जाते थे। अंबर को देखकर उनके तेवर में कुछ नरमी आयी। उन्होंने कहा– 'रानी को इजाजत की क्या जरूरत है। उन्हें साथ ही लाना चाहिए था।'

'पिता जी हम भी यही कह रहे थे, पर माँ ने कहा यह अदब के खिलाफ है।'

'हाँ बेटा, तेरी माँ बड़ी तहजीबों वाली है।' –राजा साहब का क्रोध धीरे–धीरे कम होने लगा। तब तक एक दासी गुलारा को लेकर आ गयी। राजा ने एकांत की घोषणा की। सभी दासी–सेवक कक्ष से बाहर चले गये।

गुलारा की उम्र तीस के आस–पास थी। इस उम्र में नारी अपने सौंदर्य के चरम सोपान पर होती है। रानी ने सुनहरी कंचुकी और उससे मिलता–जुलता लहंगा पहन रखा था। कंधे पर लाल दुपट्टा पड़ा था। गुलारा स्वाभाविक रूप से सुंदर थी। इस परिधान और हल्के से शृंगार ने उसे और भी उद्दाम बना दिया था। राजा ने गुलारा को इस तरह कभी न देखा था। वह प्रायः नशे में डूबकर ही उसके पास महज प्यास बुझाने जाते थे, पर इस समय राजा नशे में नहीं थे। वे रानी को देखते ही रह गये। गुलारा ने शरमाकर कहा– 'क्या हुआ हजूर, क्या पहली बार देख रहे हैं ?'

'रानी, आप इतनी हसीन हैं, मैंने आज जाना।' राजा का क्रोध न जाने कहाँ चला गया। 'मैं हमेशा थका–मांदा शराब के नशे में चूर आपके पास जाता था। अब मुझे अहसास हो रहा है कोहनूर शाह–ए–हिंद के पास नहीं बल्कि मेरे पास है।'

'आप तो शर्मिंदा करते है, राजा जी।'

'नहीं यह दिल की बात है।'

'मैं समझती थी आपका दिल अब मुझसे भर गया होगा ?'

'क्या बात करती हो रानी? गुलारा दुनिया में बस एक ही है।'

'यानि कि आप मुझे पहले की तरह ही चाहते हैं ?'

'इसमें क्या शक है?'

'मेरी जान के सदके?'

राजा संजीदा हो गये। उन्होंने गुलारा के चेहरे को पढ़ने की कोशिश की पर असफल रहे। अंबर सिंह को यह बातें समझ में नहीं आ रही थीं। उसने कहा–'माँ आप पिताजी से बात करो। मैं खेल कर आता हूँ।'

'ठीक है बेटा।'

अंबर चला गया तो राजा ने कहा– 'रानी मैंने अपनी समझ में तो आपकी शान में कोई गुस्ताखी नहीं की फिर आप ऐसा क्यों कह रही हैं?'

'हाँ, मेरे पालनहार, गुलारा को नाज है कि उसे आप जैसा 'सरफराज' मिला। आपने मुझे रानी ही बनाकर रखा है। इसमें कोई शक नहीं है मगर फिर आप मेरी सौतन क्यों लाना चाहते है?'

राजा साहब हैरत में पड़ गये –'नहीं रानी साहिबा मैं आपकी कोई सौत–वौत नहीं लाने जा रहा। मेरे किसी दुश्मन ने आपके कान भर दिए?'

'तो क्या शाजिया के लिए पालकी आपने नहीं भेजी थी? क्या अब मेरी ही बहन मेरी सौत बनेगी?'

राजा साहब, शिकारपुर के हाथ के तोते उड़ गये। यह बात इतनी गुप्त थी। रानी को कैसे पता चला? भेद खुल चुका था। छिपाने से कोई फायदा भी नहीं था। राजा के चेहरे पर सियासी चमक आ गयी। अब वह समर्पित प्रेमी नहीं, अपितु राजा था। उसने तुरंत पैंतरा बदला। उसके चेहरे पर एक धूर्त मुस्कान उभरी–'हाँ रानी, मैंने पालकी भिजवाई थी। यह बात बिलकुल सच है। पर उसकी वजह यह नहीं थी जो आप सोच

रही हैं। शाजिया अब जवान हो रही है। मेरे सुनने में आया था कि कोई तालुकेदार उसकी नथ उतारने के लिए उसे सोने में तौलने को तैयार था। यह तो भला हो बाई का जो उसने मेरा नाम लेकर उसे भगा दिया। वरना शाजिया अब तक माँ बन गयी होती। मैंने उसकी सिर परस्ती की नीयत से उसे बुलाया था, वह यहाँ तुम्हारे पास महफूज रहेगी। हम उसे मुनासिब समय पर दिल्ली दरबार तक भी पहुँचा देते। मगर उसकी जुर्रत तो देखो वह नहीं आयी। मैं इस तौहीन के लिए उसे सबक जरूर सिखाऊँगा। तुम्हारी बहन है तो क्या? हाँ, यह बात अलबत्ता सच है कि मैं आपको यह बात वक्त से नहीं बता पाया। तो इसके लिए इतना बरहम होने की क्या जरूरत है। हम तो वैसे भी आपकी पलकों से खौफ खाते हैं?'

गुलारा अब नादान नहीं थी। सोलह वर्ष से वह इस माहौल में रह रही थी। उसे राजाओं की फितरत अच्छी तरह मालूम थी। पर राजा की इस चिकनी–चुपड़ी बात का उसके पास कोई जवाब नहीं था। कुछ देर चुप रहकर उसने कहा–'मेरे रहते मेरी बहन पर जुल्म ढाओगे?'

"अरे तुम्हारी बहन है तो हमारी साली भी हुयी न। वह क्या कहते हैं आधी घरवाली?"

'घरवाली ––––?'– गुलारा ने आँखे तरेरी।

'अरे मजाक कर रहा था। हमारा रिश्ता है, भई।' –राजा ने हँसते हए कहा।

'मगर शाजिया पर आपका गुस्सा नाजायज है। उसने आपकी कोई तौहीन नहीं की।'

'यह आप कैसे कह सकती हैं?'

'शाजिया पिछले एक महीने से अनूपशहर में नहीं है।'

'अरे किसकी मजाल? मैं उस बदजात को –'

'आप पूरी बात तो सुनिये। वह बाई का इलाज कराने बुलंदशहर गयी है। आपके जो सेवक पालकी लेकर गये थे, उन्होंने बताया।'

'लेकिन वे कमबख्त मुझे भी तो बता सकते थे। जाने किस हाल में होगी, बेचारी? अभी उसकी सिन ही क्या है? इतनी बड़ी जिम्मेदारी? मैं कल ही बुलंदशहर अपने सिपाही भेजता हूँ। उसका और बाई का पूरा ख्याल रखना मेरी जिम्मेदारी है।'

'आपके सेवक कैसे बताते? आप तो बरहम थे। आप कुछ सुनने को तैयार ही कहाँ थे? और आपका गुस्सा, उसे तो सारा शिकारपुर जानता है।'

'और मेरा प्यार ---?' –राजा ने रूमानी स्वर में कहा।

'वह थोड़ा बहुत मैं ------'

राजा के अधरों ने उसे आगे कुछ कहने नहीं दिया।

(24)

दिल्ली के तख़्त पर इन दिनों ग्रहण लगा था। बादशाह ताश के पत्तों की तरह ढह रहे थे। आलमगीर औरंगजेब के बाद 'शाहे बेखबर' के नाम से मशहूर बूढ़े बादशाह कुतुबुद्दीन मुहम्मद मुआज्ज़म बहादुरशाह (शा.का. 1707–12 ई०) ने बमुश्किल पाँच साल पूरे किये। उसकी मृत्यु के बाद उसके बेटों मे उत्तराधिकार का ऐसा युद्ध आरंभ हो गया कि बहादुरशाह का शव एक मास तक दफनाया नहीं जा सका। अंततः माजुद्दीन जहाँदारशाह बहादुर (शा.का. 1712–13 ई०) को दिल्ली का तख्त नसीब हुआ। इतिहास में लम्पट और मूर्ख शासक के रूप में विख्यात यह बादशाह एक साल भी राज्य नहीं कर पाया। अब्बुल मुज़फ्फरुद्दीन मुहम्मदशाह फर्रुख़सियर (शा.का. 1713–19 ई०) ने अपने भाई जहाँदारशाह को मरवा कर दिल्ली का तख्त हासिल कर लिया। मुग़ल बादशाहों की अस्थिरता से शासन पर उनकी पकड़ ढीली पड़ चुकी थी। परिणाम यह हुआ कि सारे देश में अराजकता की स्थिति फ़ैल गयी। अनेक प्रभावशाली राजा जो पहले दिल्ली के तख़्त की अधीनता में गर्व का अनुभव करते थे, अब वे अपने को स्वतंत्र शासक समझने लगे। राजा शिकारपुर ने यद्यपि दिल्ली से नाता तो नहीं तोड़ा पर मौके का फायदा उठाकर उन्होंने अपनी ताकत बहुत बढ़ा ली।

गुलारा को चिकनी–चुपड़ी बातों में फुसलाकर और उस पर अहसान जताते हुए राजा ने शाजिया की खोज में अपने गुप्तचर और

सिपाही बुलंदशहर भेज दिए। जाहिरा तौर पर राजा का इरादा बाई और शाजिया की सहायता और हिफाजत करने का था। पर गुप्त आदेश शाजिया को जबरन उठा लाने का था। गुलारा राजा की नस–नस से परिचित थी। वह राजा की नीयत समझती थी पर पुण्य की आड़ में हो रहे इस काम को वह कैसे रोके ?

दिल्ली के कमजोर हो जाने से उस समय बुलंदशहर में शासन नाम की कोई चीज नहीं थी।[1] हर बड़ा ताल्लुकेदार या राजा अपने से कम ताकतवर की जान का दुश्मन बना हुआ था। उनके सिपाही आये दिन शहर में लूटपाट करते। ऐसे माहौल में शिकारपुर के सिपाही भी शाजिया की खोज में बुलंदशहर आ गये। उस समय यह बहुत छोटा शहर था।

शिकारपुर के गुप्तचरों ने बुलंदशहर के सभी कविराजों (वैद्यों) और हकीमों के घर छान डाले, तब बड़ी मुश्किल से पता चल पाया कि एक आयुर्वेद–चिकित्सक ने किसी बाई की शल्य चकित्सा की है। उनका नाम पुरातन शास्त्री है। गुप्तचरों से यह संदेश पाकर सिपाहियों का सरदार कविराज को खोजता हुआ उसके औषधालय पहुँचा। उसके साथ बीस सिपाही और थे। ये सभी घोड़े पर सवार थे। सरदार घोड़े से उतर कर सीधे कविराज के पास पहुँचा। वैद्य जी किसी मरीज की टूटी हड्डी का मुआइना कर रहे थे। इतने घुड़सवारों को देखकर उनका माथा ठनका।

---

1. After the death of Aurangzeb and during the religion of his first three successors from 1707 to 1719 [there is nothing worthy of record in the history of the district- From 1720 to the British occupation Bulandshahar] in common with the other districts of the Duab felt the full affects of the disastrous disorganization that religned throughout the whole of Upper India.

----BULANDSHAHAR GAZETTEER H R NEVI LL, P- 148

'आप कौन? कोई बीमार लाये हैं?'– वैद्य का हाथ एक मरीज की नब्ज पर था।

'मैं राजा साहब शिकारपुर की फ़ौज की एक टुकड़ी का सरदार हूँ।' –उसने वैद्य के कान में धीरे से कहा– 'आप इधर किनारे आइये और मेरी बात गौर से सुनिए।'

वैद्य को पसीना आ गया –'पर मैंने क्या किया?'

'नहीं आपने ही किया है। किसी बाई की शल्य चिकित्सा आपने की है?'

'हाँ, उसके पित्ताशय में अश्मरी थी।'

बातें धीरे–धीरे हो रही थीं ताकि वहाँ उपस्थित लोगों को कुछ पता न चले। हालाँकि इतने घुड़सवारों को एक जगह एक साथ देखकर सबको लूट–पाट और खून–खराबे का अंदेशा सता रहा था।

'ठीक है, अब यह बताओ वे लोग कहाँ ठहरे हैं ?'

'ठहरे हैं –––? क्या बाई बाहर से आयी थी? मुझे तो किसी ने कुछ नहीं बताया। एक महीने पहले की बात है। मैंने बाई की अश्मरी पित्त की थैली सहित निकाल दी थी। इस बीच वह मेरे चिकित्सालय में बीस दिन रही और लगभग ठीक भी हो गयी थी। तब मैंने उसे एक माह आराम करने को कहा था। यह ताकीद भी की थी कि यदि कोई समस्या हो तो एक पखवारे बाद मुझे आकर फिर दिखा देना। फिर बाई अपने तामीरदारों के साथ चली गयी। उसके बाद से मैंने उन्हें नहीं देखा।'

'तो पखवारा पूरा हुआ?'

'कल ही पूरा हुआ पर वह आई नहीं। इसका मतलब है बाई ठीक होगी।'

'अच्छा, उनके तीमारदार कौन–कौन थे?'

'एक नौकर था, दूसरा बड़ा मजबूत आदमी था। हमेशा बल्लम लेकर आता था। एक औरत थी और एक पतली लम्बी सी लड़की।'

'लड़की देखने में कैसी थी?'

'मुझे नहीं मालूम, वह हमेशा अपना शरीर बुर्के में छिपाए रहती थी।'

'ये लोग कहाँ टिके थे ?'

'कैसे सरदार हो भाई? मैंने अभी–अभी कहा, मुझे नहीं मालूम था कि वह कहीं बाहर से आयी थी और फिर किसी का ठौर–ठिकाना पूछना वैद्य का काम नहीं है।'

सरदार निराश हो गया। उसने अपने साथियों को वापस चलने को कहा। उन्होंने बुलंदशहर–अनूपशहर मार्ग पर एक आम की बाग़ में अपना अड्डा बना रखा था। वहाँ पानी आदि का सुभीता भी था। सबने पहले अपने–अपने घोड़ों को पानी पिलाया और उनके रातिब की व्यवस्था की। इसके बाद सब मिलकर लाई–चने का नाश्ता करने लगे। कुछ देर बाद वे विचार–विमर्श के लिये घेरा बनाकर बैठ गये।

'हम इस तरह खाली हाथ शिकारपुर नहीं लौट सकते?'– सरदार ने चिंतित स्वर में कहा –'राजा साहब के कहर से बच पाना मुश्किल हो जाएगा।'

'यह भी तो हो सकता है कि वे लोग अनूपशहर लौट गये हों?' – एक सिपाही ने कहा।

'हो सकता है, पर हम बिना पड़ताल किये अधूरी सूचना के साथ लौटने का खतरा नहीं मोल ले सकते। राजा साहब पर उस लौंडिया का भूत सवार है। जब तक उसको कच्चा गटक नहीं लेंगे, हमें चैन से बैठने नहीं देंगे।'–सरदार ने सुलगते हुए कहा।

'बहुत सुंदर होगी?'– एक सिपाही ने कहा।

'ये साले राजा कमसिन और सुंदर पर ही निगाह डालते हैं। खुद तो बूढ़े खूसट हैं, पर –––'– सरदार ने मुँह बिचकाते हुए कहा– 'मरते साले हम लोग हैं।'

'सरदार, हमें गुप्तचरों की फिर मदद लेनी चाहिए।'– एक दूसरे सिपाही ने पेशकश की।

'अरे उन्होंने तो अपना काम कर दिया। वैद्यराज तक पहुँचा दिया, अब वह क्या मदद करेंगे ?'

सरदार, हम उनसे कहेंगे कि ऐसी लड़की की तलाश करें जो हमेशा बुर्के में रहती है।'

सरदार उछल पड़ा –'तू वैद्य से हमारी बात सुन रहा था ?'

'जी सरदार मैं तो वहीं था आपके पास।'

'मगर अहमक, बुर्के में तो यहाँ बहुत सी लड़कियाँ रहती हैं।'

'हाँ, पर जिसके साथ एक मजबूत आदमी भी रहता हो, जो बल्लम लेकर चलता है ?'

'यह तो अंधेरे में तीर चलाना है पर अब चारा भी क्या है? जाओ फौरन गुप्तचरों से संपर्क करो और उन्हें ऐसी ही लड़की तलाशने को कहो। अब हमारी बला उनके सिर पर आयेगी।'– सरदार हँसा –'चलो रे खाना–वाना बनाओ, ससुरी भूख लग गयी है।'

'बनायें कि किसी दुकान से लूट लायें?'

'कमबख्तों, अभी नहीं, जब तक हमारा काम नहीं बन जाता हम मनमानी नहीं कर सकते।'

(25)

उन दिनों बुलंदशहर एक छोटी बस्ती हुआ करती थी, जो मुख्यतः काली नदी[1] के दक्षिण तट पर उसी तरह बसी थी जैसे अनूपशहर गंगा के तट पर बसा हुआ था। शिकारपुर के गुप्तचरों ने सरायों में और

1– (I) काली, नदी मुजफ्फरनगर, मेरठ, बुलंदशहर, अलीगढ़, एटा तथा फर्रुखाबाद जिलों में होकर बहती है। इसका उद्‌गम मुजफ्फरनगर जिले में है जहाँ यह 'नागन' के नाम से विख्यात है। मुजफ्फरनगर तथा मेरठ जिलों में इसका मार्ग अनिश्चित रहता है। परंतु बुलंदशहर पहुँचकर यह निश्चित घाटी में बहती है तथा वर्ष भर इसमें जल रहता है। यहाँ इसे काली नदी कहते हैं जो 'कालिंदी' का पारसी लेखकों द्वारा प्रयुक्त अपभ्रंश रूप है। यहाँ पर इसकी दिशा दक्षिण के बजाय दक्षिण–पूर्व हो जाती है। इसी ओर चलती हुई काली नदी कन्नौज से कुछ पहले ही गंगा में मिल जाती है।

--https:@@hi-wikipedia-org@wiki / काली नदी (उत्तरप्रदेश)

(ii) KaIi nadi, a river which enters the district from the north near the Meerut road at Gulaoathi and flowing in a southernly direction reaches Bulandshahar, thence passing through the Baron pargana -

BULANDSHAHAR GAZETTEER H R NEVI LL, P- 9

(iii) The old town of Baran stood on a raised bank of some extent bordering on the khadir of the Kaliriver-

BULANDSHAHAR GAZETTEER H R NEVI LL, P- 203

धर्मशालाओं में जाकर पता लगाना शुरू किया कि अनूपशहर से कोई परिवार आकर रह रहा है या नहीं। कई सरायों को छानने के बाद यह निश्चित हो गया था कि कोई भी सराय मुसाफिर को पंद्रह दिन से अधिक टिकने नहीं देती। अंत में गुप्तचर आख़िरी सराय माली खां पहुँचा। वहाँ के मुंतजिमकार फन्ने खां थे। गुप्तचर ने उनसे भेंट की– 'अस्सलाम वालेकुम खां साहब।'

'सलाम भाईजान।' फन्ने खां ने गुप्तचर को देखा, जो निपट देहाती के वेश में था। देशी नीली कुर्ती और सफ़ेद धोती। पाँव में चमरौधा जूते। सिर पर मटमैला साफा। फन्ने खां ने चश्मे के कोने से उसे झाँका और बोला, 'आपको भी कमरा चाहिए होगा, क्यों बिरादर ?'

'जी बिलकुल खां साहब, मेरा परिवार कुछ दिन यहाँ ठहरना चाहता है।'

'हाँ–हाँ, ठीक है। एक ही कमरा खाली है, वह किबला आपको मिल जायेगा, पर पेशगी जरूर देनी होगी।'

'वह तो हम दे देंगे मगर मेरी आपसे एक इल्तिजा है ?'

'और वह है क्या ?'

'हमें कमरा एक महीने के लिए चाहिए।'

'तोबा–––तोबा, हम ऐसा नहीं कर सकते। ज्यादा से ज्यादा पंद्रह दिन, बस।'

'खां साहब, थोड़ा रहम कीजिये मेरी बीबी सख्त बीमार है, मुझे एक माह.......'

'नहीं भाई यह नहीं हो सकता। हमारे मालिक ने जब अनूपशहर की बाई को नहीं दिया तो तुम्हारी तो बात ही क्या ?

गुप्तचर की आँखों में चमक आ गयी। उसने जिज्ञासा भाव से पूछा– 'खान साहब पर आपके मालिक ने बाई को क्यों नहीं रहने दिया ?'

'अरे वह भी एक माह से भी ज्यादा वक्त के लिए ठिकाना चाहती थी।'

'तो कहीं न कहीं तो बाई ठहरी ही होगी ?'

'अरे मैंने ही उससे कहा था कि फैलू कुम्हार के हाते में चली जाओ वहाँ एक क्या दो महीने भी ठहर सकती हो।'

'तो मैं वहाँ चला जाऊं?'

'बेशक, जरा भी ना–नुकुर करे तो फन्ने खां का नाम बता देना।'

'शुक्रिया खां साहब, एक बात और यह हाता कहाँ होगा?'

'अरे मशहूर है, काली नदी के पुल के पास जो बस्ती है, वहाँ?'

'वह जो अनूपशहर जाने वाली सड़क पर है?'

'हाँ बिरादर, बिलकुल ठीक समझे आप।'

'तो फिर अलविदा खां साहब।'

'जी, अल्लाह हाफिज।'

अनूपशहर से आने पर काली नदी पार करते ही बुलंदशहर की बस्ती शुरू हो जाती थी। यह बस्ती नदी के दक्षिण तट पर थी। वहाँ मल्लाहों और मछुवारों के घर थे। इनके बीच में फैलू कुम्हार का हाता था जो ऊँचे टीले पर बना था। हाते में एक शिव मंदिर था। गुप्तचर जब हाते में पहुँचा तब मंदिर के सामने कुछ सँपेरे साँप का नाच दिखा रहे थे। मंदिर से कुछ दूर दोनों ओर एक कतार से आठ–दस कोठारियाँ बनी थी। इन कोठरियों के आगे एक बरामदा था और सारा स्थान ऊँची चारदीवारी से घिरा था। चारदीवारी में सामने की ओर दरवाजा था। सभी कोठरियाँ इसी तरह थीं और एक दूसरे से अलग भी थीं। इन्हीं में लोग किराए पर रहते थे। गुप्तचर अपना घोड़ा टीले के नीचे ही छोड़ आया था। वह अब भी देहाती के वेश में था। सँपेरे के पास खड़े एक तमाशबीन से उसने पूछा–'भाई जी, यहाँ फैलू कुम्हार कहाँ रहते है ?'

उस व्यक्ति ने ऊपर से नीचे तक गुप्तचर का मुआइना किया, फिर

बेहूदगी से बोला– 'उनको मरे बीस साल हो गये।'

'ओह, तो यह हाता उनके नाम से है। दरअसल मैं एक कमरा किराये पर चाहता हूँ, किससे बात करूँ ?'

'शाम को आना। उनका बेटा मंदिर में आता है, उससे बात करना।'

गुप्तचर चिंता में पड़ गया। शाम तक काम हो जाना चाहिए। सोचते–सोचते वह कोठरियों के पास गया और एक की साँकल खटका दी।

'कौन है?'– एक मर्दानी आवाज आयी। दूसरे ही पल दरवाजा भड़ाक से खुला और एक मोटा और काला आदमी नमूदार हुआ। सामने एक अपरिचित को देखकर बोला –'किससे मिलना है, क्या काम है?'

'मुसाफिर हूँ।'– गुप्तचर ने कहा–'भाई मुझे भी एक कोठरी किराये पर चाहिए थी, किससे बात करूँ?'

'नहीं यहाँ कोई कोठरी नहीं खाली। सब में किराएदार हैं।'

'कोई खाली होने वाली हो?'

'मुझे पता नहीं। आगे देख लो।'

गुप्तचर आगे बढ़ गया। उसने फिर एक कोठरी पर दस्तक दी। इस बार एक लम्बे से आदमी ने दरवाजा खोला–'जी फरमाइए?'

'यहाँ एक बीमार औरत रहती है। मैं उसका रिश्तेदार हूँ। बड़ी मुश्किल से यहाँ तक पहुँचा हूँ। क्या आपको पता है?'

'आप क्या अनूपशहर से आये हो?'

'हाँ–हाँ, बिलकुल वहीं से। हमारी बाई है।'

'कौन है?'– अंदर से किसी लड़की की आवाज आई।

'बिटिया, बाई के कोई रिश्तेदार हैं। अनूपशहर से आये हैं।'

'अरे बाई, तो वैद्य के पास गयी है। वह अब बिलकुल ठीक हैं। अनूपशहर वापस जाने की बाबत पूछने गयी है। इन भाई को मिलना है तो सीधे वैद्य जी के यहाँ चले जाएँ वरना उनका मिलना मुश्किल हो जाएगा?'

'बाई के साथ कौन–कौन गया है?

'कुल पाँच लोग हैं सभी गये हैं।' –अंदर से आवाज आई।

'यह आपकी बेटी है, जो अंदर से बोल रही है ?

'बेटी नहीं भतीजी है। इसके पिता एक लड़ाई में मारे गये थे। हमने ही इसको पाला पोसा है?'

'और आपकी घरवाली?'

'मगर आप इतनी पूछताछ क्यों कर रहे हैं?'

'माफ़ कीजिये बस इतना और बता दीजिये कि बाई की कोठरी कौन सी है?'

'बगल वाली है, हमारी पड़ोसन है वो।'

गुप्तचर ने अगल–बगल देखा। एक कोठरी में ताला लगा था। उसके मन को संतोष हुआ। गुप्तचर तो वैद्य को जानता ही था फिर भी किसी को कोई शक न हो इसलिये उसने पूछा–'बराए मेहरबानी वैद्य जी का पता और नाम बता दीजिये। मैं वहीं जाकर उनसे मिल लूँगा।

'पुरातन शास्त्री नाम है उनका।'

गुप्तचर चला गया। शाजिया ने सुलतान से कहा–'चचा बहुत गड़बड़ है। बाई अब ठीक है, फ़ौरन सामान बाँधो और निकल लो। चंपा को सुलतान और शाजिया की चतुराई पर हँसी आयी। किस चालाकी से दोनों ने उस गुमनाम आदमी का दिमाग फेर दिया, पर वह कौन था? किस मकसद से आया था या किसने उसे भेजा था। यह सारे प्रश्न अनुत्तरित थे।

सुलतान तांगा लेने चला गया। चंपा और शाजिया ने फ़ौरन सामान बाँधा और एक घंटे के अंदर उन्होंने हाता छोड़ दिया। मगर शाजिया ने बुलंदशहर छोड़ने से मना कर दिया। वह अपनी योजना पर अडिग थी। उसके मन में कुछ चल रहा था। आखिरकार शाजिया के जिद पर उन्हें बुलंदशहर में ही एक धर्मशाला में रुकना पड़ा। शिकारपुर के सिपाही जब फैलू कुम्हारे के हाते पर पहुँचे तब तक चिड़िया वहाँ से उड़ चुकी थी। सरदार ने तड़प कर कहा– 'पीछा करो, बाई यहाँ से उड़कर तो जायेगी नहीं। हम शिकारपुर पहुँचने से पहले ही उसे हर–हाल में दबोच लेंगे।'

(26)

शिकारपुर के सिपाहियों के हाथ कुछ न लगा। सरदार हैरान था कि बाई अगर बुलंदशहर से निकली तो कहाँ अलोप हो गयी। उसे आसमान ने निगल लिया या जमीन खा गयी। उसने अनूपशहर की सीमा तक पीछा किया, पर व्यर्थ। उसकी एक भी कोशिश कामयाब नहीं हुयी। अब यक्ष प्रश्न यह था कि राजा साहब शिकारपुर को इस असफलता की कहानी कैसे सुनायी जाए? दूसरी तरफ दो दिन बाद शाजिया ने अलसुबह बुलंदशहर छोड़ दिया और दोपहर होने से पहले सकुशल अनूपशहर आ गयी। इस तरह शाजिया फिलहाल शिकारपुर के भेदियों और सैनिकों को चकमा देने में कामयाब हो गयी। यहाँ घर सब अस्त व्यस्त था। दो दिन सबको घर व्यवस्थित करने में लगा। इस बीच उसे रह–रहकर आनंद का ख्याल भी आता रहा। पर उसने जब्त से काम लिया।

शाजिया का रियाज छूटे दो माह से अधिक हो चुका था। एक दिन उसने सज–धजकर बाई से कहा–'अम्मी हमार रियाज टूट गया है। अगर इजाजत हो तो शास्त्री जी के पास फिर से जाना शुरू करूँ?'

'देख शज्जो।'– बाई ने चेतावनी देते हए कहा–'यह तेरी उठती उम्र है। अब तेरा बाहर जाना ठीक नहीं। कथक पर तेरा अधिकार है। भरतनाट्यम भी तुझे आता है। बाकी की जरूरत नहीं। कभी जरूरत पड़े तो सीख लेना। अभी इन्हीं का रियाज कर। मैं साजिंदों का इंतजाम कर दूँगी।'

शाजिया का दिल बैठ गया। उसने कुछ सोचते हुए कहा–'अम्मी हम बिना शास्त्री जी को बताये बुलंदशहर चले गये थे। उनको जरूर बुरा लगा होगा। हम उनको सारे हालात बताकर एक बार माफी माग लें तो उनका क्षोभ मिट जाएगा और हमारा मन भी हल्का हो जाएगा।'

'तू बड़ी जिद्दी है, शज्जो। जो ठान लेती है वह करके ही दम लेती है।'– बाई ने हँसकर कहा।

'तभी इलाज करा पायी, वरना आप बुलंदशहर कब जातीं?'

'हाँ शज्जो, अच्छा जा, पर जल्द लौट आना।'

'जी अम्मी।'

शाजिया जाने लगी तो उसके पीछे–पीछे चंपा भागकर आयी और फुसफुसाकर बोली– 'मन नहीं मान रहा है न बन्नो। तू उस भटनागर के बच्चे की खातिर ही जा रही है न ?'

'हाँ, आपा पर धीरे बोलो न। लौट कर आती हूँ फिर बात करती हूँ।'

शाजिया पं० विद्याधर के घर पहुँची, तो वहाँ सन्नाटा था। बरामदे में जहाँ वह रियाज करती थी, वहाँ एक तख़्त पूर्ववत विद्यमान था और फर्श पर मखमली कालीन बिछी थी, पर अब वहाँ कोई गुरू या रियाजी नहीं था। पं० जी के नौकर ने देखा तो बोला–'अरी बिटिया, बुलंदशहर से लौट आइव का? जब से तू गइव पंडित जी ने सिखाउब बंद कर दिया।'

'जी–––। शाजिया ने धीरे से कहा–'मैं गुरु महाराज से मिलना चाहती हूँ।'

'हम बताये देत हैं, आगे महराज की मर्जी।'

'हाँ, ठीक है।'

कुछ ही देर में महराज आते दिखे। शाजिया ने घुटने टेक कर

उन्हें प्रणाम किया–'कैसी हो बेटी, तुम अचानक बुलंदशहर चली गयी। हमें बाद में पता चला कि बाई बीमार थी। अब कैसी है वह?'

'अब तो बिलकुल ठीक हैं। आपने संगीत सिखाना बंद कर दिया?'

'हाँ बेटी, कब तक सिखाता। एक दिन तो बंद करना ही था। तुम चली गयी तो मन उचट गया। कुछ दिन आनंद आता रहा फिर एक दिन ———।'

अचानक नौकर मिष्ठान्न लेकर आ गया। गुरु के अनुरोध पर शाजिया को लेना पड़ा। मीठा खाकर उसने फिर अपनी प्रश्नवाचक दृष्टि गुरू पर गड़ा दी।

'हाँ, मैं कह रहा था कि एक दिन लाला रामसूरत सिंह मेरे यहाँ आये और बोले कि उनका लड़का यहाँ एक तवायफ की लड़की के साथ बिगड़ रहा है। अब आनंद संगीत सीखने नहीं आयेगा।' –विद्याधर पल भर साँस लेने को रुके, फिर बोले–'मैंने लाला को बहुत फटकारा और कहा कि तुम्हारा बेटा बेशक सीखने न आये पर मेरी बेटी को कुछ मत कहना। मैं उसका गुरु हूँ। तुम क्या जानो उसके बारे में। तुम्हारे मुग़ल बादशाहों के दरबार में क्या होता है, यह सारी दुनिया जानती है, उनको तो नहीं सुधार पाए तुम। वहाँ दरबार में तुम्हारी नाक के नीचे होता है सब। लाला के पास कोई जवाब नहीं था। तब से आनंद नहीं आया। सुना है अब वह दिल्ली में जंगी तालीम हासिल कर रहा है। बस यही कहानी है, बेटी और तुम कैसी हो ?'

'मैं ठीक हूँ गुरु जी, अब चलूँगी। अम्मी इंतजार करती होंगी।'

'हाँ बेटी, कभी–कभी आती रहना। रसूलनबाई को भी लाना। अब तो ठीक हो गयी है वह। बहुत नेक और दिलेर औरत है तुम्हारी बाई, उसका इतिहास तुम्हें नहीं मालूम पर मैं जानता हूँ और बेटा अपना रियाज मत छोड़ना। गुरू की प्रतिष्ठा उसके शिष्यों से ही होती है।'

'जी ———।'

शाजिया ने घुटनों पर टिककर गुरू के पैर छुए। उसने देखा गुरू

की आँखे भीगी हुयी हैं। उससे देखा न गया। स्वयं उसकी आँखों में भी आँसू आ गये। उसने दुपट्टे से सिर को ढ़का और वापस चल पड़ी। उसे गुरु के घर का वातावरण आज पराया सा लग रहा था। 'बहुरि नहीं आवनो यहि देश'– उसने सोचा।

शाजिया का मन हाहाकार कर रहा था, आनंद के पिता ने ज़रा भी नहीं सोचा, सीधे उसके गुरु तक पहुँच गये। इस तरह तो वह जाने किससे–किससे गाते फिरेंगे। मुझे बेवजह ही रुसवा कर देंगे? आनंद दिल्ली में जाने कहाँ और किससे जंगी तालीम ले रहा है। उससे तो भेंट होनी ही मुश्किल है। अब इस कसक का क्या करूँ? मजबूर तो आनंद भी होगा। उसकी आँख भर आयी– 'ऐ ग़मे दिल क्या करूँ, ऐ वहशतेदिल क्या करूँ ?'

(27)

शाजिया जैसे सब कुछ लुटाकर अपने घर वापस लौटी। चंपा उसका बेचैनी से इंतजार कर रही थी। शाजिया की सूरत से ही वह समझ गयी कि आनंद से उसकी भेंट नहीं हो पायी। बाई ने बेटी को वापस आया देखकर पूछा– 'पं० विद्याधर मिले? क्या कहा उन्होंने ?

'आपकी तारीफ़ कर रहे थे, आपसे मिलना चाहते हैं। वे कहते थे उन्हें आपका सारा इतिहास मालूम है?'

'हाँ बेटी, हर इंसान का जीवन अपने आपमें एक कहानी है। रियाज के बारे में तो कुछ नहीं कहा ?'

'हाँ, कहा कि उन्होंने तालीम देना बंद कर दिया है। अब घर पर ही रियाज करो।'

'हाँ, यही तो मैंने भी कहा था।'– बाई ने खुश होकर कहा।–'आज मैं अपने घुँघरू तुझे पहनाऊंगी।'

'ठीक है, पर अभी मैं आराम करूँगी।'– इतना कहकर शाजिया दूसरे कक्ष में चली गयी। वहाँ चंपा उसका बेसब्री से इंतजार कर रही थी। शाजिया उसके गले लग गयी–'सब गड़बड़ हो गया आपा। पं० जी ने सिखाना बंद कर दिया। आनंद दिल्ली में जंगी तालीम ले रहा है। वह भी पता नहीं कहाँ। लगता है भेंट होना मुमकिन नहीं है।'

'चलो भूलने के लिए कुदरत ने ही इंतजाम कर दिया। अब तू रियाज में मन लगा।'

'आपा, मैं भूल नहीं सकती। मैं उसे खोजूँगी। अनूपशहर में कहीं भी होगा तो मैं उसे तलाश लूँगी।'

'पागल हो गयी है तू? अब वह दिल्ली में है और बाई तुझे घर से बाहर जाने देगी क्या ?' चंपा ने धीमे किंतु आक्रोश भरे स्वरों में कहा– 'सपना देखना बंद कर बन्नो। तू तवायफ की बेटी है और यही तेरा मुस्तकबिल है।'

शाजिया कुछ नहीं बोली। वह कटे वृक्ष की भाँति बिस्तर पर ढह गयी। चंपा ने एक उड़ती नजर उस पर डाली और कमरे से बाहर निकल गयी। शाजिया जब तक बुलंदशहर में थी। एक उद्देश्य ने उसे वहाँ बाँध रखा था। पर उम्मीद कायम थी कि लौटकर सब कुछ सामान्य हो जाएगा। पर यहाँ तो स्थिति ही बिलकुल पलट गयी। बिछोह की असली पीड़ा का रंग अब उसे मथने लगा। मगर उसके दिल की तड़प और उसके जी का हाल कौन समझे? शाजिया रोत–रोते सो गयी।

एक घंटे बाद जब बाई ने उसे जगाया तो वह उठकर बैठ गयी। बाई के हाथों में पायजेब और बाजूबंद थे–'उठ बेटी, इन्हें पहन, आज तुझे मुजरा पेश करने का ढंग सिखाती हूँ।'

शाजिया की स्थिति यह थी कि वह हाँ करना नहीं चाहती थी पर न करने की भी कोई वजह नहीं थी। उसने अपनी मदद के लिए इधर–उधर चंपा को देखा, पर चंपा का कहीं कोई पता नहीं था। अभी वह कुछ निश्चय कर ही रही थी कि बाई ने उसके तलवे पकड़ लिए और उनमें पायजेब डाल दी। फिर बाजूबंद पहनाये और ऐसे देखा जैसे कोई कंजूस सेठ अपनी भरी तिजोरी को बड़ी हसरत से देखता है।

'अम्मी मैं तो हलके पायल पहनती थी। अब इतने वजनी पायजेब पहनकर मैं नाच कहाँ पाऊँगी।'

'बेटी फ़िक्र न कर।' बाई ने कहा –'शुरू–शुरू में सबके साथ ऐसा ही होता है। फिर आदत पड़ जाती है।'

उस दिन मुजरे का पहला पाठ हुआ। शाजिया का मन नहीं लगा। बाई ने सोचा नया–नया मुआमला है। आगे ठीक हो जाएगा।

रियाज करने के बाद जब शाजिया कुछ सामान्य हुयी तो उसने बाई से कहा– 'अम्मी मैं आपा के साथ बिल्लेशाह की मजार पर जाऊँगी आपकी सेहत के लिए बुलंदशहर जाने से पहले मैंने दुआ मागी थी। वह दुआ कबूल हो गयी। आपको कोई एतराज तो नहीं।'

'बिलकुल एतराज है। पहली बात तो यह कि तू बिल्लेशाह की मजार पर दुआ मागने कब गयी और किससे पूछ कर गयी?'

'अम्मी कैसे बताती? जब तू यहाँ दर्द से तडप रही थी, आप अपने होश में ही कहाँ थी और अगर मैं आपसे पूछती तो क्या आप जाने देती? वह फैसला तो हमने चंपा आपा से पूछकर किया था।'

चंपा पास ही खड़ी थी। उसकी जुबान तालू से चिपक गयी। यह शाजिया को हो क्या गया है? वह क्यों झूठ बोलने पर आमादा है? इसको यह भी परवाह नहीं कि झूठ खुलने पर क्या अंजाम होगा।

'अरे, तो मैं क्या अमरौती खाकर आयी थी कि मरूँगी नहीं। फिजूल बाबा को परेशान किया तूने।'

'अम्मी आपकी यह बात नाजायज है। आपको अपनी चिंता नहीं है, पर हमें तो है? आपके अलावा हमारा और है ही कौन?'

'हूँ ——— बिटिया, अगर तू ऐसा सोचती है तो यह तेरा लगाव है। जब तूने दुआ माँग ही ली थी, तो मैं अब तुझे रोकने वाली कौन होती हूँ। चंपा के साथ आने वाले जुम्मे के रोज चली जाना।'

'जी अम्मी।'

बाई आराम करने चली गयी तो चंपा ने कहा –'अब यह क्या नया शगल है क्या सचमुच मजार जायेगी तू ?'

'आपा, मजार तो जाना मजबूरी है वरना बाई को शक हो जाएगा पर मैं आनंद को तलाश करूँगी। घर से निकलने का कोई बहाना तो होना चाहिए न। आप मेरी राजदार हैं। आपसे छिपाना क्या ?'

'वह तो ठीक है पर जब तक यह न पता हो कि वह जंगी तालीम कहाँ ले रहा, हम उसे तलाशेंगे कैसे ?'

'क्या पता छुट्टियों में घर आया हो। आपा हमें बस इतना ही पता लगाना है कि वह अनूपशहर में है या नहीं।'

'यानी की कुल अँधेरे में ही तीर, और वह नहीं हुआ तो?'

'तो ता–कयामत उसका इंतजार।'– शाजिया ने वहशत भरे स्वर में कहा।

चंपा ने उसे हैरत से देखा और बोली–'बन्नो, यह मजाक नहीं है?'

'जानती हूँ आपा, यह आग है, इश्क है।'

'और तू आग से खेल रही है ?'

शाजिया ने अपना सिर चंपा के काँधे पर रख दिया। चंपा की समझ में नहीं आया कि इस परिस्थिति में अब वह क्या करे ?

(28)

जुमे के दिन शाजिया चंपा के साथ बिल्लेशाह की मजार जाने के लिए निकली। उसने सफ़ेद रंग की सलवार और उसी रंग का कुर्ता पहन रखा था। उसने लाल रंग का दुपट्टा भी लपेट लिया था। चंपा हरे रंग के सलवार कुरते में थी। उसका दुपट्टा गाढ़ा हरे रंग का था।

घर से निकलकर चंपा ने पूछा– 'क्या इरादा है? कहाँ से शुरू करें ? क्या आनंद के घर के चक्कर लगाना ठीक होगा। वहाँ अगर कोई नौकर वगैरह दिखा तो उससे पूछ–ताछ की जा सकती है।'

शाजिया ने मना किया– 'वहाँ जाना ठीक नहीं होगा। बेवजह लोगों को शक होगा। बात का बतंगड बनते देर नहीं लगती। उस दिन मंदिर से लौटते समय दो लडको ने राह रोक लिया था। शुक्र है सुलतान चचा वक्त पर आ गये थे। अभी पहले हम मजार पर जायेंगे। वहाँ चादर चढ़ाकर तब गंगा नदी के तट पर चलेंगे। एक बार आनंद ने कहा था कि जब उससे मिलना हो तो महादेवघाट के आस–पास उसकी तलाश करूँ।

मजार पर अकीदतमंदों की बड़ी भीड़ थी। शाजिया ने जल्दी–जल्दी चादर चढ़ाई और अपने लिए दुआ माँगी फिर तेजी से दोनों महादेव घाट की ओर चल दीं। घाट पर छोटा सा मेला लगा था। शाजिया और चंपा ने पहले गंगा जी में अपने पाँव धोये और फिर भीड़ में आनंद को तलाशने लगीं। दोनों ने मिलकर उस छोटे से मेले के कई चक्कर लगाये पर जिसकी तलाश थी वह न मिला। शाजिया थककर घाट की सीढ़ियों पर

बैठ गयी। उसी समय एक व्यक्ति उसके पास आकर खड़ा हो गया। 'शाजिया ने घबराकर उसकी ओर प्रश्नवाचक दृष्टि से देखा। चंपा कुछ कहने ही वाली थी कि उस व्यक्ति ने कहा–'मोहतरमा, मैं एक चित्रकार हूँ। अगर एतराज न हो तो आपका एक चित्र बना दूँ। कीमत ज्यादा नहीं सिर्फ –––।' –चित्रकार कहते–कहते रुक गया और धीरे से बोला– 'मैंने आपको कहीं देखा है ?'

'वहम है तुम्हारा, यह इससे पहले कभी इस घाट पर आयी नहीं।' –चंपा ने कहा।

'ऐसा कैसे हो सकता है। मैंने इस सुंदर चेहरे का चित्र भी बनाया है।'

'आपको गलतफहमी हुयी है। मैं शिवघाट के पास रहती हूँ। इस घाट पर पहली बार आयी हूँ।' –शाजिया ने शाईस्तगी से कहा।

'मोहतरमा, मैं चित्रकार हूँ। केवल शक्ल देखकर चित्र बना देता हूँ। मुझसे यह चेहरा कैसे भूल सकता है?'

'ठीक है फिर वह चित्र दिखाओ।'

'चित्र तो मेरे पास नहीं है। किसी ने ले लिया होगा। मैं चित्र ही तो बेचता हूँ।'

'ठीक है भाई तो बनाया होगा, अब काहे जान के पीछे पड़े हो।' चंपा ने धमकाया– 'जाओ अपना काम करो।'

'ताज्जुब है, मैंने –––––––।' –फिर वह चुप हो गया।

'चलो आपा, वापस चलते है।' शाजिया ने सीढ़ियों से उठते हुए कहा–'यूँ हवा में तीर चलाने से क्या होगा। मुकद्दर में अगर तड़पना ही लिखा है तो वही सही। इंसान के कोशिश की भी एक हद होती है। अल्लाह ही जाने कि मेरे मुस्तकबिल में क्या है?'

'हाँ, चलो, वरना देर हो जायेगी। फिर बाई तरह–तरह के सवाल करेगी।'

शाजिया ने घूमकर गंगा जी को प्रणाम किया और वहाँ से चल दी। अभी उसने दो पग ही चले थे कि पीछे से चित्रकार की आवाज

आयी–'बेटी एक बात और बता दो, फिर बेशक चली जाना।'

'हाँ फरमाईये ?'

'क्या तुम किसी आनंद को जानती हो?'

शाजिया का हृदय बल्लियों उछलने लगा। चंपा को भी अचंभा हुआ। दोनों एक दूसरे की सूरत देखने लगीं।

'कौन आनंद ?'–चंपा ने पूछा।

'मुझे तुमसे नहीं, इस लड़की से सवाल का जवाब चाहिए।'

'आप किस आनंद की बात कर रहे है ?'– शाजिया ने धड़कते दिल से पूछा।

'मैं उसकी बाबत कुछ बताऊँ, उससे पहले यह जाननी जरूरी है कि आपके साथ यह जो हरे दुपट्टे वाली है। यह कौन है?'

'यह मेरी सहेली है। आप अपनी बात खुल कर कह सकते हैं।'

'तो मोहतरम, जिस आनंद को मैं जानता हूँ, वह एक शैदाई है। वह एक लड़की से बेइंतिहा मुहब्बत करता है, वह जिसने अपनी माशूका की रेत की मूर्ति यहाँ बनाई थी और उस मूर्ति का चित्र मैंने बनाया था। चित्र पाकर वह बेहद खुश हुआ था। उसने मुझसे कहा था कि मित्र तुमने मुझे जीने का सहारा दे दिया। वह मूर्ति और वह चित्र जो मैंने बनाया था, मैं दावे के साथ कहता हूँ, तुम्हारी थी।'

शाजिया मंत्रमुग्ध हिरनी की तरह चित्रकार की बात सुनती रही। उसके हृदय मे एक भयानक हाहाकार अँगड़ाई लेने लगा। वह कुछ भी कहने में अपने को असमर्थ पा रही थी।

'मगर हम कैसे मानें कि वह मूर्ति हमारी बहन की थी।'– चंपा ने धीरे से कहा।

'तस्वीर तो आनंद ने ले ली थी, मेरे पास कोई और सबूत नहीं है। मेरी आँखें ही इस बात का सबूत हैं।

'आँखों से धोखा भी हो जाता है?'

'नहीं, मोहतरमा यह चित्रकार की आँखें हैं। इतना बड़ा धोखा नहीं खा सकतीं।'

'आपका मतलब वह आनंद मेरी बहन से -----।'

'उसका यही कहना था। हाँ, एक बात और उसने अपनी बनायी मूर्ति के चेहरे पर निगाहें गड़ाकर एक सवैया भी गाया था। उसकी आँखों में आँसू उमड़ आये थे। आवाज में ऐसा सोज कि क्या बताएं? ऐसी गायकी बहुत कम देखने में आती है। उसने बताया था कि पं० विद्याधर शास्त्री उसके गुरु थे। मैंने तो उस सवैये की नकल भी कर ली थी।'

शाजिया को लगा उसके पैरों के नीचे से रेत सरकती जा रही है। उसका संतुलन बिगड़ने लगा। अपने को गिरने से बचाने के लिए वह वहीं रेत पर बैठ गयी। चंपा जान रही थी कि शाजिया पर क्या गुजर रही है। उसने हिम्मत जुटा कर पूछा– 'उसने और भी कुछ बताया अपने बारे में ?'

'बताया तो, पर जब आप उसे जानती ही नहीं तो फिर बात का क्या मतलब ?'

'हम उसे जानते हैं। हमारी बहन उसके साथ विद्याधर शास्त्री से संगीत सीखती थी।'

'तो क्या तुम्हारी बहन भी उसे चाहती है?'

चंपा ने चारों ओर गौर से देखा। लोगों का ध्यान उनकी ओर नहीं था। शाजिया ने मुख पर दुपट्टा लपेट लिया था।

'यह प्रश्न कठिन है। इसका उत्तर देना मुश्किल है। पर आप महज चित्रकार नहीं हो सकते। इतनी गंभीर समझ मेले में चित्र बनाना वाले की नहीं हो सकती।'

'ठीक कहती हो बिटिया, सब समय का खेल है। मगर यदि तुम्हारी बहन उसे नहीं चाहती तो उसे एक दिन साफ़–साफ़ बता दो। बेचारे की हालत नहीं देखी जाती।'

'हम उसे ही ढूँढने इधर आये थे। वह तो नहीं मिला। अलबत्ता आपसे भेंट हो गयी।'

'आनंद मिलेगा भी नहीं, उसके पिता उसे जंगी तालीम दिलाने दिल्ली ले गये हैं।'

'ओह हाँ –––––।'– चंपा चिंता में डूब गयी।

'आप –––––।'– अचानक शाजिया खड़ी हो गयी– 'भैया आप मुझ पर एक इनायत करोगे। अभी आपने बताया कि आप उनके मित्र हो ?'

'हाँ, बिलकुल, आप हुक्म तो करें।'

'मुझे उस सवैये की नकल दे दो। जिंदगी भर अहसानमंद रहूँगी।'

चित्रकार मुस्कराया–'जो मैं जानना चाहता था, वह आपके इस जुमले से जाहिर हो गया। मैं अपने भगवान से तुम दोनों के लिए दुआ करूँगा।'– इतना कहकर चित्रकार ने अपनी जेब से एक मुड़ा–तुड़ा कागज बरामद किया और शाजिया के हाथों में थमा दिया।

'मेरे मेहरबां, आपका इश्मे शरीफ ? शाजिया ने जाते–जाते प्रश्न किया।

'जी मुझे ब्रजनाथ कहते हैं।'– चित्रकार ने थैला काँधे पर टाँगते हुए कहा।

(29)

शाजिया को लौटने में देर हो गयी। चंपा बेहद डरी हुयी थी कि बाई जरूर नाराज होगी। चित्रकार की वजह से घाट पर काफी समय बेकार में बीत गया था। शाजिया ने चंपा को आगाह कर दिया कि महादेव घाट पर जाने कि बात बाई से छिपाने की आवश्यकता नहीं है। चित्रकार से मिलने की बात भी न छिपाई जाय।

'और चित्रकार से जो बात हुयी, वह?'– चंपा ने चुटकी ली।

'वह तो जरूर ही बता देना। रोज–रोज की चोरी से छुट्टी मिल जायेगी।'

'यानि कि इश्क तुम करो और बाई की जूतिया मैं खाऊँ?'

'अल्लाह का शुक्र है कि मेरा राज खोलने का अंजाम तुझे पता है।'

घर पास आ गया था, इसलिए दोनों अचानक गंभीर हो गईं। घर में जब इन दोनों का प्रवेश हुआ, तब बाई सुलतान से किसी बात पर संजीदगी से चर्चा कर रही थीं। इन दोनों को आया देखकर सुलतान नीचे चला गया। गनीमत यह हुई कि बाई ने देरी के बारे में एक शब्द भी नहीं कहा। चंपा को आश्चर्य हुआ। यह बात तो बाई के स्वभाव के विपरीत थी। शाजिया को हैरत से अधिक चिंता हुयी। बाई की इस चुप्पी में कोई गहरा राज था। कहीं बाई को असलियत का पता तो नहीं चल गया। उसने बाई का दिल टटोलने के लिए कहा –'अम्मी पायजेब पहन लूँ, आप मुजरा सिखाएंगी न ?'

बाई ने एक नजर शाजिया पर डाली और बोली–'तू थक गयी होगी बेटी, थोड़ा आराम कर ले। नाश्ता–पानी कर ले फिर मुजरा भी सिखाऊँगी।'

'हाँ, अम्मी, यह ठीक रहेगा।'

आज शाजिया ने मन लगाकर मुजरा सीखा। मर्दों को रिझाने कि जितने भी तरीके थे, वह सब सीखे। शाजिया ने ढेरों पसीना बहाया। बाई के चेहरे पर मुस्कान उभरी उसने संतोष की साँस ली। अब शाजिया सचमुच थक गयी थी। वह आराम करने जैसे ही लेटी उसे गहरी नींद आ गयी। बाई ने शाजिया के पास आकर उसका चेहरा देखा। शाजिया के चेहरे पर थकावट के चिह्न थे साथ ही उस पर निद्रा की शांति छाई थी।

चंपा खाना बनाने की तैयारी करने ही जा रही थी कि बाई ने उसे पुकारा। चंपा हाथ पोंछकर तुरंत हाजिर हुई– 'जी बाई।'

'बैठ जा तुझसे कुछ बात करनी है।'

चंपा मेढ़े पर बैठ गयी। आज बहुत दिनों बाद बाई ने अपना पेंचदार लहरिया हुक्का निकाला था। वह धीमे–धीमे उसका कश ले रही थी। बाई ने चंपा को ऊपर से नीचे कई बार देखा। चंपा को लगा कि कोई भारी मुसीबत आने वाली है। अचानक बाई ने कठोर स्वर में पूछा– 'तुम दोनों को मजार से लौटने में इतनी देर क्यों हुयी ?'

चंपा ऐसे प्रश्न के लिए तैयार नहीं थी। वह तत्काल कुछ बोल नहीं सकी। बाई के तेवर देखकर उसके होश उड़ गये। अचानक उसे शाजिया की बात याद आयी कि बाई से क्या बताना है और क्या छिपाना है। उसने अपने को सँभाला और फिर धीरे से कहा–'पहले हम मजार गये थे फिर शज्जो ने गंगा नदी के किनारे चलने को कहा।'

'मैंने वहाँ जाने को तो नहीं कहा था?'– बाई ने प्रतिवाद किया।

'मैं क्या करती, मैं तो नौकरानी हूँ।'

'चुप पगली।'– बाई का स्वर नम्र हो गया–'पाँच बरस की थी तब से पाला है तुझे। तू अपने को नौकरानी समझती है। तूने मेरा दिल तोड़ दिया चंपा।'

चंपा की समझ में नहीं आया कि वह क्या कहे।

'हूँ, तो गंगा कि किनारे कहाँ गयी थी ?'

'महादेव घाट पर'

'तब भी इतनी देर नहीं लगनी चाहिए थी।'

'वहाँ छोटा सा मेला लगा था। हमने कुछ देर मेला देखा फिर एक चित्रकार चित्र बनाने की जिद करने लगा। उसे टरकाने में कुछ समय लग गया।'

'हूँ——, आईंदा से जितना कहा जाए उससे अधिक की मत सोचना।'

'जी ——————।'

'ठीक है अब जाओ, शज्जो को जगा दो और कह दो कि नमाजे एशा का वक्त हो गया है।'

'जी बाई।' –कहकर चंपा शाजिया को जगाने चली गयी। उसके मन में एक शंका थी कि क्या बाई को पहले से ही मालूम था कि हम दोनों घाट पर गये थे। उसे शाजिया की चतुराई पर भी रश्क हुआ कि बाई से क्या कहना है और क्या नहीं कहना है, यह उसने पहले ही बता दिया था।

रात का खाना खाकर बाई अपनी मसहरी में आकर लेट गयी। उसी की बगल में शाजिया का तख़्त था। शाजिया शाम को एक नींद ले चुकी थी। अब उसे नींद नहीं आ रही थी। आज दिन भर जो हुआ उसका एक चित्र उसकी आँखों में घूमकर चित्रकार पर आकर टिक गया। चित्रकार के खुलासे ने उसके हृदय को मथ कर रख दिया था। आनंद के सवैये में उसके रूप की प्रशंसा थी, पर आनंद से मिलने की संभावना न के बराबर थी। शाजिया इन्हीं विचारों में खोयी थी कि बाई की आवाज ने उसे चौंका दिया– 'शज्जो सो गयी क्या ?'

'नन—— नहीं अम्मी पर तू भी नहीं सोयी ?'–शाजिया ने प्रतिप्रश्न किया।

'जब बेटी जवान हो जाती है तो माँ–बाप को नींद कहाँ आती है?'

'क्या हुआ, शिकारपुर से फिर कुछ पेशकश हुई क्या?'

'एक शिकारपुर ही नहीं दुनिया में और भी शिकारी है?'

'मैं समझी नहीं, मम्मी ?'

"खैर छोड़, यह बता तुझे मजार से आने में देर क्यों हो गयी थी ?'

शाजिया का कलेजे में एक धमाका सा हुआ। आज तक बाई ने उससे इस तरह का सवाल कभी नहीं किया था। इस सवाल में कुछ तो राज होगा।

'अम्मी, हम आपा के साथ महादेव घाट चले गये थे। वहाँ एक छोटा सा मेला लगा था। कुछ देर उसे देखा फिर एक चित्रकार मेरा चित्र बनाने की जिद करने लगा। उसे समझाने में देर लगी।'

'और कुछ ––?'

जाने क्यों शाजिया को लगा कि बाई सब कुछ जानती है। उसकी रूह काँप उठी। उसने बड़े संयम से खुद को सँभाला और कहा– 'और तो कुछ भी नहीं।'

'शज्जू अब तू सचमुच बड़ी हो गयी है।'

'क्यों बाई ऐसा क्या हुआ?'

'जब बेटी माँ से झूठ बोलने लगे तो यह समझ लेना चाहिए की बेटा बड़ी हो गयी है।'

शाजिया को ऐसा लगा मानो बाई के सामने वह निर्वसन हो गयी हो। उसे ऐसा लगा मानो उसकी चोरी पकड़ी गयी हो। उससे कुछ बोला नहीं गया।

'बेटी तू बुद्धिमान है और चतुर भी। मगर बाई की आँख में धूल झोंक सके इतनी अहलियत अभी तुझमें नहीं है। उस चित्रकार ने कोई कागज भी तुम्हें दिया था?'

'हाँ, दिया था।'

'पहले क्यूँ नहीं बताया ?'

'अम्मी, जरूरी नहीं समझा।'

'क्या था उस कागज में ?'

'एक कविता थी, वह चित्रकार कवि भी था।'

'यानि कि बातें काफी विस्तार से हुईं?

शाजिया क्या बोले। वह फिर चुप हो गयी।

'मतलब साफ़ है, चंपा तुझसे मिली हुयी है। क्या यह भी सच है कि तू बुलंदशहर जाने से पहले मंदिर भी गयी थी ?'

शाजिया का जैसे किसी ने खून निचोड़ लिया हो। उसके पास अब बोलने की शक्ति भी नहीं बची थी। तख्त पर उसका शरीर बिलकुल निस्पंद हो गया।

'अब एक बात साफ़ बता।'– बाई ने मीठे स्वर में कहा– 'आनंद से तेरी आशनाई है क्या?'

शाजिया तख्त से उठाकर बाई की मसहरी में आ गयी। उसने बाई से लिपट कर रोते हुए कहा– 'अम्मी, मुझे नहीं मालूम, मैं नहीं जानती मुझे क्या हो गया है। रात दिन बस वही याद आता है। जैसे उसके बगैर मैं कुछ भी नहीं। मैं क्या करूँ अम्मी। मुझे बचा लो अम्मी।'

'शज्जो मेरी बेटी, मुझे पहले से पता था। पर मैं यह बात तेरे मुख से सुनना चाहती थी। मुझे फख्र है कि तूने अपना सच कबूल कर लिया। झूठ बोलकर मेरी परवरिश की तौहीन नहीं की। पर इस मर्ज की कोई दवा नहीं है, बेटी और तू यह भी जान ले कि धरती और आकाश का मिलन कभी होता ही नहीं। यदि हो सकता तो अपनी बेटी के लिए बाई पीछे नहीं हटती। अब एक ही उपाय है कि तुम दोनों का भविष्य में फिर कभी आमना–सामना न हो। समय का मरहम ही इस आग को बुझा पायेगा। हाँ, अपने हिस्से का दर्द तुझे खुद ही सहना होगा। मैं तुझ पर कोई पाबंदी नहीं लगाऊँगी, तू खुद समझदार है पर अब तू सुलतान की सुरक्षा में ही बाहर निकल सकेगी।'

शाजिया को लगा कि वह एक बेबश पखेरू है और किसी ने उसकी गर्दन मरोड़ कर उसे मरने के लिए जमीन पर फेंक दिया है।

(30)

बाई बड़ी जीवटवाली थी। उसने अपना फैसला तो बता दिया। पर वह अब शाजिया का बहुत ध्यान रखने लगी। शाजिया खाना न खाती तो बाई उसे गोद में लेकर कुछ न कुछ खिला ही देती। शाजिया जब तकिये में मुख छिपा कर रोती तो बाई उसे सीने से लगा लेती। शाजिया बाई के प्यार को शिद्दत से महसूस करती पर वह अपने मन को कैसे समझाए?

बाई ने सच कहा था कि वक्त सबसे बड़ा मरहम है। शाजिया के मन से तो आनंद नहीं गया, पर धीरे–धीरे वह सामान्य होने लगी। उसने अपना ध्यान मुजरे के अभ्यास में लगाना शुरू किया। नृत्य और संगीत पर तो उसका अधिकार था ही। मुजरा समझने में उसे अधिक समय नहीं लगा। बाई ने उसे गजलों का भी अच्छा अभ्यास करा दिया। दरअसल बाई इस फ़िराक में थी कि शाजिया को भी गुलारा की ही भाँति कोई अच्छा सा 'सरफराज' मिल जाए तो वह अपनी जिम्मेदारी से मुक्त हो जाए। तब ही शायद वह शान्ति से मर सकेगी।

समय धीरे–धीरे खिसकता रहा। होली का त्योहार नजदीक आ गया। शाजिया ने चंपा से कहा–'आपा होली में तो आनंद के पिता दिल्ली से जरूर ही आयेंगे और उनके साथ आनंद भी जरूर होगा।'

चंपा ने रूखे स्वर से उत्तर दिया–'बन्नो, तुम्हारे चक्कर में मैं बाई का विश्वास पहले ही खो चुकी हूँ। अब मैं तो बाज आई। इस बार तो

बाई मुझे निकाल कर ही दम लेगी। क्यों मेरी रोजी–रोटी लेने पर तुली है और तूने भी तो अपना ध्यान उधर से हटा दिया था। अब फिर से बुझती आग को हवा देने पर क्यूँ तुली है। अगर अबकी बाई को शक हुआ तो वह तुरंत उसी खूसट ताल्लुकेदार से तुझे सोने में तुलवा लेंगी और तू कुछ न कर पायेगी। याद है न उस बुड्ढे की जो तेरी नथ का सौदा करने आया था ?'

'हाँ, उसका चेहरा मैं कैसे भूल सकती हूँ? मेरे बाप से भी बड़ी उम्र का रहा होगा, किसी राक्षस से भी भयानक था वह। पर क्या मैं अब तुझसे अपने दिल की बात भी नहीं कर सकती ?'– शाजिया ने थके स्वर में कहा।

'शज्जो मैं तेरी दुश्मन नहीं हूँ, पर मेरी भी एक दहलीज है, मैं उसे लाँघ नहीं सकती।'

शाजिया चुप हो गयी। वह समझ गयी कि चंपा इस मामले में अब कुछ भी मदद नहीं करेगी। यह तय है कि आनंद जरूर आयेगा। अब तो उसने तीर–तलवार चलाना भी सीख लिया होगा। प्रश्न यह है कि वह उससे कैसे मिल सकेगी। मिलना तो दूर शायद देखने के लिए ही तरस कर रह जायेगी वह। जिस दिन होली जलनी थी, शाजिया ने हिम्मत बटोर कर बाई से कहा– 'अम्मी, आज तो रात को होली जलेगी। हम होली जलने से पहले ही वहाँ जायेंगे।'

'नहीं, इस बार हम नहीं जायेंगे, हमें होली से क्या ?'– बाई ने दो टूक उत्तर दिया– 'यह तो हिन्दुओं का त्योहार है।'

'मगर पहले तो हम जाते थे?'

'पहले की बात और थी। तब तू छोटी थी। अब किसी ने तेरी तरफ आँख गड़ा दी तो यह न उसके हक़ में अच्छा होगा और न हमारे।'

'मगर अम्मी फिर यह गुझिया और पापड़ वगैरह क्यूँ बनाए?'

'इसलिए कि कोई होली मिलने आयेगा तो मना तो नहीं कर

सकेंगे न? उसका स्वागत तो करना ही पड़ेगा। तवायफों के यहाँ तो हर जाति के लोग आते हैं। किसी को कैसे मना करेंगे ?'

शाजिया चुप हो गयी। बाई की पिछली बात में गहरा रहस्य छिपा था। उसे यह बात एक चेतावनी की तरह भी लगी। वह समझ गयी कि परिदे के पंख हर ओर से कतरे जा रहे है, ताकि वह किसी भी हालत में न उड़ने पाए और न उजाला देख पाये।

रात को कब होली जल गयी? शाजिया को पता नहीं चला। अगले दिन रंग खेला जाना था। पहले बाई मंजीठे से रंग बनाती थी, अबीर का इंतजाम करती थी। इस बार कुछ भी नहीं हुआ। दोपहर को हुरियारों की टोली बाई के घर के नीचे से निकलने वाली थी। बाई ने घर के सारे दरवाजे और खिड़कियाँ बंद करवा दीं।

अतिशय दमन विद्रोह को जन्म देता है। शाजिया के शरीर में आग लग गयी। वह आवेश से भर उठी– 'बंदिशों की भी हद होती है अम्मी। मैं अगर भाग जाना चाहूँ तो क्या आप और आपके भरोसे के लोग रोक पायेंगे मुझे? अगर मैं बारजे से होली खेलते लोगों का नजारा कर लूँगी तो कोई कयामत नहीं बरपा हो जायेगी। आपको यही डर है कि उनमें आनंद भी हो सकता है तो आप भरोसा रखे मैं बारजे से नीचे छलांग नहीं लगाऊँगी।'

शाजिया के यह तेवर देखकर बाई हक्का–बक्का हो गयी। चंपा ने दाँतों तले उंगली दबा ली। इतना कहकर शाजिया बिना किसी की परवाह किये बारजे पर चली गयी और तब तक वहाँ खड़ी रही जब तक हुरियारों की टोली दरवाजे पर नहीं आ गयी। इस बार बाई ने भी कुछ नहीं कहा। बाई निढाल होकर आरामकुर्सी पर ढेर हो गयी। आज पहली बार शाजिया ने बाई के बंदिशों को चुनौती दी थी। जब नदी में बाढ़ आती है तो वह सारे तटबंधों को तोड़ देती है। बाई ने मन ही मन इश्क की ताकत को सलाम किया। उसे अपनी जवानी के दिन याद आ गये। कभी वह भी एक उफनाती हुयी नदी थी। तब कितने ही लोग उस नदी

में डुबकी लगाने को तैयार थे। भटनागर लाला रामसूरत सिंह भी उनमें से एक थे और आज उनका लड़का ——?

पिता की नजरें बचाकर आनंद हुरियारों की टोली में चुपके से आ मिला। भटनागर लाला को इस संभावना का ख़याल नहीं था। होली की वजह से वे अपने मिलने–जुलने वालों से इस कद्र घिरे थे कि उन्हें और कुछ सोचने का होश ही नहीं था। आनंद को पता था कि हुरियारों की टोली हर घर के दरवाजे पर थोड़ी–थोड़ी देर ठहरेगी और कबीरें होने के बाद ही आगे बढ़ेगी। वह इसी मौके की तलाश में था। यह तय था कि हुरियार बाई के द्वार पर भी रुकेंगे और कबीरें गायेंगे, पर क्या उसकी उम्मीद के अनुसार शाजिया सचमुच बारजे पर दिखेगी, इस बात में भारी संदेह था। शाजिया चाहेगी तो भी बाई उसे ऐसा नहीं करने देगी। सब कुछ अँधेरे में था। आशा और उम्मीद की यह आख़िरी किरण थी जो रह–रहकर आनंद के हृदय में टिमटिमा उठती थी।

टोली बाई के घर के पास पहुँची। आनंद की आतुर आँखें बारजे की ओर उठ गयीं और भगवान ने उसकी सुन ली। उसकी उम्मीद के मुताबिक़ वहाँ मलिन, उदास और बीमार सी शाजिया निस्पंद खड़ी थी। हुरियारों ने वहाँ रूककर दो एक कबीरें गाई। उन्हें उम्मीद थी कि हर बार की तरह इस बार भी उनका स्वागत रंगों से होगा। पर इस बार बाई ने कोई इंतजाम ही नहीं किया था। जब तक कबीरें होती रहीं, शाजिया और आनंद एक दूसरे को निर्निमेष देखते रहे। यह अनुभव दोनों के लिए अतीन्द्रिय भी था और अनिवर्चनीय भी। दोनों में किसी की भी इच्छा नजरें हटाने की नहीं हो रही थी। उन आँखों ने मानो कुछ ही पलों में पूरे युग की दास्तान बयान कर दी हो। उस समय शाजिया पर हजारों हुरियारों की निगाहें थी और बहुत से लोग हाथ भी हिला रहे थे पर शाजिया को कुछ पता ही नहीं चला। उसका सारा ध्यान आनंद पर ही केंद्रित रहा।

हुरियार जब कबीरें गाकर निराश हो गये और कोई स्वागत में नहीं आया। न रंग न अबीर तो वे आगे बढ़ गये। मजबूरन आनंद को अपनी

नजरें हटानी पड़ी। पर वह पलट–पलट कर तब तक शाजिया को देखता रहा जब तक उसे उसकी झलक मिलती रही। आनंद के ओझल होते ही शाजिया भागकर अपने तख़्त पर आयी और आकर बदहवास सी उस पर लेट गयी। अपना मुख उसने दुपट्टे से ढाँप रखा था।

बाई ने साँस रोककर यह सारा दृश्य देखा। उसका अनुभव बार–बार चीत्कार कर यही कहता था कि इश्क एक ऐसी बला है जो बच्चों को अपने माँ–बाप से बगावत करना सिखा देती है। सही मायने में यह महज एक मरीचिका है, मगर यह बात समझ में आने तक कई लोग गुमराह हो जाते है और कई जिंदगियाँ तबाह हो जाती हैं।

जीवन में पहली बार बाई ने अपने को इतना बेबश महसूस किया।

(31)

अगले दिन पहला प्रहर समाप्त होते–होते बाई के दरवाजे पर हंगामा हो गया। आनंद होली मिलने की जिद लेकर अड़ा था और सुलतान उसे आने नहीं दे रहा था। जब बाई के कानों में यह बात पहुँची तो उसने बड़े धैर्य से काम लिया। बाहर हंगामा होने पर बात फ़ैल सकती थी और शाजिया भी सब लोगों की निगाह में चढ़ जाती। फिर लोगों का मुँह किसी तरह बंद न होता और नथ उतरने से पहले ही वह इतना रुसवा हो जाती कि फिर कोई राजा या रईस उसका 'सरफराज' बनने को तैयार नहीं होता। बाई ने आनंद को होली मिलने कि लिए ऊपर आने की इजाजत दे दी।

बाई का यह फैसला सबको बड़ा ही अजीब लगा। शाजिया को तो सहसा विश्वास ही नहीं हुआ। मगर उसकी जुबान तालू से चिपक गयी थी। वह कुछ भी बोल पाने में अपने को असमर्थ पा रही थी। वह भागकर अपने कमरे छिप गयी।

'आदाब बाई।'– आनंद ने आते ही शिष्टाचार किया–'यह कैसे लोग आपने पाल रखे हैं, बाई। शराफत की भाषा ही नहीं समझते। मुझे आने नहीं दे रहे थे। होली में तो लोग दुश्मन को भी नहीं दुत्कारते, बल्कि गले लगा लेते है ?

'जुग–जुग जियो।'– बाई ने आशीर्वाद दिया–'ठीक कहते हो बेटा, ये कम पढ़े–लिखे लोग हैं। इनको यह तमीज कहाँ कि किसके साथ कैसी बात करनी चाहिए, मैं इनको कड़ी फटकार लगाऊँगी।'

'नहीं इसकी जरूरत नहीं, वह भी शायद वही कर रहे थे, जिस काम के लिए उन्हें रखा गया है। थोड़ा सा तरीका गलत था, बस।'

'हाँ बेटा।'– बाई ने आनंद को गौर से देखा। तरुणाई की अवस्था, दरमियाना कद, स्वस्थ सुगठित शरीर। पैरों में कीमती चप्पल। सफ़ेद कुर्ता, पैजामा और उससे मेल खाते उत्तरीय में वह सुंदर लग रहा था। निष्कर्ष रूप में आनंद हर प्रकार से एक सुदर्शन व्यक्तित्व था।

'बिलकुल अपने पिता पर गये हो 'जब मैं जवान थी तब वह हमारे मुजरे पर अक्सर आया करते थे ?'

'अरे–– यह तो मुझे नहीं मालूम था। फिर वह मुझे क्यों रोकते हैं ?'

'हर माँ–बाप को फिकर होती है कि वह किसी गलत संगति में न पड़ जाए, गलत रास्ते पर न चला जाए। उनका फर्ज बनता है रोकना–टोकना।'

'फर्ज तक तो ठीक है बाई पर वह अपना हक़ समझने लगते हैं। हम कोई बच्चे हैं ?'

इतने में चंपा गुझिया–पापड़ लेकर आ गयी। आनंद ने इधर–उधर देखकर कहा– 'शाजिया नहीं दिख रही। वह कहीं जाती तो है नहीं। शायद आप जाने भी नहीं देती।'

'जब बेटी जवान हो जाती है तो शरीफ घरों के लोग उसे बिना खास वजह के बाहर नहीं निकलने देते फिर यह तो तवायफ की बेटी है। –बाई ने अपने पर जब्त करते हुए कहा।

'बेटी है, है तो इंसान ही न। केवल परवरिश का ही तो फर्क है। आपकी बेटी है, यह किसी की बहू भी हो सकती है ?'

'आप अभी बच्चे हैं, आनंद। यह बड़ों की बातें है।'

'नहीं, मैं बच्चा नहीं हूँ। बीस साल का हो चुका हूँ। इस उम्र में लडकियाँ ––––– खैर छोड़िये। हम शाजिया से भी मिलने आये हैं।'

'क्या लाला रामसूरत सिंह को मालूम है कि आप यहाँ होली मिलने आये हैं?' –बाई ने सख्ती से कहा।

'कमाल है बाई, मैं तो होली मिलने आया हूँ। मेरे पिता तो आपका मुजरा देखने आते थे। मैं नहीं समझता कि वे अपने वालिद से पूछकर आते रहे होंगे?'

बाई आनंद की बेबाकी पर हैरान भी हुयी और उन्हें गुस्सा भी आया। अपने जज्बात पर काबू करते हुए वह बोलीं– 'लेकिन शाजिया तो आपसे मिलना ही नहीं चाहती।'

'मगर क्यों ?'

'यह हम नहीं जानते। आपके आने की खबर सुनते ही वह अपने कमरे में चली गयी।'

'यह नहीं हो सकता।'

'क्यों नहीं हो सकता ?'

'वह मुझसे प्यार करती है।'

शाजिया जो छिपकर सारी बातें सुन रही थी, उसका कलेजा मुँह में आ गया। उसकी साँस मानो रुक गयी।

'प्यार ––––?' बाई ने उपेक्षा से कहा– 'आप होश में तो हैं? तवायफ की बेटी से प्यार की उम्मीद लगाये बैठे हैं ––– और दावा यह कि आप अब बच्चे नहीं हैं।

'ठीक है, शाजिया को बुला लीजिए, वह अपने मुख से कह देगी तो हम मान लेंगे और फिर कभी इधर का रुख नहीं करेंगे।'

'मान लो उसने प्यार में हाँ कह दिया, तब क्या करोगे ?

'तब मैं उससे कहूँगा कुछ दिन मेरा इंतजार कर ले। दिल्ली–दरबार में मेरी मुलाजमत बस होने ही वाली है। जैसे ही नौकरी लगेगी मैं खुदमुख्तार हो जाऊँगा, तब मैं उससे ब्याह कर लूँगा।'

'और इंतजार कितना करना होगा ?'

'यही कोई दो–तीन साल।'

'आपकी बात में बड़े पेंच है, बेटा।' –बाई ने उपहास भरे स्वर में कहा– 'पहला तो यह कि क्या मुमकिन है कि आपकी नौकरी लग ही जायेगी? क्या जरूरी है कि दो–तीन साल में लग जायेगी और इस बात की जमानत कौन लेगा कि दो–तीन साल बाद भी आप अपने इरादे पर कायम रहेंगे। बाई ने दुनिया देखी है आनंद बेटा, आप आज की बात करिए। अगर राजी हों तो गाजे–बाजे के साथ आइये, मैं शाजिया का हाथ आपके हाथ में देने को तैयार हूँ।'

आनंद का चेहरा उतर गया। उससे कुछ भी न कहते बना। उधर शाजिया ने अपने होंठ भींच लिए।

'बाई, अभी मैं अपने बाप की सरपरस्ती में हूँ। अभी उनसे बगावत कैसे कर सकता हूँ। मुझे शाजिया का बोझ उठाने लायक बनने तो दीजिये। मैं भगवान् शंकर की कसम खाकर कहता हूँ मेरे जीवन में या तो शाजिया आयेगी या फिर कोई नहीं।'

शाजिया फफकने को थी कि चंपा ने उसे सीने से चिपका लिया। उधर बाई कह रही थी–'नहीं आनंद, कल किसी ने नहीं देखा है। मैं कल के नाम पर कोई वादा नहीं कर सकती।'

'बाई, यह आप मुझ पर नहीं अपनी बेटी पर जुल्म कर रही हैं, जिसे मैं मंदिर का दीप बनाना चाहता हूँ आप उसे महफिल की शमा बनाने पर आमादा हैं। मैं तो दिल्ली चला जाऊँगा। इस बार माँ भी जा रही हैं। फिर दोबारा जाने कब लौटना हो? मैं शाजिया को बचन देना चाहता था। मगर अब क्या फायदा? मेरे खुदमुख्तार होने तक आप रुक नहीं सकतीं।'

'बेटा, आप तो खुद ही समझदार हैं, मैं क्या कहूँ?'

'बाई मेरी एक आख़िरी ख्वाहिश है?'

'वह क्या?'

'मैं शाजिया को एक बार देखना चाहता हूँ।'

इसके लिए बाई को प्रयास नहीं करना पड़ा। चंपा से खुद को छुड़ाकर शाजिया खुद दौड़ती हुयी आनंद के पास आ गयी। उसकी इच्छा थी कि वह आनंद से लिपट कर जी भर रो ले पर बाई की उपस्थिति में वह ऐसा नहीं कर सकी। उसने अपनी अनामिका से सोने का छल्ला[1] उतार कर आनंद को देते हुए कहा–'मैं अपनी बर्बादी से पहले तक तुम्हारा इंतजार करूँगी अगर फिर भी तुम न आये तो ——————— खैर छोड़ो। यह छल्ला तुम्हें मेरी याद दिलाता रहेगा। इसे मेरी निशानी के तौर पर हमेशा अपने पास रखना।' –इतना कहकर शाजिया उलटे पाँव वापस लौट गयी। आनंद वह छल्ला हाथ में लिए मूर्तिवत कुछ देर वहीं खड़ा रहा। बाई को काटो तो खून नहीं।

अचानक बाई का चेहरा भयानक हो उठा। उसके अंदर की सोयी हुयी कट्टर तवायफ मानो सोते से जाग उठी। उसने मन ही मन कहा कि नागिन को नचाने से पहले उसके विष–दंत उखाड़ना बहुत जरूरी है। इसी के साथ बाई ने मन ही मन एक कठोर संकल्प लिया और उसके चेहरे पर क्रूर मुस्कान फ़ैल गयी।

1– (i) उसने घनानंद को एक 'छल्ला' भी दे रखा था, जिसे देख–देख वे वियोग में मरकर भी जी रहे थे। –घनानंद ग्रंथावली (वांग्मुख), विश्वनाथ प्रसाद मिश्र, पृष्ठ 9–10

(ii) प्यारे सुजान के पानि को मंडन खंडन वैद अखंड कला को।
ज्यों सिर स्यों जबहीं दरस्यों बरस्यो घनआनंद हेत–झला को।
सूछम सो पै भयो अतुलै सुख रंग विभौ जग नैन पला को।
प्रीतम लौं हिय राखत हाय बिछोह माँ ज्यावत मोह छला को।।
– सुजान हित / 340

(32)

राजा शिकारपुर का बस चलता तो वे अनूपशहर पर आक्रमण कर शाजिया को अगवा कर ले जाते। उस लौंडिया की यह मजाल कि उसने राजा का दावतनामा ठुकरा दिया। अनूपशहर का राजा उसका विरोधी था, इसलिये वह अपने सिपाही वहाँ नहीं भेज सकता था और यही वह वजह भी थी जिसके कारण उसके सिपाही बुलंदशहर से अनूपशहर की सीमा तक पीछा करने के बाद अनूपशहर के अंदर नहीं धँसे थे और मजबूरन उन्हें खाली हाथ लौटना पड़ा था। राजा के लिए यह अपमानजनक स्थिति थी। वह मन ही मन तिलमिलाकर रह गये। अंततः उन्होंने संकल्प किया कि एक न एक दिन वे इस मगरूर लड़की का सिर अवश्य कुचलेंगे। सही मौके की तलाश में घायल शेर शांत होकर बैठ गया।

एक दिन राजा अपने दरबार में बैठे एक मुकदमे की सुनवाई कर रहे थे। मुकदमा स्वयं राजा कि खिलाफ था। याची ने आरोप लगाया था कि राजा के ओहदेदारों ने उसकी सोलह बीघे जमीन राजा के नाम कर दी थी।

'यह कैसे हुआ ?'– राजा ने कड़ककर पूछा।

'सरकार, यह आदमी झूठ बोलता है।' –संबंधित अधिकारी ने जवाब दिया– 'दरअसल यह जमीन जिसकी थी, उसका कोई वारिस नहीं था इसलिए वह भू–संपत्ति राजा की संपत्ति में मिला ली गयी।'

याची ने कहा– 'मैं मरहूम किसान के फुफेरे भाई के चाचा का सौतेला लड़का हूँ। इस तरह मृतक किसान का भाई हुआ। भाई को कब्जा मिलना चाहिए।'

'यह कौन सा रिश्ता हुआ ?'– राजा ने अचंभित होकर पूछा।

'इसे दूर की रिश्तेदारी कहते है, हजूर। ....एक दरबारी ने अपना मंतव्य प्रकट किया।

'हूँ ––––––।'–राजा ने हुंकारी भरी–'किसी दूर के रिश्तेदार को तो जमीन का हक देने का नियम नहीं है।'

'नियम तो किसी की जमीन राजा को देने का भी नहीं है सरकार।' –याची ने दृढ़ता से कहा– 'मैं तो फिर भी दूर का संबंधी हूँ। लेकिन राजा साहब का तो मृतक से दूर का भी संबंध नहीं है।'

'बात तो यह आदमी ठीक कहता है।'–राजा साहब उसके तर्क से प्रभावित हुए।

'सरकार, यह आपको भ्रमित कर रहा है। इस तरह अगर दूर के संबंधियों को जायदाद में हक दिया जाएगा तो ने केवल हजारों मुकदमे दर्ज हो जायेंगे बल्कि आपस में लोग एक दूसरे के खून के प्यासे हो जायेंगे।'– संबंधित अधिकारी ने सफाई दी।

'लेकिन नियम ––?'– राजा ने कहा।

'नियम कतई याची के पक्ष मे नहीं है।'

'नियम राजा के पक्ष में भी नहीं है।'– याची ने जोर देकर कहा।

राजा अनिश्चय में पड़ गया। यह तो अजीब स्थिति थी। अगर नियम किसी के पक्ष में नहीं है तो वारिस कौन होगा। कुछ देर सोचकर राजा ने कहा– 'हमारे वजीरे ख़ास इस मामले में अपनी राय दें।'

वजीरे ख़ास उठ खड़ा हुआ। उसने राजा को सिर नवाया फिर बोला– 'इसमें कोई पेचीदगी नहीं है। मामला बिलकुल साफ़ है। हालाँकि यह सच है कि राजा साहब के पक्ष में कोई पुख्ता नियम नहीं है पर जिस जमीन का कोई कानूनन वारिस नहीं होता उसे राजा के नाम करने की पुरानी परंपरा है और यह कहने की आवश्यकता नहीं है कि परंपरा नियमों से कहीं अधिक विश्वसनीय और मजबूत होती है।'

'वाह वाह, क्या बात है। सौ सुनार की और एक लुहार की।' –दरबार 'वाह–वाह' से गूँज उठा। इसी बीच राजा साहब का भी जयकारा होने लगा। मुकदमा समाप्त हो चुका था। राजा साहब दरबार समाप्त करने वाले ही थे कि एक सेवक ने आकर सूचना दी कि अनूपशहर से बाई का कोई दूत आया है। अनूपशहर का नाम सुनकर राजा का घाव फिर हरा हो गया। पर बाई ने क्या संदेश भेजा है यह जानना भी आवश्यक था। राजा ने कहा– 'दूत को मंत्रणा कक्ष ले चलो मैं तरोताजा होकर वहाँ पहुँचता हूँ। राजा ने दरबार बर्खास्त कर दिया।

मंत्रणा कक्ष में राजा साहब को आने में एक घड़ी का समय लगा। राजा साहब को देखकर सुलतान ने अदब से सिर झुकाया और सलाम पेश किया। राजा सुलतान को पहचानता था। उसने गंभीर स्वर में कहा– 'अधेड़ हो गये हो। पर शरीर पहले जैसा ही मजबूत है। बाई तो ठीक है ?'

'जी राजा साहब, जबसे बुलंदशहर से इलाज करा के आई हैं, तबसे तो बिलकुल ठीक हैं।'

'इतने दिनों में तो बाई ने हमें कभी याद नहीं किया। अब क्या हुआ और क्या संदेश भेजा है? हमारी कितनी बेइज्जती हुयी इसका कुछ गुमान है बाई को ?'

'मुआफ करें सरकार हम तो गुलाम हैं। बस हुकुम बजा लाते हैं।'

'यह संदेश उन्होंने अपनी बेटी यानि कि रानी गुलारा के लिए तो नहीं भेजा ?

'हजूर ख़ास आपके वास्ते है। बाई ने कहा था कि इसकी भनक भी रानी साहिबा को नहीं लगनी चाहिए।'

'ऐसा?'– राजा शिकारपुर पल भर के लिए सोच में पड़ गये। ऐसी क्या बात है जो बाई अपनी बेटी से भी साझा नहीं करना चाहती। राजा ने आतुर होकर कहा– 'संदेश तुरंत बयाँ करो।'

'कहना नहीं है सरकार। बंद लिफाफा में कोई चिठ्ठी है।' –सुलतान ने लिफाफा देते हुए कहा।

राजा ने लिफाफा खोला। उसमें एक पत्र था। राजा उसे एक ही साँस में पढ़ गये। पत्र व्यंजना में लिखा था। उसे पढ़कर राजा गंभीर हो गये। उनके मन में भावों का द्वन्द्व कसमसाने लगा। मगर वे परिस्थिति के अनुसार हर भाव को छिपा लेने में भी सिद्धहस्त थे। राजा ने पत्र सुलतान को देते हुए कहा– 'इसे पढ़कर सुनाओ। मैं बिना चश्मे के ठीक से पढ़ नहीं पाया।'

सुलतान को काटो तो खून नहीं। वह राजा के पैर पकड़ कर बोला– 'हमसे कोई भूल हो गयी हो तो सरकार हमें माफ़ करें। मगर इतनी बड़ी सजा न दें।'

'इसमें सजा क्या है?'

'सरकार हम काला अक्षर भैंस बराबर हैं। हमें लिखना पढ़ना नहीं आता। हमारे लिए तो सजा से भी बढ़कर है।'

'पक्की बात ?'

'आपकी सिर की कसम सरकार।'

'हूँ ---। अगर किसी को इस पत्र की बात पता हुयी तो तुम्हें ज़िंदा जमीन में गड़वा दूँगा। बोलो मंजूर है?'

'मंजूर है माई–बाप।'

'तब ठीक है।'

राजा ने पत्र फिर से पढ़ा और फिर उसके टुकड़े–टुकड़े कर जमीन पर फेंक दिया। थोड़ी देर तक वे सुल्तान को आँखों–आँखों में तौलते रहे। उन्हें इतना तो पता ही था कि यह बाई का सबसे पुराना और भरोसेमंद चाकर है।

तुम्हारे आने की खबर यहाँ किसको है ?'

'केवल उस खादिम को जिसके मार्फ़त सरकार तक खबर भिजवाई।'

'तुम रानी गुलारा के पास भी गये थे ?'

'नाहीं, बाई ने सख्त मनाहीं की थी।'

'हूँ----- बाई बहुत चालाक है। तो सुनो मैं इस चिठ्ठी का जवाब लिखकर नहीं दूँगा। तुम बाई से बस इतना कह देना कि आने वाली अमावस्या की रात बारह बजे तक हमारे आदमी आयेंगे। आगे क्या करना यह बाई खुद तय करे। अब तुम फ़ौरन यहाँ से निकल जाओ। होशियार रहना, किसी को तुम्हारे आने की खबर नहीं लगनी चाहिए।'

सुलतान चला गया। राजा का मन आनंद और उत्साह से भर गया। उन्होंने ताली बजाकर रक्षक को बुलाया। अगले ही पल रक्षक हाजिर हुआ –'हुकुम सरकार।'

'यहाँ कितने सिपाही तैनात है ?'

'चार सरकार।'

'किसी एक को फ़ौरन भेजो।'

कुछ ही देर में एक सिपाही हाजिर हुआ –'सरकार की जय हो ?'

'अभी–अभी जो आदमी यहाँ से गया है, उसका पीछा अनूपशहर की सीमा तक करो। अगर कुछ गड़बड़ लगे या यह आदमी किसी से मिले तो हमें तुरंत बताया जाए।'

'जी सरकार।'

सिपाही चला गया। राजा ने दासी से शराब लाने को कहा। घड़ी भर के अंदर उन पर नशा तारी हो गया। राजा का मन आज बहुत अच्छा था। उनकी इच्छा आज की रात रानी गुलारा के पास गुजारने की हुयी। वह यह संदेश रानी के पास भिजवाना ही चाहते थे कि सेविका ने आकर सूचित किया–'शाह–ए–हिंद फर्रुखशियर के जानिब से खबर आयी है कि राजा फौरन से पेश्तर दिल्ली आकर बादशाह से दरबार में आकर मिलें।

'धत तेरे की '....राजा ने मन ही मन कहा– 'इन हिंजड़े बादशाहों ने हम राजाओं को गुलाम बना के रखा हुआ है। जब भी हुक्म होता है फौरन से पेश्तर ही होता है। हमसे तो अच्छा फर्रुखाबाद का वह नवाब बंगश है। घास नहीं डालता इन कुत्तों को।'

(33)

आनंद को दिल्ली गये तीन साल बीत गये। होली मिलन के बहाने बाई और आनंद में जो बातें हुयी थीं, वह शाजिया को अभी तक अक्षरशः याद थी। उसे आनंद की यह बात भी समझ में आयी कि जब तक वह बोझ उठाने के काबिल न हो जाए तब तक शाजिया को कैसे अपनाए। उसे केवल यह बात समझ में नहीं आ रही थी कि उसमें अपने माँ–बाप के सामने अपने प्यार को स्वीकार करने की हिम्मत क्यों नहीं थी? नतीजा जो होता वह बाद की बात थी। पर एक तवायफ की बेटी और मुसलमान लड़की को अपनाने का जज्बा तो उसे दिखाना ही चाहिये था। वह तो वैसे भी बहुत दूर जा रहा था। कम से कम उसके माँ–बाप का इम्तेहान तो हो जाता। कभी वह सोचती आत्मनिर्भरता के बिना आखिर हिम्मत आती भी तो कैसे? आनंद की जगह कोई और होता तो वह शायद बाई से इतनी बेबाक बातें न कर पाता। वह इन्हीं परस्पर विरोधी बातों में दिन भर घुलती रहती। बाई ने भी उससे बात करना कम कर दिया था। सबका व्यवहार बड़ा विनम्र हो गया था। शाजिया जानती थी कि अब आनंद का दिल्ली से जल्द आना असंभव है। उसने अपना मन कत्थक के अभ्यास में लगा दिया।

एक दिन सूर्यास्त के समय फिर उसके मन में आक्रोश उभर आया। जब माँ–बाप से कह पाने की हिम्मत नहीं थी तब प्यार में इतना आगे कदम बढ़ाया ही क्यों? मैंने भी तो बाई से बगावत की। मेरी भी सरपरस्त

तो वही थी। उसने अपने कमरे का दरवाजा बंद कर लिया और कलम कागज लेकर बैठ गयी। कई पन्ने बर्बाद करने के बाद वह एक छंद लिखने में कामयाब हुयी। इस छंद में उसका क्षोभ शब्दों के माध्यम से बड़ी अच्छी तरह प्रकट हुआ था। उसने इस छंद को बार–बार पढ़ा–

पहिले तो नैनन से नैनन मिलाय फिरि ।
सैनन चलाय हरि लीनो चित चाय–चाय।।
अब क्यों कहत गुरु लोगन की शंक मोंहि।
मारत निशंक काम कासों कहौ जाय–जाय।।
ए रे निर्दयी कान्ह कहत "सुजान" तो सो।
तेरे बिन देखे आंखें रहैं झरि लाय–लाय।।
दूर जो बसाय तो परेखो हू न आय।
अरे निकट बसाय मीत मिलत न हाय–हाय।।[1]

पहले तो नेत्र से नेत्र मिलाये फिर इशारे करके बड़े चाव से चित्त का हरण कर लिया। अब क्यों कहते हो कि मुझे घर के बड़े लोगों का डर है। हमें तो काम ने पीड़ित कर रखा है। हम किससे जाकर मन की बात कहें। हे निर्दयी! सुजान तुमसे कहती है कि तुमको बिना देखे आखों से बरसात की झड़ी लग जाती है। अगर कोई दूर बसा हो तो वहाँ तो पक्षी भी नहीं पहुँच पाते। पर तुम जो मेरे मन के इतने पास बसे हो फिर भी हाय हम मिल नहीं पाते।

अचानक किसी ने कमरे की साँकल खटकाई। शाजिया ने कविता वाले कागज़ को लपेटकर अपनी छाती में छिपा लिया और आगे बढ़कर साँकल खोल दी। सामने चंपा खड़ी थी– 'यह रोज–रोज अपना कमरा बंद कर तू घंटों क्या करती रहती है? कुछ पता भी है कितनी रात हो गयी है?'

'आपा, रात तो हो गयी है पर क्या अब इस पर भी सबको एतराज

1– घनानंद ग्रंथावली (वांग्मुख), विश्वनाथ प्रसाद मिश्र, पृष्ठ 8

है ? मुझे छिप–छिप कर रोने की भी आजादी नहीं है?'

'नहीं, यह बात नहीं है, पर तुम्हारी इन हरकतों से बाई का जी दुखता है।'

'मैं तो अब बाई के हिसाब से ही चल रही हूँ। कभी–कभी जी घबराता है तब खुद को कमरे में कैद कर लेती हूँ। मैं जान गयी हूँ कि आनंद मुझे कभी नहीं मिल पायेगा तो फिर क्यों न एक तवायफ की जिंदगी जीना शुरू करूँ। आप बाई से कह दो मैं रईसों और रजवाड़ों के सामने मुजरा पेश करने को तैयार हूँ। वह जिसे न्योता भेजना चाहें भेज दें।'

'शज्जो, यह बात तू खुद बाई से कहेगी तो उन्हें ज्यादा अच्छा लगेगा।'

'ठीक है, मैं ही मौक़ा देखकर कहूँगी।'

'तो अभी चल बाई खाने पर तेरा इंतजार कर रही है।'

'आपा आप चलो मैं आती हूँ।'

मुजरा करने की बात शाजिया बाई से नहीं कर पायी। उसका सिर दुखने लगा था। थोड़ा सा खाना खाकर वह बाई की मसहरी के पास तख्त पर लेट गयी। बाई की आँखों में भी नींद नहीं थी। थोड़ी देर बाद बाई ने कहा –'शज्जो, सो गयी क्या?'

'नहीं, अम्मी, सिर दुःख रहा है, नींद नहीं आ रही।'

'आनंद की याद आ रही है?'

'क्या फायदा अम्मी। अब जख्मों को कुरेदने का क्या मतलब?'

'बेटी, मैंने तुझसे पहले ही कहा था कि धरती और आकाश उफक (क्षितिज) पर मिलते जरूर नजर आते हैं पर वास्तव में वे कभी मिलते नहीं।'

'हाँ, अम्मी मैंने जान लिया है कि झूठे ख्वाब देखने से जिंदगी पार नहीं होगी। मुझे एक तवायफ की ही जिंदगी जीनी होगी। आप चाहें तो

मेरा मुजरा एलान कर दीजिये और जिसको बुलाना चाहें उसे बुला लीजिये। बस दो लोगों को मत बुलाना एक उस तालुकेदार को और दूसरे राजा शिकारपुर को।'

'शुक्र है बेटी। तुझे जमीनी हकीकत समझ तो आयी। पर एक सीख मैं जरूर तुझे देना चाहूँगी। तूने आनंद को अपना छल्ला दिया यह अच्छा नहीं किया। तवायफ केवल ऐंठना जानती है, लुटाना नहीं। वह तेरी भावुकता थी। पर तवायफ को भावुक नहीं होना चाहिए। भावुकता आत्मा को कमजोर बनाती है। तू डेरेदार के घर पली है। तुझे अपना 'सरफराज' चुनना होगा। भले ही वह बूढ़ा और निकम्मा हो। उसके पास अकूत संपत्ति होनी चाहिए। राजा शिकारपुर तेरा दीवाना है। उसके पास अकूत संपति है। वह बूढ़ा है। आपा का सरफराज है। तू उनकी साली है। वे तेरे जीजा है। तू अपने आपा की सौत नहीं बनना चाहती। यह सब भावुकता की बातें हैं। तवायफ के लिए यह सब बाते मायने नहीं रखती। उसका शरीर उसकी अमानत भी है और जमानत भी। अगर वह अपने शरीर के दम पर अपनी जिंदगी क़ी हिफाजत मुकम्मल नहीं कर पायी तो वह गंदी नाली से भी बदतर हो जाती है। डेरेदार तवायफ को तो एक शफ्फाक नदी की तरह होना चाहिए।'

'जी अम्मी।'

'अब तू सो जा। मुझे भी नींद आ रही है।'

'ठीक है अम्मी।'

बाई को नींद नहीं आयी। उसने एक बड़ा फैसला ले लिया था। वह खुद समझ नहीं पा रही थी कि वह फैसला सही था या गलत था, पर अब बाजी उसके हाथ से निकल चुकी थी –'या अल्लाह मेरी बच्ची की हिफाजत करना।'

बाई ने फिर शाजिया को पुकारा। शाजिया ने कोई उत्तर नहीं दिया। बाई ने चिरागदान उठाकर शाजिया के चेहरे का मुआइना किया। उसके चेहरे पर भोलापन था। बाई का हृदय उमड़ आया। उसकी इच्छा

हुयी कि शाजिया का मुख चूम ले। पर शाजिया जाग सकती थी। अचानक बाई चौंक उठी। उसे शाजिया की छाती में एक कागज का टुकडा फंसा हुआ दिखाई दिया। उसने बड़ी सावधानी से वह टुकडा निकाल लिया। उस कागज में कोई इबारत लिखी थी। बाई चिरागदान की रोशनी में उसे पढ़ने लगी। पढ़ते–पढ़ते बाई की आँखों में आँसू आ गये– 'हाय बेटी, मैं तेरी गुनाहगार हूँ। तू पैदायशी तवायफ नहीं थी। मैंने तेरे साथ अच्छा नहीं किया।'

(34)

अमावस की काली रात थी। दूसरा प्रहर चल रहा था। आकाश में तारे जगमगा रहे थे। अनूपशहर में व्याप्त भयानक सन्नाटे को गंगा मैया का हर–हर नाद लगातार भेद रहा था। सियारों और भेड़ियों के कर्कश स्वर रह–रहकर हवा में कौंध उठते थे। ऐसे भयावह समय में घुड़सवारों का एक दल शिकारपुर–अनूपशहर मार्ग पर एक बाग़ में छिप कर खड़ा था। वे सब सिपाहियों के वेश में थे। उनका सरदार लोहे का टोप पहने था। बाकी लोगों ने काले रंग की पगड़ी बाँध रखी थी। हालाँकि अँधेरा बहुत घना था पर देर तक अँधेरे में रहने के कारण उनकी आँखें कुछ–कुछ अँधेरे की अभ्यस्त हो गयी थीं।

'आधी रात तो हो गयी है।'– उनमें से एक बोला।

'हाँ, ज़रा राजा अनूपशहर के पहरेदार गाफिल हो जाएँ फिर चलते हैं।'– सरदार ने चेतावनी देते हुए कहा– 'पिछली बार तो हम लोग बुलंदशहर–अनूपशहर की सीमा से ही लौट गये थे। पर इस बार दुश्मन के घर में घुसकर काम पूरा करने का हुक्म हुआ है। जल्दबाजी करने से हमारी जान को खतरा हो सकता है। हम किसी प्रकार का जोखिम उठाने की स्थिति में नहीं है।'

राजा शिकारपुर के ये सिपाही अनूपशहर की सीमा पर थे। वहाँ से बस्ती की दूरी आधा मील से भी कम थी। अचानक उन लोगों ने दो घुड़सवारों को देखा, जो हाथ में मशाल लिए हुए निश्चिंत भाव से आपस में बतियाते बस्ती की परिक्रमा करते हुए चले जा रहे थे।

'ये है अनूपशहर के सीमा रक्षक।' सरदार ने कहा– 'यह एक बड़ा खतरा था। अब ये लोग तीसरे पहर के अंत से पहले नहीं आयेंगे। इसका मतलब रास्ता साफ़ है। हम लोग आगे बढ़ सकते हैं। मगर यह भी ध्यान रहे कि बाई के घर में ज़रा भी शोर शराबा न हो वरना राजा का महल नजदीक है। सिपाहियों को आते देर न लगेगी। वहाँ आस–पास कई रईस लोग रहते है और उनके अपने निजी पहरेदार भी हैं।'

सरदार का आदेश पाकर सबने प्रस्थान किया। मशालें इनके पास भी थीं, पर उन्हें जलाने के आदेश नहीं थे। इनका उपयोग वापसी में करना था। ये सभी घुड़सवार अपने घोड़ों के साथ दुलकी चाल से चल रहे थे ताकि टापों की आवाज कम से कम हो।

'इस साली बोरी को तो सँभालना और भी मुश्किल है?'

'चिंता मत करो, थोड़ा सा कष्ट और है। लौटते समय यह जहमत नहीं उठानी पड़ेगी।'

बस्ती शुरू होते ही सब घोड़े से उतर कर पैदल चलने लगे। उन्हें देखकर कुत्ते भौंकने लगे। सिपाहियों ने दो कुत्तों के भाला धँसा दिया। उनकी बोलती वहीं बंद हो गयी। बाकी डर के मारे भाग खड़े हुए। कुत्तों की आवाज सुनकर एक पहरेदार अपने मालिक की हवेली का फाटक खोलकर बाहर निकल आया। मगर इससे पहले की वह कुछ समझ पाता एक सिपाही ने उसे द्बोच लिया। वह हाय भी न कर सका। इसके बाद और कोई व्यवधान नहीं हुआ। सभी सिपाही सकुशल बाई के घर के बाहर आकर रूक गये। बाई के घर में सन्नाटा छाया हुआ था। एक सिपाही ने दो बार उल्लू की आवाज निकाली। बाई ने बारजे पर आकर देखा। सुलतान भी इसी मौके के लिये जाग रहा था। उसने बाहर सहन में आकर ऊपर बारजे की ओर देखा। बाई ने उसे संकेत से फाटक खोलने को कहा। सुलतान ने बिना कुछ सोचे फाटक खोल दिया। सिपाहियों ने सुलतान को तुरंत दबोच लिया। फिर वे सीढ़ियों से ऊपर गये। बाई ने सोती हुयी शाजिया की ओर इशारा किया। एक सिपाही ने

उसे उठा कर कंधे पर डाल लिया। इस व्यवधान से शाजिया जाग गयी पर वह कुछ समझ न पाई। एक सिपाही ने बाई को भी दबोच रखा था। शाजिया ने बाई की यह हालत देखी तो डर के मारे काँप उठी। कुछ और उपाय न देखकर वह जोरों से चीखी–'सुलतान चाचा, बचाओ।'

सिपाही ने आगे बढ़कर शाजिया के मुँह में कपड़ा ठूंस दिया और उसी के दुपट्टे से उसके हाथ पीठ पर बाँध दिए। इस शोरगुल में चंपा जाग गयी। उसने सुलतान की हालत देखी तो तेजी से ऊपर भागी। पर वहाँ के दृश्य ने उसे हक्का–बक्का कर दिया। बाई को एक सिपाही ने काबू में कर रखा था। चंपा ने बिजली की तेजी से एक सिपाही पर कुर्सी उठाकर दे मारी। पर अगले ही पल सिपाहियों ने उसकी मुश्कें बाँध दीं। शाजिया किसी मछली की भाँति तड़प रही थी।

शाजिया को लेकर वे सब नीचे उतरे। सरदार ने शाजिया को अपने घोड़े पर आगे बिठाया और दुलकी चाल चलते हुए बस्ती से बाहर आ गये।

'अब हम सुरक्षित हैं।'– सरदार ने कहा–'मगर जब तक अपने राज्य की सीमा पर नहीं पहुँच जाते, तब तक हमें सावधान रहना होगा। कुछ लोग पीछे की तरफ भी निगाह रखते हुए चले। किंतु कोई बाधा उपस्थित नहीं हुयी।

सभी घुड़सवार सुरक्षित शिकारपुर की सीमा में पहुँच गये। यहाँ राजा साहब का रथ खड़ा था। रथ पर चार सिपाही पहले से तैनात थे। शाजिया के मुख से कपड़ा निकाल लिया गया और उसके हाथ भी खोल दिए गये। सरदार ने कहा– 'रानी साहिबा, हम अपनी गुस्ताखी के लिए क्षमा चाहते है। पर राजा साहब का यही आदेश था। हम केवल उनके हुक्म की तामील कर रहे थे। आपको जो कष्ट हुआ उसके लिए हम मुआफी के मुस्तहक है। अब यहाँ से यह रथ आपको महल तक ले जाएगा। हम रथ के पीछे आपकी सुरक्षा में रहेंगे।'

'आप लोगों ने हमें अगवा किया है ?'– शाजिया ने थके स्वर में पूछा।

'राजा साहब का यही हुक्म था।'

'कौन राजा, शिकारपुर वाले तो नहीं ?'

'हाँ, वही आपका अंदाजा बिलकुल सही है, रानी साहिबा।'

'मुझे रानी मत कहो, हम कोई रानी–वानी नहीं है। आपके राजा तो बहुत दिन से मेरे पीछे पड़े हैं। उन्होंने तो बुलंदशहर तक अपने आदमी भेजे थे।'

'हाँ, रानी साहिबा, उस टुकड़ी का सरदार भी मैं ही था। पर तब अनूपशहर की सीमा में धँसने का हुक्म नहीं था।'

'मैंने कहा न मुझे रानी मत कहो।' –शाजिया ने जहरीले शब्दों में कहा।

'हम मजबूर है, गुलारा बानू की तरह आप भी हमारी रानी हैं। हम माफी चाहते हैं।'

'आपके राजा ख्वाब देख रहे हैं।' –शाजिया ने फुफकारते हुए कहा।

'जी रानी साहिबा।'

'रानी साहिबा, हुँह, मेरी जूती। इतना बड़ा कलेजा कि मुझे अगवा कर लिया। मुझे जबरन पाना चाहते हैं?'

'इसमें राजा की गलती नहीं है, रानी साहिबा?'

'क्या मतलब?'

'मतलब यह कि हम दुश्मन राज्य में अगर जा सके तो इसकी वजह बाई साहबा हैं। उन्होंने ही हमारे राजा को न्योता दिया था कि वे अपने सिपाही भेज दें। शाजिया उन्हें सौप दी जायेगी।'

'झूठ है, तुम लोग बाई को बदनाम कर रहे हो। तुम्हीं लोगों ने बाई और सुलतान चचा को दबोच रखा था। सुलतान चचा जान दे देते पर मुझे अगवा न होने देते। उनकी लाडली थी मैं।'

'लाडली तो आप बाई की भी थीं और सुलतान वह बाई का पक्का गुलाम है। बाई के हर बुरे और सही काम का वह साझीदार है।'

'यह तुम कैसे कह सकते हो ?'

'आप खुद सोचिये और फैसला कीजिये कि क्या सुलतान कभी आपकी बाई के खिलाफ जा सकता है ?'

'कभी नहीं।'

'मगर वह मुझे अपने जीते जी अगवा होने भी न देते।'

'रानी साहिबा आप कमसिन भी हैं और भोली भी। आप ही बताइये बाई की हवेली का फाटक बिना किसी लड़ाई के अपने आप कैसे खुल गया। अंदर का दरवाजा कैसे खुला? बिना किसी खून–खराबे के हम ऊपर कैसे पहुँचे? बाई ने इस काम के लिए पूरी एक बोरी अशर्फी ली। हाँ, चंपा जरूर इस फरेब में शामिल नहीं थी। इसलिए हमें उसकी मुश्कें बांधनी पड़ी।'

शाजिया का मुख हलक में आ गया। सरदार के कथन ने उसे सोचने पर मजबूर कर दिया। अब उसकी एक–एक बात में शाजिया को सच्चाई दिखाई दी। उसका मुख उतर गया। वह मन ही मन बुदबुदाने लगी– 'ओह बाई, आप ऐसा भी कर सकती हैं। मैं आपकी सगी बेटी होती तब भी क्या आप ऐसा ही करती। आपने सचमुच एक तवायफ का चरित्र दिखा दिया। मुझे भँवर में डालकर बाई आपने अच्छा नहीं किया।'

'मगर तुम यहाँ सबको जानते थे?

'केवल आपको नहीं जानता था, रानी साहिबा। पर हमारा काम बाई ने आसान कर दिया?'

'और यह सब राज की बातें, तुमने हमें किस गरज से बताई?' –शाजिया ने सिपाहियों के सरदार से पूछा।

सरदार धीरे से हँसा– 'क्या करें रानी। हमारे राजा निर्दोष हैं। यह बताना भी हमारा फर्ज था। हम लोग उतना ही कहते और करते हैं, जितना कहने या करने का हमें हुक्म मिलता है।'

(35)

भटनागर लाला राम सूरत सिंह की लाख कोशिशों के बाद भी आनंद को शाह–ए–हिंद के दरबार में मुलाजमत न मिली। हालाँकि आनंद ने हर इम्तहान पास किया और सब में अव्वल आया। पर बादशाह फर्रुखशियर का कहना था कि भले ही आनंद में भारी काबिलियत है पर हम एक बच्चे को इतनी बड़ी जिम्मेदारी नहीं सौप सकते। यह मुगलिया दरबार है कोई मजाक नहीं। लाला रामसूरत सिंह इस पेशकश से निशब्द भी हुए और मायूस भी।

दिल्ली में जंगी तालीम के दौरान आनंद के कुछ दोस्त बन गये थे। इनमें से एक बाज खान था, जो आनंद से सात साल बड़ा था। बाज खान हर इम्तहान में आनंद से पीछे था। पर उसकी उम्र उनतीस साल की थी। इसलिए मोहम्मद शाह ने उसे दरबार में रख लिया। आनंद जो शाजिया की खातिर मुलाजमत पाकर खुद–मुख्तार बनने की जल्दी में था, उसका तो मानो सपना ही टूट गया। अब वह बाई से किस बूते पर शाजिया का हाथ मांगेगा। नियति आनंद को भटका रही थी। अब उसकी इच्छा दिल्ली में रहने की नहीं थी। वह जल्द से जल्द अपने शहर लौट जाना चाहता था।

एक दिन उसने अपने पिता से कहा– 'मैं यहाँ बेकार में पड़ा हूँ। शाह–ए–हिंद कब मेहरबां होंगे, इसका कोई भरोसा नहीं। मैं अनूपशहर जाना चाहता हूँ। वहाँ कम से कम अपनी खेती तो देख सकूँगा। मेरा जी

यहाँ बिलकुल नहीं लगता।'

रामसूरत सिंह शाह–ए–हिंद के व्यवहार से खिसियाये हुए थे। उन्होंने कहा– 'ठीक है, तुम्हारी माँ को भी यहाँ की आबोहवा रास नहीं आ रही है। वह भी जाना चाहती है तो मैं तुम दोनों के जाने का बन्दोबस्त कर ही देता हूँ, तुम अपनी माँ से कह दो जाने की तैयारी कर ले।'

इतना कहकर लाला बंदोबस्त करने चले गये। आनंद ने यह समाचार माँ को कह सुनाया और प्रसन्न मन से अपनी तैयारी करने लगा। इतने में बाज़ खान आ गया–'आदाब, भाई जान।'

'कहो भाई बाज, आज दरबार नहीं गये ?'

'दरबार शाम को जायेंगे। हम तो यह कहने आये थे कि हमारे साथ आपको भी दरबार चलना है। पर आप कुछ उलझे–उलझे नजर आते हो? कोई परेशानी है क्या?

'हाँ बाज, मैं अपने गाँव जा रहा हूँ। वहाँ गंगा के कछारों से मेरा पुराना याराना है। जैसी शांति और शीतलता वहाँ है। वह दिल्ली में कहाँ है। पिता जी भी मान गये हैं।'

'आनंद भाई, आप भी अजीब शख्सियत हो।' बाज़ खान ने कहा– 'लोग दिल्ली आने को तरसते हैं और आप हैं कि भागे जा रहे हैं?'

'भागूँ न तो क्या करूँ। आपको तो दरबार में जगह मिल गयी है। आपके पास दिल्ली में रहने का सबब है पर क्या मैं दिल्ली शहर की रात में सड़कों पर नाशाद और नाकारा फिरूँ यहाँ की जगमगाती जागती सड़कों पर आवारा फिरूँ। इस बेगानी बस्ती में दर–ब–दर मारा फिरूँ।'

'वल्लाह यह तो शायरी हो गयी। मगर आपके यहाँ रहने का एक सबब हो सकता है?'

'नामुमकिन।'

'खुदा की कसम एक बार देख लोगे तो अनूपशहर तो क्या सारी

कायनात भूल जाओगे?'

'किसको देख लूँगा? क्या पहेलियाँ बुझा रहे हो भाई। सीधी और साफ बात करो न?'

'शाह–ए–हिंद के हुजूर में एक नई परी आयी है, सुजान बानो। जब से वह आयी है तबसे नूरबाई और अद बेगम जैसी परियों का तो पत्ता ही साफ़ हो गया है।'

'तो वह जाने और बादशाह जानें, हमें उससे क्या ?'

'भले आदमी उसे देखने को उसके महल में लोग कतार बाँधे खड़े रहते हैं। कभी एक झलक देख पाते हैं तो कभी वह भी नहीं।'

'तो आपने देखा क्या?'

'अरे मैंने उसे दरबार में एक बार देखा?'

'तो कैसी है वह ?'

'मैं कह नहीं सकता। शब्द नाकाफी है उसकी सुंदरता को बयाँ करने में।'

'ऐसी लड़की तो बस एक ही है।'

'तो गोया आपको उसकी भनक लग चुकी है ?'

'अरे उसकी नहीं, एक और लड़की है शाजिया बानू। अनूपशहर में हम दोनों एक ही गुरू के यहाँ संगीत सीखते थे। उतनी सुंदर तो कोई देवांगना उर्वशी, रम्भा या मेनका ही हो सकती है।'

'ये सब कौन हैं?'

'जैसे आपके यहाँ हूरें होती हैं।'

'ओह समझा, पर मेरी मानो दोस्त एक बार सुजान को देख लो आप शाजिया को भूल जाओगे। कहीं शाजिया से आपको इश्क तो नहीं। अगर ऐसा है तब तो शायद आप सुजान को देखना भी नहीं चाहेंगे?'

'क्यों?'

'दरअसल जब किसी को एक नाग डस लेता है तो फिर उस पर दूसरे किसी नाग का जहर असर नहीं करता। इश्क का वसूल है भाई। अपनी माशूका रहे सलामत। बाकी दुनिया पर लानत। अगर ऐसा है तो ठीक है फिर जाओ अपनी बुलबुल के पास।' –बाज ने इधर–उधर देखकर फिर कहा– 'अम्मीजान नहीं दिख रहीं ?'

'वह भी अपनी तैयारी कर रही हैं।'

'क्या लौटने का इरादा नहीं है?'

'लौटूंगा तभी जब शाह–ए–हिंद बुलाएँगे। मुसीबत यह है कि जब तक मुलाजमत नहीं मिल जाती, मैं शाजिया को अपना नहीं सकता।'

'तो वह मुसलमान है?'

'यही नहीं, वह एक तवायफ की बेटी भी है।'

'लाहौल विला कूवत, भाई जान यह कहाँ आप दिल लगा बैठे ?'

'आपके माता–पिता तो कभी राजी नहीं होंगे ?'

'इसीलिये तो खुद–मुख्तार बनना जरूरी है।'

'मगर इसमें अभी समय लगेगा तब तक ———?'

'तब तक क्या ———?'

'वक्त किसी ने देखा नहीं भाई। मैं आपके लिए बस दुआ कर सकता हूँ अच्छा चलता हूँ, आज सुजान का दरबार में मुजरा है, मुश्किल तो है मगर शायद देखने को मिल जाए खैर, अल्लाह हाफिज।'

(36)

अनूपशहर आकर उसे शाजिया के अपहरण का समाचार मिला। उसे यह भी बताया गया कि यह अपहरण राजा शिकारपुर ने कराया था। आनंद का हृदय खौलकर रह गया। अगर कभी शाह–ए–हिंद के दरबार में रहने का मौक़ा मिला तो मैं इस राजा के बच्चे को अच्छा पाठ पढ़ाऊँगा– उसने सोचा।

समय बीतता रहा, पर आनंद शाजिया को अपने मन से निकाल नहीं पाया। अब वह बाकायदा कवितायें लिखने लगा था। अक्सर वह शाम को महादेव घाट पर चला जाता और गंगा के किसी कगार पर बैठ कर घंटों लहरों को देखा करता। उसे लगता कि यह लहरें कुछ बातें करती हैं, कोई संदेश देती हैं, जो शायद उसकी समझ के बाहर है। इस समय आनंद के जीवन के तीन मुख्य आधार थे, जिनके सहारे वह अपना वजूद सँभाले हुए था। पहला वह सोने का छल्ला जो शाजिया ने उसे दिया था। दूसरा वह चित्र जो चित्रकार ने भेंट किया था। तीसरी उसकी कवितायें जिनमें वह कभी शाजिया का सामीप्य अनुभव करता था तो कभी विछोह। एक दिन घाट पर उसको देर हो गयी। वह एकटक शाजिया का चित्र देख रहा था। अचानक पीछे से किसी ने उसके कंधे पर हाथ रखा। आनंद चौंक उठा, उसने पलट कर देखा तो चित्रकार को पहचानने में उसे देर न लगी।

'कैसे हो मित्र ?'– आनंद ने पूछा।

'मैं तो ठीक हूँ, पर तुम मुझे बहुत दिन बाद दिखाई दिए? मैंने कहा था न कि हम फिर किसी मोड़ पर मिलेंगे। अब यह संयोग नहीं तो और क्या है कि कल मैं हमेशा के लिए वृंदावन जाने वाला था और आज तुम यहाँ मिल गये। कहाँ रहे इतने दिन?'

'दरअसल मैं पिता जी के साथ दिल्ली चला गया था। उम्मीद थी कि वहाँ शाह–ए–हिंद के दरबार में कोई नौकरी मिल जायेगी पर उन्होंने मुझे कम उम्र का कहकर वापस कर दिया।'

'हाँ भाई, अभी आप सचमुच छोटे हैं। सरकारी मुलाजमत के लिए एक उम्र तय होती है। खैर यह बताओ की कुछ मामला बना या अभी तक बस चित्र का ही सहारा है?'

'नहीं मित्र, वह बहुत दूर चली गयी।'

'क्यों, वह तो तुम्हारे प्यार में बावली थी। मैं तो उससे मिला था?'

'कब ?'

'बहुत दिन हो गये, जब वह बुलंदशहर से लौट कर आयी थी। वह इस घाट पर भी आयी। उसे शायद तुम्हारी तलाश रही होगी।'

'पर मित्र तुमने उसे कैसे पहचाना? पहले तो कभी देखा नहीं था।'

'चित्र तो बनाया था, चित्रकार की आँखे मन की गहराइयों तक पहुँचती हैं, तभी तो वह चित्र रच पाता है। यह तो मानते हो?'

'हाँ इसमें क्या शक, अब यह बताओ उससे क्या बात हुयी ?'

'बात तो अब याद नहीं पर तुम्हारी वह कविता मैंने उसे दे दी थी, जो तुम उसकी मूर्ति बनाकर गा रहे थे।'

'अच्छा वह? फिर क्या हुआ?'

'फिर वह चली गयी। शायद जल्दी में थी। उसके साथ एक औरत और थी।'

'हाँ चंपा रही होगी।'

'हो सकता है।'

'पर वह कहानी अब खत्म हो गयी दोस्त।'

'हाँ मगर हुआ क्या ?'

'उसे राजा शिकारपुर ने अगवा कर लिया। जाने किस स्थिति में होगी वह?'

'तब तो मित्र उसे भूलने में ही भलाई है। वरना यह पहाड़ सी जिंदगी कैसे कटेगी?' जिंदगी से समझौता तो बानो को भी करना ही पड़ा होगा।'

'यही तो परेशानी है मित्र। वह अब नहीं मिलेगी यह तय है। पर मैं उसे भूल नहीं सकता यह हकीकत है। मेरी आहें कविता बनकर फूट पड़ना चाहती हैं। इस विस्फोट को रोकने में मैं असमर्थ हूँ।'

'देखो मित्र, मैंने तुम्हारी कविता पढ़ी है। इन कविताओं में बेशुमार करुणा है। तुम्हारी कविता में दिल जोर–जोर रोता है। जैसे बादल पानी की झड़ी लगा देता है और झूमकर बरसता है। तुम साक्षात आनंदघन हो या यूँ कहें कि घनआनंद हो। आज से तुम अपनी कविता इसी 'तखल्लुस' से करना। तखल्लुस ही कवि की असली पहचान है। तुम्हारा असली नाम तो लोग भूल जायेंगे। पर यह नाम हमेशा ज़िंदा रहेगा। बादल यानि कि घन शब्द में तुम्हें वही करुणा मिलेगी जो खुद तुम्हारे अंदर विद्यमान है। तुम्हारी कविता के लिए इससे बढ़कर कोई और श्लेष या रूपक मेरी समझ में नहीं हो सकता।'

'तुम्हारा सुझाव ठीक है मित्र। मैं तो आनंद के नाम से कविता करना चाहता था पर आनंद सघन हो घना हो तभी विप्रलंभ का असली मजा है और चूँकि मैं कायर नहीं हूँ। इसलिए मैं अपनी जान तो नहीं दूँगा। हाँ, ज़िंदा रहकर विछोह की उस पीड़ा और तड़प के अंदर निमग्न रहना जरूर चाहूँगा।'

'साधुवाद मित्र घनानंद। देखो फिर कब तुम्हारी कविता का रस मुझे मिलता है?'

'हाँ मगर, तुमने यह नहीं बताया कि अनूपशहर को छोड़कर वृंदावन क्यों जा रहे हो?'

'कृष्ण की नगरी है। हो सकता है, वहाँ मेरे चित्रों की कुछ कद्र हो और मैं थोड़ी सी कविताई भी सीखना चाहता हूँ। सुना है कि वहाँ बड़े पाए के कवि और शायर रहते हैं तो थोड़ी चोंच मैं भी चला लिया करूँगा।'

'मित्र जाने क्यों ऐसा लगता है कि हमारा कोई पूर्व का संबंध है शायद पूर्वजन्म का। मैं अगर शाह–ए–दरबार में जगह पा सका तो मथुरा जरूर आऊँगा। पर मित्र मैं तुम्हें वहाँ खोजूंगा कैसे ?'

'खोजने की जरूरत ही नहीं पड़ेगी। हमने क्या कभी एक दूसरे को खोजा और संजोग देखो भगवान ने तुमसे भी मिलाया और बानो से भी। वह मुरलीवाला है न, वह बड़ा जादूगर है।' चित्रकार ने ऊपर उंगली उठाकर कहा– 'उसकी लीला विचित्र और अपरंपार है। वह तुम्हें फिर शाजिया से मिला सकता है। पर उस मिलन का स्वरुप क्या होगा यह तो वही जाने। अच्छा मित्र। मैं चला। जय कृष्ण।'

'अरे रुको मित्र।'

'अब क्या ?'

'अब तो अपना नाम बता दो, मित्र।'

चित्रकार हँस पड़ा– 'रूप विशेष नाम बिनु जाने। करतल गत न परै पहचाने। मुझे ब्रजनाथ कहते हैं।'

(37)

धीरे–धीरे छः वर्ष बीत गये। इस दौरान दिल्ली का तख्त सैयद बंधुओं (अब्दुल्ला खान तथा हुसैन अली) के हाथ का खिलौना बना हुआ था। ये दोनों भाई न केवल जाँबाज लड़ाके थे अपितु उस समय के शाह निर्माता (King Maker) भी थे। उन्होंने ही फर्रुखशियर को मरवाकर कठपुतली बादशाह के रूप में रफ़ी–उल–दर्जत (शा.का.1719) को दिल्ली की गद्दी पर बिठाया। उसके कार्यकाल के 98 दिन बाद ही इसकी भी मृत्यु हो गयी। देश में यह प्रसारित किया गया कि बादशाह फेफड़े के कैंसर से मर गया। जबकि आम राय यह थी की इसे भी सैयद बंधुओं ने ही मरवाया। अगला बादशाह जो सैयद बंधुओ की मेहर से दिल्ली का शाह बना, उसका नाम रफ़ी–उद–दौलत था। यह इतिहास में शाहजहाँ द्वितीय (शा.का.1719) के नाम से जाना गया। पर इसका कार्य काल भी मात्र 105 दिन ही रहा। यह बादशाह भी सैयद बंधुओ द्वारा मरवा दिया गया। इसके बाद इन्हीं शाह–निर्माताओं ने अबू–अल–फ़तेह नासिर–उद–दीन रोशनअख्तर उर्फ़ मोहम्मदशाह (शा.का.1719–48) को दिल्ली की गद्दी पर बिठाया।

मोहम्मदशाह एक बेवकूफ़, शराबी, नशेड़ी और ऐय्याश छोकरा था। दिल्ली की गद्दी पर बैठते समय उसकी उम्र मात्र सत्रह वर्ष थी। कहा जाता है कि इसकी ताजपोशी के समय उस समय की तवायफ–मणि सुजानबाई ने बधाइयाँ गाईं थीं और अपना नाच भी पेश किया था। सैयद बंधुओं की ताकत और धूर्तता से तो उसके द्वारा बनाये गये सभी बादशाह परिचित थे और सबने उनसे छुटकारा पाने की अपने–अपने ढंग से कोशिश

भी की पर उन सबके षड्‌यंत्रों का पर्दाफाश होता गया और सैयद–बंधु उन्हें एक–एक कर मरवाते गये। लेकिन मोहम्मदशाह ने ईरानी दल के नेता मुहम्मद अमीन ख़ाँ तथा राजमाता कुदसिया बेगम के साथ मिलकर ऐसी चाल चली कि सैयद–बंधु भी चकमा खा गए, निदान 8 अक्टूबर, 1720 ई० को हैदर बेग़ ने छुरा घोपकर हुसैन अली की हत्या कर दी। तब दूसरे भाई अब्दुल्ला ख़ाँ ने बदला लेने के लिए विशाल सेना लेकर मुहम्मदशाह के विरुद्ध चढ़ाई कर दी लेकिन 13 नवम्बर, 1720 को हसनपुर के स्थान पर अब्दुल्ला ख़ाँ हार गया और उसे बंदी बना लिया गया। बाद में उसे विष देकर मार डाला गया।[1] इस प्रकार यह पहला बादशाह हुआ जिसने न केवल सैयद बंधुओं का आतंक खत्म किया अपितु अपना शासन भी प्रायशः निष्कंटक कर लिया।

मगर इस काँटे के दूर होते ही वह पूर्णतः निरंकुश हो गया। उसने दरबार में उल–जुलूल हरकतें करनी शुरू कर दी। उसके लिए क़ानून कोई मायने नहीं रखता था। उसकी इच्छा ही सर्वोपरि थी। दरबार में अश्लील हरकतें करना और करवाना उसका पसंदीदा शगल था।[2]

---

1. With the help of the Sayyid brothers, he ascended the throne at the young age of 17. He later got rid of them with the help of Asaf Jahi & Syed Hussain Ali Khan was murdered at Fatehpur Sikri in 1720 and Syed Hassan Ali Khan Barha was fatally poisoned in 1722.

   -https://www-jatland-com/home/Muhammad_Shah

2. वह अक्सर दरबार में नंगा आ जाता और सभी दरबारी उसके आदर में अपने कपड़े भी उतार देते। वह जोश में आकर दरबार में खुलेआम पेशाब–पैखाना कर देता और दरबार में सभी मौजूद सभी लोग बादशाह की वाह–वाह कर तारीफ़ करते। वह दरबार में हुक्म देता के कल सभी लोग औरतों के कपड़े में आयेंगे। मजबूरन सबको आना पड़ता था। इंकार की कोई गुंजाईश नहीं होती थी। वह दरबार में आता और एलान करता के जेल में सब बंद कैदियों को आजाद कर दिया जाए और उतने ही लोगों को पकड़ कर जेल में डाल दिया जाये। बादशाह के हुक्म पर सिपाही शहर में निकलते और जो रास्ते में मिलता उसे पकड़ कर जेल में डाल देते।

   ----khabar ki khabar.com/archives/260मित्र

मुहम्मदशाह ने आलमगीर औरंगजेब के सभी नियमों–कानूनों को ताख पर रख दिया या उन्हें आमूल–चूल बदल दिया। उसने गीत–संगीत के सभी कलाकारों को उनके सारे सुर–सरगम ही नहीं लौटाए, उन्हें हर तरह की आज़ादी भी दी। अब दिल्ली में संगीतकारों, नृत्यकारों और कलाकारों का बोलबाला हो गया। इन सबके बीच मुहम्मदशाह रंगीला ने चित्रकारों को विशेष सुविधायें दी, जिसमें निधामल (निदा मॉल) जैसे चित्रकार दरबार में ही रहा करते थे। उन्हें विशेष तौर पर बादशाह के चित्र (पोटर्रेट) बनाने के लिए रखा गया। वे मुहम्मद शाह रंगीला की रंगीनियाँ भी चित्रकारी के जरिये दर्शाया करते थे, जो अक्सर बहुत ही भदेश और अश्लील हुआ करते थे।[1]

एक दिन बादशाह घुड़दौड़ और मुर्गों की लड़ाई देखने के बाद जब दरबार में अपने आसन पर मामूर हुए और शराब का दौर चला तो वजीर–ए–आजम निजामुल्मुल्क ने आकर सूचना दी कि वे मराठे जिनको आलमगीर औरंगजेब भी न दबा पाया था, वे बाजीराव, प्रथम के नेतृत्व में फिर से संगठित हो चुके हैं और यह दिल्ली के लिए एक बड़ा खतरा है। इस बाबत बादशाह का क्या हुक्म है ?'

1– (i) उस समय दिल्ली में कठिन राग / ध्रुपद चलता था, रंगीला के आग्रह पर 'खयाल' स्टाइल लाया गया, आज भी यही चलता है, फिर चित्रकारों को विशेष सुविधा दी गयी। निदा मॉल जैसे चित्रकार दरबार में रहते थे, बादशाह के हर तरह के चित्र बनाये गये। यहाँ तक कि सेक्स करते हुए भी तस्वीरें हैं। उस वक़्त का ये बादशाह अपनी सोच में कितना आगे था!

---https://www.thelallantop.com/---/remembering-one-of-the-best-mogul-kings-muhamm.....

(ii) इसी दौर की एक मशहूर तस्वीर वो है जिसमें खुद मोहम्मदशाह रंगीला को एक कनीज़ से सेक्स करते दिखाया गया है। कहा जाता था कि दिल्ली में अफ़वाह फैल गई थी कि बादशाह नामर्द है, जिसे दूर करने के लिए इस तस्वीर का सहारा लिया गया.

---https://www.bbc.com/hindi/India-44096194

'अरे तबलची, ज़रा हमारे वजीर–ए–आजम साहब को अपनी भाषा में समझाओ, भई।' –मोहम्मदशाह ने चिल्लाकर कहा– 'फकत कुछ हज़ार की फ़ौज लेकर वह हमारा मुकाबला करेगा। वजीर–ए–आजम साहब हमें पेशवा बाजीराव का खौफ दिखा रहे हैं। हम उसका क्या कर देंगे ?'

तबलची ने तबले पर चोट की और हँसी उड़ाते हुए बोला– 'नादरना धीम धीम।'

'सुना, वजीर–ए–आजम साहब' –बादशाह ने लहक कर कहा– 'नादरना धीम धीम।'

निजामुलमुल्क बहुत वीर और सूझ–बूझ वाला व्यक्ति था। उसे यह मजाक पसंद नहीं आया। उसने चेतावनी भरे स्वर में कहा– 'यह मजाक का समय नहीं है, जहाँपनाह। हमारी सेना संख्या में भले अधिक हो, पर उसकी तरह संगठित नहीं है और न हमें लड़ाई का कोई तजुर्बा है। वह मार–काट करता तूफ़ान की तरह आ रहा है।'

'तो ठीक है न, किबला जानना चाहेंगे कि हमारा दरबार इस बाबत क्या कहता है?'– मुहम्मदशाह ने सबकी सम्मति जाननी चाही।

'वजीर–ए–आजम वजा फरमा रहे हैं। हमें दुश्मन से चौकन्ना रहना चाहिए।'– सभी ने एक स्वर में कहा।

'तब ठीक है, सिपहसलार से कहो फ़ौज को तैयार रखें। पर अब हमें ज़रा रंगीनियों में डूबने दो। आपने बेवक्त आकर सारा मजा किरकिरा कर दिया, भाई। अब बैठिये और हमारी महफिल का रंग देखकर जाइए।'

वजीर–ए–आजम को यह पेशकश अच्छी नहीं लगी, वे उठे और आदाब बजाकर चले गये। बादशाह की बदमजगी का सहारा पाकर एक प्रौढ़ तवायफ नूरबाई ने उनके कान में धीरे से कुछ ऐसा कहा, जिसे सुनते ही मुहम्मदशाह की तबियत फड़क उठी– 'अरे बेगम, यह क्या कह रही हो?'

'जो कह रही हूँ मेरे सरताज, वह सौ फीसद सच है।'

'अल्लाह कसम, आपने दिल खुश कर दिया। कहाँ हैं मेरी जान अद बेगम?'

'अभी हाजिर होती है।'–इतना कहकर नूर बाई ने ताली बजायी और जोर से पुकारकर कहा– 'अद बेगम तुरंत दरबार में हाजिर हों।'

तुरंत ही एक तवायफ ने नाचते हुए दरबार में प्रवेश किया। नर्तकी ने पारदर्शी लिबास पहन रखा था। दरबारियों की आँखें फटी रह गयीं। अद बेगम ने अपने कमर से लेकर पैरों तक कोई लिबास नहीं पहन रखा था। उसने अपने शरीर के अधोभाग में पायजामे की तरह फूल–पत्तियाँ बना रखी थीं। ऐसी फूल–पत्तियां जो बुने हुए रोमन थान में होती थीं। कमाल यह कि पायजामे और उस नक्क़ाशी में कोई फ़र्क़ कर पाना नामुमकिन था। जब तक बताया न जाय, कोई उस कारीगरी को भाँप नहीं सकता था। इस कारीगरी के बावजूद वस्त्र न होने के कारण टांगें और शरीरांग साबुत दिखता था। वासना के पुजारी बादशाह और उनके रंगीन दरबारियों के लिए यह मांसल और उत्तेजक मनोरंजन था। शाह–ए–हिंद ने अद बेगम का यह जलवा उसकी अदाओं के साथ देखा तो अश–अश कर उठा।[1]

मुहम्मदशाह के दरबार में यह कोई अनहोनी घटना तो नहीं थीं। स्वयं बादशाह ने अश्लीलता की सभी हदें पार कर दी थीं और दरबार भी उतना ही निकम्मा हो चुका था, जबकि उसमें कुछ बड़े ही आलाकाबिलियत लोग भी थे। अदारंग और सदारंग जैसे संगीतकार थे। सदारंग अपने नाखूनों से इतनी बेहतरीन सितार बजाते थे कि लोगों के मुख से आह निकल पड़ती। चित्रकारों में दरबारी दरगाह क़ली ख़ान, निधामल और चित्रमन अपने फन के उस्ताद थे। मिर्ज़ा रफ़ी सौदा जैसे बेहतर क़सीदा निगार थे। उनकी जोड़ का कसीदाकार उर्दू जुबान आज तक पैदा नहीं कर सकी। शाकिर नाजी, नज़मउद्दीन अबूर, शदफ़उद्दीन मज़मून और शाह हातिम और मीर तकी 'मीर' जैसे पाए के शायर थे। मीर तो उस समय

1– https://www/bbc/com/hind/India-44096194

माशाल्लाह काफी जवान भी थे। मीर हसन की मसनवी 'सहर–उल–बयान' आज भी बेमिसाल मानी जाती है। इसके अतिरिक्त दर्जनों कव्वाल, ढोलक–नवाज़, पिखलोज, धमधी–नवाज़, सबूचा–नवाज़, नक्काल, यहाँ तक कि भाट भी शाही दरबार से बावस्ता थे। नूरबानो और अद बेगम जैसी दिलफरेब तवायफें थीं। अश्लीलता की हद तक मुहम्मदशाह की खुद की रंगीनी के कारण ऐस–ऐसे उस्ताद कलाकार भी बेशर्मी करने और झेलने को बाध्य थे।

उस दिन दरबार में युवा शायर मीर तकी 'मीर' भी मौजूद थे। मीर गंभीर किस्म के शायर थे इसलिए नशे में चूर बादशाह ने उन्हीं को अपना निशाना बनाया और कहा– 'अरे मियाँ मीर साहब, आप हमारी अद बेगम की शान में क्या कहना चाहेंगे?'

बादशाह के प्रस्ताव पर मीर हिल गये। गंभीर किस्म के शायर के लिए यह किसी चुनौती से कम नहीं था। मगर बादशाह का हुक्म बजाना जरूरी था। वह अपनी जगह पर खड़े हो गये। उन्होंने दो पल सोचा फिर बड़ी सहजता से एक शेर सुनाया –

जी फट गया है रश्क से चसपां लिबास के
क्या तंग जामा लिपटा है इसके बदन के साथ[1]

'शुभांन अल्लाह ———।'– सारा दरबार झूम उठा। मोहम्मदशाह उठकर नाचने लगा। कुछ देर बाद जब वह थक गया तो आसन के नीचे बैठ गया। उसने इशारे से नूरबाई और अद बेगम को अपने पास बुलाया– 'माबदौलत की प्यास अभी बुझी नहीं है और ढालो और पिलाओ। एक बड़ा जाम बनाओ बेगम।'

अद बेगम ने एक बड़ा जाम बनाया और उसे अपने होंठो से जूठा कर दिया। फिर नूरबाई ने उससे एक चुस्की ली। अधर–द्वय का रस लेकर वह जाम बादशाह के हाथों में पहुँचा ही था कि बाजीराव पेशवा के हरकारे के आने की सूचना आ गयी। बादशाह का नशा हिरन हो गया।

1– https://www.bbc.com/hindi/India-44096194

पर अपने पर जब्त रखकर उसने हरकारे को दरबार में पेश करने की इजाजत दे दी। कुछ देर बाद ही हरकारा उपस्थित हुआ और शाह–ए–हिंद को सिजदा पेश कर हुक्म के इंतजार में सिर झुकाकर खड़ा हो गया।

'हाँ, क्या संदेश लाये हो?'

'शाह–ए–हिंद को बाजीराव के हकीर हरकारे का सलाम। उन्होंने आपके लिए एक खत भेजा है और इसका जवाब चाहा है।' कलमनवीस बाज खान ने तुरंत ख़त अपने कब्जे में किया।

'बा–आवाज बुलंद पढ़ा जाए।' –मुहम्मदशाह का हुक्म हुआ।

कलमनवीस ने पढ़ना शुरू किया– 'बाजीराव हिंदुस्तान के बादशाह के पास दोस्ती का पैगाम भेजता है। हम जंग नहीं मोहब्बत में यकीन रखते हैं। अगर आपने हमारी गुजारिश कबूल कर ली और सिवान से अपनी फौजें हटा लीं तो हम दिल्ली की ओर रुख नहीं करेंगे। मगर यदि शाह–ए–हिंद की फौजें नहीं हटीं तो हम दिल्ली के इलाके भी अपने कब्जे में करेंगे। हमें इंतजार है कि आप हमारी मोहब्बत का दामन थामते हैं या फिर– [मुहर पेशवा बाजीराव]

'हमको धमकी देता है। शाह–ए–हिंद को। बदबख्त, टुच्चा। इस बेमतलब की चिट्ठी को खालिस दारू में गर्क कर देना बेहतर है।'– इतना कहकर बादशाह ने उस ख़त के टुकड़े–टुकड़े कर अपने जाम में डाल दिया और हरकारे की ओर एक अशर्फी फेंककर गिलास दिखाते हुए बोला– 'अपना मेहनताना लो और जाओ अपने पेशवा से कह दो यह है हमारा जवाब।'

हरकारे ने अशर्फी नहीं उठाई। उसने बादशाह की शान में सिजदा किया और वापस चला गया। मुहम्मदशाह खिसियाकर बोला– 'ओह ये हेकड़ी एक पिद्दे से हरकारे की, चलो पेशवा को भी देखता हूँ। बादशाह का मन ख़राब हो गया था। उसने उच्च स्वर में चीखकर कहा– 'तखलिया।'

दरबार धीरे–धीरे खाली हो गया।

(38)

छः वर्ष के इस अंतराल में पं0 विद्याधर शास्त्री और बाई का निधन हो गया। चंपा और सुलतान गुलारा बानो की शरण में शिकारपुर चले गये। बाई की कोठी रानी गुलारा ने बेच दी, जिसे अनूपशहर के ही रईसों ने खरीद ली। इस बीच शाजिया पर क्या गुजरी और उसका क्या हुआ इसका आनंद को कुछ भी पता नहीं चला। वह दो–एक बार शिकारपुर की सीमा तक जाकर लौट आया। पराये राज्य की सीमा में बेवजह घुसने का साहस वह नहीं कर सका। चंपा ने आनंद को बताया था कि बाई के पास कोई कविता थी, पर वह बाई ने कहाँ रखा, यह मालूम नहीं। उसका वजूद संभवतः बाई के साथ ही चला गया।

'सच कहा था तुमने, शाजिया।' –आनंद के मुख से निकला –'मेरे अंदर साहस की कमी थी। वरना किसकी हिम्मत थी कि जो मुझसे तुझको जुदा कर पाता। मैं दुनिया से जरूर लड़ लेता पर मैं अपने माँ–बाप के खिलाफ नहीं जा सका। संस्कार की बेड़ी नहीं तोड़ पाया। मैं कायर नहीं था। साथ ही निर्लज्ज भी नहीं था। हमें समय ने हरा दिया। काश हम कुछ और बड़े होते। पर अब तुम नहीं तो कोई और भी नहीं। यह जीवन हमेशा तुम्हारी अमानत रहेगा।'

आनंद की अवस्था अठ्ठाइस वर्ष की होते–होते उसके माँ–बाप गुजर गये। ऐसे नाजुक वक्त में शाह–ए–हिंद मोहम्मदशाह को आनंद की याद आयी। दिल्ली का मीर मुंशी खाने दौराँ एक लड़ाई में मारा जा चुका

था। यह पद इस समय खाली था। बादशाह ने तीन महीने की आजमाईश पर आनंद को अपना मीर–मुंशी बना लिया। यह बहुत ही प्रतिष्ठा का पद था। वजीर–ए––आजम को भी बादशाह से मिलने के पहले मीर मुंशी को सूचना देनी पड़ती थी। आनंद ने जब इस पद को सँभाला तो दिल्ली की सियासी स्थिति बहुत गड़बड़ थी। बादशाह की रंगानियों से तंग आकर उनका खास सिपहसालार और वजीरे–ए–आजम चिनकिलिच खां निज़ाम–उल–मुल्क बहादुर फतेहजंग उर्फ़ आसफ़जाह, ग़ाज़ी उद्दीन ख़ान सिद्दिक़ी फ़िरोज़ जंग, जो बहुत ही काबिल और वीर था, उसने मोहम्मदशाह का साथ छोड़कर हैदराबाद में अपना स्वतंत्र राज्य स्थापित कर लिया और वहाँ का निजाम बन बैठा था। मोहम्मदशाह ने उसे अवध की सूबेदारी कि प्रलोभन दिया पर निजामुलमुलक ने इस पेश–कश को ठुकरा दिया। इस समय मराठा शक्ति का विकास हो चुका था और पेशवा बाजीराव, प्रथम की ताकत बहुत बढ़ गयी थी। अवध के नवाब सादत अली खान भी निरंकुश हो चुके था। इतने शत्रुओं के होते भी शाह–ए–हिंद तवायफों पर कुर्बान होते जा रहे थे। ऐसी प्रतिकूल परिस्थिति में मीर मुंशी का पद काँटों भरा ताज था। पर आनंद ने बड़ी लगन से काम किया। मोहम्मदशाह की रंगीनी और रासलीला का जो अनुचित लाभ दरबारी उठा रहे थे, उस पर आनंद ने जबरदस्त अंकुश लगा दिया। परिणाम यह हुआ कि तीन महीने में ही राजस्व में काफी वृद्धि हो गयी। सभी दरबारी समय से आने लगे। हर विभाग चौकन्ना हो गया। शाह–ए–हिंद मोहम्मदशाह काबिल मीर मुंशी पाकर निश्चिंत हो गये।

आनंद को सब मुंशी जी कहते थे। इस नाम से वह इतना मशहूर हो गया कि लोग उसका असली नाम ही भूल गये। उस समय दिल्ली वालों की जुबान पर केवल दो ही नाम थे– एक सुजान बानो जिसके कोठे पर मुजरा सुनने के लिए रईसों को अपना नाम और पता लिखाना पड़ता था और एक निश्चित रकम पेशगी भी देनी पड़ती थी। इसके बावजूद यह पता नहीं होता था कि किस रईस की बारी किस दिन आयेगी। यही सुजान सप्ताह में दो दिन बादशाह की रासलीला में भाग

लेती थी। इन दो दिनों में मुजरा नहीं होता था। सुजान पर हर ओर से लक्ष्मी बरस रही थी। आनंद ने बादशाह को इतना व्यस्त कर दिया कि अब वह रासलीला के लिए सप्ताह में एक ही दिन का समय निकाल पाते थे। किंतु चूँकि शासन पर उनकी पकड़ फिर से मजबूत हो रही थी। इसलिए बादशाह का मन इन कामों में लगने लगा था।

एक दिन हाहाकार मच गया। आनंद ने सुजान का मुजरा स्थगित करा दिया। आनंद का कहना था। शहर की हालत ठीक नहीं है और दंगा होने के सौ फीसद आसार है। मस्जिद में गाय की लाश मिलने से हिंदू भड़क उठे हैं। सुजान को यह अपने सम्मान के विरुद्ध लगा, उसने बादशाह से भेंटकर फैसला अपने हक़ में करा लिया। आनंद को अच्छा तो नहीं लगा पर इत्तेफाक से उसकी भविष्यवाणी सही हो गयी। दंगे में चालीस लोग हलाक हो गये। मोहम्मदशाह का विश्वास अपने मुंशी पर और बढ़ गया। पर इस घटना से सुजान मीर–मुंशी के खिलाफ हो गयी।

सुजान ने बादशाह से अपनी नजदीकी का लाभ उठाकर आनंद को सताना शुरू कर दिया। एक दिन किसी सहेली ने कहा– 'सुजान, तुम मुंशी जी को चाहे कितना ही सताओ। उस पर आपका जादू नहीं चलेगा। जहाँ सारा शहर तुम्हारा दीवाना है और एक इशारे पर राजा और रजवाड़े अपना राज्य निछावर करने को तैयार हैं और दरबारी की तो बात ही क्या खुद बादशाह आपकी हुक्म का गुलाम है, वहाँ यह मीर–मुंशी बिलकुल बेलौस है। आपके हुस्न का जादू उस पर जाकर बेअसर हो गया रानी। उसे न आप में दिलचस्पी है, न रास–लीला में और न मुजरे में।'

बात में दम था। सुजान का कलेजा धक् से रह गया– 'तू गलत कहती है।'– सुजान ने अपने मन को तसल्ली दी। असलियत थी कि वह मन ही मन काँप उठी थी– 'मुंशी के बच्चे ने जब मुझे देखा ही नहीं तो असर कैसे होगा? इसके लिए लाजिम है कि वह कम से कम एक बार हमारा दीदार तो करे ?'

'वह दीदार करना चाहता तो अब तक कर चुका होता। दिल्ली आये उसे छः माह होने को है। क्या अब तक आपकी धमक उसके कानों

में नहीं पहुँची? असंभव है यह?'

'मैं भी देखती हूँ बच्चू कब तक भागते हैं। सुना है उम्रदराज हैं।'

'क्या बात करती हैं, अभी बिलकुल कड़ियल जवान हैं। बच के रहना रानी ?'

'धत, तुझे पता नहीं ख़तरा शमा को नहीं, परवाने को होता है।'

'परवाना होशियार है, वह शमा तक आयेगा ही नहीं।'

'मैं भी देखती हूँ, कब तक।'

मगर सुजान की सचमुच एक नहीं चली। उसने हर तरह की कोशिश की। बादशाह तक से कहा कि रास–लीला में पूरा दरबार नहीं रहता। पर आनंद हर बार किसी न किसी दाँव से बच जाता। सुजान की कोशिश जितनी ही विफल होती। उतना ही उसका गुस्सा बढ़ता जाता। उसे क्या पता था कि आनंद के पोर–पोर में केवल एक ही लड़की बसी थी– शाजिया, जिसकी याद में उसने घनानंद के नाम से जाने कितने छंद रच–रच कर आँसू के सैलाब बहाए थे।

(39)

बाज खान से आनंद का परिचय तब हुआ था जब वह अपना इम्तहान देने पहली बार बादशाह के सामने आया था। तब बाज खान उसका प्रतिद्वंदी था। आनंद ने उसे हर इम्तहान में हराया था। केवल भाला चलाने में बाज उससे बेहतर था। तब उम्र की कमी के कारण आनंद को लौटना पड़ा था। पर बाज को दरबार में तब ही नौकरी मिल गयी थी। मीर मुंशी बनने के बाद आनंद की भेंट फिर से बाज खान से हुयी। इस समय बाज खान एक लम्बा चौड़ा पठान था। उसकी उम्र बत्तीस के आस–पास थी।

एक दिन उसे आनंद के बारे में एक राज की बात पता चली कि वह रोज शाम को दरिया–ए–यमुना में अकेला नौका विहार करता है। वह मल्लाह तक को अपने साथ नहीं रखता। चाँदनी रातों में वह देर तक नाव की गोद में पड़ा रहता है। बाज खान एक रोज शाम से पहले आनंद की कोठी पर जा धमका और बोला, 'क्या मुंशी जी, लोग शाम को सुजान के चरणों मे लौटते हैं और तुम यमुना की धारा में अँधेरे से गुफ्तगू करते हो?'

'हाँ लेकिन खान साहब, यह बात जरा संजीदा है, आपकी समझ में नहीं आयेगी?'

'तो आज मैं भी आपके साथ नाव में घूम लेता हूँ। मुझे भी आपके शौक–ए–फितरत का पता चल जाएगा। वैसे अकेलापन या तो शायर पसंद करते है या रोगी। फिलहाल आपको क्या मर्ज है?'

'देखो खान भाई नहीं, यह संभव नहीं है कि तुम मेरे साथ नाव पर चलो। कविता तो हम करते हैं, पर रोगी हैं या नहीं यह कहना ज़रा कठिन है। शाम को मुझे एकांत चाहिए। भाई ,मैं अपने आप से बात करता हूँ। मेरे साथ मेरी कलम और कल्पना होती है और कल्पना में ––?'

'हाँ यार, बात तो पूरी करो, कल्पना में क्या?'

'कल्पना और क्या?'

'यानी कि कल्पना में कल्पना। मगर तुम्हें यह खब्त क्यों है ?'

'खब्त कहो या आदत अब जो है सो है, मैं वहाँ सियासी मामलात की भी गहराई से पड़ताल कर पाता हूँ।'

'ओहो तो यह है, तुम्हारी कामयाबी का राज !' –बाज खान ने चहक कर कहा– 'भाई शाम होने वाली है। तुम्हारा साथ तो गया अब मैं अपनी राह चला।'

'इस समय तुम कहाँ जाओगे ?'

'मैं सुजान की कोठी की दीवारों से कान लगाकर उसका मुजरा सुनता हूँ। इतनी हैसियत है नहीं कि अंदर जाने को मिले।'

'दीवारों से कान? ....आनंद हँसा– 'दीवारों के कान तो सुना था भाई, पर –––। खैर छोड़ो तुमने तो सुजान को दरबार में रास–लीला के दौरान देखा भी होगा और सुना भी होगा?'

'देखा तो है, जब नई–नई आयी थी तब बहुत दुबली थी। पर अब तो कयामत है। सारे अंग भर गये हैं। दरबार में बादशाह का खौफ रहता है। ज़रा भी गुस्ताखी हुयी कि सिर कलम करने का हुक्म हो जाएगा। कौन ठीक से देखने की जुर्रत कर सकता है। दरबार की कार्यवाही भी तो मुझे ही लिखनी रहती है।'

'अच्छा ऐसी क्या बात है कि पूरा शहर उस तवायफ पर लट्टू है। क्या वाकई कोई हूर है?'

'हूर ही समझो दोस्त। बड़ी खूबसूरत बला है। खुदा बिरले को ऐसा बेपनाह हुस्न देता है। पर उसकी हूरियत–मशहूरियत की वजह कुछ और है?

'वह क्या, खान भाई ?'

'यही कि वह देह का सौदा नहीं करती। मुजरा सुनो, भाड़ में जाओ। किसी ने बदतमीजी की तो जूतियों से बात करती है। शाह–ए–हिंद की वजह से कोई उससे बोल नहीं पाता। कई राजे तो इसीलिये खार खाये बैठे हैं। सुना है राजा शिकारपुर भी उनमें से एक हैं।'

'शिकारपुर –––––?'–आनंद चौंक उठा। यह राजा है या राक्षस। पहले गुलारा, फिर शाजिया और अब सुजान पर भी निगाहें हैं। इस बदजात को तो मैं ही ठीक करूँगा। उसने बात बदलते हुए कहा– 'यह सिफत तो डेरेदार तवायफ में ही होती है।

'तब तो शायद ––– ?'

'शायद का मतलब?'

'यही कि तब तो शाह–ए–हिंद ही उसके 'सरफराज' होंगे ?'

'और किसकी हिम्मत है? जब से आयी है राधा का किरदार यही करती है। लोग–बाग़ उसका ईमान बिगाड़ने पर तुले हैं। पर सुजान अडिग है। उसकी जगह कोई और होती तो इतने प्रलोभनों में फँसकर कब की फिसल जाती और अब तक चार बच्चों की माँ बनकर किसी गंदी बस्ती में दिन काट रही होती।'

'अगर ऐसी बात है तो खान भाई दम है, तेरी इस सुजान में।'

'तुम्हारी तो मुट्ठी में है। मीर मुंशी की बात टालने की हिम्मत तो वजीर–ए–हिंदुस्तान भी नहीं कर सकता। यह तो केवल तवायफ है।'

'बाज, तुम गलत समझ रहे हो। मैं हर औरत की इज्जत करता हूँ, भले ही वह तवायफ क्यों न हो, पर मुझे सुजान में सचमुच कोई दिलचस्पी नहीं है। वह लाख खूबसूरत हो। मेरी दुनिया बिलकुल अलग है?'

'मतलब वह है तुम्हारी दुनिया में, आपने बहुत पहले बताया था जब आप मुलाजमत न मिलने से मायूस होकर अपने घर गये थे, मैं नाम भूल गया?'

'शाजिया।'

'हाँ वही, अब तो आप खुद मुख्तार भी है, गाजे–बाजे के साथ जाइए और व्याह लाइए। आप चाहेंगे तो बादशाह–ए–हिंद खुद बरात की अगुवाई करेंगे।'

'सब कुछ इतना आसान और मनमाफिक नहीं होता बाज। समय अगर मरहम है तो कभी वह बरहम भी हो जाता है।'

'मतलब ?'

'मतलब यह कि वह मेरी पहुँच से बहुत दूर है। अब तो केवल ढेर सारी यादें बची हैं और वही मेरा सहारा हैं।'

'क्या हुआ, व्याह हो गया उसका?

'नहीं।'

'तो क्या गुजर गयी?'

'नहीं'

'तो क्या किसी के साथ?'

'बाज ——— ?'– आनंद इतनी जोर से चीखा कि दीवारें काँप उठी। उसने फुफकारते हुए कहा– 'आईंदा उसके बारे में कभी ऐसी जलील बात मत कहना। वह मेरे मन की देवी है। हालाँकि वह कफस में है और मैं कुछ कर नहीं सकता।'

बाज दहशतजदा हो गया। वह कुछ देर चुप रहा फिर धीरे से बोला– 'भाई मैं समझ गया। अल्लाह की कसम दोबारा ऐसी गलती नहीं होगी। पर कैसा भी कफस हो हम उसे तोड़ कर रहेंगे। अभी यहाँ से चलो तुम्हारी नाव इंतजार कर रही होगी। इश्क खुदा है, भाई जान। मैं उसका एहतराम करता हूँ।'

(40)

आनंद ने शाह–ए–हिंद से सीधी बात की। बाजीराव पेशवा, प्रथम ने अपनी शक्ति बहुत बढ़ा ली है। अवध का नवाब पूरा राजस्व देने में आनाकानी कर रहा है। हमारे बाकमाल वजीर–ए–आजम निजामुलमुल्क ने हैदराबाद में अपनी स्वतंत्र सत्ता स्थापित कर ली है। ये सब दिल्ली के लिए बड़े खतरे हैं। हमें अपनी जंगी ताकत बढ़ानी होगी। इस समय हमारी फ़ौज का एक बड़ा हिस्सा हमारे हुक्मरानों की हिफाजत में जाया हो रहा है। ये बड़े हुक्मरान अपनी हिफाजत का खर्चा खुद उठा सकते है। इन पर फ़ौज को जाया करना फिजूलखर्ची है। वजीर–ए–आजम की हिफाजत से ज्यादा खर्चा एक तवायफ की हिफाजत में जाया हो रहा है। हम अगर इस खर्चे को बचा लें तो दसहजार फ़ौज का खर्चा निकल आयेगा। ये सब अपने रक्षक और अंगरक्षक पर पैसे खर्च करने की हैसियत रखते हैं।

बादशाह को यह मशविरा अच्छा लगा। उन्होंने तुरन्त स्वीकृति दे दी। हुक्मरानों को यह आदेश पसंद नहीं आया। पर आदेश पर बादशाह की मुहर थी। सबसे अधिक क्षोभ सुजानबाई को हुआ। उसकी हिफाजत में एक लाख प्रतिमाह खर्च होते थे। उसे लगा कि इस मुंशी को मुझसे कोई दुश्मनी है। यह पहला बड़ा ओहदेदार था जिसने सुजान के वजूद में कोई दिलचस्पी नहीं दिखाई।

सुजान ने अपने स्रोतों से पता चलाया तो उसे मालूम हुआ कि

कलमनवीस बाज खान से नये मुंशी की अच्छी दोस्ती है। उसने अपने अस्वस्थ होने की खबर फैला कर सारे मुजरे स्थगित कर दिये और अपने सिपाहियों से कह दिया कि कोई बड़े से बड़ा राजा या रईस तालुकेदार अगर आये तो उसे बैरंग वापस कर दिया जाए। इस बीच उसने चुपके से बाज खान को तलब कर लिया। बाज खान के लिए तो यह खुदा के करम से कम नहीं था। वह आनन–फानन घोड़े पर सवार होकर सुजान की कोठी पर जा पहुँचा।

एक दासी ने उसके सामने पान की तश्तरी पेश की। बाज खान जैसे मामूली मुलाजिम के लिए यह बड़ी सम्मानजनक बात थी। उसने एक बीड़ा उठाकर मुख में रख लिया। दासी ने उठकर चिलमन खिसका दी सुजान ने चिलमन के पीछे से बात की –

'आदाब, बाज खान साहब।'

बाज खान की बाँछें खिल गयी। हिंदुस्तान की सबसे काबिल तवायफ उसे आदाब बजा रही थी।

'आदाब बानो, आपका बहुत–बहुत शुक्रिया, आपने इस मामूली आदमी को बड़ी इज्जत बख्शी ?'

'जिसका दोस्त मीर मुंशी हो, वह मामूली कैसे हो सकता है ?'

'ओह––– आपको हमारी दोस्ती का पता है?'

'बेशक, आपके दोस्त तो आजकल बादशाह सलामत पर भी हुकूमत कर रहे हैं?'

'आपका जलवा कायम रहे, पर यह आप क्या कह रही हैं?'

'हम सच कह रहे हैं। वह चाहें तो हमें मुजरा न करने दें। उन्होंने हमारी हिफाजत करने वाले सिपाही हटवा दिए और तो और उन्हें हमारी सूरत से भी नफरत है। जिसे देखने के लिए लोग घंटो क़तार बांधे खड़े रहते हैं, उसको एक झलक भी वह नहीं देखना चाहते। उनकी इतनी सारी मेहरबानियों का कोई तो राज होगा न, खान साहब?'

'आपको मुंशी जी से बड़ी शिकायतें हैं। पर यह सब सियासी बातें हैं। इसमें मेरा कोई दखल नहीं है।'

'जानती हूँ खान साहब, तभी तो आपको बुलवाया है, ज़रा अपने दोस्त को समझाइये। न हो तो एक दिन अपने साथ उन्हें भी यहाँ लाइए। हमारे हाथ का शरबत तो पी लें।'

'और उनसे भी आप चिलमन के पीछे से ही बात करेंगी।'

सुजान धीरे से हँसी। उसकी हँसी में भी एक संगीत और एक सम्मोहन था– 'वह मेरी सूरत नहीं देखना चाहते हैं तो चिलमन के पीछे से ही बात कर लेंगे।'

'मगर मुंशी जी आयेंगे, इसमें मुझे शक है।'

'शक की वजह?'

'वह कुछ अलग किस्म के आदमी हैं। खाली समय में घनाक्षरी या सवैया लिखते हैं। शाम को ———।'

'यमुना की सैर करते हैं, वह भी तनहा।'– सुजान ने बाज खान की बात काटते हुए कहा– 'खासकर शाम को?'

'आपको सब पता है?'

'नहीं सब नहीं पता। मुझे एक बात बताइए कि आपने उनकी दोस्ती कैसे हासिल कर ली?'

'पर आप मुंशी जी के बारे में इतने सारे सवाल क्यों कर रही हैं?' बाज खान चौकन्ना हो उठा। उसके मन में यह गुदगुदी भी उठ रही थी कि उसके दोस्त में बानो की दिलचस्पी है। वह यह सोच ही रहा था कि सुजान ने चिलमन खिसकाकर अपना हाथ बाहर निकाला और पान का बीड़ा सरकाते हुए कहा– 'एक पान और खाइए, हमारे हाथ से, फिर बताती हूँ।'

खान के चेहरे पर चमक आ गयी। उसने शुक्रिया कहकर पान कबूल कर लिया।

'खान साहब –।'– सुजान ने चिलमन के पीछे से कहा–'मुंशी जी की दोस्ती की वजह से ही आज आप हम से रूबरू हैं। तो हम भी उनसे दोस्ती का लाभ उठा सकते हैं?'

'नामुमकिन है बानो जी, मेरा दोस्त किसी और ही मिट्टी का बना है।'

'यह तो अच्छी बात है। हम कुछ नए तजुर्बे से गुजरेंगे। मगर आपने हमारे सवाल का जवाब नहीं दिया?'

'दरअसल बात सात साल पुरानी है। तब मुंशी जी के पिता दरबार में मुलाजिम थे। वे अपने बेटे को भी दरबार में रखवाना चाहते थे। बादशाह ने उसका कड़ा इम्तहान लिया। वह चाहते थे कि यह लड़का कड़े मुकाबले में कायमाब न हो पायेगा। मगर उसने सबकी छुट्टी कर दी। तब उन इम्तहानों में मैं भी था। मेरी उम्र ज्यादा था इसलिए बादशाह ने मुझे रख लिया। पर मेरा दोस्त नाबालिग होने के कारण मुलाजमत नहीं पा सका। फिर वह अपने घर चला गया। उन्हीं दिनों वह मेरा दोस्त बन गया था।'

'बड़ी दिलचस्प कहानी है।'

'उसके पिता का नाम तो पता होगा?'

'नाम तो याद नहीं, पर जाति के कायस्थ थे, शायद भटनागर।'

'मुंशी जी कहाँ के रहने वाले है?'

'शायद अनूपशहर नाम था, बुलंदशहर के आस–पास है।'

'शुक्रिया खान साहब, इतनी जानकारी काफी है। आप और आपके दोस्त दोनों हमारे मुजरे में मेहमान की हैसियत से आइये। अपने दोस्त से कहिये सुजान ने आज तक किसी को अपना मेहमान नहीं बनाया। वह उसे रुसवा नहीं करेंगे।'

बाज सिंह जब कोठी से बाहर निकला तो उसका दिल बल्लियों सा उछल रहा था। सुजान का न्योता। असंभव बात। भाई अपने दोस्त

में कुछ बात तो है। अचानक खान का ध्यान कोठी के बाहर हो रहे हंगामे की ओर चला गया। राजा शिकारपुर सुजान से मिलने के लिए झगड़ा करने पर उतर आये थे। बाज को आता देखकर राजा उसके पास लपक कर आये –'जनाब आप अंदर से आ रहे है?'

'हाँ, मगर क्यों?'

'मैं राजा शिकारपुर हूँ और यहाँ रानी के सिपाही मुझे अंदर जाने नहीं दे रहे है? ये लोग कहते है सुजान की तबियत ठीक नहीं है।'

'लोग ठीक कह रहे हैं।'

'मगर आप तो अंदर से होकर आ रहे है?'

'हाँ, पर मैं रानी से मिलकर नहीं आ रहा। मैं तो बादशाह का एक संदेश लेकर आया था। वह संदेश मैंने भिजवा दिया।'

'आपके पास भी हो तो बताइए, मै उसे भी भिजवा देता हूँ?'

'नहीं, संदेशा मेरे पास नहीं है।'

'तो क्या आप शाह–ए–हिंद के दरबार में किसी बड़े ओहदे पर हैं?'

'नहीं, मैं खुद एक राजा हूँ —————।'

'तो फिर लौट जाइए। यह शाह–ए–हिंद की दरबारी तवायफ की कोठी है। ऐसे शिकारपुर जैसे बहुत से राजे यहाँ एडिया रगड़ते है ?'

राजा को बड़ा अपमान महसूस हुआ। उसने तड़प कर कहा– 'आप जनाब, मुझे जानते नहीं हैं?

'मैं जानना भी नहीं चाहता। आप यहाँ से निकलते है या मीर मुंशी को इत्तेला करूँ।'

राजा अपमान का घूँट पीकर रह गये। उनके सामने सिवाय लौटने के और चारा नहीं था। उन्होंने सोचा अपने इस अपमान की चर्चा वह बादशाह से जरूर करेंगे और हर हाल में बेइज्जती का बदला लेकर रहेंगे।

(41)

आनंद ने सुजान के प्रस्ताव को ठुकरा दिया। बाज खान ने बहुत कोशिश की। परंतु आनंद पर जरा भी असर नहीं हुआ। इस बात पर बाज खान से आनंद की बहस भी हो गयी।

'सुजान ने राजा शिकारपुर को घास तक नहीं डाली और फख़्र कर यार कि वह तुझे अपने व्यक्तिगत मुजरे पर बुला रही है। यानि कि वह मुजरा केवल आपके वास्ते होगा इसलिए आपका इंकार मेरी समझ से बाहर है। अगर यह गरूर है तो मैं कहूँगा कि इन्तेहा है यह।'

'बाज, तुम भी इसे मेरा गरूर समझते हो?'– आनंद ने आहत स्वर में कहा।

'मैं क्या समझूं, भाई जान। सुजान पर दिल्ली का तख़्त मेहरबान है। उसे क्या कमी है? क्या यह नहीं हो सकता है कि रानी किसी ख़ास मकसद से आपसे मिलना चाहती हो?'

'तो इसके लिए मुजरे में आने की दावत क्यों दी?'

'तो क्या खाने पर दावत देती और उसे यह जेब देता। उसने अपने तरीके से बुलाया और किस तरह बुलाती वह? आप जनाब मेरी तरह कलमनवीस नहीं हैं, आप शाह–ए–हिंद के मीर मुंशी है। एक जिम्मेदार ओहदे पर हैं। मेरी समझ में सुजान ने बिलकुल सही ढंग से बुलाया है। उसने आज तक ऐसी मेहरबानी किसी के साथ नहीं की?

'तो मेरे साथ क्यों की?'

'इसका पता तो तब चलता जब जनाब वहाँ तशरीफ़ ले जाते।'

'मगर तुम क्यों उसकी इतनी वकालत कर रहे हो?'

'इसलिए कि उसने आपका दोस्त समझकर मुझपर इतना भरोसा किया और मैं वह भरोसा साबित नहीं कर पा रहा हूँ।'

'देखो बाज, मैं सुजान को नहीं जानता और जानना भी नहीं चाहता, उसका भरोसा टूटा तो इसकी जिम्मेदार भी वही है। तुझे व्यक्तिगत कोई तकलीफ हो तो वह तू अभी कह दे।'

'हाँ, है भाई, मेरी हैसियत का आदमी उसका मुजरा इसी बहाने देख सकता था।'

'इतनी सी बात? तो असली वजह यह है?'

'नहीं, यह भी असली वजह नहीं है।'

'तो फिर क्या है असली वजह?'

'असली वजह वह बात है जो उसने चलते–चलते कही थी।'

'वह क्या बात थी ?'

'उसने कहा था अपने दोस्त से कहना कि सुजान ने आज तक किसी को अपना मेहमान नहीं बनाया। वह मुझे रुसवा नहीं करेंगे?'

'मैं क्यों उन्हें रुसवा करूँगा? न उनसे मेरी दोस्ती है और न दुश्मनी।'

'अरे भाई जान, उसने पहली बार किसी को मेहमान बनाया और उसने मेहमान बनने से मना कर दिया, तो रुसवाई तो हो गयी न ?'

'यह तो मेहमान बनाने से पहले सोचना था। उन्होंने भी कितने रजवाड़ों को रुसवा किया होगा?'

'उफ़ ––––– भाई, आपके पास हर बात का जवाब है, पर मेरे पास नहीं। मैं इससे ज्यादा कुछ नहीं कह सकता।'

'बाज भाई इसमें इतना भड़कने की बात नहीं है, तुम तो जानते हो कि मेरी कुछ यादें ऐसी है जो काम की व्यस्तता के बाद हर समय मेरे तसव्वुर में कौंधती रहती है। वह बात भी मैंने सिर्फ तुम्हें बताई है। उन यादों के रहते, यह मेरे बस में नहीं है कि मैं एक तवायफ के पास जाऊँ और वह भी मुजरे में सिर्फ उसकी अदाएं देखने? यह मैं नहीं कर सकता, मेरे दोस्त। तुमने कभी इश्क नहीं किया न, इसलिए यह बात तुम्हारी समझ में नहीं आयेगी। मेरा फैसला पक्का है। मैं सुजान के पास नहीं जाऊँगा।'

'भाईजान, आप सच कहते है। बाज ने इश्क नहीं किया। मगर बाज इश्क की ताकत को देख जरूर रहा है और सिर्फ देख ही नहीं रहा उसे शिद्दत से महसूस भी कर रहा है। जहाँ विसाल के नाम पर केवल मायूसी हो और वहाँ माशूक के लिए इतनी पक्की लगन हो तो ऐसा इश्क तो इबादत के काबिल है। वह लड़की किस्मतवाली भी है और बदनसीब भी। किस्मतवाली इसलिए कि उसे ऐसा चाहने वाला मिला और बदनसीब इसलिए के उसे यह प्यार हासिल ही नहीं हुआ। दुआ करूँगा कि खुदा एक बार उससे आपका विसाल जरूर कराये। कम से कम अपने दिल की बात तो आप उससे कर सकेंगे।'

आनंद एक फीकी हँसी हँस कर रह गया– 'रहने दे यार, खुदा को असमंजस में मत डाल। अब तो बस यही दुआ कर कि वह जहाँ भी रहे खुश रहे। उसे भगवान जीवन में कोई कष्ट न दे।'

'वह तो ठीक है पर भाई जान मुझे सुजान के हाथ से शरबत पीने का मौक़ा मिलने वाला था, बाखुदा वह आपने मुझसे छीन लिया।'

'हाँ यार, प्यास तो मुझे भी लग रही है। तूने सही समय पर याद दिलाया।'– आनंद ने एक अंगड़ाई ली और सेवक को पुकार कर शरबत लाने का आदेश दिया।

'भाई जान, आपको लाल किले के पास ही रहना चाहिए। पर आप यहाँ भीम–अखाड़े में पड़े हैं। यहाँ रहने की कोई ख़ास वजह?'

'यहाँ काली घाट और श्याम घाट आस–पास है। यमुना में भीड़ भी यहाँ कम होती है। सबसे बड़ी बात यह कि तुझे छोड़कर कोई जल्दी तंग करने भी नहीं आता।'

सेवक शरबत दे गया। दोनों मित्र चुसकियाँ लेने लगे।

'भाई जान आप शराब नहीं पीते ?'–बाज खान ने पूछा।

'नहीं।'

'मगर क्यों ?'

'शरबत और शराब में बहुत फर्क है, भाई।'

'सारे लोग तो पीते हैं, राजे–महराजे, बड़े–बड़े हुक्मरान।'

'हाँ यही लोग पीते हैं मगर फर्क अपनी जगह है?'

'जरूर होगा। सुना है, सुजान भी पहले नहीं पीती थी। पर बादशाह ने उस कायल कर दिया।'

'बाज, तू सुजान के बारे में बहुत जानता है।'

'जानूँगा क्यों नहीं, जब से मेरी मुलाजमत है तब से देख रहा हूँ। पहले दुबली थी। मगर अब तो ––––?'

'अब क्या –––––?'

'अब भरपूर जवान है और क्या। तभी तो सबको नाकों चने चबवाती है।'

'वैसे मेरे मन में भी सुजान के लिए कुछ इज्जत जरूर है।'

बाज चौंक उठा। यह पहली बात आनंद ने सुजान की शान में अच्छी कही थी।

'क्यों भाई, उसमें क्या बात अच्छी है?'

'उसके नखरे और गरूर और जो घास न डालने वाली बात है, उसका एक अर्थ है।'

'वह क्या –––?'

'तुम्हीं ने कहा था कि वह देह का सौदा नहीं करती।'

'हाँ, यह तो मैंने कहा था।'

'तो अगर वह सबको यूँ ही घास डालने लगे तो इतने सारे दरिंदों से महफूज रह पायेगी वह। राजा शिकारपुर जैसे लोग तो उसे ज़िंदा ही चबा जायेंगे। बादशाह बाद में चाहे जो करें।'

'वल्लाह, बादशाह ने आपको मुंशी यूँ ही नहीं बनाया है।'– बाज खुशी से चीख उठा –'वह भी पारखी नजर रखते हैं। अभी आप शरबत और शराब में कुछ फर्क बता रहे थे?'

'हाँ, शरबत और शराब में वही फर्क है जो शाजिया और सुजान में है– एक मन और मस्तिष्क को तरावट देती है और दूसरी की तासीर है केवल नशा।'

'ओह भाई जान, खुदा की कसम कभी–कभी आप पर बड़ा रश्क होता है। इतनी चाहत तो एक सूफी अपने खुदा से न रखता होगा?'

'अरे तोबा–तोबा, बाज। कहाँ सूफी और कहाँ हम? बाज आओ, बाज भाई।'

'माफ़ करना यार, तेरा प्यार ही ऐसा है।'

'अच्छा छोड़ो, यह बताओ तुम शाजिया का अर्थ जानते हो?'

'हाँ, बहादुर और दिलेर।'

'ठीक ऐसी ही थी वह बहादुर और दिलेर, पर एक साजिश के तहत ठगी गयी बेचारी ! इसी राजा शिकारपुर ने अपने आदमियों से उस अगवा करा लिया।'

'इस हरामजादे ने, आपने पहले नहीं बताया। आज ही सुजान के फाटक पर मिला था। पर नहीं जानता था कि वह इतना कमीना है। सुजान ने तो उससे मिलने से भी इंकार कर दिया। अब तो आप मीर–मुंशी है, उसे छठी का दूध याद दिला सकते हैं?'

'जानता हूँ, पर मैं अभी मैं शाजिया को लेकर चुप हूँ। इस राजा को समय आने पर अवश्य ऐसा सबक सिखाऊँगा कि इसकी पीढ़ियाँ याद करेंगी।'

दोनों मित्र शरबत पी चुके तो बाज चलने को तैयार हुआ। इसी समय एक कारिंदा आ गया –'मुंशी जी सीमा से एक जरूरी संदेशा आया है। संदेश लाने वाला बाहर खड़ा है और जवाब चाहता है।'

संदेश खालिस फारसी में था। आनंद ने उसे मन ही मन पढ़ा– पेशवा बाजीराव, प्रथम के इरादे खतरनाक हैं। उसने राजपूतों से हाथ मिला लिया है। इसके निशाने पर मालवा और गुजरात है। अगर वह अपने मकसद में कामयाब हो गया तो दिल्ली हुकूमत के कुछ इलाके हाथ से जा सकते हैं।'

आनंद ने संदेश पढ़कर जेब में रख लिया और कारिंदे से कहा– 'जवाब भेज दिया जाएगा। अभी मामला वजीरों की सभा में रखना है। बादशाह की मंशा भी जाननी होगी।'

कारिंदा चला गया तो आनंद ने बाज से कहा– 'चलो हम भी चलते है। खबर गंभीर है, इस पर दरबार में अहम चर्चा होनी है। तुम सीधे घर जाओगे या कहीं और जाने का इरादा है?'

'मैं तो आपकी शिकायत करने सुजान की कोठी जाने वाला था। मगर आज वह रास–लीला में होंगी। तो भाई जान आपका भी दरबार जाना बेकार है। बादशाह अपनी रंगीनियों में व्यस्त होंगे।'

'यार कहते तो तुम ठीक हो। इन तवायफों से राज–काज का बड़ा नुकसान होता है। मगर जो सूचना है वह इतनी महत्वपूर्ण है कि मुझे बादशाह सलामत से मिलना ही होगा और हाँ यह बताओ तुम सुजान से मेरी क्या शिकायत करने वाले थे?'

'सिर्फ इतना कि भाई शराब नहीं, शरबत पीते है।'

'बहुत पीटूँगा खान, अब तुम्हारी भी सींगे निकलनी लगी हैं।'

(42)

मुग़ल दरबार रंगशाला बना हुआ था। पर्दा उठा तो पूर्णिमा की रात्रि का दृश्य था। गोल चमकता चाँद रंगशाला की छत पर स्थापित किया गया था। उसमें नागमणियों और हीरकों से प्रकाश की व्यवस्था की गयी थी। आसमानी रंग की साड़ियों के संचालन से यमुना नदी की लहरों का आभास कराया गया था। गोपियों की एक टोली यमुना नदी के तट पर एकत्र थी। इनमें नूरबाई और अद बेगम सरीखी उप रानियाँ थीं। सभी गोपियों का परिधान एक जैसा था। केवल राधा बनी सुजान का वस्त्र विन्यास अलग था। सुनहरे घाघरे पर काली कंचुकी और लाल ओढ़नी। रास–लीला शुरू होने से किसी तवायफ द्वारा मंगलाचरण के रूप में स्तुति करने की परंपरा थी। इसके लिए सभी नर्तकियाँ दरबार में आने से पहले स्तुति का अभ्यास करके आती थीं। संचालक ने आदेश दिया– 'मदेह (स्तुति) पढ़ने के लिए तवायफ–मणि सुजान से गुजारिश है कि वह इसे अपने अंदाज में पेश करें।

सुजान ने साजिंदों की ओर देखा और उन्हें इशारे में कुछ समझाया। जैसे ही संगीत शुरू हुआ सुजान के चेहरे पर गायकी के भाव पैदा हुए। रंगशाला में बातरन्नुम एक आवाज़ उभरी और स्तुति का पाठ शुरू हुआ–

सपतिमणि अल्लाह नबीयमणि मुहमद, दोउ जगमणि
चत्र दिश मासूम पीरनमणि, मुरतजा अली कीन
वासरमणि दिनकर, रजनीमणि चन्द्र, तारणमणि ध्रुव

पातालमणि शेष, शेषमणि अवनी अवनिमणि नाभ
नाभमणि अरस, अरसमणि कुरस, लोहमणि कलमा
तुरंगमणि बुराक, गजनमणि ऐरावत, राजनमणि इंद्र
गिरनमणि सुमेरु, चंचलमणि मीन।
किताबमणि कुरआन, दीनमणि कलमा, अवदनमणि आदम
कामनमणि हवा, राग मणि भैरव, भाषामणि ब्रज
जोतिमणि दीपक, दीपकमणि नार दोजख
शीतल भलो भिहिस्त एती भाव 'सुजान' अस्तुति कीनी[1]

मंगलाचरण (स्तुति) के समाप्त होते ही रंगशाला तालियों की गड़गड़ाहट से गूँज उठा। सुजान का कंठ मधुर था। मोहम्मदशाह को यह मंगलाचरण पसंद नहीं आया–'यह क्या बात हुयी ? जोतिमणि दीपक, दीपकमणि नार यहाँ तक तो ठीक है। पर उसे दोजख क्यों कहा? यह सच है कि बहिश्त बहुत अच्छा है। पर, दीपकमणि नार दोजख। सुजान इसका खुलासा करें।'

'हजूर, कई मजहबों में नारी भोग की वस्तु मानी गयी है। ऐसा जन–विश्वास है कि वह मनुष्य को विषय वासनाओं में प्रवृत्त करती है। बहुत कम लोग हैं, जो उसे प्यार के काबिल समझते हैं। अधिकतर लोग केवल अपनी प्यास ही बुझाते हैं। हिंदू धर्म में नारी को सम्मान नहीं दिया गया– आदि गुरु शंकराचार्य से किसी ने तीन प्रश्न पूछे –

पहला– 'द्वारं किमेकं नरकस्य? (नरक का एक द्वार क्या है?), दूसरा 'विश्वासपात्रं न किमस्ति?' (कौन विश्वासपात्र नहीं है?) और तीसरा 'किन्तद्विषंभाति सुधोपमंयत्?' (वह कौन–सा विष है जो अमृत–सा जान पड़ता है?) इन प्रश्नों के उत्तर में शंकराचार्य ने एक ही शब्द कहा–नारी। हो सकता है यह कथन पूर्वाग्रह पर आधारित हो। इस पर एक तर्कपूर्ण बहस हो सकती है।'

'कोई अहमक ही इस बात से इत्तफाक रखेगा। मैं इस बकवास को

1– घनानंद ग्रंथावली (वांग्मुख), विश्वनाथ प्रसाद मिश्र, पृष्ठ 9

नहीं मानता। हिंदू मजहब में भी ऐसी वाहियात बातें हैं। यह तो गोया कमाल हो गया। आईंदा से ऐसे बेहूदे ख़यालात हमारे सामने दरपेश न हों।'

'जी सरकार।'

'अब नीली साड़ियों के संचालन से यमुना में लहर पैदा की जाय और सभी गोपियाँ तट पर आ जाये। हम नेपथ्य में जाते हैं।'

बादशाह के नेपथ्य में जाते ही खेलना शुरू हो गया। पहले सबने एक–दूसरे पर पानी उछाला। फिर बालू व मिट्टी फेंकने का खेल शुरू हुआ। इस बीच वे आपस में एक–दूसरे की नकल करतीं और चिढातीं। थोड़ी देर बाद इस खेल में जोश और उन्माद बढ़ता गया। गोपिकायें राधा को साथ लेकर नाचने लगी। नृत्य की त्वरा बढ़ती गयी। कुछ ही देर बाद थकान होने के कारण गोपिकायें एक दूसरे पर गिरने लगीं। इसी समय नेपथ्य से मुरली की आवाज आयी और धीरे–धीरे कृष्ण बने बादशाह मोहम्मदशाह 'सदारंगीले' का यमुना तट पर पदार्पण हुआ।

कृष्ण की मंत्रमुग्ध करने देने वाली धुन का गोपिकाओं पर संजीवनी सा असर हुआ। सभी थकी हुयी गोपिकाएं फिर से उठकर नृत्य करने लगीं। फिर सभी बंशी की तान पर झूमते रहे और नाचते–नाचते कृष्ण के चारों ओर जमा हो गये। कृष्ण गोपिकाओं के बीच ऐसा घिर गये कि उनका दिखना ही बंद हो गया। इसी के साथ पर्दा गिर गया।

कुछ ही देर में कारीगरों ने रंगशाला को फिर से दरबार का रूप दे दिया। मोहम्मदशाह अपने आसन पर विराजे। नर्तकियों ने अपने–अपने स्थान ग्रहण किये। बादशाह ने राधा बनी सुजान की ओर देखकर कहा– 'सुजान आज तुम्हारे नाच में वह बेखुदी नहीं थी, जिसके हम कायल हैं।'

'हजूर, कुछ दिनों से तबियत नासाज है?'

'हाँ, यह तो माबदौलत को पता चला था। शाही हकीम की खिदमत लीजिये। आपका सेहतमंद रहना हमारे लिए बहुत जरूरी है।'

'जी बिलकुल।'

'हम अगली रास–लीला का प्रारूप कुछ बदलना चाहते हैं। एक ही तरह की नाटिका से मन भर जाता है। सुजान हम इस बारे में आपसे जानना चाहते है?'

'हजूर, कृष्ण की लीलायें तो बहुत हैं। हम उनमें से कोई भी चुन सकते हैं।'

'तब ठीक है अगली लीला की रूप रेखा बनाकर हमें दिखाओ। फिर हम उस पर विचार करेंगे।

अचानक दरबार में द्वार रक्षक ने प्रकट होकर बादशाह को सलाम बजाया।

'क्या है? कोई आ टपका क्या?'

'हजूर मीर–मुंशी जी मिलना चाहते है, उनका कहना है पश्चिम सीमा से कुछ ख़ास समाचार आये हैं। इस सिलसिले में आपसे मशविरा करना जरूरी है।'

'पश्चिमी सीमा से –––? मराठे तो नहीं उत्पात मचा रहे।' –मोहम्मदशाह ने एक पल सोचा –'मीर मुंशी ने इस समय जहमत की है तो कुछ ख़ास बात ही होगी।'

'हजूर मुझे हुक्म दे।'– अचानक सुजान ने उठकर कहा।

'अरे हमारे मुंशी से तो मिल लीजिये। हो सकता है वह भी आपके शैदाई हो जाएँ। अभी जवान है माशाल्लाह।'

'नहीं सरकार, मेरी तबियत मैंने कहा था न कुछ ठीक नहीं है।'

'तब ठीक है आप जाइए।'

सुजान तेजी से दरवाजे की ओर लपकी। उधर से मुंशी ने प्रवेश किया। दोनों टकराते–टकराते बचे। सुजान मुख छिपा कर तेजी से अपनी बग्घी की ओर भागी। आनंद ने एक पल सोचा कहीं यही तो सुजान नहीं है। उसने पलट कर देखने की कोशिश की, पर बग्घी आगे बढ़ चुकी थी।

(43)

आनंद जब हनुमान अखाड़े के पास स्थित अपनी कोठी में आया तो बेहद थका हुआ था। उसे इस बात की खुशी थी कि उसने राजा साहब शिकारपुर को एक कठिन मोर्चे पर लगा दिया था। बादशाह ने इस आशय का आदेश जारी कर दिया कि किसी भी सूरत से राजा शिकारपुर अवध के सूबेदार सआदत अली खान से बकाया राजस्व वसूल कर राजकोष में जमा करायें।

अवध के सूबेदार की हैसियत राजा शिकारपुर से कई गुना बेहतर थी। इस आदेश का पालन करना उसके लिए मुश्किल नहीं बल्कि नामुमकिन था। यह आदेश पाते ही राजा का सुजान से मिलने का नशा पूरी तरह उतर गया और वह अपनी खैर मनाता शिकारपुर लौट गया। इस प्रकार आनंद ने राजा शिकारपुर को पहला पाठ पढ़ाया।

आज आनंद की इच्छा थकावट के कारण नौका बिहार की नहीं हुयी। उसने देर तक ठंढे पानी से स्नान किया। इससे उसे काफी राहत मिली। नौकर ने आकर पूछा कि आज खाने में क्या पकायें। उसने तुरंत के लिए शरबत फालूदा मंगाया और खाने में मटन हलीम की ख्वाहिश की। इस बात पर अचानक उसे शाजिया की याद आ गयी। उसे भी हलीम बहुत पसंद था। जब वे दोनों पं० विद्याधर के यहाँ संगीत सीखते थे, तो शाजिया नाश्ते में कभी–कभी हलीम लाती थी और आनंद को खिलाकर पूछती थी– 'कैसी बनी है, बताओ? जब वह कहता– 'बेहतरीन

बनी है' तो शाजिया कहती, 'मेरी चंपा आपा ने बनाया है।'

फालूदा लेकर आनंद दालान में आ गया। नौकर शमादान रखकर चला गया। आनंद ने कुर्सी पर बैठकर अपनी टाँगे मेज पर फैला लीं। अचानक वह चौंक उठा– मेज पर एक खूबसूरत गुलदस्ता रखा था। उसने कौतूहलवश उसे उठा लिया। उसके नीचे हरे रंग का एक लिफाफा था। लिफ़ाफ़े पर खुशखत (सुंदर हस्तलिपि) में लिखा था– गोपनीय सिर्फ जनाब मीर मुंशी साहब के लिए।

आनंद ने नौकर को पुकारा– 'यह गुलदस्ता कौन दे गया? कौन आया था यहाँ?'

'एक औरत दे गयी थी, मैं बताना भूल गया मालिक।'

'और यह लिफाफा?'

'गुलदस्ते के साथ ही था।'

'औरत की उम्र क्या रही होगी?

'ज्यादा से ज्यादा तीस–पैतीस साल।'

'कुछ कहा भी था उसने?'

'हाँ यही कि लिफाफा किसी और के हाथ में नहीं पड़ना चाहिए।'

'फिर भी आप भूल गये? यह तो किसी के हाथ लग सकता था?'

'आपके सिवाय यहाँ केवल बाज खान साहब आते है, वह भी कभी–कभी।'

'आपको क्या हो गया चाचा, फालतू बहस कर रहे हो। सियासत में बहुत सी बाते खुद से भी छिपा कर रखनी पड़ती हैं, बाज तो केवल दोस्त है मेरा और वह औरत भी तो आयी थी न। आपको होशियार रहना चाहिये। पहरे पर जो सिपाही हैं, उनसे कह दो कोई फालतू आदमी यहाँ नहीं आना चाहिए।'

'जी मालिक।'

'ठीक है जाओ।'

आनंद ने गुलदस्ते को फिर से देखा। फूलों को सूँघा। मन महक उठा। कौन है, यह मेहरबान? उसने लिफाफा उठा लिया। खुशखत था, इसलिए हस्तलिपि पहचानना मुश्किल था। इसने धीरे से लिफाफा खोला। लिफ़ाफ़े के अंदर से खुशबुओं का सैलाब निकल पड़ा। शायद कोई महकदार द्रव्य भरा था उसमें, जिससे पीला रंग का धुंआ सा निकल रहा था।

'कमाल है।'— आनंद ने धीरे से कहा। साथ ही वह चौकन्ना भी हो गया —'कोई फरेब तो नहीं?'

आनंद ने नाक पर रूमाल रख लिया। कुछ देर ठहर कर उसने लिफाफे के अंदर झांककर देखा— उसमें एक कागज था। उसने सावधानी से कागज को निकाल कर ध्यान से देखा। यह कोई पत्र नहीं था। इसमें एक सवैया छंद खुशखत में लिखा हुआ था। कहीं किसी के कोई हस्ताक्षर नहीं थे। न भेजने वाले का नाम। आनंद सोच में पड़ गया। जब उसकी कुछ भी समझ में नहीं आया तो उसने सवैये को मन ही मन पढ़ा—

> लाज, समाज क भीति व रीति अचार—विचार क बूड़नि लागी।
> दीठि लगी जब ते चितचोर सु अन्तर हूक सु हूकनि लागी।
> नेह 'सुजान' प ध्यान न लावत तो प सुचित्त भयो अनुरागी।
> ज्यों—जु प्रबोध करैं मन को यह त्यों—तु बढ़ावत है विरहागी।[1]

जब से चितचोर से आँखें चार हुयी हैं, तब से लज्जा छूट गयी, समाज का भय छूट गया, आचार—व्यवहार, रीति और परंपरा सब नष्ट हो गयी। यद्यपि सुजान के नेह पर वह चितचोर ध्यान नहीं दे रहा है लेकिन मेरा सुंदर हृदय अनुराग से भर उठा है और मैं अपने मन को जितना समझाती हूँ यह उतना ही विरहाग्नि को बढ़ाता जा रहा है।

आनंद ने इस सवैये को कई बार पढ़ा, किंतु पढ़कर वह न आह कर सका और न वाह। अगर यह छंद शाजिया ने लिखा होता तो आनंद

1— लेखक के काव्य संकलन— 'मनस विहंगम आतुर डैने' से। 'सुजान' शब्द यहाँ पर स्थानापन्न है।

सारा घर सिर पर उठा लेता और जाने क्या कर बैठता। पर यह सुजान ने भेजा था। सुजान ने 'दीठि लगने' की बात कही थी पर उसने हमें कब देखा। छंद क्या था प्रेम का खुला इजहार था। आनंद सोचने लगा कि जिसकी छाँव बड़े–बड़े नरेश नहीं पाते वह अचानक मुझ पर इतनी मेहरबान क्यों हो गयी ?

आनंद जितना सोचता उतना ही उलझता जाता। कोई साजिश तो उसके खिलाफ नहीं रची जा रही। दिल्ली का दरबार साजिशों का पिटारा है। मगर साजिश करेगा तो कोई दरबारी करेगा, पर वह भी तवायफ का सहारा लेकर ही साजिश कर सकता है। कुछ भी हो इस मामले में अभी चुप्पी साधना ही बेहतर है। उसके दिमाग में उस तवायफ की छवि कौंध गयी जो उससे टकराते–टकराते बची थी। पहली बार आनंद के मन में आया कि यह सुजान वाकई कोई अजूबी चीज है। इससे एक बार तो मिलना जरूर बनता है। छंद की गहरी अनुभूति और मार्मिकता ने आनंद के कवि–हृदय को मथ डाला। उसकी इच्छा हुयी कि काश वह सुजान को समझा पाता कि उसके हृदय में पहले से कोई विद्यमान है और उसे खुदा भी नहीं हटा सकता।

खा–पीकर जब आनंद बिस्तर पर लेटा तो उसके मन में आज की सारी घटनाओं का एक चित्र सा घूम गया। उसका मन बार–बार आकर सुजान पर अटक जाता। वह जरूर ही सुजान ही रही होगी, जो मुझसे टकराते–टकराते बच गयी थी। वह इतनी तेजी में क्यों थी और वह रथ से गयी थी। रथ तो तवायफों में केवल सुजान के पास ही है। अब सुजान का यह छंद। उसे अपने रुसवा होने की भी चिंता नहीं। लाज–समाज सबकी ऐसी–तैसी। काश शाजिया के लिए वह ऐसा कर पाता। राजा शिकारपुर ने उसकी जीते जी हत्या कर दी। हो सकता हो वह भी गुलारा की तरह माँ बन गयी हो। आह––– इसके आगे आनंद सोच नहीं सका।

(44)

जून का महीना। शुक्ल पक्ष की नवमी। दिन का अंतिम प्रहर। सूर्यास्त का समय। यमुना नदी का काली घाट। घाट पर सन्नाटा। चंद्रमा की किरणें यमुना की लहरों से खेलती हुयी। हल्की आनंददायक हवा। आनंद अपनी नौका पर एकाकी। वह चप्पू तभी चलाता था जब नाव धार की सीध में तैरने से विचलित हो जाती। वह चश्मेतर था, शाजिया की याद में खोया था। दीवाना और बेसुध।

'पागल रे ! वह मिलता है कब ? उसको तो देते ही हैं सब। यह विश्व लिए है ऋण उधार।'

अँधेरा फैल चुका था। रात्रि का प्रथम प्रहर बीत चला। आनंद ने नाव घाट की ओर वापस घुमाई। घाट पर पहुँचकर उसने सावधानी से लंगर डाला। चाँदनी पूरी तरह बिखर चुकी थी। नाव से उतर कर वह सीढ़ियों की ओर बढ़ा ही था कि एक साया देखकर ठिठक गया। चाँद की रहस्यभरी रोशनाई में उसे यह समझने में देर न लगी कि वह कोई तरुणी है।

दिखने में वह एक साधारण लड़की थी। उसने कोई शृंगार नहीं कर रखा था। उम्र लगभग पच्चीस–छब्बीस साल। सुगठित देहयष्टि, लम्बा कद, सफ़ेद सलवार और उसी रंग के कुरते में वह बड़ी भली लग रही थी। उसके सिर पर एक नीले रंग की ओढ़नी भी थी, जिसका एक

कोना उसने मुख से दबा रखा था, जिसकी वजह से उसका चेहरा साफ़ दिख नहीं रहा था।

'आप कौन है? इस बेवक्त यहाँ इस घाट पर क्या कर रही हैं?'–आनंद ने चकित स्वर में पूछा।

'घाट तो सबके लिए हैं और जनाब आप भी तो बेवक्त यहाँ हैं?'–लड़की ने सौम्य स्वर में कहा –'मगर घबराइए मत मैं आपसे सबब नहीं पूछूँगी।'

'मम----- मैं ?– आनंद को इस उत्तर की उम्मीद नहीं थी वह हकला गया– 'मैं तो अक्सर ही इसी समय यहाँ आता हूँ। निर्जन सन्नाटे में नौका का विहार करना मुझे अच्छा लगता है। मगर आप ---? आपको मैं पहली बार देख रहा हूँ। इस वक्त किसी जवान लड़की का घाट पर होना रहस्यमय है?'

'रहस्य जैसी कोई बात नहीं, मैं तो आपसे ही मिलने आयी हूँ, क्योंकि मैं आपके इस शगल से परिचित हूँ? मैं जानती थी कि आप यहाँ जरूर मिलेंगे।'

'यानि कि आप मुझे जानती हैं?'

'शाह–ए–हिंद के मीर मुंशी को जानना क्या मुश्किल है?'

'ओह, पर अगर मीर मुंशी से मिलना था---?' .....आनंद को रोमांच हो आया– 'तो आपको मेरे दफ्तर आना चाहिए था ?'

'मैं यह नहीं कर सकती थी। मेरा कोई सियासी मकसद नहीं था। मेरा यहाँ मिलना ही मुनासिब था।'

'क्या आपके घर वालों ने आपको इतनी छूट दे रखी है?'

वह लड़की धीरे से हँसी। आनंद आश्चर्य में पड़ गया। उसे यह हँसी बड़ी मोहक लगी।

'मैं यहाँ न आती, पर आपने ही मुझे कायल कर दिया।'

''मैंने ---? मैं तो आपको जानता भी नहीं ?' ......आनंद के आश्चर्य की सीमा नहीं थी।

'कैसे जानते? आपने अपने दोस्त बाज खान की बात नहीं मानी। मेरा न्योता ठुकरा कर मेरा दिल तोड़ दिया। मेरे संदेश का जवाब तक नहीं दिया। एक फूल तक नहीं भेजा। मैं जान गयी आप नहीं आयेंगे। अब देख लीजिये मुझे ही आना पड़ा।'

'मगर आप सुजान कैसे हो सकती हैं। आप तो बिलकुल साधारण हैं। कोई चमक-धमक नहीं और आप निपट अकेले इतना बड़ा खतरा उठाकर कैसे आ सकती हैं?'

'इश्क बड़ी शातिर चीज है। आप अभी नहीं जानते। लोग अपना राज-पाट लुटा देते हैं। मैंने तो केवल यहाँ तक अकेले आने की जहमत की है और चमक-धमक तो दिखावे की चीज है। जहाँ प्यार हो वहाँ बनावट नहीं होती।'

'सुजान जी आप दिल्ली दरबार की सबसे काबिल तवायफ हैं। आपको ऐसा मजाक जेब नहीं देता।'

'यह मजाक नहीं है आनंद जी। सुजान मजाक करती भी नहीं। आप मेरी बात पर यकीन करिए।'

'तो फिर सच-सच बताइए, आप मुझसे चाहती क्या हैं ?'

'आपका प्यार और क्या? शादी तो आप मुझसे करेंगे नहीं?'

'मगर मैंने सुना है आप देह व्यापार नहीं करती?'

'यह तो आपने ठीक सुना, पर जहाँ इश्क हो वहाँ व्यापार कैसा? हम आपसे प्यार की कीमत कहाँ चाहते हैं। केवल प्यार चाहते है। प्यार के बदले प्यार।'

'मुझे नहीं पता था कि आप इतनी बेहया और निर्लज्ज हैं। मैं नहीं जानता कि आपका मकसद क्या है? यह मेरे खिलाफ एक साजिश भी

हो सकती है। मगर कान खोल कर सुन लीजिये। मैंने अपने जीवन में एक ही लड़की से प्यार किया है और वह मेरे बचपन का प्यार है। यह अलग बात है कि वह मेरे नसीब में नहीं थी। पर मैं उसे ताजिंदगी भूल नहीं सकता। आपकी जैसी हजार सुजान मैं उस पर कुर्बान कर सकता हूँ। आप समझती हैं मैं यहाँ नदी की सैर करने आता हूँ। बिलकुल नहीं, मैं यहाँ एकांत में उसी का तसव्वुर करने आता हूँ। उसकी याद मुझे जीने की प्रेरणा देती है।'

'शुभानअल्लाह, मैं नहीं जानती थी कि आप किसी को इस कद्र मोहब्बत करते हैं। फिर तो वह बड़ी ही नसीबोंवाली है। ऐसा प्यार कहाँ किसी को मिलता है। हम तवायफों को तो बिलकुल नहीं।'

'तो फिर --- आप समझ गई न?'

'क्यों नहीं समझूँगी? मैं एक नाचीज तवायफ़ ही सही। पर एक धड़कता दिल तो मेरे पास भी है। अब मेहरबानी करके एक बात और बता दीजिये कि यह छल्ला जो आपने दाहिने हाथ की अनामिका में पहन रखा है, क्या यह उसी का दिया हुआ है?'

'हाँ ------।' –आनंद के पसीने छूट गये– 'मगर यह अ आ----पको कैसे मालूम?'

'सुजान को एक बार देखने की जहमत करो शायद कुछ समझ में आये। गालियाँ तो बहुत दे चुके हो।'

आनंद को काटो तो खून नहीं। वह बदहवास होकर सुजान की ओर भागा और उसकी ओढ़नी पूरी ताकत से खींच ली। उसके सामने चश्मेतर शाजिया खड़ी थी। आनंद ने बेखुदी में उसे बाहों में समेट लिया। यमुना की धारा जैसे पल भर के लिए थम गयी।

दोनों रोते–रोते थक गये, तब आनंद ने कहा– 'मुझे स्वप्न में भी यह गुमान नहीं था कि मेरी तुमसे कभी भेंट होगी। मैं यह कल्पना भी नहीं कर सकता था कि सुजान के रूप में मेरी शाजिया यहाँ होगी। पर तुम

शिकारपुर से दिल्ली दरबार कैसे आ गयी?'

'सब आज ही पूछ लोगे? कल के लिये कुछ नहीं छोड़ोगे? मुझे अपनी कोठी भी जाना है?'

'आज रात हमारी मेहमान बन जाओ। तुमसे कितनी बातें करनी हैं?'

'नहीं, मुझे जाना होगा। रात बाहर रहूँगी तो बात का बतंगड़ बन जाएगा। लोगों को सिर्फ एक मौक़ा चाहिए। फिर उंगली उठते देर नहीं लगती। बड़ी सख्ती और संयम से आबरू बचती है। मैं बादशाह से कह दूँगी कि मीर मुंशी और मैंने एक साथ एक ही गुरू से शिक्षा ली है और यह झूठ भी नहीं है, तब लोगों के मुख अपने आप बंद हो जायेंगे।'

'ठीक है शज्जो। मेरा घर पास में है। चलो, मैं तुम्हें भेजने की व्यवस्था कर देता हूँ।'

'अब शज्जो नहीं चलेगा, सुजान कहो। सभी कहते है। कभी तुम्हें शाजिया से सुजान बनने की कहानी भी सुनाऊँगी। पर मुझे नहीं पता था कि तुम मुझसे इतनी मोहब्बत करते हो। आनंद तुमने सुजान का माथा ऊँचा कर दिया। अब तुम्हारे प्यार के सहारे मैं एक तवायफ की जिंदगी भी आराम से काट लूँगी।'

'और मैं तुम्हारे सहारे।'– आनंद ने दृढ़ता से कहा।

'क्यों जिंदगी भर कुंवारे रहने का इरादा है?'

'कुँवारा क्यों, मैं तुम्हें अपनी बीबी तस्लीम करूँगा।'

'बड़े भोले हो सजन, बादशाह की अमानत में खयानत करोगे?'

'सुजान तुम बादशाह की बीबी नहीं हो।'

'तो क्या हुआ, उनके दरबार में तो हूँ, वो मेरे सरफराज भी हैं।'

'सरफराज हैं, शौहर तो नहीं?'

'ख्वाब मत देखो आनंद, मैं शाजिया नहीं हूँ, तुम्हारी शाजिया तो जाने कब मर गयी। मैं सुजान हूँ, सुजानबानो। रक्काशा–ए–हिंद और वैसे भी मैं तुम्हारे लायक रही ही कहाँ ?'

'मैं ऐसा नहीं मानता। मेरे लिए शाजिया और सुजान में कोई फर्क नहीं। हाँ, यह तय है कि अब मैं शादी नहीं करूँगा। कभी तुमने मुँह फेर लिया तो भी नहीं।'

सुजान ने आगे बढ़कर आनंद के मुख पर हाथ रख दिया और थरथराते हुए कहा– 'खुदा की कसम, आईंदा कभी ऐसी बात जुबान पर मत लाना। इतनी बड़ी दुनिया में एक तुम्हीं हो जो मेरे अपने हो। मेरा भरोसा। मेरा विश्वास। मेरा सब कुछ। सुजान कभी मुँह नहीं फेरेगी। तुम्हें तो पता भी नहीं इतने दिन तुम्हारी याद में मैंने कैसे काटे ––––––––?'

आनंद ने उसे आगे कुछ बोलने नहीं दिया और सुजान के अधरों को अपने अधरों से कीलित कर दिया।

(45)

एक सप्ताह बीत गया। सुजान ने आनंद की कोई सुध न ली। आनंद चाहकर भी सुजान की कोठी जाने का साहस न जुटा पाया। पहले तो मन मायूस था इसलिए नियंत्रण में था। पर अब इतना पास होकर भी मिलने का संकट। इश्क की खबर फैलते देर नहीं लगती। बादशाह को शक हो गया तो दोनों की बदनामी होगी और निगाह से अलग गिर जायेंगे। आनंद मन को बार–बार यही समझाता कि सुजान भी क्या करे। अब एक ही चारा है कि दरबार की रास–लीला देखने जैसे और मुसाहिब और ओहदेदार जाते हैं, वैसे ही वह भी धीरे–धीरे जाना शुरू करे। पर बात कुछ जम नहीं रही थी। फिर उसे सुजान का सवैया याद आ गया– 'लाज, समाज क भीति व रीति अचार–विचार क बूड़नि लागी।' अर्थात् सुजान को समाज की परवाह नहीं। उसे सुजान पर प्यार भी आया और तरस भी। दरबार–ए–शाही के बंधन में न होती तो मैं दुनिया की परवाह न कर उसकी मांग भर देता।

सुजान केवल नाम की सुजान नहीं थी। उसकी समझ सचमुच बहुत गहरी थी। उसे यह अच्छी तरह मालूम था कि महबूब पर कब प्यार लुटाने का सही वक्त है और कब बेमुरव्वती दिखाने का। उसके मन में संकल्प–विकल्प रह–रह कर उभर रहे थे। चौदहवीं से एक दिन पहले बादशाह ने सुजान को दरबार में तलब कर लिया। हुक्म के मुताबिक़ वह दरबार में पहुँची। दरबार में गिने–चुने लोग थे। उनमें बाज खान के

अलावे एक पन्द्रह सोलह साल की नई लड़की भी थी। लड़की देखने में ठीक–ठाक थी। उसे देखकर सुजान के मन में एक विद्रूप उभरा। पर उसने शीघ्र ही अपने पर नियंत्रण कर लिया। मोहम्मदशाह को झुककर सलाम बजाने के बाद वह बाइजाजत उन्हीं के पास एक आसन पर बैठ गयी।

'सुजान अब तुम्हारी तबियत कैसी है?'– मोहम्मदशाह ने पूछा।

'अब ठीक हूँ, हजूर।'

'हाँ दिख रहा है, तुम्हारे खूबसूरत चेहरे पर निखार है।'

'आपकी मेहर हजूर।'

'हमारी गोपियों में एक नया चेहरा और शामिल हो रहा है।' –बादशाह ने उस लड़की की ओर देखते हुए कहा। इसका असली नाम जो भी हो पर हमने इसका नाम अलका रखा है।'

'जी बहुत बढ़िया नाम है।'

'हम जानते थे सुजान को यह नाम जरूर पसंद आयेगा। इसने संगीत की तालीम ली है। पर अभी बहुत कुछ सीखना बाकी है। आप इसकी मदद करेंगी।'

'जी बिलकुल ———।'

'बढ़िया————।'– मोहम्मदशाह ने चौन की साँस ली– 'और हाँ मैंने आपको एक जिम्मेदारी सौंपी थी, आपको याद होगी?'

'जी ———।'

"बहुत खूब, तो उसका क्या हुआ ?"

'हुजूर दो–एक लीलायें हैं, जिनपर विचार किया जा सकता है, जैसे कालिय–दमन, गोपियों का चीर हरण, द्रौपदी की लाज रक्षा वगैरह।'

'हाँ, यह द्रौपदी वाला प्रसंग अच्छा है।'

'अच्छा तो है पर, सरकार इसमें कृष्ण की भूमिका नेपथ्य से केवल चीर बढ़ाते रहने की है।'

'नहीं, पर इसमें द्रौपदी वाली भूमिका अहम है। वह मैं करूँगा। मेरी रानियाँ कौरव पांडव के वेश में रहेंगी और रही कृष्ण की बात तो ---?'

'वह मैं बन जाऊँगी, अगर सरकार का हुक्म हो तो ?'

'अरे इससे बढ़िया क्या? यह ख्याल पक्का है, लेकिन अलका से क्या काम लेंगे?'

'इसे सहदेव बनाया जा सकता है।'

'बिलकुल दुरुस्त, सुजान रानी बहुत बढ़िया सुझाव। मेरे पास आइये हम आपका बोसा लेना चाहते है।'

सुजान के लिए यह कोई नयी बात नहीं थी। यह निर्लज्ज बादशाह दरबार में अपनी तथाकथित रानियों से ऐसी ओछी हरकतें करने का आदी था। सुजान को उठना पड़ा। बादशाह ने सबके सामने उसके नर्म होंठ पर अपने होंठ रख दिए। सुजान का मन वितृष्णा से भर गया। उसे यमुना तट पर आनंद के स्फूर्तिदायक अधर–रस की याद आ गयी। कितनी बेखुदी थी उसमें। प्यार और व्यापार में कितना फर्क होता है, उसने सोचा।

बाज खान ने सुजान को पहली बार प्रत्यक्ष देखा था। रास–लीला में वह केवल तलब किये जाने पर ही जा सकता था। सुजान की मासूमियत और उसका भोलापन बाज खान के दिमाग में चढ़ गया। उसे आनंद पर तरस आया जिस पर यह कयामत दिलोजान से फ़िदा है और वह है कि किसी और के ख्यालों में जी रहा है। बादशाह ने जब सुजान का बोसा लिया तो वह अंदर ही अंदर सिहर उठा। वाह री किस्मत, लंगूर की झोली में अंगूर। आनंद भाई वाकई अभागे है उसने सोचा।

अलका को सुजान से मन ही मन जलन हुयी। इसी बीच बादशाह का फरमान जारी हुआ– 'हुक्म दिया जाता है कि रंगमंच की सज्जा माबदौलत के फैसले के मुताबिक़ हो।'

बाज खान ने कलमनवीस की हैसियत से बादशाह का आदेश लिखा।

'तो अब हम दरबार बर्खास्त ––––।'

'ठहरिये हजूर ––––।' सुजान ने गुजारिश की।

'कुछ रह गया क्या ––––––?'

'हजूर आपको एक बात बतानी थी, जो आपको भी पता नहीं है।'

'ऐं––––––––––वह क्या बात है?'

'आपने जिसको अपना मीर मुंशी बनाया है, वह मेरे जानने वाले है।'

'क्या मतलब ?'– बादशाह को हैरानी हुयी। बाज खान के कान खड़े हो गये।

'वह अनूपशहर के भटनागर कायस्थ जनाब रामसूरत सिंह के बेटे हैं।'

'हाँ, माबदौलत को पता है। रामसूरत सिंह इसी दरबार में थे। मैंने ही आनंद को उसकी काबिलियत को देखते हुए अपना मीर मुंशी बनाया है। पर रानी आप उसे कैसे जानती हैं?'

'मैं भी अनूपशहर की बेटी हूँ।'

'मगर बाबाजान फर्रुखशियर आपको शिकारपुर से लाये थे?'

'सरकार मेरी किस्मत अच्छी थी जो गुजिस्तां बादशाह मुझे वहाँ से ले आये। राजा साहब शिकारपुर मेरी आपा गुलाराबानो के 'सरफराज' हैं। उन्होंने अपने आदमियों की मदद से मुझे अनूपशहर से अगवा कर लिया था। मगर इससे पहले कि वह मेरी नथ उतार पाते तत्कालीन बादशाह की नज़र मुझ पर पड़ गयी और मैं यहाँ आ गयी।'

'और ––––––––गुलारा, वह तो किसी बाई की बेटी थी। ठीक कहती हो, वह बाई अनूपशहर की ही थी, लेकिन यह बात आपने पहले कभी नहीं बतायी?'

'मुझे खुद पता नहीं था, हजूर। मगर एक दिन जब मैं दरबार से जा रही थी वह अंदर आ रहे थे तब मेरी एक उचटती नजर उन पर नजर।'– तो क्या आप आनंद को जानती भी हैं?'

'हजूर, हमने एक ही गुरु से संगीत की तालीम साथ–साथ ली है। आपने पं० विद्याधर शास्त्री का नाम जरूर सुना होगा?'

'हाँ–हाँ, उन्हें तो मुगल दरबार ने कई बार याद किया था। पर वह आये नहीं।'

'जी –––।'

'इसका मतलब मुंशी जी संगीत भी जानते है?'

'मुझसे कहीं ज्यादा। नृत्य और वादन में वह हमेशा मेरी कमियाँ निकालते थे। मैं तो अभी भी उनसे बहुत कुछ सीखूंगी।'

'यह तो अच्छी खबर है। उन्हें भी अपनी मंडली में शामिल करो। हालाँकि उनपर जिम्मेदारी बहुत है। पर कभी–कभी तो आ ही सकते हैं।'

'जी, बस एक इल्तिजा और हमारी बचपन की दोस्ती को लोग बदनाम न करें।'

'अरे, किस साले की मजाल !' –बादशाह ने आवेश में कहा, फिर वे कुछ विचार में पड़ गये तनिक देर सोचने के बाद उन्होंने धीरे से कहा– 'रानी आपकी यह चिंता जायज है। पर माबदौलत के रहते किसी की हिम्मत नहीं जो आप पर उंगली उठा दे। आपको देखते–परखते हमें एक वक्फा गुजर चुका है। ऐसी हिमाकत करने वाले की गर्दन उड़वा दूँगा।'

'जी आपकी मेहर सरकार।'

बादशाह उठ खड़े हुए। उन्होंने अलका को अपनी बाहों के घेरे में लिया और दरबार से बाहर चले गये। उनके जाते ही बाजखान लपक कर सुजान के पास आया और फुसफुसाकर बोला– 'तो आप ही शाजिया हैं, जिसके पीछे मेरा यार पागल है। उसे तो पता भी नहीं कि सुजान ही

उसकी शाजिया है। मैं भाई को अभी जाकर खबर देता हूँ। मुझे बख्शीस मिलेगी न। अब देखता हूँ भाई आपके पास कैसे नहीं आते। भाई की हालत देखकर मैं अल्लाह से दुआ किया करता था कि मेरे भाई का विसाले–यार हो जाए। या अल्लाह तेरा लाख–लाख शुक्र तूने मेरी सुन ली।'

'बाज भाई, आपने समझने में देर कर दी। हमारा विसाल तो हो चुका।'

'अरे कब ?'

'क्या इतना जानना काफी नहीं है?'

'जी।' बाज अटक आया। कुछ देर बाद फिर बोला– 'अब तो आपके प्रति मेरा सारा नजरिया ही बदल गया है?'

'अब क्या हो गया?'

'अब आप मुझे मंदिर की घंटी सी लगती है, महफिल की पखावज नहीं रही आप मेरे लिए।'

'बाज भाई, खुदा की कसम तरस खाइए?'

'अरे तोबा–तोबा किसकी मजाल, कान पकड़ता हूँ। बस एक बात और?

'वह क्या ?'

'क्या अब आपके हाथ का शर्बत मेरे नसीब में है ?'

सुजान की हँसी निकल गयी– 'यह तो मामूली बात है। आपसे तो अब एक नाता बन गया है। फिलहाल खुदा हाफिज, फिर मिलेंगे।'

(46)

दो दिल। दोनों बेचैन। दोनों बेताब। एक को अपनी राम कहानी सुनाने की चाहत। दूसरे को सुनने की व्यग्रता। सुजान ने अपना मुजरा फिर स्थगित कर दिया। ऐय्याश रईसों और राजाओं को फिर एक झटका लगा। सारे दरबार और खास–खास लोगों को आनन–फानन पता चल गया कि सुजान और मीर मुंशी एक ही शहर के रहने वाले हैं और बचपन के साथी हैं। दोनों ने एक ही गुरू से तालीम ली है और शाह–ए–हिंद को भी इसकी खबर है। इस तरह सुजान ने पक्का कर लिया कि अब आनंद से मिलने में कोई खतरा नहीं है। इस बार आनंद ने कोई आनाकानी नहीं की। सुजान का संदेश मिलने पर उसने अपना काम–काज निपटाया और सरे–शाम उसकी कोठी पहुँच गया। सुजान ने उसके स्वागत में अपनी पलकें बिछा दी। उसने आज भरपूर शृंगार किया था। आनंद ने देखा तो उसकी साँस अटक गयी। क्या यह वही सुजान है जो उस दिन यमुना के तट पर मिली थी। उसने ईश्वर को धन्यवाद दिया जिसने उसकी प्रेयसी को इतना दिलकश बनाया। दिल्ली दरबार की सबसे होनहार तवायफ को ओहदा उसे यूँ ही नहीं मिला था।

सुजान ने अपनी दासियों को हुक्म दिया –'मीर मुंशी मेरे बचपन के साथी है। हम उनसे अपनी कुछ पुरानी यादें ताजा करेंगे और ढ़ेर सारी बाते करेंगे। जब तक मैं न बुलाऊँ कोई अंदर नहीं आयेगा।'

दासियाँ आपस में मुस्कुराई– आखिर बाई के मन की हो ही गयी।

सुजान ने आनंद के साथ अपने व्यक्तिगत कक्ष में प्रवेश किया– 'मैंने तो उम्मीद ही छोड़ दी थी कि तुमसे फिर कभी मिलना हो पायेगा।' –सुजान ने अपने आनंद के साथ बिस्तर पर बैठते हुए कहा।

'मैं भी तुम्हारी याद के सहारे जी रहा था।' –आनंद ने उत्तर दिया –'मगर तुम बहुत बदल गयी हो?'

'क्या मतलब?'

'मतलब शाजिया में यह बेपनाह हुस्न नहीं था।'

'कोई और बात दिमाग में नहीं है। तुम भी तो जवान हो गये हो और अब तो खुदमुख्तार भी।'

'क्या फायदा ? जब होना चाहिए था, तब हुआ नहीं।'

'अफ़सोस मत करो, जितना किस्मत में होता है उतना ही मिलता है। यह क्या कम है कि तुम मेरे पास हो।'

'हाँ, भगवान की इतनी मेहरबानी भी क्या कम है?'

'अच्छा यह बताओ गाना कब से नहीं गाया ?'–सुजान ने शरारत से पूछा।

'आख़री बार, अनूपशहर में गंगा के किनारे, वहाँ बालू से मैंने तुम्हारी एक मूर्ति बनाई थी। उसी को देखकर गाया था।'

'मुझे पता है?

'तुम्हें किसने बताया?'

'मैं बिल्लेशाह की मजार पर चादर चढ़ाने के बहाने चंपा आपा के साथ तुम्हारी तलाश में निकली थी कि शायद किस्मत से भेंट हो जाए, तब वहाँ मुझे एक चित्रकार मिला था। उसने तुम्हारे द्वारा बालुका से बनाई मेरी मूर्ति को देखकर मेरा कोई चित्र बनाया था। बस इसी बात से उसने मुझे पहचान लिया था।

'ओह तो तुम ब्रजनाथ से मिल चुकी हो।'

'हाँ, उसने तुम्हारा वह सवैया भी मुझे दिया था जो तुमने उस दिन वहाँ गाया था।'

'अच्छा, कैसा था?'

'बिलकुल बेकार, दो कौड़ी का।'

'तब तो फाड़कर फेंक दिया होगा?'

'ताना दे रहे हो? शाजिया ऐसा कर सकती थी क्या? इसके बाद क्यों नहीं गाया?'

'दिल रोता हो तो गाना कहाँ सूझता है। तुम शायद भूल गयी जब हम गाना सीखते थे, तो तुम्हारा चेहरा मेरे सामने होता था, तभी मैं गा पाता था। मैंने तब कहा भी था जब तक यह चेहरा मेरे सामने नहीं होगा, मैं गा नहीं पाऊँगा।'

'सुजान कुछ भी नहीं भूली आनंद। मेरे गाने में कितना ऐब निकालते थे। गुरू जी भी तुम्हारी ही तारीफ़ करते थे। तुम जैसा गा पाना बहुत मुश्किल है। तुम्हारी मीड़े व मुरकियाँ तो जान निकाल लेती हैं। मुझे सिखाओगे न? घबराओ मत, मैने शाह–ए–हिंद से इजाजत ले ली है।'

'पता है, मुझे बाज ने एक–एक बात बता दी है। तुम वाकई बहुत चतुर हो गयी हो।'

'वक्त सब सिखा देता है। मुझे हर समय फूँक–फूँक कर कदम रखना पड़ता है।'

''मगर प्यार में चतुराई नहीं चलती?'

'मतलब ?'

'मतलब यह कि –

अति सूधो सनेह को मारग है, जहाँ नेकु सयानप बाँक नहीं।
तहँ साँचे चलैं तजि आपुनपौं झिझकैं कपटी जे निसांक नहीं।।

घन आनंद प्यारे सुजान सुनो, यहाँ एक से दूसरो आँक नहीं।
तुम कौन धौ पाटी पढ़े हो लली, मन लेहु पै देहु छटाँक नहीं।।[1]

'गाकर सुनाओ।'

'ठीक है, मुझे पखावज ला दो और मेरी ओर चेहरा करके बैठ जाओ।'

सुजान ने वही किया। आनंद ने आलाप भरी। सुजान की आँखें बंद हो गयीं। आनंद को यह अंदाज और अच्छा लगा। उसने डूब कर गाया। गाना खत्म होते ही सुजान ने बनावटी गुस्से से कहा– 'फिर ताना मारा न–'मन लेहु पै देहु छटाँक नहीं', पर बात सही भी है तुम मन भर के हो मैं छटांक भर की हूँ, जिसके पास जो है, वही तो वह देगा।'

'लक्षणा से इसका मतलब समझ रही हो ?'– आनंद ने जवाबी हमला किया।

सुजान एकाएक चौंक गयी। उसने अपने कहे पर गौर किया और फिर शर्माते हुए बोली– 'तुम इतने भदेश तो कभी नहीं थे?'

'तुमसे मिलकर ही तो अब कुछ हँसी आ पायी है।' –आनंद का स्वर बदल गया– 'चलो अब कुछ गंभीर हो जाते है। यह बताओ राजा साहब शिकारपुर ने तुम्हें अगवा किया फिर क्या हुआ। तुम दिल्ली कैसे आ गयी?'

'राजा साहेब की नीयत ठीक नहीं थी। बाई भी उनसे मिल गयी थी। उसे हमारा तुम्हारा प्यार खटकने लगा था। इन राजाओं–रईसों को भी पंद्रह–सोलह साल की लड़कियाँ ही भाती हैं। इन्हें नथ उतारने का बड़ा शौक होता है। नन्हीं सी जान पर क्या बीतती है, उसकी इन दरिंदों को परवाह ही नहीं होती। तो राजा के सिपाही मुझे घोड़े पर बिठाकर शिकारपुर की सीमा तक लाये। वहाँ मेरी लिए बग्घी खड़ी थी।'

1– सुजान हित /266

(47)

बग्घी सकुशल शिकारपुर पहुँच गयी। राजा ने शाजिया के लिए अलग महल की व्यवस्था की थी। परंतु अमावस वाली रात को ही बुलंदशहर से शाह–ए–हिंदुस्तान फर्रुखशियर अपने लाव–लश्कर के साथ आ गये। अच्छी जगह देखकर बादशाह ने पयाम करने का निश्चय कर लिया। राजा अब इतना व्यस्त हो गया कि वह शाजिया का तनिक भी स्वागत न कर सका। उसे बहुत मजबूर होकर रानी गुलारा को संदेश भेजना पड़ा कि वह अपनी बहन का इस्तेकबाल करे। गुलारा इस सूचना से दंग रह गयी। उसे यह भी आश्चर्य हुआ कि दुश्मन राज्य से उसके सिपाही कैसे शाजिया को लाने में कामयाब हो गये? क्या सुलतान और बाई के विरोध के बाद भी सिपाही यह कारनामा करने में सफल हो गये।

शाजिया की बग्घी जब गुलारा के महल में पहुँची तो वह उसके स्वागत में रोली अक्षत लेकर खड़ी थी। शाजिया ने लगभग ग्यारह साल पहले गुलारा को तब देखा था जब वह बाई से मिलने अनूपशहर आई थी। इसके बावजूद वह गुलारा को पहचानने में असमर्थ थी। यह समस्या गुलारा के साथ भी थी पर चूँकि शाजिया अकेले थी अतः उसे कोई कठिनाई नहीं हुयी। जैसे ही शाजिया ने ड्योढी के अंदर कदम रखा, सिपाही वापस चले गये। गुलारा ने शाजिया को देखा तो वह दंग रह गयी। इतनी नाजुक और कमसिन। उसे अपने दिन याद आये पर वह फिर भी शाजिया से बड़ी थी। यह तो अभी ठीक से खिली भी नहीं।

गुलारा रोली अक्षत लगाना भूल गयी। पर जब शाजिया ने 'आपा सलाम' कहा तो वह फिर सचेत हो गयी। उसने शाजिया को टीका लगाया। दोनों बहनें एक दूसरे से लिपट गयीं। गुलारा ने बाई के हाल पूछे और राजा के सिपाहियों ने कैसे उसे अगवा किया, इसकी जानकारी भी ली। शाजिया ने यह बात छिपाते हुए कि इस अपहरण में बाई का भी हाथ था, बाकी घटना ज्यों का त्यों बता दी। गुलारा का प्यार देखकर शाजिया का भय दूर हो गया।

'ठीक है शज्जो, अब तू रानी गुलारा के पास है। राजा साहब यहाँ तुझसे कोई बदतमीजी नहीं कर सकते। मैं ढाल की तरह तुम्हारी रक्षा कर सकती हूँ। मगर प्रश्न यही है कि कब तक। एक तवायफ का मुस्तकबिल है ही क्या? जिस दिन तू खुद बिछने को तैयार हो जायेगी, मैं तुम्हारी राह में रोड़ा नहीं बनूँगी।'

'आपा मैं क्या यहाँ से निकल नहीं सकती ?'

'नहीं, यहाँ चप्पे–चप्पे पर राजा के सिपाही तैनात हैं और तेरे लिए तो मेरी भी जवाबदेही बनेगी? मगर तू निकल कर जायेगी कहाँ?'

'दिल्ली।'

'ऐं, दिल्ली? वहाँ कौन है?'

'आनंद।'

'वह भटनागर लाला का लड़का?'

'हाँ'

'मुझे तभी शक हुआ था, जब मैं बाई से मिलने गयी थी। पर तब तू छोटी थी। दो जवान लड़के–लड़की जब मुसलसल मिलते रहते हैं, तो यह आफत हो ही जाती है। पर मेरी बहन अब यह सब भूल जा। दिल्ली बहुत बड़ी है और तू तवायफ है और मुसलमान भी। कोई लड़का ऐसी लड़की के लिए इंतजार नहीं करेगा। अगर वह मिल भी गया और उसने

तुम्हें पहचानने से इंकार कर दिया तब तू क्या करेगी ?'

'तब मैं यमुना की गोद में?'

'हुँह, वही बचपना। चल बाकी बातें बाद में होंगी। पहले नहा धो ले और नाश्ता कर। आज से तू मेरे कपड़े पहनेगी। कुर्ती तो नहीं आयेगी। लहँगा और साड़ी खूब जँचेगी।'

गुलारा यही बात कर रही थी कि राजा साहब का संदेशा आ गया– 'शाह–ए–हिंद की शान में शाम को मुजरा पेश करना होगा।'

'यही फर्क है व्याहता और रखैल में? कहने को रानी। काम रईसों को रिझाना। शज्जो, तू नाश्ता पानी कर मैं तुझसे बाद में बात करती हूँ।'

गुलारा का दिमाग बड़ी तेजी से चल रहा था– शाजिया दिल्ली जाना चाहती है। उसका आशिक दिल्ली में है। अगर यह दिल्ली चली जाय तो राजा साहब का कोई वश नहीं चलेगा। मुझे भी मेरी सौत से छुटकारा मिल जाएगा। शाजिया के शरीर के धार–कोण तो किसी को भी बावला बना सकते हैं। आह, कभी मैं भी ऐसी ही थी। जब तक शाजिया ने नाश्ता किया गुलारा ने अपने सारे कपड़े फैला कर रख दिए। फिर वह उन्हें शाजिया पर आजमाने लगी। एक सफेद रंग की समीज, और पीली कुर्ती शाजिया के शरीर के हिसाब से मिल गयी। गुलारा ने उससे मिलता एक लहंगा भी तलाश लिया, उस पर लाल रंग की ओढ़नी। शाजिया जब पहन कर खड़ी हुयी तो गुलारा का आत्मविश्वास डिग गया। अगर यह टिक गयी तो गुलारा का राज खत्म।

'शज्जो, पं० विद्याधर ने कत्थक तो तुझे अच्छा सिखाया होगा?'

'जी आपा।'

शाजिया ने कथक करके दिखाया। गुलारा अचंभित हो गयी। शाजिया की कमर का संचालन अद्‌भुत था। चुस्ती–फुर्ती इतनी जो केवल नियमित अभ्यास से ही आ सकती है।

'कमाल है यह हीरा अभी तक माटी में पड़ा था?'– गुलारा के मुख

से निकला।......' पं० विद्याधर ने तो केवल सिखाया पर नृत्य तुझे अल्लाह ने बख्शा है। मेरा अहद है कि तू बहुत दूर तक जायेगी।'

'अब यह बता कि तुझे बाई ने मुजरा पेश करना सिखाया है?'

'हाँ सिखाया है।'

'तूने किन–किन लोगों के सामने पेश किया ?'

'अभी किसी के भी सामने नहीं।'

'धत तेरे की। तेरे लिए एक मौक़ा था दिल्ली जाने का पर तुझसे नहीं हो पायेगा। तुझे मुजरे का तजुर्बा ही नहीं है।'

'आपा मैं अपनी जान लगा दूँगी। आप मुझे मौक़ा तो दीजिये।'

'जरा अंदाजे मुजरा तो दिखा।'

शाजिया ने एक गजल गाकर मुजरे का अंदाज पेश किया। गुलारा को शाजिया के हाव–भाव अच्छे लगे।

'बाई ने सिखाया है, दम तो है पर अभी तेरी आँखों में शर्म है। इसलिए चितवन में बाँकपन नहीं है।'

'आपा ———?'– शाजिया मायूस हो गयी।

'अब मेरी बात ध्यान से सुन। इसमें तेरा भी भला है और मेरा भी।'

'जी?'

'तू जानती ही है कि शाह–ए–हिंद के सामने मुझे मुजरा पेश करने का हुक्म हुआ है। मैं अपनी जगह तुझे भेजती हूँ। अगर तू शाह–ए–हिंद को भा गयी तो दिल्ली तेरी। राजा साहब हाथ मल कर रह जायेंगे और मेरा भला यह होगा कि मुझे अपनी बहन में सौत का मुख नहीं देखना पड़ेगा। मगर सोच ले तुझे अपनी जान लगा देनी होगी।'

'जी आपा, मगर मुझे देखकर राजा साहब भड़क उठेंगे?'

'शाह–ए–हिंद के सामने वह ऐसा नहीं कर पाएंगे। मैं कह दूँगी

मेरी तबियत सही नहीं थी। बाद में जो होगा वह मैं झेल लूँगी। बात अब तेरे हिम्मत की है। यह बता तू शराब पीती है या नहीं?

'नहीं'

'तो तुझे दो घूँट लेनी होगी। इससे थिरकन की गति बढ़ेगी और जो तेरी झिझक है वह कम हो जायेगी।'

'मगर नशा चढ़ गया तो?'

'दो घूँट से नशा नहीं चढ़ेगा। तुझे अच्छा महसूस होगा।'

'जी आपा, फिर आप पायजेब और बाजूबंद निकालिए। आपकी दासियाँ पहले महावर लगा दे, शृंगार शाम को हो जाएगा।'

(48)

राजा साहब शिकारपुर का दरबार खचाखच भरा हुआ था। आस पड़ोस के कुछ अन्य राजे, बड़े तालुकेदार और रईस आये हुए थे। बादशाह ने राजा साहब के साथ दरबार में ज्यों ही प्रवेश किया, सभी उठकर खड़े हो गये। बाद में सबने बादशाह को अपनी ओर से कुछ न कुछ तोहफे भेंट किये। सारी औपचरिकताओं के बाद जब दरबार शांत हुआ, तो राजा साहब शिकारपुर अपने स्थान पर खड़े हो गये और बोले– 'हमारा सौभाग्य है कि शाह–ए–हिंद ने हम पर कृपा की और वे इस छोटे से राज्य के मेहमान बने। उनसे मिलने, उन्हें देखने और उनका आशीर्वाद पाने के लिए हमारे आस–पास के राव–राजे, तालुकेदार और जमींदार आये हुए हैं। मैं आप सबकी ओर से शहंशाह का इस्तकबाल करता हूँ। इसके बाद शाह–ए–हिंद के मनोरजन हेतु हमारी उप–रानी गुलाराबानो बादशाह के सम्मान में अपना कत्थक नृत्य प्रस्तुत करेंगी। फिर कुछ सियासी रस्मे पूरी की जायेंगी। इसके बाद दरबार स्थगित होगा। तब भोजन और विश्राम की व्यवस्था होगी। मगर इससे पहले मैं शहंशाह सलामत से गुजारिश करूँगा कि वह दरबारियों और मेहमानों को अपना आशीर्वाद दें।

बादशाह फर्रुखशियर ने अपने आसन पर बैठे–बैठे ही कहना प्रारंभ किया– 'आप सभी हजरात का माबदौलत शुक्रिया अदा करते हैं। आप सब के सहयोग से दिल्ली की सियासी ताकत बढी है। माबदौलत यह उम्मीद करते हैं कि आपका साथ ऐसा ही हमेशा दिल्ली को मिलता

रहेगा। आप जानते हैं कि शहंशाहों के जहाँ तमाम दोस्त होते हैं वहीं बहुत से प्रतिद्वंदी और दुश्मन और बागी भी होते हैं। इनकी परवाह और काट तो हम कर लेते हैं पर असल में जो आस्तीन के साँप हैं, वह अक्सर दिखाई नहीं पड़ते और जब तक उनकी पहचान होती है तब तक वह काफी नुकसान कर देते हैं। मैं अपने सूबेदारों और सहयोगी राजाओं के क्षेत्र का कभी–कभी दौरा जरूर करता हूँ। इससे आम लोगों की हालात का भी सही पता चल जाता है और हमें अपने सहयोगियों की दिक्कत और समस्या का भी पता चलता है, जिसे मैं जाती तौर पर दूर करने की कोशिश करता हूँ। शिकारपुर राज्य हमेशा से ही दिल्ली का वफादार रहा है। हम इस राज्य के बहुत ही शुक्रगुजार हैं। अभी माबदौलत ने कई जगहों का दौरा किया है। हमने महसूस किया है कि दिल्ली से अवाम को शिकायत नहीं है, उन्हें अपने राजाओं और तालुकेदारों का खौफ है। शासन में खौफ होना जरूरी है। मगर इतना भी नहीं कि अवाम अपनी बात हुक्मरानों तक न पहुँचा सके। मेरी सबसे गुजारिश है कि आप अपने दुश्मनों पर बिलकुल भी रहम न करें मगर आपकी रियाया आपका परिवार है। उसकी तकलीफों पर तवज्जो देना हुक्मरानों का फर्ज है। हमने कई जगहों का दौरा किया है और बुलंदशहर से होते हुए यहाँ तक आये हैं। इसके बाद माबदौलत सीधे दिल्ली जायेंगे। हम आपको दिल्ली की सियासी हलचल और मुमकिन खतरों से आगाह करा देना भी अपना फर्ज समझते हैं। आप सबको मालूम है कि माबदौलत ने सिख विद्रोह को नेस्तनाबूद कर दिया है। उनके नेता बंदा सिंह को फाँसी दी जा चुकी है। हमारे देश में अंग्रेज व्यापार करना चाहते हैं। इससे हमें विदेशी सामान मिल पाएंगे जो हमारे सामानों की तुलना में अधिक बेहतर हैं। इसलिए हमने तीन हजार रूपये वार्षिक करके बदले उन्हें बंगाल में व्यापार करने की छूट दे दी है। दिल्ली के अधीन कुछ राज्य अब आजाद होने के मुहिम पर हैं। उनके रहनुमा खुदमुख्तार होना चाहते हैं। कोई किसी सूबे या राज्य का खुदमुख्तार हुक्मराँ हो, इसमें दिल्ली को कोई एतराज नहीं है। पर हिंदुस्तान की कोई एक मरकजी सत्ता तो होनी चाहिए न, जो पूरे देश की नुमायंदगी कर सके। आप हजरात जानते हैं कि यह काम हमेशा

दिल्ली ने किया है। इसलिये दिल्ली को मजबूत बनाना आपका फर्ज बनता है। माबदौलत का आपसे इतना ही कहना है। हिंदुस्तान जिंदाबाद।'

बादशाह का भाषण बड़ा ही लुभावना था। पूरा दरबार तालियों की गड़गड़ाहट से गूँज उठा। 'शाह–ए–हिंद अब्बुल मुज़फ्फरुद्दीन मुहम्मद शाह फर्रुखशियर ज़िंदाबाद' के नारे लगने लगे। बादशाह का चेहरा ताजे फूल के मानिंद चमक उठा। राजा साहब के इशारे पर सभी उपस्थित मेहमानों को शराब और भुनी हुयी काजू पेश की गयी। इस बीच दरबार के बीच गोलाकार बने स्थान पर साजिंदों ने अपनी जगह ले ली। धीरे–धीरे संगीत शुरू हुआ। फिर नेपथ्य से घुंघुरूओं की झंकार सुनाई दी। सहसा मुख पर ओढ़नी का नकाब डाले उप–रानी ने प्रवेश किया। नर्तकी रानी ने सबसे पहले बादशाह को झुककर सलाम किया फिर राजा साहब शिकारपुर को। इसके बाद वलयाकार नाचते हुए उन्होंने सभी मेहमानों को सलाम किया। सबकी निगाहें उप–रानी पर केंद्रित थीं। राजा साहब शिकारपुर को रानी के प्रवेश करते ही एक झटका सा लगा कि यह गुलाराबानो नहीं हो सकती। बेशक रानी कत्थक में माहिर हैं, पर वह इतनी दुबली भी नहीं हैं। उनके पांवो में अब वह गति भी नहीं रही जो वे इस समय देख रहे थे। राजा का मन आशंकाओं से भर गया। दिक्कत यह थी कि वे इस समय वहाँ से हिल भी नहीं सकते थे। उनका इधर–उधर फिरना भी अनेक संदेहों को जन्म दे सकता था और तब बादशाह के सैनिक सतर्क हो जाते। नाच के साथ जब गाना शुरू हुआ, तब राजा को पूरा विश्वास हो गया कि यह नृत्यांगना गुलाराबानो नहीं है। कहीं यह शाजिया तो नहीं?' राजा को मुख क्रोध से लाल हो गया। गाना गाते–गाते शाजिया ने बादशाह के सामने जाकर मुख से पर्दा हटा दिया। फर्रुखशियर की साँस रुक गयी– 'यह कौन सी बला है?'– वह सोचने लगे–'यह कोह–ए–नूर यहाँ क्या कर रहा है?'

गुलारा का मुजरा लोग पहले भी देख चुके थे। अतः चारों तरफ से आवाज़े आने लगी– 'यह गुलाराबानो नहीं है। राजा ने धोखा किया है। यह शाह–ए–हिंद की तौहीन है। हमें गुलारा चाहिए।'

राजा शिकारपुर किंकर्तव्यविमूढ़। उनकी समझ में नहीं आ रहा था कि वह क्या करे। इस मामले में अपनी क्या सफाई दें? शाजिया ने परिस्थिति की गंभीरता को ताड़ लिया। उसने बादशाह की ओर देखकर कहा– 'अगर गुस्ताखी माफ़ हो तो यह बांदी कुछ कहना चाहती है ?'

'इजाजत है।' –फर्रुखशियर ने बुलंद आवाज में कहा। दरबार में फिर चुप्पी छा गयी।'

हजूर इसमें राजा साहब की कोई गलती नहीं है। मुजरा आपा गुलाराबानो को ही पेश करना था। वह मेरी बड़ी बहन हैं। उनकी तबियत अचानक नासाज हो गयी। तब उन्होंने मुझसे मुजरा पेश करने को कहा। राजा साहब की रुसवाई न हो इसलिए मैंने आपा की बात मान ली। अब अगर आपका हुक्म हो तो मैं मुजरा पेश करूँ?'

फर्रुखशियर को शाजिया में अपने दरबार की एक परी नजर आ रही थी। ऐसा जीता–जागता नायाब हीरा यहाँ जाया हो रहा है। इसे तो दरबारे दिल्ली में होना चाहिए। बादशाह ने इजाजत दे दी–'जरूर जरूर, यकीनन।'

शाजिया पं० विद्याधर की शिष्या थी। उसकी तालीम में कहीं कोई कमी न थी। शराब के चंद घूँट लेने से उसकी झिझक भी कम हो गयी। उसने एक ठुमरी पर बेहतरीन कत्थक का नजारा पेश किया। फर्रुखशियर ही नहीं सारा दरबार सम्मोहन में जकड़ गया। जैसे ही नृत्य रुका, 'शाजिया–शाजिया' के नारे लगने लगे। फर्रुखशियर ने अपने गले से सफ़ेद मोतियों का सच्चा हार उतार कर शाजिया के गले में डाल दिया। फिर उन्होंने राजा साहब को अपने पास बुलाकर धीरे से उनके कान में सरगोशी की– 'एक कोहनूर हीरा तो माबदौलत के पास है पर यह जीता–जागता हीरा हम किसी कीमत पर यहाँ नहीं रहने देंगे। यह हमारे दरबार में परियों की रानी बनेगी।'

राजा शिकारपुर का मानो खून जम गया। हलक से एक हर्फ़ तक नहीं निकला। शाह–ए–हिंद के सामने उनकी हैसियत ही क्या थी। इंकार का कोई सवाल ही नहीं था। इस प्रकार जो शिकार बाज की गिरफ्त में पूरी तरह से आ गया था, उसे क्रूर विधाता ने एक झटके में छीन लिया।

(49)

'छोटी सी उम्र में तुमने ढ़ेर सा अनुभव पा लिया सुजान?'– आनंद ने पूरी कहानी सुनकर कहा– 'राजा शिकारपुर को उसकी करनी का फल मिला। चलो जो हुआ सो हुआ। अब यह बताओ कि तुम शाजिया से सुजान कैसे बनी ?'

'यह भी शाह–ए–हिंद की मेहर है। उन्होंने अपनी सभी उप रानियों के असली नाम बदलकर अधिकतर हिन्दुआने नाम रखे हैं।'

'वैसे सुजान नाम है बड़ा प्यारा?' आनंद ने तारीफ़ करते हुए कहा –'अब यह बताओ कि मुझे अपना मुजरा कब दिखाओगी?

'तुम्हें तो कभी नहीं।'

'मगर क्यों ?'

'मुजरा एक प्रदर्शन है। दिखावा है। व्यापार है। पर तुम्हारे साथ जो कुछ है, वह सिर्फ प्यार है और कुछ नहीं। सुजान ने गंभीरता से कहा।

'इसका मतलब जिन हावों–भावों का नजारा सारा दिल्ली बड़ी ठसक से करती है, उससे मुझे महरूम रखोगी ?'

'आनंद, तुमने हजारों बार मेरा नाच देखा होगा। तुम्हारे सामने मैं बार–बार नाचूँगी, जितना कहोगे उतना। पर मुजरा नहीं, मुझसे नहीं होगा।'

'मजाक कर रहा था सुजान। मुझे तुममें दिलचस्पी है तुम्हारे मुजरे में नहीं। जिंदगी और व्यवसाय के अंतर को मैं समझता हूँ।' –आनंद ने इधर–उधर नजरे दौड़ा कर कहा–'शाम होने वाली है। ज़रा बेहतरीन शरबत पिलाओ फिर यमुना के किनारे प्राचीन शिव मंदिर तक चलेंगे।'

सुजान ने शरबत के लिये आदेश किया और आनंद की ओर देखकर शरारत भरे स्वर में कहा– 'कब तक माँ के आचल में छिप कर बैठोगे? अब तो मैं भी हूँ न तुम्हारी मुसीबत बढ़ाने के लिए?'

'माँ ––––? किस माँ की बात कर रही हो सुजान?'

'वही जिन्होंने हमें मिलाया। याद है हम यमुना नदी के किनारे मिले थे?'

'वह पल तो ताजिंदगी नहीं भूलेगा।'

शरबत आ गया तो दोनों धीरे–धीरे चुसकियाँ लेने लगे।

'तुमने मेरे प्रस्ताव पर कुछ कहा नहीं? बात ही पलट दी।'

'क्या कहूं, तुम्हारी बात सुजान तभी टालेगी, जब वह निहायत मजबूर होगी।'– सुजान ने हँस कर कहा– 'चलो कभी शिव मंदिर गयी नहीं। आज उनके भी दर्शन हो जायेंगे। पर लोगों को एतराज हो सकता है?'

'नहीं होगा। सादे वेश में चलना शाजिया बनकर।

'शाजिया को भूले नहीं ?'

'कभी नहीं, मैं सुजान में भी शाजिया को ही देखता हूँ।'

सुजान के आदेश पर उसकी बग्घी तैयार हुयी। उस पर बैठकर दोनों प्राचीन शिव मंदिर के लिए रवाना हुए। रास्ते में भीम–अखाड़ा था। आनंद ने अपने घर के पास बग्घी रुकवाई –'यही मेरा घर है।'

आनंद के घर की रखवाली में कुछ सिपाही तैनात थे। उन्होंने फ़ौजी अंदाज में सलाम बजाया। बग्घी को देखकर आनंद का सेवक बाहर आ गया। आनंद ने उसे नजदीक बुलाया और कहा– 'यह सुजान

मेरे गाँव की है, मेरे साथ ही इन्होंने तालीम भी ली है। आज खाने पर यह हमारी मेहमान होंगी। खाने में दम पुख्त, हलीम, भुना गोश्त और हैदराबादी बिरयानी बनाना। बाजार से मलाई गिलौरी मँगा लेना। हम मंदिर से होकर आते हैं।'

'जी साहब।'

सुजान की बग्घी जब शिव मंदिर पहुँची सूर्यास्त हो चुका था। आनंद ने कहा– 'सुजान, बग्घी वापस भेज दो। हमें देर लग सकती है।'

सुजान ने विस्मय से आनंद की ओर देखा– 'मुझे वापस भी जाना होगा।'

'आज तुम मेरी मेहमान हो।'

'मेहमान होकर भी मैं लौटना चाहूँगी।'

'क्यों ?'

'मेरे नौकर–चाकर क्या कहेंगे ? कल तक यह बात सारी दिल्ली में फ़ैल जायेगी। सुजान ने जो आवरण बना रखा है वह छिन्न हो जाएगा।'

'मैं तुम्हें तुम्हारे घर छोड़ दूँगा। वादा।'

'उठा लो मेरी मजबूरी का फायदा। जानते हो सुजान तुम्हारी बात नहीं टाल सकती।'

'इसी भरोसे का नाम प्यार है।' आनंद ने गंभीरता से कहा– 'चलो पहले माँ यमुना का आशीर्वाद लेते हैं, फिर मंदिर चलेंगे। यमुना जल में हाथ–पैर भी धो लेंगे।'

आनंद और सुजान यमुना जल में पाँव डाले देर तक बैठे बातें करते रहे जब नीम अँधेरा हो गया, तब वे शिव मंदिर पहुँचे। वहाँ सन्नाटा विद्यमान था। मंदिर का दरवाजा भिड़ा हुआ था। पर अंदर से दीपक की रोशनी आ रही थी। आनंद ने आगे बढ़कर द्वार खोल दिया। मंदिर के बीच में विशाल शिवलिंग था। दीवारों पर अनेक देवी–देवताओं की मूर्तियाँ

थीं। एक मूर्ति हनुमान जी की भी थी। दीपक की रोशनी में यह सभी मूर्तियाँ रहस्यमय लग रही थी। खासकर सुजान को।

'सुजान मुझसे व्याह करोगी ?'

सुजान उछल पड़ी। शायद उसे कोई भ्रम हुआ हो उसने सतर्क दृष्टि से आनंद को देखा –'कुछ कहा तुमने ?'

'हाँ यही कि मुझसे शादी करोगी ?'

'शादी मजाक नहीं है आनंद। एक तवायफ को तो यह अधिकार है ही नहीं। तुम मेरी दुखती रग क्यों छेड़ रहे हो। मेरा कोई वजूद नहीं। मैं शाह–ए–हिंद के हाथों की कठपुतली भर हूँ और कुछ नहीं।'

'तुम कुछ भी हो, इससे मुझ पर कोई फर्क नहीं पड़ता। अगर तुम्हें मुझसे प्यार है तो देवताओं के सामने मेरी पत्नी बन जाने में क्या हर्ज है। हम दुनिया को दिखाने के लिए तो कुछ नहीं कर रहे। यह केवल हमारे और तुम्हारे बीच की बात है। मैं केवल देवताओं को साक्षी बनाकर तुम्हें अपनाना चाहता हूँ। इस संबंध के या तो हम दोनों दृष्टा होंगे या फिर ये मूर्तियाँ जिन्हें हम भगवान मानते हैं और जिनसे आदमी की असलियत और उसका राग–अनुराग छिपा नहीं रहता।'

'नहीं, ––––– यह नहीं हो सकता आनंद। देवता पर केवल वही फूल चढ़ता है जो पहले कहीं इस्तेमाल न हुआ हो। तुम मेरी मजबूरी समझ सकते हो?'

'नहीं, मैं नहीं समझना चाहता। प्यार जीवन की गंगा है, मंदाकिनी है और गंगा कभी मैली नहीं होती। मेरी भावनाओं को समझो सुजान। फिर भी अगर तुम यही चाहती हो कि मैं जीवन भर अविवाहित रहूँ, तो तुम्हारा वह फैसला भी मुझे मंजूर है।'

'आनंद, मैं तुमसे सदा ही हारती रही हूँ। आज भी हार गयी। पर मैं कैसे एक पत्नी का धर्म निभा पाऊंगी। मुझ पर कुछ तो दया करो। मेरी मुश्किल समझो। शादी भी क्या है एक समझौता ही तो है और क्या

है। जब समझौता नहीं टिक पाता तो तलाक हो जाता है। हमारे तुम्हारे बीच एक समझौता ही तो नहीं है। उसकी जगह पर प्यार है। प्यार तो कभी न टूटने वाला अहसास है।'

'विवाह केवल समझौता ही नहीं है। हम हिंदुओं में यह एक दूसरे के प्रति सच्चा समर्पण है जिसकी दो प्राणी कसमें खाते हैं।'

'मुझे समर्पण से कब इंकार है। मैं यहाँ मौजूद सभी मूर्तियों की सौगंध खाकर कहती हूँ सुजान तन–मन और धन से सदा तुम्हें समर्पित रहेगी। अब तो हो गयी न तुम्हें तसल्ली हमने समर्पण और सौगंध ये दोनों ही शर्ते पूरी कर दी।'

सुजान मेरी निष्ठा भी इस जीवन में नहीं बदलेगी। मेरे जीवन में केवल और केवल सुजान रहेगी। पत्नी की तरह भी, महबूबा की तरह भी। सुजान के अतिरिक्त कोई और नहीं। यही भगवान शंकर इस सत्य के साक्षी होंगे।' –आनंद का चेहरा आत्मगौरव से आलोकित हो उठा। दूसरे ही क्षण उसके चेहरे पर एक शरारत भरी मुस्कान उभरी– 'साथ ही मैं तुम्हारी चतुराई पर भी फ़िदा हूँ, तुमने व्याह भी नहीं किया और सारी सौगंध भी उठा ली। तुम वाकई नाम की ही सुजान नहीं हो, सचमुच।'

(50)

सुजान ने आनंद का आतिथ्य पूरे मन से स्वीकार किया। उसके मन में जीने की उमंग फिर से हिलोरें लेने लगी। भोजन वाकई बेहद लजीज था। हलीम के स्वाद से सुजान को चंपा आपा की याद आ गयी।

'तुम्हें याद है न आनंद, हम तुम्हारे लिए कभी–कभी हलीम लेकर गुरु के यहाँ आते थे, तुम बड़े चाव से खाते थे।'

'हाँ, याद है।'

'मगर तुम्हारा यह खादिम तो बहुत अच्छा खानसामा है।'

'मैं उसे खादिम नहीं चचा कहता हूँ।'

'हाँ, मैं भी अपनी दासियों को सखी या सहेली कहती हूँ।'

'यह हमारी तहजीब है।'

'बिलकुल।'

'पर तुमने एक बात सच्ची कही।'

'चचा मियाँ, सचमुच नवाबे अवध सआदत अली खां के खानसामा थे। ये नवाब के वजीर की साजिश का शिकार हो गये और नवाब ने इन्हें अपने सूबे से बाहर कर दिया। वे दिल्ली भाग आये। इत्तफाक से मुझसे भेंट हो गयी। वैसे चचा हैं बहुत नेक इंसान। मेरा बहुत ख्याल रखते हैं।'

'हाँ, लगता है।'

मलाई गिलौरी खाकर दोनों ने दस्तरखान छोड़ दिया। सेवक सब बर्तन वगैरह उठा ले गया। जब वह फिर लौट कर आया तो आनंद ने उससे कहा– 'चचा, आप भी खाना खा लो। फिर सोने के लिए जाने से पहले मेरा घोड़ा तैयार कर देना, सुजान को छोड़ने मुझे ही जाना पड़ेगा।'

'जी, साहब।'

'कभी तो बेटा कह दिया करो चचा मियाँ।'

चचा हँसते हुए चले गये। आनंद ने सुजान को अर्थ भरी निगाह से देखकर कहा– 'अगर एतराज न हो, तो अपना आरामगाह दिखा दूँ, जहाँ माबदौलत अकेले सोते हैं।'

'जरूर जिल्लेइलाही, अगर दिल में कोई खोट न हो तो?'

'खोट तो है भई, अभी कुछ देर पहले तुमने शंकर भगवान् के सामने मेरी अनब्याही दुल्हन की कसम खाई है। यमुना मैया गवाह हैं।'

आनंद ने आरामगाह में प्रवेश किया। पीछे–पीछे सुजान भी आ गयी।

'सच कहते हो, तुम मर्दों को बातों का जाल बिछाना खूब आता है। जानते हो मछली तो धारा के विपरीत ही तैरेगी, उसे दबोच लेना क्या मुश्किल है?'

'तुम मुझे ऐसा समझती हो?'

'सब मर्द एक जैसे होते हैं।' –सुजान ने आँखें तिरछी करते हुए कहा।

'तब तुम ठीक कहती हो मैं कायस्थ हूँ और मछली बड़े चाव से खाता हूँ।'

'तो सुजान भी कोई बेलगेगरा नहीं है, कवई मछली है, जान ले लेती है।'

'यही तो हम चाहते हैं।' ....कहकर आनंद ने सुजान को दोनों बाहों में उठा लिया और पलंग पर धीरे से लिटा दिया।

'सुजान !'– अचानक आनंद के स्वर में दर्द उभर आया –'कब से सोचता था कि कभी तुम्हारी गोद में सिर रखकर मैं बेताब तुम्हारा नूरानी चेहरा अपलक देखूँगा। क्या मेरी यह इच्छा पूरी करोगी?'

'आनंद, मैं तो तुम्हारी समर्पिता हूँ, कसम खा चुकी हूँ, पर तुम यूँ बार–बार मुझे आजमाते क्यों हो ?

'इसलिए कि यकीन नहीं होता कि हम तुम यहाँ हैं, समझ में नहीं आता कि यह सच है या ख्वाब ?'

'अच्छा आओ मैं पैर लटकाकर बैठती हूँ तुम मेरी गोद में लेट जाओ मैं तुम्हारे बालों को धीरे–धीरे सहलाऊँगी। आनंद ने चिराग की रोशनी तेज कर दी और किसी आज्ञाकारी बच्चे की तरह सुजान की गोद में सिर रखकर लेट गया फिर वह सुजान का मुख अपलक निहारता रहा। सुजान की उंगलिया उसके बालों से खेलने लगीं।

'आनंद !'

'हूँ।'

'तुम्हारा अहद है कि तुम तभी गाओगे जब मेरे चेहरे पर तुम्हारी नजर होगी। मैंने भी एक अरसे से तुम्हें नहीं सुना। आज मौक़ा भी है और दस्तूर भी –––?'

'हाँ शज्जो।'

सुजान चौंक उठी– 'नहीं, मेरे हमनवा, शज्जो नहीं, सुजान। शज्जो तो कब की मर चुकी। उसने तो तुम्हें अपना पति मान ही लिया था। पर एक दुर्घटना ने उसका वजूद मिटा दिया अब तुम उसकी याद मत दिलाओ।'

'शज्जो कभी नहीं मरेगी सुजान, वह मेरे जीवन की औषधि है। पर तुम्हें सुजान कहना नीति भी है और मजबूरी भी।'

'कैसी मजबूरी?'

'मजबूरी यह कि दिल्ली दरबार शाजिया को नहीं जानता।'

'छोड़ो भी ये बेकार की बातें, इस समय तो हम आपके गाने के मुंतजिर हैं।'

आनंद कुछ देर चुप रहा फिर सुजान को निहारते हुए बोला– 'सुजान, तुम्हारा चेहरा ऐसे वीराने और सन्नाटे में कभी मेरे पास नहीं रहा। आज जरूर कुछ गाऊँगा। पर तुम्हारी शान में क्या कहूँ ?'

'तुम जो कुछ कहोगे, मुझे अच्छा लगेगा।'

'देखो, यहाँ कोई साज जरूर होगा।'

'एक डफ है इधर ? मेरी दाई तरफ।'

'डफ ही काफी है।'

आनंद ने डफ बजाना शुरू किया। कुछ देर तक वह ध्वनियों में खोया रहा। सुजान किसी मन्त्र–कीलित नागिन सी लहराने लगी। आनंद के गले से आलाप निकला और फिर छंद के बोल कुछ इस तरह–

रावरे रूप की रीति अनूप, नयो–नयो लागत ज्यों–ज्यों निहारिये।
त्यों इन आँखिन बान अनोखी अघानि कहूँ नहीं आन तिहारिये।
एक ही जीव हुतो सु तो वारयो सुजान सकोच औ सोच सहारिये।
रोकी रहै न दहै घन आनंद रावरी रीझ के हाथन हारिये।।[1]

हे सुजान ! तुम्हारे सौंदर्य की रीति अनोखी है, इसको जितना ही देखो यह उतना ही नया लगता है। उसी तरह मेरी इन आँखों की जिद भी अद्भुत है तुम्हारे अतिरिक्त यह किसी अन्य के दर्शन से तृप्त ही नहीं होती। मेरा एक ही हृदय था जो मैंने सुजान तुम पर निछावर कर दिया। तुम्हें मेरी सोच और संकोच की सराहना करनी चाहिए। मेरा मन किसी भी प्रकार थामे नहीं थमता और तुम्हारे बिना यह घनानंद को जलाता ही रहता है क्योंकि यह तुम्हारी रीझ अर्थात् तुम्हारे प्रेम के हाथों अपना सब कुछ हार चुका है।

1– सुजान हित / 41

आनंद की उंगलिया थम गयीं। डफ मानो सिसक कर खामोश हो गया। सुजान की आँखों से बहती आँसू की धारा से आनंद का पूरा चेहरा धुल गया। दोनों इस स्थिति में नहीं थे कि कुछ बोल सकें। कुछ देर सन्नाटा छाया रहा। सुजान ने अपने दुपट्टे से आनंद का चेहरा साफ़ किया और स्फुट शब्दों में बोली– 'तुम आनंद से घनानंद कैसे बन गये?'

'यह उस चित्रकार ब्रजनाथ की कृपा है। उसी ने कहा था कि मैं घनानंद के नाम से कविताई करूँ। इस शब्द में रूपक और बिंब–योजना की अनंत संभावनाएं हैं।'

'आनंद !' –थोड़ा रुककर सुजान ने पुकारा।

'हूँ –––––?'

'कब तक इस मुद्रा में रहोगे। मेरे पैर भी दुखने लगे।'

''क्या करूँ, सुजान! तुम्हारा रूप– 'नयो–नयो लागत ज्यों–ज्यों निहारिये।' पर उठता हूँ, तुम पर इतना अत्याचार भी उचित नहीं।'

आनंद उठकर बैठ गया। सुजान ने अपने अस्त–व्यस्त वस्त्र ठीक किये।

'आनंद इतनी संतुष्टि, इतना समर्पण और इतनी शांति, शाह–ए–हिंद के महल में कहाँ, जहाँ वासना के श्वान रहते हैं। तुमने इतने दिनों से पीड़ा के जिस बाँध को सुरक्षित कर रखा था, वह आज ढह गया। पर मुझे तो इतनी कविताई नहीं आती। बड़े परिश्रम से कभी एक–दो पंक्ति लिख पाती हूँ। मैं अपनी बात कैसे कहूँ?'

'सपाट बयानी से, सीधे–सीधे, सहजता के साथ।'

'तो फिर आओ अपने सम्मोहन से मुझे मंत्रमुग्ध कर दो। तुम्हारे गाढ़ परिरम्भ में मैं अपना अस्तित्व भूल जाऊँ। तुम्हारे भुजाओं रूपी दो विशाल तरुओं के बीच मैं नन्ही लतिका के समान स्वयं को भूलकर सो जाऊँ। शिलाखंड के समान दृढ़ तुम्हारे वक्षस्थल पर किसी नदी की छोटी तरंग सी टूटकर लुप्त हो जाऊँ। ऐ मेरे थकित देवता, तुम्हारी

उत्कट प्यास और शांति को मैं अपने हृदय के जल से नहलाऊँगी। मैं तुम्हारे मनस्ताप को रूप की चांदनी और प्रेम की दीप्ति से महकते प्रसूनों से हर लूँगी। तुम घनानंद हो तो मैं भी रसों की कादम्बिनी बनकर तुम्हें चारों ओर से घेरकर छा जाऊंगी और नेह–छेह की छाया बनकर तुम्हें अपने अधरों की सुधा का पान कराऊँगी।'

'ओह सुजान, तुम्हारी यह भाव–अभिव्यक्ति मेरी कविता से कहीं अधिक मार्मिक और श्रेष्ठ है, पर अब स्वप्न–लोक से बाहर आते हैं। तुम्हें याद होगा, मैंने एक वादा किया था?'

'वादा, वह क्या ?'

'तुम्हें तुम्हारे घर आज की रात पहुँचाने का।'

'ओह, तब तुम भी एक बात भूल गये।'

'मम–––मैं?'

'हाँ –––'

'मैं क्या भूल गया?'

'वही......' लाज, समाज क भीति व रीति अचार–विचार क बूड़नि लागी।'

'अच्छा वह?'

''हाँ आनंद, मुझे अपनी मंजिल मिल चुकी है। अब सुजान किसी की गुलाम नहीं।'

'शाह–ए–हिंद की भी नहीं।'

'वही तो मेरे जीवन का कलंक है। वरना तुमसे व्याह न कर लेती?' फिलहाल तुम्हें वायदे के बंधन से मुक्त करती हूँ।'

'पर मै बाहु–बंधन मुक्त न करूँ, तो ?'

'तुमको तो है अख्तियार ––––––।' –इतना कहकर सुजान ने हाथ बढ़ाकर चिराग बुझा दिया।

(51)

फरगान पाशा शाह–ए–हिंद का एक मुँहलगा दरबारी था। वह विशालकाय, क्रूर मक्कार और बड़ा ही धूर्त था। आबनूसी होने के साथ ही साथ वह बेहद बदसूरत भी था। लोगों की झूठी–सच्ची चुगली और दरबार में शाह–ए–हिंद को प्रिय लगने वाली अश्लील हरकतें करते रहने की उसकी आदत ने उसे मोहम्मदशाह का विश्वास पात्र बना रखा था। सुजान उसकी ओर भूले से भी न देखती। पाशा ने अपनी ओर से कई बार सुजान से बात करने की कोशिश की पर सुजान ने उसे ज़रा सा भी भाव नहीं दिया। यही कारण था कि सुजान हमेशा उसकी आँखों में खटकती रहती। वह बड़े धैर्य से किसी ऐसे मौके की तलाश में था, जब वह सुजान के घमंड को तोड़ अपनी हवस मिटा सके। कई बार उसने मोहम्मदशाह से भी सुजान की उल्टी सीधी शिकायत की पर शाह–ए–हिंद खुद सुजान पर निसार थे, उन्हें सुजान में जरा भी ऐब नजर नहीं आया। इसलिए इन शिकायतों के लिए उलटे फरगान को ही शाह–ए–हिंद से लताड़ सुनने को मिली। पाशा नियमित रूप से सुजान का मुजरा सुनने जाता। सुजान का हुस्न और उसकी अदायें देखकर उसके सीने में साँप लौटता रहता पर उसकी कोठी में बड़े–बड़े राजे–महराजे आते थे, वहाँ भी उसकी दाल न गल पायी। आखिरकार वह जब्त कर फिलवक्त चुप बैठ गया। पर उसके मन में यह कसक बराबर बनी रही।

जब आनंद शाह–ए–हिंद का मीर मुंशी बना, तब फरगान ने उससे

नजदीकियाँ बढ़ानी चाहीं। उसका इरादा मीर मुंशी से मेल जोल कर शाही खजाने को लूटना था। मगर यहाँ भी उसका छींका नहीं टूटा। आनंद की गंभीरता और कार्य के प्रति उसकी निष्ठा ने उसे मायूस कर दिया। मगर इससे वह आनंद से मन ही मन जलने लगा। वह इसी फिराक में था कि कि कब मौक़ा मिले और कब मीर मुंशी की फजीहत का मजा मिले। पर वक्त ने बहुत दिनों तक उसका साथ नहीं दिया।

फरगान पाशा कोठी में अपने दोस्तों के साथ शतरंज खेल रहा था। लगातार कई बाजियाँ हारने से वह खीझ उठा– 'साली शतरंज तक आज–कल हमारा साथ नहीं दे रही।'

उसने मोहरे फेंक दिए और अंगौछे से अपना मुख साफ़ कर बोला –'यार मन नहीं लग रहा। कुछ शराबनोशी हो तो बात बने।'

दोस्तों ने खादिमों को इशारा किया। कुछ ही देर में शराब और उसके साथ भुने काजू आ गये।

'आजकल बादशाह भी तरह नहीं देता। जब से यह कल का लौंडा मीर मुंशी बन गया है। बादशाह उसका पुजारी बन गया है। जब देखो, मीर मुंशी को बुलाओ। हमारी साली कोई इज्जत ही नहीं रही।'– पाशा ने घूँट भरते हुए कहा।

'अमां रामसूरत सिंह की वजह से यह पठ्ठा इतना अहम ओहदा पा गया।' कमरू खान ने कहा।

'अभी दूध क़े दाँत टूटे नहीं, मीर मुंशी बन गया। हम जो इतने दिन से बादशाह के तलुए चाट रहे थे, उसका क्या हुआ? हम तो समझते थे कि 'खाने दौराँ' का जंग में मरना हमारे काम आयेगा। पर बीच में यह टपक पड़ा।'

'अरे हमसे तो अच्छा तो वह बाज खान है। मीर मुंशी की दोस्ती के चलते आजकल सुजान के हाथों से शरबत पी रहा है।' –अजमल ने कहा।

'पीने दो, अजमल जिस वक्त मेरा दिन आयेगा। तुम देखना यह लौंडिया मेरे पैरों पर अपनी नाक रगड़ेगी। तब हम उसकी आँखों की शराब पियेंगे।' ......पाशा ने खौफनाक स्वर में कहा।

'पाशा भाई, इस बार वह एक बड़ा शानदार मुजरा करने जा रही है।'

'क्यों कोई खुशखबरी है क्या या पाँव भारी हो गये हैं ससुरी के?' – पाशा किसी पिशाच की भाँति हँसा– 'बादशाह की सोहबत में तो कोई हिंजड़ा ही जनेगी वो।'

'औरत की इज्जत किया कर पाशा।'

'इज्जत और उस ––––।'– पाशा ने एक भद्दी सी गाली दी। कुछ देर वह चुप रहा फिर बोला– 'अब समझा। बड़े मुजरे की तैयारी वह अपने बचपन के यार मियाँ मीर मुंशी के लिए कर रही है।'

'नहीं यार।' –कमरू ने टोकते हुए कहा– 'मीर मुंशी आज तक किसी मुजरे में गया ही नहीं। यहाँ तक कि वह दरबार की रास–लीला भी नहीं देखता। पर सुना है शाम को यमुना की सैर करता है।'

'बड़ा खडूस है साला, जाने किस मिट्टी का बना है। जवानों वाले कोई शौक ही नहीं इसमें।' पाशा ने नफरत से उगालदान में थूक दिया।

सैयद गाजा बहुत देर से चुप इन सबकी बातें सुन रहा था। उसने हँसते हुए कहा– 'मुजरा छोटा हो या बड़ा। उसमें नाच ही तो होगा। अदायें, हाव–भाव, जलवा और क्या? पाशा भाई ने आज तक सुजान का कोई मुजरा छोड़ा है, जो इसे छोड़ देंगे। मगर यह उसकी छब्बीसवीं साल गिरह का जश्न है। इसीलिये इतना हो–हल्ला है।'

'पांच साल इसे दरबार में आये हो गये। इस समय यह गुल पूरे शबाब पर है। हम सोचते थे कि साली की उम्र बढ़ती क्यों नहीं?'

पाशा का नशा बढ़ता जा रहा था। उसके सभी दोस्त भी झूमने लगे। इसी समय कहीं से घूमता–घामता तरबेज आ गया।

'कहाँ थे म्यां, तुम्हारे बिना तो इस महफिल में जान ही न थी। आओ कुछ तुम भी नशे का मजा ले लो।'

'पियो–पियो, जम के पियो। मगर आज वह खबर लाया हूँ कि सारा नशा पल भर में हिरन हो जाएगा?'

'ऐसी क्या खबर है, मेरी जान?'– पाशा पूरी तरह टुन्न था।

'यह खबर जनाब, इनाम की मुस्तहक है। अगर आपका नशा छू मंतर न हो जाए तो मेरा नाम बदल देना और इससे ज्यादा क्या कहूँ?'

'साला बहुत भाव खा रहा है। सीधी तरह बताता है कि दूँ, दो हाथ।' –कमरू को गुस्सा आ गया।

'मेरी हड्डी पसली तोड़ दो मियाँ, मगर आज तो बख्शीस के बिना तरबेज मुंह नहीं खोलेगा।'

'चल उठा गिन्नी और बक?'– पाशा ने गिन्नी उछालते हुए उतावली से कहा।

'हाँ, अब बात बनी' – परबेज ने गिन्नी उठाकर जेब में डाल ली। तो अब सुनिए मेहरबान खबरे ख़ास यह है कि कल रात सुजान बानो ने मीर मुंशी के घर पर दावत उड़ाई।'

'अबे अहमक, सारा दिल्ली जानता है कि दोनों एक ही गाँव के हैं, बचपन से एक दूसरे को जानते है तो इसमें क्या बड़ी बात हो गयी?' –पाशा ने भड़कते हुए कहा।

'हुयी न।'– तरबेज अकड़कर बोला– 'अभी तो जनाब ने आधी खबर सुनी है।'

'तब ठीक है आगे की खबर सुना।'

'आगे की खबरे खास यह है कि सुजान बानो जिंदगी में पहली बार कल रात अपनी कोठी में वापस नहीं लौटी।'

'एँ ––––?'– पाशा सन्नाटे में आ गया। उसके सभी साथी भी उछल पड़े।

'मतलब साफ़ है। कल रात बाई ने मीर मुंशी की कोठी में गुजारी।'

'या अल्लाह ---।' —पाशा ने अपना माथा पकड़ लिया— 'पुराना याराना लगता है। मगर यह कैसे मुमकिन है। सुजान जब दरबार में शुरू—शुरू में आयी थी तो मुश्किल से सोलह साल की थी। क्या यह वाकई पुराना चक्कर है? तब तो इन दोनों पर निगाह रखनी पड़ेगी।'

पाशा चुप हुआ तो और दोस्त फट पड़े —'यार तरबेज तू सचमुच कमाल की खबर लाया है। हमारा नशा तो सचमुच काफूर हो गया।'

पाशा ने अपने गले की माला तरबेज के गले में डाल दी और ताकीद करता हुआ बोला— 'तुझे मुझसे बहुत रकम मिलेगी मेरे बच्चे, पर अब तेरा काम यह है कि तू इन दोनों पर बराबर निगाह रख और इनकी हर कैफियत मुझे बता।'

(52)

सुजान ने अपने छब्बीसवें जन्मदिन पर जो आलीशान मुजरा किया, उसमें उसने नीति–वश बादशाह–ए–हिंद को भी आमंत्रित किया। मोहम्मदशाह के आ जाने से जहाँ इस मुजरे में लोगों ने बढ़–चढ़ कर हिस्सा लिया, वहीं बादशाह के रहने से फरगान पाशा जैसे विघ्न–संतोषी लोगों की हवा निकल गयी जो ऐसे शानदार मौके पर कुछ उत्पात मचाना चाहते थे।

इस आयोजन में सुजान को बेशुमार दौलत मिली। हीरे, जवाहरात, पन्ने और मोतियों की तो गिनती ही नहीं। मुजरा खत्म होते ही शाह–ए–हिंद रुखसत हो गये। इसके बाद धीरे–धीरे अन्य लोग भी रवाना हुए। कोठी पर बादशाह के सिपाहियों का जो सुरक्षा घेरा था, वह सबसे बाद में हटा। सुजान नृत्य और अभिनय से थक कर चूर हो गयी थी। उसने कुछ देर विश्राम किया और फिर सखियों को आदेश दिया कि वह उसके नहाने का इंतजाम करें।

नहाने के बाद सुजान ने श्याम रंग की साड़ी पहनी और हल्का सा शृंगार किया। शराब के दो घूँट लेकर उसने भोजन भी कर लिया। अभी वह सोने की तैयारी ही कर रही थी कि एक दासी ने आकर सूचना दी– 'मीर मुंशी साहब तशरीफ़ लाये हैं।'

सुजान की थकावट काफूर हो गयी। उसने धीरे से कहा–'उन्हें आदर देना और अपने साथ लेकर आना।'

आनंद ने जब सुजान के शयनकक्ष में प्रवेश किया तो उसकी सखियों में कानाफूसी शुरू हो गयी। आखिर कोई तो बंदा ऐसा निकला, जिसे बानो ने इतनी इज्जत बख्शी कि उसे अपने शयनकक्ष में आने दिया। सुजान की सभी सहेलियाँ समझदार, गंभीर और वफादार थीं। उन्हें इस बात पर तनिक भी हँसी नहीं आयी बल्कि एक प्रकार का संतोष हुआ कि उनकी मालकिन को कोई तो मनपसंद साथी मिला। दासी आनंद को सुजान के शयनकक्ष के द्वार तक छोड़कर चली गयी। आनंद पर्दा उठाकर ज्योंही अंदर दाखिल हुआ, वह अचानक ठिठक कर खड़ा हो गया। वह कुछ देर तक अवाक सुजान को देखता रहा। सुजान ने आदाब बजाकर कहा –'ऐसे क्या देख रहे हो? क्या कभी पहले नहीं देखा ?'

'देखा तो यकीनन। मगर श्याम साड़ी में तुम्हें पहली बार देख रहा हूँ। गोया आसमान में दमकता चाँद नजर आ रहा है और क्या कहूँ ? तुम तो जानती हो– 'नयो नयो लागत ज्यों–ज्यों निहारिये'।

'छेड़ने से बाज नहीं आते हो।'– सुजान ने शर्माते हुए कहा।

'अरे इसमें शर्माना क्या? मुजरे में तो लोग जाने कैसी–कैसी भदेस दाद देते होंगे तब भी इसी तरह शर्माती हो क्या?'

'वहाँ ज़रा भी शर्म नहीं आती। पर तुम और तुम्हारी बात, तुम्हारे जज्बात सब मेरे लिए एक जुदा अहसास हैं। यह जानते हो फिर भी कुरेदते हो।'

'सुजान, भगवान नजर न लगायें पर इस साड़ी में तुम बस कयामत ही लग रही हो।'

'कयामत ––––?'–यह तो बड़ी सस्ती मिसाल है। शोहदे ऐसा कहते हैं।'

'ऐसा है तो फिर अपने कान से कहो कि ज़रा ध्यान लगाये और सुनो– आकाश में बिजली चमकती है और लुप्त हो जाती है। मान लो बिजली चमके और लुप्त न हो और उस प्रत्यक्ष प्रकट बिजली से बादलों की श्याम घटा लिपट जाए तो उस बिजली की जो कांति होगी, वह तुम हो।'

'और ---?' -सुजान ने शरारत से कहा।

'तुम ऐसा दिख रही हो जैसे काली अमावस की तमिस्र रात की गोद में कोई शुभ्र ज्योत्स्ना फूट पड़ी हो।'

'और ---?'

'तुम धुंए के विशाल समूह में अग्नि ज्वाल की ऐसी माला की तरह हो जो आँखों को न ताप देती है और न उसमें कड़ुवाहट भरती है, बल्कि उन्हें एक अद्‌भुत शान्ति और शीतलता प्रदान करती है।

'और ---?'

'ऐसा लगता है मानो तुम्हारे शरीर की प्यारी दीप्ति को निहारकर स्वयं श्याम छवि ने तुम्हारा शृंगार किया हो। तुमने यह जो श्यामल साड़ी पहनी है, यह मुझे अधिकाधिक उद्दीप्त करती है।[1]

'या अल्लाह ----! सुजान को नजर के इस पैनेपन से तुम्हारे सिवाय और कौन देख सकता है। एक मामूली लड़की में तुम्हें क्या-क्या दिख जाता है?'

'मुझे तो वह भी दिख गया जिसकी तुमने कभी कल्पना भी नहीं की होगी।'- आनंद ने रहस्य रचना करते हुए कहा।

'वह क्या?'- सुजान की आँखों में कौतूहल उभर आया।

1- स्याम घटा लिपटी थिर बीज की सौहैं अमावस-अंक उजयारी।
धूम के पुंज में ज्वाल की माल पै दृग-शीतलता-सुख-कारी।।
कै छबि छायौ सिंगार निहारी सुजान-तिया-तन-दीपति-त्यारी।
कैसी फबी घन आनंद चोपनि सों पहिरी चुनी सावँरि सारी।।
-सुजान हित/237

(पं० विश्वनाथ प्रसाद मिश्र के अनुसार 'सिंगार' शब्द काव्य परंपरा में श्याम वर्ण माना जाता है)

-दे०, घनानंद ग्रंथावली, विश्वनाथ प्रसाद मिश्र, पृष्ठ 71

'तुम्हें याद है जिस रात तुम हमारी मेहमान बनी थी। तुम अगले दिन देर से उठी थी और मैं पहले जाग गया था।'

'हाँ---।'- सुजान ने लजाते हुए कहा।

'तुम्हारी हालत क्या थी, तुम्हें पता है?

'बदमाश -------।'-सुजान ने बनावटी गुस्से से कहा- 'मेरा मजाक बनाओगे?'

'बिलकुल नहीं, आनंद यह गुस्ताखी कभी नहीं करेगा। पर उस सुबह जब मैंने देखा तो तुम्हारे चेहरे पर एक अद्‌भुत शांति और एक अनिवर्चनीय तृप्ति थी। पर जब तुम जागकर उठी तो -----?'

'तब क्या हुआ?'

'जब आनंद और तृप्ति को आत्मसात कर और कुछ सोकर तुम उठीं तो तुम्हारी पलकों पर पान की पीक लगी हुयी थी। मुख पर चाव और उत्साह था। भ्रमरीली (घुंघराली) सुंदर अलकें मुख के चारों ओर फ़ैली थीं। तुम रह-रहकर अंगड़ाईयाँ और जम्हाईयाँ लेती दिख रही थीं। मुख पर कुछ लज्जा भी थी और तुम्हारे अंग-अंग से काम-दीप्ति झलक रही थी। तुम्हारे अधरों से साफ़-साफ़ बात नहीं निकलती थी। बात प्रायः अधूरी ही रह जाती थी और उसमें लड़कपन की मस्ती मानो छलकी पडती थी।'[1]

'अब बस भी करो, कोई संदेह नहीं कि पक्के निर्लज्ज हो गये हो। पर तुम्हारे हिस्से की लज्जा अभी मुझमें शेष है और मैं उसे यूँ ही नहीं जाया करूँगी। अब यह बताओ खाना खाकर आये हो या कुछ बनवा दूँ?'

'बहुत-बहुत शुक्रिया पर इतनी रात तक भूखा रहने की जहमत

1- रस आरस भोय उठी कछु सोय लगी लसें पीक लगी पलकै।
घन ओप बढ़ी कछु औरे सु फैलि भवीं सुथरी अलकैं।
अंग राति जम्हाति लजाति लखैं, अंग-अंग अनंग दिपैं झलकें।
अधरानि में आधियैं बात धरैं लड़कानि की आनि परी छलकैं।
- सुजान हित /17

मैं नहीं उठाता? इसलिए खाने की छोड़ो, यह बताओ तुम्हारा मुजरा कैसा रहा?'

'कामयाब, हमेशा की तरह।'– सुजान ने धीरे से कहा– 'अच्छा यह बताओ क्या लोगे? शरबत, लस्सी या ठंडाई।'

'आज तो शराब नोश फरमाने को जी चाहता है।'

'मजाक मत करो, तुमने तो आज तक मय को हाथ नहीं लगाया।'

'जो मय आँखों से पी जाती है उसमें हाथ का क्या काम?'

'अच्छा तो यह हसरत अभी बाकी है। यह तक तो पूछा नहीं कि मैं कितना थक गयी हूँ? अंग–अंग टूट रहा है।'

'मुझे पता है, पर मेरे हाथों में थकावट दूर करने का जादू है।'

मेरी थकावट शराब से चली जाती है। भोजन के साथ थोड़ी सी ली थी। अब अभी तुम्हारे साथ भी ले लूँगी। अगर तुम्हें एतराज न हो। तुम तो जानते हो मेरी आदत हो गयी है। कोई तवायफ इससे कहाँ बच पाती है। पियो भी और पिलाओ भी। इसी शगल में जिंदगी बीतती रहती है।'

'मुझे कोई एतराज नहीं। मेरा काम फकत लस्सी से चल जाएगा।'

सुजान ने दासी को बुलाकर आदेश दिया। कुछ ही देर में सब सामान आ गया। आनंद ने लस्सी जल्दी खत्म कर दी पर सुजान को घूँट–घूँट पीने में समय लगा। इतनी देर में सुजान की आँखों के डोरे लाल हो उठे। वह अपनी जगह पर लहराते हुए खड़ी हो गयी। आख़री घूँट पीते–पीते वह पूरी तरह नशे में आ गयी। उसने आँखों में आँसू भरकर लड़खड़ाते हुए कुछ इस तरह कहने की कोशिश की– 'मम मेरे म—– मन ने किसी की एक नहीं सुनी। ह हम त – तो लरिकाईं से ही तुमारे थे। म—– मैंने बाई का नाहीं सुनी। मान मरजाद कछो नाहीं देखा। लोगन न मुझे नसाय द —– दिया, मेरा नाम खो गयो। मेरे प्रियतम तत – तुमने कौन सी मोहिनी डार दी। म–म मुझसे नेहा लगा के अब —––'

सुजान अपने को संभाल नहीं सकी। वह लहरा कर गिरने ही वाली थी कि आनंद ने उसे अपनी बाँहों में उठा लिया और उसे बिस्तर पर लिटाते हुए बोला– 'सुजान हम बचपन से ही एक दूसरे के हैं पर तुम कहना क्या चाहती हो?'

'य यही आनंद कक कि मुझे कभी पीठ मत दिखाना। यह मेरी व–व् विनती है तुमसे?'[1] 'मगर यह ख़याल तुम्हें आया क्यों?'

'बहुत द–द दुश्मन हैं, हमारे अ अ और अब तुम्हारे भी।'

'ओह –––।'– आनंद एकाएक गंभीर हो गया। वह सोचने लगा सुजान कई सालों से यहाँ है, उसे षड्यंत्रों की जानकारी मुझसे अधिक होगी। इससे पहले कि वह कुछ और सोचता सुजान ने उसका हाथ पकड़कर अपनी ओर खींच लिया। आनंद ने सुजान का सिर अपनी गोद में रख लिया और धीरे–धीरे उसका माथा सहलाने लगा। सुजान को अच्छा लगा। उसने आप्यायित होकर अपनी आँखे बंद कर ली। रात आधी से अधिक भीग चुकी थी। सुजान नशे और थकावट के कारण सो गयी। आनंद को नींद नहीं आयी। वह सुजान के बारे में सोचता रहा मदिरा पीकर भी यह दिलकश ही लगती है। उसने अपनी निगाहें सुजान के मुख पर केंद्रित की, जो चिराग की रोशनी में चमक रहा था। फिर वह धीरे–धीरे गाने लगा–

दृग छाकत है छवि ताकत ही मृगनैनी जबै मधुपान छकै।
घन आनंद भीजि हँसें सु लसै झुकि झूमति घूमति चौंकि चकै।

1– एक सुनै नहिं मो मन नैकु कि हाँ लरिकानि सु ऐस लुभानो।
लाज तजी सब कानि तजी सब लोग नसाई त नाम हेरानो।
प्रीतम तोहिं सुजान कहै कछु मोहनि पीठि प डारिय मानो।
नेह लगाय क पीठ न दीजिय आनॅंद या विनती उर आनो।

(लेखक द्वारा संपादित)

–रीतिकालीन कवि घनानंद की हिंदी साहित्य को देन, पृष्ठ 22

पल खोलि ढकै लगि जात जकै न सम्हारी सकै बलकैरु बकै।
अलबेली सुजान के कौतुक पे अति रीझी इकौसी ह्वै लाज थकै।[1]

[मृगनैनी सुजान जब सहारा पीकर छकती है तब उसकी छवि निहारते ही आंखें छक जाती हैं। वह शराब के छलकने से अथवा आनंद–रस से भीजकर जब हँसती है तो अधिक शोभित होती है। वह नशे में झुकती है, घूमती है, चौंकती है और चकराती है। वह पलकें खोलती है फिर बंद कर लेती है और भ्रमित होने लगती है। वह अपने को सँभाल नहीं पाती और उन्मादित हो उठती है और अनाप–शनाप बकने लगती है। अलबेली सुजान के इस खिलवाड़ पर लज्जा अकेले ही रीझती है और थक जाती है।]

1– सुजान हित /99

(53)

दिल्ली के दरबार में आज 'द्रौपदी की चीर हरण लीला' का अभिनय था। बादशाह मुहम्मदशाह स्वयं द्रौपदी के वेश में थे। सुजान कृष्ण की भूमिका में थी। उसकी सिफारिश पर बाज खान अर्जुन बनाए गये थे। अन्य तवायफें अपनी कद और काठी के अनुसार कौरव और पांडव के विभिन्न किरदारों में थीं। नूरबाई उम्रदराज हो चुकी थीं उन्हें भीम बनाया गया अद बेगम सहदेव की भूमिका में थीं। अब सबसे बड़ी समस्या यह थी कि दुःशासन कौन बने ? मोहम्मद शाह का बदन भारी था। इस हिसाब से द्रौपदी की साड़ी खींचने वाला कोई भारी भरकम आदमी मिल नहीं रहा था। इसी समय दरबार में फरगान पाशा ने कदम रखा। उसे देखते ही मोहम्मदशाह का चेहरा खिल उठा– 'लो अपना दुःशासन भी आ गया।'

फरगान पाशा ने खुशी–खुशी आदाब बजाया। पर जब उसे यह पता चला कि उसका चुनाव द्रौपदी वेशधारी बादशाह की साड़ी खींचने के लिए हुआ है तो उसके छक्के छूट गये। उसने बादशाह से बहुत मिन्नतें कीं पर मोहम्मदशाह अड़ गया– 'मेरी साड़ी तो पाशा ही खींचेगा। कोई और नहीं।'

अभिनय शुरू हुआ। कौरव और पांडवों ने अपने अपने संवाद कहे। अंत में दुर्योधन के आदेश से दुःशासन बने पाशा को बादशाह की साड़ी खींचनी पड़ी। पाशा चौकन्ना था, साड़ी कसने न पाए। वह बार–बार खींचते–खींचते लुढ़क जाता। मोहम्मदशाह कमर से हरकतें भी करते

जाते थे। एक बड़ा ही वीभत्स और फूहड़ प्रदर्शन था। दरबार में बैठे लोग वाह–वाह कर रहे थे। सुजान का काम भी आसान नहीं था। वह सीढ़ियों पर चढ़ी ऊपर से साड़ी बढ़ाती जा रही थी। इस कार्य में उसके हाथ पूरी चपलता से चल रहे थे। उसका सारा शरीर छिपा हुआ था, केवल चेहरे का पार्श्व और मोरपंख से ही कृष्ण की उपस्थिति का पता चलता था। पाशा को इतने श्रम की आदत न थी। वह पसीने में तर था और बुरी तरह हाँफ रहा था। इस बार जब वह लुढ़का तो फिर उठ नहीं पाया। पांडवों ने 'जय कृष्ण' का नारा लगाया। पाशा की दुर्दशा ने उसे श्रेष्ठ अभिनेता साबित कर दिया। इस प्रकार आज का अभिनय समाप्त हुआ। सुजान ने कृष्ण का बनाव उतारा और जाने के लिए तैयार होने ही वाली थी कि दरबान ने मीर मुंशी के आने की सूचना दी। सुजान ने अपना इरादा बदल दिया। उधर पाशा के चेहरे पर विद्रूप छा गया।

आनंद ने आकर बादशाह को सिजदा किया और दरबार में सभी को सलाम किया।

'साला, नौटंकी बहुत करता है।' – पाशा ने मन ही मन सोचा।

बादशाह के आदेश से आनंद ने अपना आसन ग्रहण किया। मोहम्मदशाह की पोशाक देखकर उसे अफ़सोस हुआ। उसके मन में एक बात उठी कि– अल्लाह भी कैसे–कैसे नमूनों को ताज बख्श देता है। यह न अपना भला कर सकते है और न देश का और लानत यह कि हमें ऐसों की हाँ–हजूरी करनी पड़ती है।

'माबदौलत जानते हैं कि हमारे मुंशी जी किसी सियासी काम से आये होंगे। पर वह काम गया भाड़ में। आज हमारी लीला सफल हुयी। हमारी परियों ने बढ़िया काम किया और पाशा ने तो कमाल ही कर दिया। बेहतरीन अभिनय का नमूना पेश किया।'

पाशा मुंशी के सामने अपनी प्रशंसा सुनकर फूलकर कुप्पा हो गया।

'मुंशी जी, आप तो बड़े छिपे रुस्तम हैं। हमारी परियों की सरताज सुजान बानो के बचपन के साथी हैं। संगीत के तालीमयाफ्ता हैं, तो सियासी

मामलात के साथ आज से आपको हमारे दरबार की महफिलों मे भी शिरकत करनी होगी। गर हमेशा नहीं तो जब काम से फुर्सत मिले तब।'

'जी बादशाह मगर ———————।'

'अगर–मगर नहीं, हम जानते हैं आप जवानी में ही बूढों से ज्यादा संजीदा है। मगर वह सियासी मामलों तक ठीक है। अभी जवान हो। कुछ जीने का लुत्फ़ भी उठाओ। हमने सुना है जनाब अभी भी सुजान को गाहे बगाहे कुछ सिखाते रहते हैं।'

'सिखाता नहीं हूँ, हजूर, वह खुद बहुत काबिल हैं, मगर मैं कोई गलती देखता हूँ तो टोक देता हूँ और बानो भी बुरा नहीं मानती बल्कि उस पर ध्यान देती है।'

पाशा जल भुनकर राख हो गया। उसके दिमाग में एक ही बात आयी– साला पिस्सू। सारा खून अकेले अकेले चूस लेगा। हम क्या हड्डियां चबायेंगे।

'तो आज कुछ मुजाहरा हो जाए।'

'हजूर ———— गुस्ताखी की मुआफी चाहता हूँ मगर संगीत रियाज माँगता है और मैंने सालों से रियाज नहीं किया। मैं संकोची भी हूँ सबके सामने नाचना मेरे लिए मुश्किल है। हाँ कुछ दिन रियाज करने के बाद सुजान को संगत दे सकता हूँ।'

'शुभानाल्लाह———————।'– बादशाह खुशी से झूम उठे –'माबदौलत खुश हुए।'

अचानक सुजान खड़ी हो गयी –'हजूर, अगर इजाजत हो तो मैं भी कुछ अर्ज करना चाहती हूँ ?'

'बेशक, मेरी परियों की रानी, इजाजत है।'

'मेरे सरताज मुंशी जी की दखल संगीत से कहीं ज्यादा कविता रचने में है। दरबार उनके इस इल्म का लाभ भी भी ले सकता है।'

'क्या बात है? यूँ तो थोड़ी बहुत कविताई 'सदा रंगीले' के नाम से

माबदौलत भी करते हैं। पर हमारा मेयार बहुत ऊँचा नहीं है। तो मुंशी जी सुंदरता में अप्सराओं को भी मात देने वाली हमारी सुजान परी की शान में आप कोई कविता कर सकते हैं?'

'अभी -----?'

'नहीं, कुछ वक्त ले लो। तब तक माबदौलत द्रौपदी का बनाव हटा के आते हैं।'

बादशाह के उठते ही सभी लोग खड़े हो गये। उनके जाने के बाद आनंद के माथे पर बल पड़ गये।

'यह तो गोया इम्तहान हो गया?'– सुजान ने हँस कर कहा। आनंद ने एक बार उसे भरपूर निगाहों से देखा और मुस्कराकर कहा– 'आपने ही फँसाया और अब आप ही को दिल्लगी भी सूझ रही है।

'बानो जी आज अपना भाई बुरा फँस गया। अब इसकी नाव कौन पार लगाएगा?' –बाज खान ने टिप्पणी की।

'बाज------।' आनंद ने चेतावनी दी– 'कोई बोला तो बादशाह से शिकायत कर दी जायेगी कि हमें लिखने न दिया।'

'बाज भाई, सच्चाई तो यह है कि लोगों को अपनी नैया खुद ही पार लगानी पडती है।'– सुजान ने फिर चुटकी ली। हालाँकि सुजान जानती थी कि आनंद कविता जरूर रच लेगा, भले ही उसका मेयार बहुत ऊँचा न हो।

'रानी जी, अब एक शब्द नहीं।' – आनंद ने संजीदगी से कहा।

पाशा कब चूकने वाला था। वह तो चाहता ही था कि कविता बन न पाए। उसने व्यंग्य करते हुए कहा– 'अरे मियाँ, भाट हो तो जल्दी से बको न। नहीं बनती तो काहे को इतना गुनी बनते हो।'

'पाशा, आपने बादशाह को भाट कहा?'– आनंद का स्वर अचानक कड़वा हो गया।

'लाहौल–विला–कूवत मैंने कब कहा?'– पाशा गड़बड़ा गया।

'तुमने कवि को भाट कहा ?'

'हाँ।'

'तुम जानते हो कविताई बादशाह भी करते हैं?'

पाशा का हलक सूख गया। उससे एकाएक कुछ भी कहते नहीं बना। बाज और सुजान के चेहरे खिल उठे। दरबार में मानो एक लहर सी दौड़ गयी। पाशा को मजबूरन उठकर भरे दरबार में सबके सामने आनंद से माफी माँगनी पड़ी। पर अंदर ही अंदर उसके कलेजे में आग लग गयी।

कुछ ही देर में बादशाह दरबार में फिर पधारे। अब वे शाह–ए–हिंद की पारंपरिक पोशाक में थे। उनके आसन ग्रहण करते ही सम्मान में उठे हुए सभी लोग अपने–अपने आसनों पर बैठ गये।

'हाँ, तो क्या कविता मुकम्मल हुई?– बादशाह ने पूछा।

'जी जहाँपनाह।'

'तो हमें सुनाइये।'

'जी पेश करता हूँ।' –आनंद ने तहत में पढ़ना शुरू किया–

रूप चमूप सज्यौ दल देखि भज्यौ तजि देसहि धीर–मवासी।
नैन मिले उरके पुर पैठते लाज लुटी न छुटी तिनका सी।
प्रेम दुहाई फिरी घन आनंद बांधि लिये कुल–नेम गुढ़ासी।
रीझ सुजान सची पटरानी बची बुधि बापरी ह्वै कर दासी।[1]

आनंद जब चुप हुआ तो सारा दरबार असमंजस में था। कोई भी अपनी जगह से नहीं हिला। सच्चाई यह थी की यह कविता बहुत से लोगों की समझ में नहीं आयी, पर आनंद का अंदाज ऐसा था कि लोग कविता की रवानी में डूब गये। जब खुमार उतरा तो बादशाह ने खुद स्वीकार किया कि यह कविता उन्हें ढंग से समझ में नहीं आयी।

1– सुजान हित/48

'मुंशी जी इसका भाषा में तर्जुमा भी पढें, ताकि लोग इसे मुकम्मल तौर पर समझ सकें और इसका मजा ले सकें।'– मोहम्मदशाह ने आदेश दिया।

'जो हुक्म सरकार'– आनंद ने धीरे से कहा और अपनी सवैया का तर्जुमा कुछ इस प्रकार पढ़ा– 'रूप की सेना सज उठी। उसके दल (रूपसी के नख–शिख और शृंगार) को देखकर धैर्य रुपी गढ़पति (मवासी) गढ़ छोड़कर भाग गया। नेत्र मिलते ही रूप का अधिपति हृदय के अंदर जाकर छिप गया और उसकी लज्जा ऐसी छूटी कि तिनका भर भी शेष नहीं रही। सारे हृदय प्रदेश में प्रेम की दुहाई फिर गयी। सबको पता चल गया और हंगामा करने वाले कुल नियम या कुल की मर्यादाओं को उस सेना ने बंधन में ले लिया अर्थात् कैदी बना लिया। इसका परिणाम यह हुआ कि सुजान के प्रति जो रीझने का भाव है वह तो इंद्र की पटरानी शची जैसी हो गयी और बुद्धि बेचारी दासी बन कर रह गयी अर्थात हृदय और बुद्धि के सघर्ष में बुद्धि पराजित हो गयी और हृदय (प्रेम भाव) जीत गया।'

इस तर्जुमानी को भी बादशाह ढंग से नहीं समझ पाया उसने अपनी झेंप मिटाने के लिए कहा, 'हमारे दरबार में एक से बढ़कर एक कवि और शायर हैं, मैं चाहूँगा कि इस कविता का तब्सिरा वे लोग करें।'

दरबार में उपस्थित बड़े बूढ़े और अदब तथा साहित्य के जानकार पहले से ही हैरान थे। बादशाह के हुक्म से उनमें खलबली मच गयी। आखिरकार एक बुजुर्ग ने खड़े होने की जहमत की। उसने आनंद की और देखकर कहा, 'माफ़ कीजिएगा मुंशी जी, आपकी उम्र क्या है?'

'उनतीस साल।'– आनंद ने अदब से कहा।

'बेटा, हालाँकि मै शायर हूँ और अदब को बेहतर समझता हूँ, पर तुमने जो बात यहाँ बैठे–बैठे सबके सामने कुछ ही पलों में इस भाषा कविता में कह दी है, वह हम बूढ़े भी शायद ही कभी कह पायें। अगर यह बात चश्मदीद न होती तो मैं यही कहता कि यह भाषा कविता शायद आपकी नहीं है, क्योंकि इतनी कम उम्र में इस तरह का कनाया या इस्तारा

(रूपक) लिख पाना करीब–करीब नामुमकिन है। मैं बेटा बस तुम्हारे लिए यही दुआ कर सकता हूँ कि अल्लाह करे जोरे कलम और जियादा।'

बादशाह से हुक्म पाकर एक भाषा विद्वान् खड़ा हुआ– 'बादशाह सलामत, पूत के पाँव पालने में ही दिखते हैं। ऐसी मकबूल कविता किसे कबूल न होगी। मत्तगयन्द (मालती) सवैया में सांग रूपक की योजना देखते ही बनती है और प्रेम में भाव और बुद्धि का संघर्ष तो सनातन है जिसमे बुद्धि कभी विजयी होती ही नहीं। मुंशी जी आप बाकमाल इंसान है। भगवान आपकी शोहरत मुकम्मल करे।'

दरबार में फरगान के कुछ समर्थक भी बैठे थे। उनसे मुंशी की वाह–वाही हजम नहीं हुयी। उनमें से एक कमरू खान खड़ा होकर बोला– 'बादशाह हजूर, आप को एतराज न हो तो यह हकीर भी कुछ कहना चाहता है।'

'एतराज कैसा, बेख़ौफ़ कहिये।'

'हजूर इस दरबार में जिसे आप इतना मान दे रहे है, वह बेशक एक अच्छे कवि हो सकते हैं, पर वह इंसान अच्छे नहीं हैं।'

दरबार में सन्नाटा छा गया। मोहम्मदशाह के माथे पर बल पड़ गये। फरगान पाशा की बाँछे खिल गयी। सुजान सकते में आ गयी। बाज खान का खून खौल उठा।

'अपनी बात साफ़ लफ्जों में कहो।'– बादशाह ने हुक्म दिया।

'जी जहाँपनाह। आपको शायद पता न हो कि मुंशी जी बाहर से इतने शरीफ है कि न दरबार की लीला देखने आते है और न कभी किसी मुजरे में जाते हैं, पर तवायफें इनकी कोठी में रातें बिताती हैं और कभी ये खुद किसी तवायफ के घर पर मेहमान बनते हैं।'

'इस बात का कोई सबूत है? –मोहम्मदशाह ने गंभीर होकर पूछा।

'हाँ हजूर, खुद सुजान बानो इस बात को जानती हैं।'

'सुजान बानो?– बादशाह को हैरत हुयी।

'जी जहाँपनाह, वे दरबार में मौजूद हैं, आप उनसे दरयाफ्त कर सकते हैं?'

'क्या यह सच है, बानो?'

सुजान उठकर खड़ी हो गयी। उसने जलती हुयी आँखों से कमरू खान की ओर देखा। फिर उसने शालीनता से कहा– शाह–ए–हिंद की इजाजत हो तो मै मियाँ कमरू से कुछ सवाल करना चाहती हूँ।'

'जरूर, इजाजत है।'

'कमरू खान साहब !' सुजान ने संबोधित करते हुए कहा– 'आपने कहा तवायफें मुंशी जी की कोठी में रातें बिताती है, तो ज़रा दो–तीन के नाम बताने की जहमत करेंगे।'

कमरू खान के होश उड़ गये। सुजान का नाम लेने में उसकी जान सूखती थी और किसी नाम का सवाल ही नहीं था। वह हकला कर रह गया। सुजान फिर बोली– 'हजूर यह सब मुंशी जी को बदनाम करने की साजिश है। मुंशी जी से हमारे बचपन के ताल्लुकात हैं, जिसे जिल्लेइलाही जानते हैं। ये मुंशी जी को लेकर हमें भी बदनाम करना चाहते हैं। मुझे यह स्वीकार करने में गुरेज नहीं कि हम दोनों एक दूसरे के मेहमान तो बनते ही रहेंगे। हम एक ही शहर के हैं और साथ–साथ पढ़े हैं। इसमें किसी को क्या एतराज हो सकता है? यह बात उन्हीं को खटकती है जिन्हें सुजान घास तक नहीं डालती। शाह–ए–हिंद की परी क्यों किसी ऐरे–गैरे को घास डालेगी ?'– हजूर मुझे बस इतना ही कहना है।

'माबदौलत मुतमइन हुए।'– बादशाह ने संतोष जाहिर किया। अचानक उनका लहजा बदला। उन्होंने कड़क कर हुक्म दिया– 'कमरू खान को भरे दरबार में दस कोड़े लगाये जायें।'

'मेहर हजूर ———।' – आनंद ने खड़े होकर कहा– 'ये सब नादान बंदे हैं। इन्हें खुद नहीं मालूम कि यह क्या कर रहे है या क्या कह रहे है। यह भी हो सकता है कि ये किसी की शह पाकर ऐसा कर रहे हों।'

'नहीं मुंशी जी, तवायफ के पास तो लोग दिल बहलाव के लिए

जाते ही हैं। मगर यह तवायफ की मर्जी है वह किसे स्वीकारे और किसे दुत्कारे। इन कमबख्तों को इस पर भी एतराज है तो ये माफी के काबिल नहीं हैं। इनके पीछे अगर किसी का हाथ होगा तो वह भी जल्द सामने आयेगा। तब माबदौलत उस कमजर्फ को भी देखेंगे।'

पाशा की रूह फना हो गयी। उधर कमरू खान पर कोड़े बरसने लगे। वह आर्तनाद करता हुआ चिल्लाया– 'बचाओ। बचाओ।'

बाज खान खुशी से चिल्लाया–'और जोर से मार साले को।'

'चुप करो बाज। रुक जाओ।'– आनंद पूरे वेग से चिल्लाया।

सुजान दौड़ती हुयी आयी और आनंद को झिंझोड़ कर जगाया– 'बाज ने क्या किया ? कोई सपना देख रहे थे? तुम मेरी कोठी में हो। देर से सोये होगे, इसलिए जगाया नहीं। उठो जल्दी से तैयार हो जाओ नाश्ता लगवाती हूँ।'

'सुजान !'

'हाँ––––––?'

'दो पल बैठ जाओ। सपना बाद में बताऊँगा। मुझसे एक वादा करो।'

'क्या?'

'इस सनकी बादशाह को यह कभी मत बताना कि मै संगीत की तीनो विधाओं (गायन, वादन और नृत्य) में दखल रखता हूँ।

'ऐसा क्यों ––––?

'यह मत पूछो, जाने क्यों मुझे ऐसा लगता है जिस दिन यह राज उस पर खुलेगा तब कुछ न कुछ अनिष्ट जरूर होगा।'

'कुछ नहीं होगा ––––––––।' –सुजान ने गंभीर होकर कहा– 'लगता है तुमने कोई बुरा सपना देख लिया। मैं तो बादशाह से नहीं कहूँगी पर कोई और तो बता ही सकता है।'

'फिर तो भगवान् की मर्जी।'

(54)

फरगान पाशा जानता था कि मोहम्मद शाह की नब्ज सुजान के हाथ में है और आनंद अपने काम एवं ईमानदारी के दम से शाह–ए–हिंद का अजीज बन चुका है। सुजान को पाने की राह में आनंद अब एक बड़ा काँटा बन चुका था। उसकी समझ में नहीं आ रहा था कि इस काँटे को वह कैसे निकाले। उसकी मदद में जहाँ एक ओर सुजान थी, वहीं दूसरी ओर स्वयं बादशाह थे।

पाशा अपनी कोठी के दूर्वाक्षेत्र (घास का मैदान) में आरामकुर्सी पर बैठा हुक्का गुड़गुड़ा रहा था। हुक्का यद्यपि उससे काफी दूर था पर उसकी नगाली उसके होठों में फंसी थी। कोठी के दरवाजे से कुछ ही दूरी पर मुख्य सड़क थी, जो दूर्वाक्षेत्र से साफ़–साफ़ दिखती थी। अचानक उसने कमरू खान को 'हाय–हाय' करते हुए अपनी कोठी की ओर आते देखा।

फाटक आधा खुला था। संतरी कमरू को पहचानता था। उसने उन्हें आने दिया।

'अरे मर गया, पाशा भाई।'– वह आते ही दर्द भरे स्वर में चिल्लाया– 'कमबख्तों ने बड़ी बेदर्दी से मारा है। सारी पीठ सूजी हुयी है। सीधे हकीम साहब के पास से आ रहा हूँ। सारा बदन जल रहा है।'

'कमरू भाई, मुझे बेहद अफ़सोस है।'– पाशा ने सहानुभूति जताते हुए कहा –'आओ आराम कुर्सी पर बैठो। तुम्हें राहत मिलेगी और अब

तनिक भी फ़िक्र मत करो, पाशा अपने यार की इस बेइज्जती का बदला उस साले मुंशी से जरूर लेगा और इस कद्र लेगा कि मुंशी के बच्चों की सौ पुश्त उस बदले को याद करेगी। बस तुम देखते जाओ मेरे यार, फरगान अब आगे क्या करता है।'

'ठीक है पाशा भाई, अब तनिक शराब मंगाइए। सुनते हैं उससे चोट या घाव के दर्द में बड़ी राहत मिलती है।'

फरगान ने आदेश दिया और कुछ ही देर में सारा सामान सज गया। इसी समय भाषा कवि हुडदंगी और तरबेज भी आ गये।

'अमां, तुम यहाँ दारू उड़ाय रहे हों और हम तुम्हारे घर गये थे। तुम दरबार में काहे को मुखिया बनने चले थे, दर्द जो सहा वह तो सहा ही और जो दवाई–हिकमत माँ खर्चा हुआ सो अलग'– आते ही तरबेज ने तंज कसा।

'हँस लो बेटा, खूब हँस लो। सच्चाई तो यह है कि जब तक अपने पर नहीं पडती, तब तक दूसरे का दर्द समझ मा नाहीं आवत है।'

'यह बात तो है पर तुमको दरबार में पेशवा बनने की क्या जरूरत थी। अब भुगत लिया न। एक तो वह बादशाह दूसरे सनकी। समझ में आ गया न अब कभी दरबार में खामखाह में मत उछलना। मोहम्मदशाह तो यूँ भी सुजान की गिरफ्त में हैं।' –हुडदंगी ने मजे लेते हुए कहा।

'वह तो ठीक है पर अब हमारी योजना पर विचार करो, जिसके मुताबिक़ पहला काम यह है कि मुंशी साले को पूरी दिल्ली में बदनाम कर दो।'– पाशा ने अपनी तरकीब का खुलासा किया– 'हर मुसलमान को यह मालूम होना चाहिए कि एक हिंदू, मुसलमान औरत से अय्याशी कर रहा है। इससे मुसलमान भाई भड़क उठेंगे। इससे मुंशी की बदनामी होगी और हमारा काम आसान होगा।'

'बिलकुल सही'– हुडदंगी ने कहा।

'तो क्यूँ न हुडदंगी साहब अपनी कविताई में कुछ ऐसा पेश करे

कि उसे गाकर लोग मुंशीजी को बदनाम कर सकें। ऐसे गाने वालों को हम लोग वाजिब पैसे भी देंगे।' –तरबेज ने पेशकश की।

'हाँ यह बात ठीक तो है पर इसमें पोल खुलने का भी ख़तरा है।' –पाशा ने शराब का घूँट गटकते हुए कहा–'अरे, तरबेज मियाँ आपको एक ख़ास काम पर लगाया गया, उसका क्या हुआ?'

'कर रहा हूँ भाई, अभी कोई कायदे का सुराग हासिल नहीं हुआ जिस दिन पक्का सबूत मिल जाएगा, उस दिन बताऊँगा।'

सभी शराब पीकर नशे में आ गये। हुडदंगी को नशा कुछ ज्यादा ही चढ़ गया। उस पर शायरी का शरूर तारी हो गया। वह लहककर बोला– 'लो शायरी सुनो, अपने मीर मुंशी की शान में है। इसे दिल्ली की गली–गली में फैलाना होगा।'

'पहले सुनाओ तो, फिर पाशा भाई फैसला करेगे।'

तो अर्ज किया है–

'करै गुरु निंदा यह तुरकिनी बंदा महा
निरधनी, गंदा, भखत पानीर–नान है।
बैन के चुरख ताको मजबूत लावे क्रूर
कविता बनावै गावे रिझौली की तान है।
सुरा घटक सीखी देह माँरा पोखी, विप्र–
गैयन को दोखी देह धरे अभिमान है।
पाप को भवन करै अगम गमन ऐसो
मुडिया आनंद घन जानत जहान है।।[1]

'वाह–वाह ––––– क्या बात है। ऐसी कविताई दिल्ली की गलियन मा सचरि जाई तो काम बन जाई। भाई खूब कहा।'

पाशा मस्त हो गया। कमरू अपना दर्द भूलकर हँसने लगा।

1– रीतिकालीन कवि घनानंद की हिंदी साहित्य को देन, पृष्ठ 22

तरजेब ने थोड़ा सा पलीता लगाया– 'अपना शायर पूरी रवानी में है अभी कुछ और सुनाएगा।'

'काहे नहीं सुनाऊंगा। लो इक ठो और सुनो।

भाषा कवि हुडदंगी ने एक छंद और पढ़ा।[1] छंद क्या था। सीधे–सीधे मुंशी जी पर जबानी हमला था। वे जानते थे कि इन जुमलों का कोई बहुत बड़ा असर होने वाला नहीं था पर वे इससे आत्मतुष्ट अवश्य हो रहे थे। पाशा की कोठी का सहन वाह–वाह और ठहाकों की आवाज से गूँज रहा था। इसी समय एक शाही हरकारा नमूदार हुआ। शाही हरकारे को देखकर सबका नशा हिरन हो गया और चोंचलेबाजी थम गयी।

'क्या हुआ भाई ? कोई फरमान लाये हो?' –पाशा ने धड़कते दिल से पूछा।

'हाँ पाशा साहब, बादशाह का हुक्म है कि कंस की भूमिका के लिए आप फ़ौरन से पेश्तर दरबार में हाजिर हों। आज की लीला में बादशाह कृष्ण बनकर कंस का बध करेंगे।'

पाशा की रूह काँप उठी। हरकारा उलटे पाँव लौट गया।

1– डकर बजावै होम डाढ़ी रूप गावै काहु
तुरकै रिझावे तब पावै झूठो नाम है।
हुरकिनी सुजान तुरकिनी सो सेवक है
तजि राम–राम वाको पूजै आठो याम है।
गाल बजावै खूब तनिकउ न लाज आवै
चहुँ ओरि घूमि आवै काम है न धाम है।
पीवै मत्त भंग कुंडा संग राखै चंद गुंडा
आनंद घन मुंडा, भसुंडा सरनाम है।।

(लेखक द्वारा संपादित/संशोधित)

–रीतिकालीन कवि घनानंद की हिंदी साहित्य को देन, पृष्ठ 22

(55)

मुहब्बत का फूल दो दिलो के अहसास के बीच अनायास खिलता है। धीरे–धीरे रोशन होता है और परवान चढ़ता है। पर इसकी महक महफूज नहीं रहती। वह सारे चमन में फैलती है। तब माली से लेकर कीट–पतंगे तक उसके दुश्मन हो जाते हैं। पाशा ने ऐसा कुचक्र रचा की आनंद दिल्ली की गलियों में बदनाम हो गया। सुजान तो रक्काशा–ए–हिंद थी, उस पर तो कोई प्रतिकूल प्रभाव नहीं पड़ा। परंतु आनंद के लिए यह नया अनुभव था। उसने दुनिया की परवाह नहीं की और सुजान का दामन नहीं छोड़ा। सुजान ने कहा भी तुम्हें मेरी वजह से कितना अपमान झेलना पड़ रहा है। लोग तुम्हें शाही गुंडा और तवायफखोर कहते हैं। तब आनंद ने हँसकर कहा– 'सुजान तुम भूल गयीं तुमने ही कहा था– 'लाज समाज कै भीति औ रीति अचार विचार क बूड़नि लागी। जब तुम्हारी ऐसी लगन, तो मैं बदनामी के इन पत्थरों से डर जाऊँ, यह कैसे मुमकिन है? आनंद की बदनामी और सुजान से उसकी घनिष्ठता की खबर बादशाह को भी मिली। मोहम्मदशाह के माथे पर चिंता की रेखाये खिंच गयीं। कोई और तवायफ होती तो मोहम्मदशाह को तनिक भी रंज नहीं होता पर सुजान उसके दिल में बसती थी बादशाह का उस पर भरोसा था। जिस सुजान ने अभी तक शाह–ए–हिंद के अतिरिक्त किसी और को कभी घास तक नहीं डाली, वही सुजान क्या सचमुच बचपन की दोस्ती के नाम पर खेल, खेल रही है। बादशाह को अपने सीने में एक अजीब सा दर्द महसूस हुआ, जो महबूब की बेवफाई से होता है। उसे सुजान

पर क्रोध भी बहुत आया। मेरा मुंशी ही मेरा रकीब। लानत है ऐसी बादशाहत पर। वह यह बात किसी से साझा भी नहीं कर सकता था। नतीजा यह हुआ कि मोहम्मदशाह की बाकमाल सनक परवान चढ़ने लगी। उसने हरकारे को तलब किया और हुक्म दिया कि फौरन से पेश्तर कानूनी सलाह मशवरे के लिए बैठक बुलायी जाए और सभी काजी, मुंशिफ, कानूनगो को एक घंटे के अंदर हाजिर किया जाए।

बैठक का विषय था कि क्या आनंद और सुजान का संबंध, जिसको लेकर दोनों की इतनी बदनामी हो रही है वह गैरकानूनी है? हालाँकि यह सवाल ही गैरवाजिब था पर इस पर भी काफी वाद–विवाद हुआ। अधिकाँश लोगों का मत था कि तवायफ का मान क्या और अपमान क्या? रही उसके पास जाने वालों की बात तो उसके दर पर बड़े–बड़े राजे–रजवाड़े, बादशाह, रईस और ताल्लुकेदार तक जाते है और यदि उनके जाने में कोई बुराई नहीं है तो आनंद के लिए इतना विरोध क्यों है? अगर सुजान किसी के लिए अपनी मर्जी से लहँगा बिछाने को तैयार है, तो इसमें कुछ भी गैर कानूनी नहीं है। गैर कानूनी तब होता जब किसी तवायफ की मर्जी के खिलाफ उससे संबंध बनाने की कोशिश की जाए।

मोहम्मदशाह इस मोर्चे पर असफल हो गया। उसने तय किया कि मुंशी नाम के इस काँटे को अब निकालना ही पड़ेगा। उसने सियासी मामलात पर निगाह दौड़ाई। फिर उसने एक निर्णय लिया और अपने सेवक से कहा– 'जाओ बाज खान, कलमनवीस को बुलाकर लाओ।'

कुछ ही देर में बाज खान ने आकर सिजदा किया–'हुक्म जहाँपनाह?'

'बाज मैंने सुना है की मुंशी जी से आपकी अच्छी दोस्ती है।'

'जी वे मेरे भाई समान हैं।'

'और सुजान ?'

बाज खान यह सवाल सुनकर सकते में आ गया। वह समझ गया कि पानी सिर तक आ पहुँचा है। बाज ने स्वयं को सभाल कर उत्तर

दिया– 'भाई के साथ कभी–कभी सुजान जी के पास जाना हुआ है।'

'सुजान और आनंद के संबंध कैसे हैं?'

'दोस्ताना संबंध हैं। दोनों एक ही शहर के हैं और बचपन से एक दूसरे को जानते हैं।'

'यह कहानी तो माबदौलत हजार बार सुन चुके हैं, तुम मुंशी के दोस्त हो तुम्हें इससे कुछ ज्यादा ही मालूम होगा ?'

'मुआफ करे हजूर, हम बस इतना ही जानते हैं।'

'दोस्ती निभा रहे हो या खुलासा नहीं करना चाहते?'

'जिल्लेइलाही, मुआफी, मेरी जानकारी यहीं तक है।'

'ठीक है हम तुम पर यकीन करते हैं। अब जाओ और अपने दोस्त को साथ लेकर यहीं आओ। उससे कुछ सियासी बात करनी है।'

'जी हजूर ——'

बाज खान घोड़े पर सवार रास्ते भर यही सोचता रहा की मुंशी जी को कोई खादिम कोई हरकारा भी बुलाने जा सकता था। बादशाह ने इस काम के लिए मुझे ही क्यों चुना? इस बात में कोई गहरा रहस्य था?' बाज जब आनंद के घर पहुँचा तो वहाँ की स्थिति देखकर वह सकते में आ गया। आनंद वहाँ अकेले शराब के जाम पी रहा था।

'वल्लाह यह क्या गजब है, आनंद भाई। आप और शराब ?'

'हाँ, सुजान ने पीना सिखा दिया। पहले मस्ती के लिए पी। अब गम गलत करने के लिए ?'

'अब आपको क्या गम हो गया?'

'अरे तुम्हें पता नहीं, दिल्ली के गली के कुत्ते मुझसे अच्छे हैं। वे बदनाम तो नहीं, अय्याश तो नहीं, गुंडे तो नहीं। इस बदनामी ने बादशाह को भी भडका दिया। उसे लगता है मैं उसका रकीब हूँ। सुजान और मेरे

बीच क्या है? उसको वह औरतखोर क्या समझेगा? अब जिसकी सीधे बादशाह से ठनी हो, उससे पूछते हो क्या गम है?'

'तो आपको सब पता है, भाई। आज तो बादशाह मुझसे भी उलटे–सीधे सवाल कर रहा था। बड़ी मुश्किल से जान बचाई।'

'तो जनाब बादशाह के पास से आ रहे है। हम तो समझे थे कि हमसे मिलने आये हैं।'

'ताने मत दो भाई जान। दोस्त हूँ तो दोस्त ही रहूँगा। असली पठान हूँ जो कह दिया सो कह दिया। कभी जरूरत पड़ी तो यह खान अपनी जान कुर्बान कर देगा पर दोस्ती पर आँच न आने देगा।'

'मैं जानता हूँ बाज, मैं तो सिर्फ तुमसे मजाक कर रहा था।'

'भाई, इस समय मैं बादशाह के हुक्म से आपके पास आया हूँ, उन्होंने आपको फौरन बुलाया है ?'

'मैं जानता था ऐसा होगा, पर इसके लिए तुम्हारा इस्तेमाल किया जाएगा, यह मैंने नहीं सोचा था।'

'हाँ, इस पहेली पर मैं भी हैरान हूँ। पर आप तरो–ताजा हो लीजिये। बादशाह को आपके पीने का पता न चले।'

'पता चल भी जाएगा तो क्या होगा। जब ओखली में सिर दे ही दिया है मियाँ, तो फिर अब मूसलों से क्या डरना।'

दोनों दोस्त घर के बाहर आये तो आनंद ने नौकर से घोड़ा लाने के लिए कहा। नौकर अस्तबल की ओर चला गया।

'भाई, भाभी ने बताया की आप बहुत मंजा हुआ गाते हो ?'

'क्या गाना और क्या रोना। एक समय था जब सुजान का चेहरा देखकर मैं तन्मय होकर गाता था पर अब वक्त ही कहाँ मिलता है?

'तो कभी मुझे भी सुनाइए न?

'बाज मेरी एक मुश्किल है और तुम भी सुनकर हँसोगे। मैं केवल सुजान का मुख देखकर ही गा सकता हूँ, वरना नहीं।'

'ऐसा क्यों ?'

'बस आदत समझ लो या खब्त समझ लो। शुरू से ही ऐसा है।'

'और अगर बादशाह आदेश करें तो?'

'तो माफी माँग लूँगा। मगर गा नहीं पाऊंगा।'

नौकर घोड़ा लेकर आ गया। आनंद कूदकर उस पर सवार हो गया। बाज भी अपने घोड़े पर चढ़ना चाहता था कि समीप स्थिति इमली के पेड़ के पीछे उसे कोई आकृति छिपती नजर आयी। उसने कड़ककर कहा– 'कौन है वहाँ, इमली के पीछे?'

यह सुनते ही एक आदमी इमली के पीछे से निकलकर यमुना नदी की ओर भागा। बाज ने उसका पीछा किया। अब पहरे के सिपाही भी सजग हो उठे। इससे पहले की बाज उसे दबोच पाता वह यमुना नदी में छलांग लगा गया।

'रहने दो बाज। देर हो जायेगी तो बादशाह बेवजह गुस्सा करेंगे।'

किंतु बाज को क्रोध शांत नहीं हुआ। उसने पहरे के सिपाहियों को आड़े हाथों लेते हुए कहा– 'क्या तुम लोगों को यहाँ झक मारने की तनखाह दी जाती है। एक आदमी हमारी नाक के नीचे छुप–छुप कर हमारी बातें सुन रहा था और आप लोग वहाँ आराम फरमा रहे थे। भाई, इन सब नमकहरामों को बर्खास्त करो और यहाँ नये सिपाही तैनात करो।'

(56)

आनंद जब बाज के साथ बादशाह के विशेष कक्ष में पहुंचे तो वहाँ सुजान पहले से मौजूद थी। बादशाह उसके हाथों से शराब के जाम पीकर बहक रहें थे। आनंद ने आकर बादशाह को सिजदा किया। बाज ने भी अनुकरण किया। मुहम्मदशाह ने इशारे से उन्हें बैठने का संकेत किया। कुछ देर जब्त करने के बाद बादशाह ने अचानक जाम में बची शराब सुजान के चेहरे पर फेंकते हुए कहा– 'मुंशी जी, मैंने सुना है कि दिल्ली की गलियों में आपकी बड़ी थू–थू हो रही है? लोग गुंडा, आवारा, अय्याश जाने क्या क्या कह रहे हैं?'

सुजान इस अप्रत्याशित व्यवहार से चौंक उठी। उसने हँसने का नाटक किया और संयम बरतते हुए दुपट्टे से अपना चेहरा साफ़ कर लिया। उसे बादशाह की यह हरकत अच्छी नहीं लगी।

'जी आपने सही सुना हजूर, जिन लोगों को हमारी कार्य–शैली पसंद नहीं आती उनके पास विरोध का ही एक रास्ता है। लोग जानते है कि बदनामी होगी तो हजूर के कान तक तो जायेगी ही, क्योंकि कोई भी फ़ौज हो वह दंगे–फसाद और हमले का सामना कर उसे तो रोक सकती है पर बदनामी के बहाव को रोक पाना किसी के हाथ में नहीं है।'

'हम अपने मीर–मुंशी की कार्य शैली के तो हमेशा से कायल हैं।

क्यों सुजान रानी, अगर मुंशी शब्द हटा दिया जाय तो आनंद की कार्य शैली पर आप क्या कहेंगी?'

इस प्रश्न पर सुजान सन्नाटे में आ गयी। सुजान समझ गयी कि बादशाह को या तो उसके और आनंद के संबंधों का पता चल गया है या फिर उसे शक के कीड़े ने काट लिया है। दोनों ही स्थितियाँ बराबर खतरनाक हैं। उसने गंभीर होकर कहा, 'मुझे तो हर वह कार्यशैली पसंद है, जो हजूर को अच्छी लगे।'

'यह जवाब तो सियासी फितरत का है। हमारी रानी अपने बचपन के दोस्त की तरफदारी कर रही हैं।'

'हम आनंद को तब से जानते हैं, जब मैं फ़कत तीन वर्ष की थी वह भला, नेक और ईमानदार है। अगर उस पर गलत तोहमत लगाई जायेगी तो मैं उसे नहीं मानूँगी।'

'मेरी पैबोशी करके इस बात को साबित कीजिएगा?'

सुजान का दिल धड़क उठा। आज बादशाह आनंद को अपनी ताकत और उसकी औकात बताना चाहता है। उसने दाँत पीस लिए। पर उसे पैबोशी करनी पड़ी। वह अपने स्थान से उठी। उसने पहले बादशाह की जूतियाँ उतारी फिर उसने बारी–बारी से अपने होंठ बादशाह के दोनों पैरो पर रखकर उनका चुंबन लिया। आनंद और बाज के चेहरे अपने आप झुक गये।

मुंशी जी यह सुजान मुझे बड़ी प्यारी है। मगर आजकल यह कुछ बिदकी–बिदकी सी रहती है। जनाब तो इसके बचपन के यार हैं, कुछ हमारी भी सिफारिश करो कि यह मेरी पहलू में आकर बैठ जाए।'

बाज खान खून के घूँट पीकर रह गया। सुजान का चेहरा सफ़ेद हो गया। मगर आनंद पर कोई फर्क नहीं पड़ा। उसने बेलौस उत्तर दिया– 'हजूर, सुजान शाह–ए–हिंद की रक्काशा–ए–आजम हैं, वह यकीनन सब कुछ वही करेंगी जैसा हजूर चाहते हैं। इसमें मुझे कुछ

कहने की आवश्यकता नहीं है।'

'मेरे सरकार'– सुजान ने कहना प्रारंभ किया –'सुजान ने कब आपकी बात टाली है। यह तो मामूली बात है।' –इतना कहकर वह बादशाह की पहलू में जाकर बैठ गयी। बादशाह ने उसे बाहों में भर लिया और उसके कपोलों पर एक बोसा लिया।

बादशाह का यह घिनौना खेल कुछ देर तक यूँ ही चलता रहा। उसका उद्देश्य आनंद को अधिकाधिक चिढ़ाना और अपमानित करना था किंतु इस खेल में सबसे अधिक जलील और अपमानित सुजान ने खुद को महसूस किया। आनंद से जब यह भदेशपन सहन नहीं हुआ तो उसने विनम्रता से कहा–' हजूर गुस्ताखी मुआफ हो मगर मैं समझता हूँ कि मुझे आपने किसी खास वजह से बुलाया है।'

'अरे हाँ, जनाब ने दुरुस्त कहा। मैं सचमुच सुजान की सोहबत में सब कुछ भूल जाता हूँ। वह है ही इतनी दिलकश। मगर लगता है मुंशी जी आपको हमारा यह अंदाजा–ए–मुहब्बत अच्छा नहीं लगा ?'

'हजूर इसमें क्या अच्छा लगना और क्या बुरा लगना। यह फितरत तो सभी जीवों में है। पर शरीर संबंध से बढ़कर भी मानव प्रजाति में एक और संबंध होता है जिसे आत्मा का आत्मा से मिलन कहते हैं। उस विसाले रूह को न कोई दिखा सकता है और न कोई देख सकता है। उसका सुख, उसका आनंद और उस जैसी तृप्ति इन लीलाओं में कहाँ? आप शहंशाह–ए–हिंद हैं, मैं आपसे और क्या कह सकता हूँ?'

मोहम्मदशाह में आनंद की ओर हैरत से देखा। आत्मा से आत्मा के मिलन की बात उसकी समझ से बाहर थी। बाज ने देखा कि आनंद की इस बात से सुजान का चेहरा खिल गया है और मुहम्मदशाह कुछ बुझ गया है। बादशाह ने अपने को सँभाला– 'इस आत्मा के मिलन के बारे में हम फिर बात करेंगे। हमने जनाब को इसलिए बुलाया है कि फर्रुखाबाद के मुहम्मद खान उर्फ़ गजनफरजंग उर्फ़ बंगश नवाब के इरादे

ठीक नहीं लग रहे हैं।'[1]

बात का विषय बदलते ही सुजान ने बादशाह से प्रस्थान की अनुमति माँगी। बादशाह ने उसका कान खींचकर धीरे से कहा– 'आज रात इसी कक्ष में ———'

'जी————'– सुजान ने धीरे से कहा– 'तो मैं जाऊँ हजूर ———'

'हाँ, बिलकुल। पर मेरी बात ध्यान रखना'– सुजान स्वीकार में सिर हिलाकर रुखसत हो गयी।

बाज खान जल भुनकर राख हो गया– यह मगरूर बादशाह सुना सुनाकर अपना घिनौना रूप दिखा रहा है। पर आनंद का चेहरा प्रारंभ से लेकर अंत तक निर्विकार ही रहा। उसने बादशाह की बात का उत्तर देते हुए कहा –'इस बात को तफसील से हमने आपके सामने रखा था। बंगश नवाब बड़ा ही जिद्दी और अक्खड़ है। उसने अपनी स्वतंत्र सत्ता बना ली है। उसके कई बेटे हैं और उनकी भी अपनी अलग स्वतंत्र सत्ता है। यद्यपि बंगश नवाब बूढ़ा हो चुका है पर बेटों की वजह से उसकी ताकत बहुत बढ़ गयी है। हजूर के इकबाल से वह इलाहाबाद का गवर्नर भी है। इस वजह से उसका दिमाग सातवें आसमान पर है। उसके पास एक अच्छी सेना है। उसको समझाने और दबाने के लिए परंपरा और नियम के अनुसार दिल्ली के वजीर–ए–आजम को एक सैनिक टुकड़ी के साथ जाना लाजिमी है। अगर हजूर चाहें।'

1– It is not untill the impossing fabric of the Mughal empire began to totter to Its fall that the city or the district again comes Into prominence- Several chiefs now arose who carved out semi-Independent states for themselves, one of the best known being Muhammad Khan, ghajnafar Jung the Bangash Nawab of farrukhabad- Towards the latter years of his life Muhammaad Khan appeard to have been governer of Etawah-

------ETAWAHA GAZETTEER, Vol- XI,
D.L. Darke-Brockman, ICS, P-140

'लानत भेजो जी परंपरा को। इतने से काम के लिए हम वजीर–ए–आजम को भेजने लगे तब तो हो चुका काम। मेरा हुक्म है कि आप दोनों वहाँ जायें और नवाब बंगश को कायल करें। उसे साम, दाम, दंड या भेद नीति से समझाना होगा।'

'बादशाह सलामत, गुस्ताखी मुआफ हो। इस काम के लिए हम दोनों नाकाफी हैं।'

'तो जनाब और क्या मदद चाहते हैं?'– बादशाह ने व्यंग्य से कहा।

'हजूर कम से कम सौ सैनिकों की टुकड़ी लाजिमी है।'

'ठीक है, पर कल सुबह तक रवानगी हो जानी चाहिए।'

'जी हजूर।'

आनंद और बाज अनुमति लेकर जब विशेष कक्ष से बाहर हुए, तो अँधेरा हो चुका था। बाज बहुत तमतमाया हुआ था।

'बादशाह हमें निशाना बना रहा है।'– मुख्य सड़क पर आकर घोड़े को चाबुक मारते हुए बाज ने सरगोशी की।

'ठीक कहते हो बाज'– आनंद ने चिंता भरे स्वर में कहा –'मेरी मुश्किल यह है कि मेरे साथ गेहूं के साथ घुन भी पिस रहा है। बाज मेरी मानो, यार तुम मुझसे किनारा कर लो वरना यह सनकी बादशाह एक दिन मेरे साथ तुम्हें भी मरवा देगा। उसका यह फरमान भी हम लोगों को दिल्ली से दूर रखने के लिए है।'

'भाई जान?'– बाज ने घोड़े की लगाम खींच ली। आनंद को भी रुकना पड़ा।

'अब क्या हुआ ?'

'जान के डर से दोस्त से दगा करना खान की फितरत नहीं है। एक बार आप मजाक कह कर छूट चुके हो। अब मैं मजाक नहीं मानूँगा। यही सिर कलम कर आपके हाथ में रख दूँगा।'

'बाज तू दोस्ती का ताज है। मुझे तुझ पर नाज है। पर तेरी फ़िक्र करना मेरा भी धर्म है। सुजान तो बादशाह की कमजोरी है। उस पर मुसीबत तो आ सकती है। पर उसकी जान को ख़तरा नहीं है।'

'बाज एक बात बता। अगर बादशाह की साजिशों से बचने के लिए मुझे कभी दिल्ली छोड़ना पड़ा तो क्या सुजान मेरे साथ जाने को तैयार होगी?'

'यह तो सीधी बात है। भाभी क्यों न तैयार होंगी? आपके लिए तो ऐसी बादशाहत पर वह लात मार कर चल देंगी।'

'मेरा मन खटकता है। सियासी साजिश में कभी–कभी इंसान ऐसा मकड़जाल में फंस जाता है की उसका उबर पाना मुश्किल ————————।'

अभी आनंद की बात पूरी ही हुयी थी कि पाँच घुड़सवारों ने उन्हें घेर लिया। उनके हाथों में नंगी तलवारें थीं।

'कौन हो तुम लोग और क्या चाहते हो ?' – आनंद ने कड़ककर कहा– 'तुम्हें पता भी है कि तुमने किस पर हाथ डालने की कोशिश की है ?'

इस प्रश्न का किसी ने कोई जवाब नहीं दिया। उनमें जो सरदार था, उसने चेतावनी दी –'मरने के लिए तैयार हो जाओ।'

'तुम हमें मारना क्यों चाहते हो? तुम्हें पैसा चाहिए तो मैं तुम्हें सौ अशरफी दे सकता हूँ।'

'वह तो हम तुम्हें मार कर भी ले लेंगे।'

'अरे अशफाक बड़े मौके से आया तू, मार इन सालों को।' –आनंद खुशी से चीखा। हमलावरों का ध्यान बंट गया। वे घूमकर अशफाक को देखने लगे। मगर कोई अशफाक हो तब तो दिखे। जब तक वह आनंद की चाल को समझे बाज ने अपने भाले से दो का काम तमाम कर दिया। दो को आनंद ने घायल कर दिया। वह चाहता था कि इनमें से कोई एक ज़िंदा पकड़ लिया जाए, ताकि यह पता चल सके कि इनके पीछे कौन

है। मगर घायलों ने आत्मघात कर लिया और पाँचवा घोड़ा दौड़ाकर भाग गया।

'देखा बाज, अब यहाँ से भाग लो। जैसा कि अंदेशा था, शुरुआत हो गयी। यकीनन यह बादशाह का खेल है। इसने सैयद बंधुओं को कैसे मरवाया था, तुझे पता है। मैं सोचता हूँ कि हम दोनों ही इटावा और फर्रुखाबाद चलें। मुझे अब शाही सेना पर भी भरोसा नहीं रहा।'

'नहीं भाई, सैनिक ले लीजिये, उनसे कोई हानि नहीं है।'–बाज ने कहा –'ऐसे काम किराये के ट्टुओं से कराये जाते हैं। अभी बादशाह हमारी खुली मुखालफत करने के बहाने खोज रहा है, जिस दिन उसे कोई सूत्र मिल गया, वह हमें टंगवा देगा।'

'तो क्यों न दिल्ली छोड़ दिया जाए। यहाँ रहने से फायदा भी क्या?'

'मगर पहले बादशाह के हुक्म की तामील तो कर लें। फिर सोचेंगे।'

'तो ठीक है, अब तुम यहाँ से अपने घर निकल जाओ और चलने की तैयारी कर लो। मैं अभी फ़ौजी सिपाहियों का प्रबंध करता हूँ। कल सुबह सात बजे मेरे घर आ जाना वहीं से निकलेंगे। पर अब जरा सँभल कर जाना। सीधे रास्ते मत जाना।'

बाज ने घोड़ा मोड़ लिया पर वह अपने घर नहीं गया। उसने सुजान की कोठी का रुख किया। इस समय वह बहुत सतर्क था।

सुजान बाज को असमय आया देखकर चकित हो गयी –'क्या हुआ बाज भाई, खैरियत तो है?'

'खैरियत ही तो नहीं है, भाभी। आज जो कुछ दरबार में हुआ आपने देखा ही है। बादशाह के मन में क्या चल रहा है, यह अब छिपा नहीं रह गया है?'

'बादशाह मुझे अपनी संपत्ति समझता है। इसलिए उससे बर्दाश्त नहीं होता कि मेरी जिंदगी में किसी और का दखल हो। जब तक आनंद

नहीं था। मैंने बादशाह के अलावे किसी की तरफ नहीं देखा। पर आनंद मेरे बचपन का प्यार है। वह मेरी मजबूरी भी है और मेरी धड़कन भी।'

'मैं जानता हूँ भाभी, पर मैं यहाँ कुछ और ही बात करने आया हूँ।'

सेविका शरबत ले आयी थी। सुजान ने अपने हाथ से बाज को दिया।

'हाँ अब बताओ क्या बात है?'

'मुझे लगता हो बादशाह की नजर हम सब पर टेढ़ी हो गयी है। आपको तो न वह कुछ कहेगा और न आपके खिलाफ कुछ करेगा। उसका दिल आपकी मुठ्ठी में है। मगर हमें खतरा है। आज रास्ते में पाँच लोगों ने हम पर हमला बोल दिया। वह तो कहो हमारी किस्मत अच्छी थी, जो बच गये भाई का कहना है ये आदमी सौ फीसद बादशाह के भेजे हुए थे।'

'आनंद कैसा है?'– सुजान का कलेजा हलक में आ गया। भाई ठीक हैं। कल हमें इटावा और फर्रुखाबाद के लिए निकलना है।'

'वह क्यों ?'

'वह भाई को दिल्ली से दूर रखना चाहता है और मुझे दोस्ती की सजा मिल रही है।'

'बात बहुत बढ़ गयी है बाज, इस सनकी बादशाह का कोई भरोसा नहीं है। किसी की जान लेना उसके लिए चुटकी भर का काम है। पर अब मुझे तवायफ का असली रूप दिखाना होगा। मैं आनंद का बाल भी बाँका न होने दूँगी। बाज भाई आप बेफिक्र रहो पर साथ ही होशियार भी।'

बाज चला गया। सुजान कुछ देर तक चिंतातुर बैठी रही। फिर उसने आनंद से उसकी कोठी पर जाकर मिलने का निश्चय किया। सुजान ने मन ही मन में एक कठोर निर्णय लिया। संभ्रमित नदी ने एक बार फिर सागर की ओर रुख किया।

(57)

शरद का आगमन हो चुका था। दिल्ली के तुर्क दरवाजा (वर्तमान तुर्कमान गेट) के पास स्थित रजिया सुलतान की तथाकथित मजार के मैदानी इलाके में गंधवाही मंद बयार बह रही थी। फूलों की क्यारियों में कलियाँ चटक रही थीं। पेड़ों और पौधों में फूल झूम उठते थे। भौंरों का संगीत मन में काम प्रदीप्त करता था। आकाश स्वच्छ, धवल और निर्धूम था। धूप आकर्षक और भली थी। ऐसे सुहावने मौसम में फरगान पाशा पतंग उड़ा रहा था। कमरू खान उसकी चरखी पकड़े था। भाषा कवि हुडदंगी घास पर लेटा हुआ गुनगुना रहा था।

'अरे हुडदंगी ---'– पाशा ने पुकारा– 'यह का आंय–बांय और शांय बक रहे हो। मियाँ मीर मुंशी पर कुछ नया लिखा हो तो सुनाव।'

'हाँ लिखा है, मगर जनाब का सारा ध्यान पतंग पर है तो का खाक सुनायी?'

'अरे तोबा साली हमारी ही पतंग कट गयी। चलो सुनाओ हम आते हैं।'–पाशा ने मायूस होकर कहा– 'अरे मियाँ कमरू नई पतंग तो बाँध, तब तक हम कविता सुनेंगे। हाँ--- हुडदंगी, सुनाओ।'

'अर्ज किया है कि –

मुदित अनंदघन कहत विधाता सो यों।
खाल को आसन देगी गारी मोहे गायेगी।।

मो मुख को पीकदान करेगी सुजान प्यारी।
हुरकिनी तुरकिनी थूकेगी सुख पायेगी।।
धोती इजार दुपटी को पिरूवाज और।
दूँगा जो रुमाल उसे पोछना बनायेगी।।
पमिया पयंदाज कीजियो गरीब निवाज।
ज्योंहि करे मो मन पलंग पर आयेगी।।[1]

'वाह–वाह, हुड़दंगी आजकल तेरी कलम भी तेरे जुबान की तरह चलने लगी है। अब ज़रा इसके अर्थ का खुलासा करो।'

'लेव अब अर्थ भी बताना पड़ेगा?'

'हाँ, तो का हुआ? कौनो आपत्ति है?'

'नहीं आपत्ति नाहीं, तो सुनो– 'प्रसन्न घनानंद विधाता से कहते हैं कि भगवान, मेरी प्यारी सुजान मुझे बैठने के लिए मृगचर्म देगी और नहीं तो अपनी निर्वसन जंघा पर ही बिठा लेगी और मुझे प्यार भरी गालियाँ देगी। मेरे मुख को वह अपना पीकदान बना लेगी। वह नखरीली मुसलमान तवायफ मेरे मुख में थूक कर आनंदित होगी। मेरी धोती का वह अपना इजारबंद बना लेगी और मेरे दुपट्टे को पिरुवाज बनायेगी। उसको जो रुमाल दूँगा, उसे वह अपना पोछना बनायेगी। हे गरीब निवाज विधाता उसे पायदाज की तरह समर्पित बना देना ताकि ज्योंही मेरे मन में उद्वेग हो वह तुरंत पलंग पर आ जाए।'

'यकीनन, अब तू उस्ताद हो गया है, रे हुड़दंगी !'

'पाशा की दुआ से' –हुड़दंगी ने विनम्रता से कहा।

इतने में तरबेज आ गया। उसने सफ़ेद कुर्ता और पायजामा पहन रखा था। सिर पर दुपल्ली टोपी। उसने आते ही घोषणा की– 'अब

1– मूल रूप कहीं–कहीं अधूरा है। अतः (लेखक द्वारा संपादित/संशोधित)

–रीतिकालीन कवि घनानंद की हिंदी साहित्य को देन, पृष्ठ 22

कविताई बंद करो। अब यहिकी जरूरत नाहीं है। बादशाह तक सब खबर पहुँच गयी है। सुना है बादशाह मन ही मन बहुत नाराज हैं।'

'किससे नाराज हैं और क्यों ?

'लो–––––––अब ––––––क्यों? अरे सुजान और मीर मुंशी दोनों से नाराज हैं। इनके संबंध का ज्ञान बादशाह को हो गया है। बाज खान भी लपेटे में है।'

'यह हुयी कुछ बात ?'– पाशा ने लहक कर कहा– 'ससुरे से कहा था हमारी तरफ आ जाओ, पर उस खनवे पर मुंशी भाई का भूत सवार था। अब भुगतो साले। असली मजा तो तब आयेगा, जब इस साली सुजान की बच्ची को पाशा मुर्गी की तरह चबायेगा।'

पाशा ने नई पतंग उड़ानी शुरू कर दी। इस पतंग का रंग हरा था और वह एक दूसरी लाल पतंग को काटने के फेर में था।

'तरबेज तेरी जासूसी फितरत को क्या हुआ?'– पाशा ने पतंग उड़ाते हुए कहा।

'भाड़ में गयी फितरत। परसों यमुना में न कूद जाता तो बाज खान मेरी जान लेकर ही छोड़ता।'

'अरे तू बाज के चक्कर में कहाँ फंस गया ?'

'उसी जसूसी के चक्कर में। मगर वह खबर लाया हूँ कि तबियत बाग़–बाग़ हो जायेगी।'

'हाँ, तो बता।'

'अपने मुंशी जी शास्त्रीय धुनों पर बाकमाल गाते हैं।'

'अबे इसमें खबर क्या है ?'– कमरू खान ने खिल्ली उड़ाते हुए कहा।'

'इसी में तो राज है ?'

'और वह क्या ?'– हुड़दंगी ने नाटकीय अंदाज में पूछा।

'मगर मुंशी जी सुजान बानू का चेहरा देखकर ही गा सकते हैं।'

'ऐं-----?' –पाशा के हाथ से पतंग की डोर छूट गयी– 'यह क्या बात हुयी ? ज़रा खुलकर बता .....पाशा ने पतंग की डोर फिर से हाथ में लेते हुए उत्सुकता से पूछा।

'बात थोड़ी अजीब है पर सच भी है कि मुंशी जी बिना सुजान का मुख देखे दो शब्द नहीं गा सकते।'

'अबे यह क्या बात हुयी? इस पर कौन भकुआ यकीन करेगा?'

'यह मैं नहीं जानता पर यह बात मुंशी ने खुद बाज खान से कही थी। सुजान और मुंशी जी जब बचपन में संगीत सीखते थे तभी से वह सुजान का मुख देखकर गाते रहे हैं और यह उनकी फितरत में शुमार है।'

'ओह काटा ----'– पाशा ने लाल पतंग को काट दिया था और वह जश्न मनाने लगा– 'इसी पतंग की तरह अब मुंशी के बच्चे को काटने का समय भी आ गया है। अगर तेरी बात सच है तो समझ लो मुंशी का खेल खत्म। इस समय लोहा यूँ ही गर्म है। निर्णायक चोट अब हम करेंगे। कल ही दरबार में मैं अपनी चाल चलता हूँ। या खुदा, मददगार हो।'

'खुदा क्या खाक मदद करेगा?'– कमरू खान ने रोनी सूरत बनाकर कहा।

'अबे तू हर बात में अड़ंगा क्यों डालता है, कल को क्या हुआ?'

'हुआ यह ----'– असलम ने प्रकट होकर कहा– 'कि मुंशी और खान को बादशाह ने दिल्ली से बाहर की राह दिखा दी है। वह इटावा–फर्रुखाबाद के नवाब बंगश के तलुए चाटने गये हैं कि भाई तू दिल्ली को ही अपना बाप समझ।'

'अबे लोहा अब इससे अधिक गर्म नहीं हो सकता। बादशाह की नजरे टेढ़ी हो चुकी हैं। बस हमें अपनी चाल होशियारी से चलनी है।'

'पाशा, फिर तो जश्न हो जाए?' –तीनों ने एक साथ कहा।

'बिलकुल पतंग ऐसे ही कटती रहे। पाशा जश्न में कहाँ पीछे है हमारी बग्घी में सब सामान है। कमरू मियाँ तुम ज़रा कहीं से बर्फ ले आओ। आ----हा-------------अब आयेगा मजा।'

(58)

सुगंध का आयाम जो भी हो, पर गंध–ए–दुश्वार का विस्तार बहुत बड़ा होता है। आनन्द और सुजान के किस्से दिल्ली में तो सरे आम हुए ही, जाने कैसे लोगों को यह भी पता चल गया कि बादशाह की नजरें मुंशी जी पर टेढ़ी हो चुकी हैं। ऐसे में विघ्न–संतोषियों की बन आयी, जो कभी दरबार का रुख नहीं करते थे आज वह भी वहाँ मौजूद थे। यही कारण था कि दिल्ली का दरबार खचाखच भरा हुआ था। आज न कोई परी वहाँ पर थी और न कोई लीला का संकेत। बादशाह के आने से पहले सभी दरबारी आ चुके थे। बाज खान ने कलम सँभाल ली थी। आनंद अपने दस्तावेजों का मुआईना कर रहा था।

अपराह्न एक बजे दरबार में नकीब ने घोषणा की– 'बा–अदब होशियार, खबरदार, हर–कदम फ़तेह नुसरत, नजर माल औ दौलत, जुबान मुबारिक, बख्शिशो इज्जत, दरबार में मुगलिया सल्तनत के चिराग शहंशाह दिल्ली सल्तनत मोहम्मदशाह तशरीफ़ ला रहे हैं।'

सभी दरबारी अपनी जगह पर खड़े हो गये। बादशाह आज अपने राजसी लिबास के साथ ही पूरी आन–बान और शान में थे। आज उनका

'सदारंगीला' मिजाज कहीं नजर नहीं आ रहा था। गद्दी पर विराजमान होकर उन्होंने सबको बैठने का संकेत किया। बादशाह ने एक नजर पूरे दरबार पर डाली। उनकी निगाहें कुछ देर के लिए आनंद पर टिकीं। उसने कुछ देर सोचा और फिर धीरे से आदेश दिया– 'दरबार की कार्यवाही शुरू की जाये।'

बादशाह के कर्मचारी तुरंत सक्रिय हुए। कुछ आवश्यक औपचारिकताओं के बाद दरबार की कार्यवाही शुरू हुई। आज के मसाइलों में कुछ आपराधिक मामले थे। कुछ दीवानी के मुकदमे थे। इटावा और फर्रुखाबाद के ताजा हालात पर मीर मुंशी जी का तब्सिरा भी होना था। बादशाह ने बाकी मुकद्मों पर कार्यवाही के लिए मुंसिफ नियुक्त कर दिए। मोहम्मदशाह ने आनंद की ओर देखे बगैर मीर मुंशी को तब्सिरा पेश करने का हुक्म दिया।

आनंद उठकर खड़ा हो गया। उसने बादशाह को झुक कर सलाम किया और कहना शुरू किया– 'बहुक्म शाह–ए–हिंद मैं मीर मुंशी और कलमनवीस बाज खान पहले इटावा गये। बदइत्तफाक नवाब बंगश वहाँ नहीं मिले। फिर हमने वहाँ के लोगों से दरयाफ्त कर हासिल जानकारी के जानिब फर्रुखाबाद गये। यहाँ नवाब से हमारी मुलाक़ात हुयी। उसकी बातों से पता चला कि उसने सरकार–ए–दिल्ली के हुक्म से अपना जन–धन खर्च कर ढाई साल तक जंग कर बुंदेलखंड पर अधिकार कर लिया था किंतु दिल्ली से किसी प्रकार की कोई मदद न मिलने से उसे जीता हुआ बुंदेलखंड मजबूरन छोड़ना पड़ा। इतना ही नहीं, उसे उसकी सेवाओं के दम पर पहले इलाहाबाद का गवर्नर बनाया गया था, मगर बाद में शाह–ए–हिंद ने फरमान जारी कर उसका वह ओहदा भी छीन लिया। उसने यह भी कहा कि हालाँकि वह बूढ़ा हो चुका है पर उसके जवान बेटों ने अपनी स्वतंत्र रियासतें बना ली है तब भी वह दिल्ली की सेवा करने को तैयार है बशर्ते बादशाह उसे मालवा का गवर्नर बना दें। बस इतना ही हजूर।'

–आनंद सहसा चुप हो गया।[1]

दरबार ने तालियों से इस तब्शिरे का इस्तेकबाल किया।

'बहुत खूब, माबदौलत खुश हुए। यह यकीनन सच है कि हमने बुंदेलखंड के मामले में नवाब की मदद नहीं की। पर तब हमारे हालात भी नाजुक थे।' –बादशाह ने संजीदगी से कहा और वजीर–ए–आजम की तरफ देखा– 'क्यों वजीर–ए–आजम साहब, अगर बंगश को मालवा का गवर्नर बना दें तो कोई हर्ज तो नहीं है? बगावत की छुट–पुट खबरें उधर से भी आती ही रहती हैं। नवाब बंगश के वहाँ जाने से यह मसला भी हल हो जाएगा।'

'आपने वजा फरमाया।'– वजीर–ए–आजम ने उठकर सम्मानपूर्वक प्रस्ताव का समर्थन किया।

1– Muhammad khan who was destined to play a very important part in the affairs of the empire and to found what almost became an independent local dynasty------ He held aloof however till after the assassination of Husain Ali on the 30th September 1720 when in spite of Saiyid Abdullah khan overtures, he declared for Muhammad shah---------- in 1727 express orders were issued from Delhi for an advance at Bundelkhand and to meet the expenditure necessary a grant was made of the chukla of Kora in Fatehpur. Two and five years of fighting followed at the end Muhammad Khan mainly lack of the support from Delhi was compelled to evacuate Bundelkhand and bind himself never to invade it again. On his return to Delhi at the end of 1729 he was deprived of his government of Allahaabaad which was conferred on Saiyid Sarbuland Khan, Mubariz-ul-Mulk but he succeeded in gaining appointment to the governarship of maalva in sept 1730.

---Farukhabad A Gazetteer, Vol-IX of the District Gazetteer of the United Princes of Agra and Oudh, E.R. Neive, I.C.S P. 185-187

'तो आदेश लिखा जाए।'

बाज खान की कलम तेजी से चलने लगी। इस आदेश के बाद कुछ अपराधियों की सुनवाई थी। कुछ लोग अपनी समस्याओं की दरख्वास्त लेकर बादशाह के पास आने की बाट जोह रहे थे। इन सब से निपटते–निपटते दिन का तीसरा प्रहर बीत गया। बादशाह थक चुके थे। उन्होंने शराब की पेशकश की और अलका परी को बुलाने का हुक्म दिया। अलका ने जाम बनाकर बादशाह को पिलाना शुरू किया। बादशाह के हुक्म से सभी दरबारियों को शराब दी गयी। जो लोग शराब नहीं पीते थे उन्हें शरबत पीने को मिला। आनंद ने भी केवल शरबत लिया। शराब पीने के कुछ देर बाद ही बादशाह का 'सदा रंगीला' मिजाज उन पर हावी होने लगा। उन्होंने अलका का मुख पकड़कर दो–चार बोसे जल्दी–जल्दी लिए, फिर अलका से गाने की फरमाईश की। बादशाह के इशारे से साजिंदे भी आ गये। अलका ने गाना शुरू किया। बादशाह कुछ देर सुनते रहे, फिर उसे रोक दिया–'अलका रानी, अभी बहुत कसर बाकी है ठीक से रियाज करो। माबदौलत को मजा नहीं आया।

पाशा ऐसी ही मौके की ताक में था। वह सहसा खड़ा हो गया– 'हजूर माफी चाहता हूँ, पर इस मौके पर अपने को रोक नहीं पा रहा हूँ। अगर इजाजत हो तो यह खाकसार कुछ कहना चाहता है।'

'चलो, जल्दी से अपनी बात पूरी करो।'

'हजूर इस समय दरबार में एक ऐसा बाकमाल गायक मौजूद है, जिससे खुद सुजान बानो गाने का इल्म और हुनर सीखती हैं।'

आनंद के कान खड़े हो गये। उसे उस स्वप्न की बात याद आ गयी, जिसमे उसने सुजान से कहा था– इस सनकी बादशाह को यह कभी मत बताना कि मै संगीत की तीनों विधाओं (गायन, वादन और नृत्य) में दखल रखता हूँ। तब सुजान ने पूछा था– 'ऐसा क्यों ––––?' और आनंद ने कहा था– 'यह मत पूछो, जाने क्यों मुझे ऐसा लगता है जिस दिन यह राज उस पर खुलेगा तब कुछ न कुछ अनिष्ट जरूर होगा'। आनंद को लगा कि शायद वह दिन आज आ गया।

'ऐसा बाकमाल उस्ताद यहाँ कौन है?'

'अपने मुंशी जी सरकार, घनानंद जी।

'घनानंद क्यों?

'हजूर इसी नाम से यह कविताई करते हैं।'

'अच्छा, तो हम इनके बेमिसाल इल्म से अभी तक महरूम ही रहे? क्यों भाई मुंशी जी आप गाते है तो हमें भी सुनाइये।'

'नहीं शाहे सल्तनत हिंद। कभी कुछ गा लेता था। पर अब वर्षों से कोई रियाज नहीं है, गाना भला कहीं बिना रियाज के सधता है हजूर।'

'यह बात तो सच है।' –मुहम्मदशाह ने कहा –'मगर उस्तादी है तो दो एक मिसरे कहने में क्या हर्ज है?'

'हजूर कायल न करे, मैं मजबूर हूँ। मेरा कंठ ही नहीं फूटेगा।'

'हजूर मुंशी जी कतरा रहे है। अभी सुजान बानो आकर कह दें तो कंठ भी फूटेगा और गाना भी होगा।' –पाशा ने दाँव फेंका।

बादशाह के तन–बदन में आग लग गयी। इस नाचीज पर सुजान बानो का ऐसा अख्तियार। मोहम्मदशाह की सनक को पर लग गये। उसने तल्ख़ लहजे में पुकार कर कहा.... 'सुजान को बाअदब तुरंत हाजिर किया जाय।'

सुजान को आने में मुश्किल से एक घड़ी लगी। आज वह सादे लिबास में थी। पर बनाव–सजाव बहुत अच्छा था।

'आओ रानी, मेरी पहलू में आओ। तुम्हारे बिना यहाँ एक बेहतरीन मामला अटक गया है।' –बादशाह ने सुजान को अपनी जंघा पर बिठा कर बेशर्मी से कहा।'

'मेरे बिना क्या रह गया, मेरे सरताज !'– सुजान ने बादशाह के बालों से खेलते हुए कहा।

'तुम्हें तो जरूर ही पता होगा कि अपने मुंशी जी कितना बाकमाल

गाते हैं। पर वह मेरी बात पर नट रहे हैं। शायद तुम्हारे कहने से गा दें। आखिर बाल–सखा हैं तुम्हारे।'

'ओह –––तो यह बात है। इसमें मुंशी जी की गलती नहीं है। वह गाते है पर तब, जब उन पर संगीत तारी कर दिया जाए। अगर हुक्म हो तो मैं कोशिश करूँ।'

'इसीलिये तो आपको बुलाया है सुजान रानी।' बादशाह ने शोखी से कहा।

सुजान उठकर साजिंदों के पास चली आयी और उसने संगीत का माहौल बनाना शुरू किया। साजिंदों ने बजाना शुरू किया। सुजान गाने लगी –

> वेद हू चारि की बात कौ बाँचि पुरान अठारह अंग मा धारै।
> चित्र हू आपु लिखै समझै कवितान की रीति मैं बार ते पारै।
> राग को आदि जिती चतुराई 'सुजान' कहै सब याही के खारै।
> हीनता होय जो हिम्मत की तो प्रवीणता लै कहा कूप में डारै।।[1]

[जिसने चारों वेदों को पढ़ रखा है पुराणों को जिसने अंगीकार कर लिया है जो अच्छे चित्र बनाता है या अच्छे–अच्छे चित्रण कर लेता है। कविताई की रीति (काव्य कला) में जिससे कोई पार नहीं पाता, जिसने राग को प्रारंभ से जाना है और उन्हें अपनी कुशलता से जीत लिया है। उसकी इसी योग्यता से सबको जलन है। लेकिन ऐसी प्रवीणता को प्रकट करने में अगर हिम्मत की कमी हो तो इन सारे गुणों को कुएं में ही डाल देना चाहिए।]

'वाह –––वाह –––––– सुजान रानी, आज तो तुमने भी कमाल कर दिया।'

'मुंशी जी–––––––––।' –सुजान ने पुकारा। आनंद ने सुजान की ओर देखा। सुजान का चेहरा ग़मगीन था। उसने इसरार करते हुए

1– घनानंद ग्रंथावली (वांग्मुख), विश्वनाथ प्रसाद मिश्र, पृष्ठ 8

कहा– 'मैं सुजान बादशाह की ओर से आपसे गुजारिश करती हूँ कि आप अपने गायन की उस कला और प्रतिभा का तोहफा इस दरबार को दीजिये जिससे कभी–कभी गुरु विद्याधर की आँखों में भी आँसू आ जाते थे।'

आनंद कुछ देर तक सोचता रहा। दरबार में सन्नाटा छाया था। कुछ देर इंतजार कर आनंद ने एक नजर बादशाह पर डाली। फिर वह उठ खड़ा हुआ। उसने साजिदों के पास जाकर एक पखावज का मुआइना किया और उसे लेकर अपनी जगह पर आ बैठा। पहले उसने पखावज के बंध कसे, उसे आजमाया फिर वह पखावज बजाने लगा। बजाते–बजाते उसके चेहरे के भाव बदलने लगे। एक संगीतमय आभा उसके होंठो पर थिरकने लगी। माँस–पेशियों में स्पंदन होने लगा। इसी के साथ सुजान के चेहरे पर अपनी निगाह गड़ाकर उसने आलाप लिया। दरबार में सम्मोहन सा छा गया।

'अरे यह तो ध्रुपद है।'– कोई बीच में बोला।

'इस हरामखोर को बाहर ले जाओ और दो कोड़े लगाओ।' बादशाह ने हुक्म दिया– 'और खबरदार जो कोई फिर बीच में बोला। यह मर्दाना गायन है कोई मजाक नहीं।'[1]

सबको साँप सूँघ गया। आनंद को भाव में आने में फिर कुछ वक्त लगा। उसके गले की नसें फूलने लगीं और फेफड़ा ऐंठने लगा। आलाप के बाद जो स्वर फूटे वह इस तरह थे –

कामिनी करए सनाने, हेरितहि हृदय हनए पँचबाने।
चिकुर गरए जलधारा, जनि मुख–ससि डरें रोअए अँधारा।

1– ध्रुपद का शब्दशः अर्थ होता है – ध्रुव+पद अर्थात जिसके नियम निश्चित हों, अटल हों, जो नियमों से बंधा हुआ हो। ध्रुपद गंभीर प्रकृति का गीत है। इसे गाने में कण्ठ और फेफड़े पर बल पड़ता है। इसलिये लोग इसे मर्दाना गीत कहते हैं।

---https://hl.wikipedia.org/wiki/ध्रुपद

कुच–जुग चारु चकेवा, निज कुल मिलत आनि कोने देवा।
ते संकाएँ भुज–पासे, बाँधि धएल उड़ि जाएत अकासे।
तितल बसन तनु लागू, मुनिहुक मानस मनमथ जागू।

(कामिनी स्नान कर रही है। इस दृश्य में कामदेव मानो अपने पंचबाण से मानव मन को बेध रहा है। सम्मोहन, उन्मादन, स्तंभन, शोषण और तापन ये पांच कामदेव के बाण माने गये हैं। इसके अतिरिक्त काम के पाँच पुष्पबाण भी हैं– नीलकमल, मल्लिका, आम्र–बौर, चम्मक और शिरीष। कथन का तात्पर्य यह है कि सद्यःस्नाता को देखते ही मानव मन सहज ही कामपीड़ित हो जाता है। उधर कामिनी की केशराशि से अनवरत जलधारा गिर रही है। यह दृश्य ऐसा है मानो मुख रूपी धवल चन्द्र को देखकर भीत तिमिर अनायास ही रो पड़ा हो। कामिनी के श्रीफल चकवा पक्षी की भाँति हैं जो अपने कुल के दूसरे सजातीय को देखने की उत्सुकता से उभर कर उन्नत हो गये हैं। कामिनी इन दोनों श्रीफल रूपी पक्षियों को अपने हाथों से इस आशंका से ढके हैं कि कहीं ये उड़कर आकाश में न चले जाएँ। कामिनी के महीन वस्त्र भीग कर उसके शरीर से चिपक गये हैं, जिसके कारण उसका दैहिक सौन्दर्य स्पष्ट और मुखर हो गया है। कामिनी के इस उद्दीपक रूप को देखकर मुनियों के मन में भी काम जाग उठता है।)

आनंद ने पखावज बजाना बंद कर दिया। दरबार में आत्ममुग्धता छाई रही। सभी लोग जैसे मन्त्र–कीलित हों। किसी को संस्कृत भले समझ में न आयी हो पर गायन के सभी कायल हुए। ताली सबसे पहले सुजान ने बजायी। फिर तो पूरा दरबार देर तक शोर करता रहा। मुहम्मदशाह को जब होश आया तो उन्हें हैरत हुयी कि ऐसा अनमोल हीरा धूल में पड़ा है। मगर जैसे ही उसका ध्यान सुजान से आनंद के संबंधो की ओर गया। उसके चेहरे पर क्रूरता छा गयी। इसी समय पाशा उठ खड़ा हुआ– 'बादशाह सलामत जान की माफी चाहूं। मुंशी जी ने भले ही कमाल कर दिया हो। हम उनके गाने के कायल हैं पर आज इन्होंने दरबार में जो बेअदबी की है, उसे एक राजभक्त दरबारी को बड़ा कष्ट हुआ है।'

'क्या कहना चाहते हो? खुलकर कहो।'

'हजूर पहली बेअदबी तो मुंशी जी ने यह की कि आपके बार–बार कहने पर भी ये गाने से मुकरते रहे और सुजान रानी के कहने पर तुरंत राजी हो गये। इन्होंने बादशाह से ज्यादा सुजान को तवज्जो दी। दूसरी गुस्ताखी यह कि इन्होंने पूरा गाना आपकी ओर पीठ करके गाया और इनकी निगाहें बराबर सुजान पर रहीं।'

दरबार दहशत जदा हो गया। ये इल्जाम हैं भी और न के बराबर। सभी को इसमें साजिश की बू आई। बाज खान का खून खौल उठा। आनंद का लगातार सुजान को देखकर गाना, एक मुद्दा बन गया। लोगों में काना–फूसी होने लगी। बादशाह की ईर्ष्या अपने चरम पर थी। उन्होंने अपने आसन से उठते ही घोषणा की– 'इसका फैसला माबदौलत कल करेंगे। तब तक मुंशी जी को नजरबंद रखा जाय।'

सुजान की देह में जान नहीं। वह जानती थी कि जो फैसले कल पर टाले जाते हैं उनमें अक्सर सजाये मौत ही होती है और अब तो आनंद नजरबंद भी है। उससे मिलना नामुमकिन है। वह चाहे तो भाग भी नहीं सकता। बादशाह ने पूरा शिकंजा कस लिया है। दरबार में काफी लोगों के चेहरे उतर गये। एक पाशा ही था जो अपने साथियों के साथ जश्न मना रहा था। सुजान को जो कुछ करना था वह आज रात में ही करना था।

(59)

सुजान ने काली साड़ी पहनी। काली ही बिंदी लगाई। आँख में काला काजल। हाथों और पावों में काली मेंहदी पहले से ही रची थी। बालों में हरसिंगार के फूलों का गजरा सजाया। आज उसने फिर से नथ पहनी जिसकी जंजीर कानों तक जाती थी। कानों में कर्णफूल सजाये। गले में काली मोतियों का हार पहना। हाथों में सोने का सर्पाकार बाजूबंद सजाया। काली चूड़ियों के साथ सोने के कंगन धारण किये। अनामिका में हीरे की अँगूठी पहनी। कटि प्रदेश में सोने का जड़ाऊ घूँघर वाला कमरबंद लपेटा। पैर के अँगूठे में बिछुआ सजाया और अंत में अपनी सबसे खूबसूरत पायल पहनी। इस कार्य में उसकी सखियों ने भी मदद की।

'आज हमारी नागिन किसे डसने जा रही है ?'– एक सखी ने ठिठोली की।

'इस नागिन की नागमणि किसी ने चुरा ली है। उसे ही वापस लेने जा रही हूँ। अगर यह नागमणि नहीं मिली तो यह नागिन ज़िंदा वापस नहीं आयेगी।'

सखियों में सन्नाटा छा गया। वे बदहवास हो गयीं।

'पर तुम लोग धीरज रखो। यह इम्तहान की घड़ी है। मेरी मुसीबत यह है कि मैं हालात की वजह से तवायफ हूँ, मन से मैं कभी तवायफ रही ही नहीं। मेरी माँ समान बाई जिसने मुझ अनाथ को पाला, उसने

ही मेरे साथ दगा भी की। वरना मैं शायद यह दिन कभी न देखती। खैर——————— तुम लोग मेरा इंतजार मत करना। मेरे आने का कोई तय वक्त नहीं है। सब कुछ उस परवरदिगार के हाथ में है।'

सखियाँ रोने लगीं, तो सुजान ने डाँटकर कहा– 'यह वक्त तुम्हारे रोने का नहीं मेरी हौसला अफजाई का है। रोने से कभी कोई मुआमला नहीं सलटता।'

इतना कहकर सुजान कोठी के बाहर आयी। उसकी बग्घी तैयार खड़ी थी। उसने कोचवान से बादशाह के महल चलने को कहा। महल तक पहुँचने में सुजान को मुश्किल से एक घड़ी समय लगा। सुजान की बग्घी को सभी पहरेदार दरबान पहचानते थे अतः उसे महल तक पहुँचने में कोई कठिनाई नहीं हुयी। उसने बादशाह के बारे में दरयाफ्त किया तो यह जानकार हैरानी हुयी कि इस समय बादशाह अपने विशेष कक्ष में मौजूद हैं। उसने दरबान से अपने आने की सूचना बादशाह तक भिजवाई। कुछ ही देर में जवाब आ गया– 'रानी जी थोड़ा इंतजार करें।'

यह पहला मौक़ा था जब बादशाह ने सुजान से इंतजार करने को कहा। अपने 'सदा–रंगीलेपन' में तो वह कभी–कभी खुद उसकी बग्घी तक अगवानी के लिए आ जाते थे। मगर अब आज इंतजार करना सुजान की मजबूरी थी। अभी आधी घड़ी भी न बीती थी कि सुजान ने विशेष कक्ष के गलियारे से फरगान पाशा को चहलकदमी करते देखा। सुजान के पाँव के नीचे से जमीन खिसक गयी– 'वल्लाह साजिशों के शहंशाह यहाँ शाह–ए–हिंद को शीशे में उतारने की कोशिश में हैं।'

अब आनंद का कल क्या होगा, यह सोचकर सुजान की रूह काँप गयी।' उसने आँख उठाकर एक बार फिर विशेष कक्ष की दिशा में देखा। पाशा अब बाहर आ गया था और वह अपने घोड़े से रवाना हो रहा था। इसी पल दरबान आ गया, उसने शालीनता से कहा –'रानी जी को सलाम, आपको बादशाह सलामत याद फरमा रहे हैं।'

मुहम्मदशाह उस समय अपने रंग में थे और आरामकुर्सी पर

लापरवाही से पसरे थे। अलका परी आलीशान तख्त पर पारदर्शी वस्त्रों में लिपटी लेटी थी। सुजान ने जब कक्ष में प्रवेश किया तो उसका सजाव और रूप देखकर मुहम्मदशाह हड़बड़ाकर खड़ा हो गया। काली साड़ी में सुजान अप्सराओं को मात कर देने की कैफियत रखती थी। बादशाह ने अचानक गुलदान से एक फूल तोड़ लिया और सुजान के हाथों में देते हुए भीगे स्वर में कहा– 'सुजान रानी का खैर मकदम। यह हकीर बादशाह अपनी रानी के यहाँ इस समय आने से बेहद खुश है पर राजनीति कहती है कि इस इनायत की कोई वजह भी होगी?'

'वजह तो है, पर आप तो पहले से ही मसरूफ हैं।' –सुजान ने अलका की ओर देखकर कहा। अब तक अलका उठकर अपने कपड़े बदलने लगी थी। उसे सुजान का इस समय यहाँ आना बहुत बुरा लग रहा था। सुजान के हुस्न और उसकी बेपनाह खूबसूरती पर उसे रश्क भी हुआ। अलका में कोई विशेष बात नहीं थी सिवाय इसके कि अभी वह मात्र सत्रह साल की थी।

'हम तो अपने महल जाने वाले थे। मगर पाशा आ गया। अलका रानी भी थी तो हमने थोड़ी शराबनोशी कर ली।'–बादशाह ने खुशनुमा अंदाज में कहा, फिर मुस्कराकर बोला– 'रानी तुम ऐसे ही बनाव सजाव में हमेशा क्यों नहीं रहती? खुदा कसम, कितनी हसीन और दिलकश लगती हो।'

'हजूर, औरत बनाव सजाव अपने चाहने वाले के लिए करती है। मैं इसी लिहाज से आपके पास आयी थी। मगर मैं अलका रानी के साथ बेइंसाफी नहीं कर सकती। मुझे मुआफ करें, मैं चलती हूँ।'

'नहीं रानी, आज तो मुझे भी तुमसे बहुत राज की बातें करनी हैं। यह तो अच्छा हुआ कि आप आ गयीं वरना मुझे ही कुछ करना पड़ता। आज हम रात इसी कक्ष में गुजारेंगे। तुम भी शायद इसी गरज से आयी हो।'

'जी हाँ, आपके साथ की ही ख्वाहिश है।'– सुजान ने मुस्कराकर कहा।

'रानी हम भी बादशाह हैं, क़यामत की नजर रखते हैं।'

सुजान को ऐसा लगा कि जैसे उसकी चोरी पकड़ी गयी हो। उसने कोई जवाब नहीं दिया। बादशाह ने अलका की ओर देखकर कहा– 'अलका रानी, आज हमें सुजान से कुछ ख़ास बल्कि बेहद अहम गुफ्तगू करनी है। तो रानी आज के लिए आप हमें मुआफ करें।'

'कोई बात नहीं, मेरे आका।'– अलका पैर पटकती हुयी चली गयी।

'बुरा मान गयी–––अपनी हैसियत नहीं जानती। हमारी सुजान रानी से मुकाबला करेगी।' बादशाह ने हँसी उड़ाते हुए कहा। फिर उसने अचानक पूछा– 'दस्तरखान बिछवाएं या खाना खाकर आयी हो?'

'क्या आपने अभी भोजन नहीं किया?'

'कैसे करता, यह साला फरगान पीछा ही नहीं छोड़ रहा था।'

'यह पाशा किसी खास मकसद से आया था क्या?'

'हाँ, मुंशी जी से इसकी पुरानी खुन्नस है। दरबार में मेरे तेवर देखकर उसे कुछ लगा होगा। वह मुंशी जी के खिलाफ मेरे कान भरने आया था। गधा कहीं का। जितना शरीर से मोटा है, उतनी ही मोटी इस भैंसे की अक्ल भी है।'

'गोली मारिये पाशा को सरकार, अब दस्तरख्वान बिछवाइए, मैं भी कुछ ले लूँगी।'

'पहले थोड़ी शराब और मंगवाते हैं।'

'नहीं, मेरे आका, आप आज कुछ जरूरी बात करना चाहते हैं और पहले काफी पी भी चुके है और लेंगे तो फिर सो ही जायेंगे और बात नहीं कर पायेंगे।'

'यह आपने दुरुस्त कहा। मैंने इसी चतुराई के कारण आपका नाम सुजान रखा था।'

एक घड़ी बाद जब भोजन से दोनों निवृत हुए तो सुजान ने अपने

साथ लाये हुए पान निकाले और बादशाह की खिदमत में पेश किया। उसे इस बात का संतोष था कि उसके हुस्न ने अपना काम सही–सही कर दिया है अब उसके दिमाग को भी अपना काम सही तरीके से करना होगा। बादशाह तख्त पर मसनद के सहारे लेट गये और सुजान के गजरे की महक का आनंद लेने लगे।

'सुजान !' –अचानक मुहम्मद शाह का स्वर बदल गया। उसमें ऐसी संजीदगी थी जो सुजान ने बादशाह में बहुत कम देखी थी।

'हाँ, मेरे आका?' –सुजान का स्वर अटक गया।

'रानी, सच कहता हूँ और तुम जानती भी हो कि मैं एक बेहद निर्लज्ज और बेहया इंसान हूँ। साथ ही उतना ही कमीना और बेरहम भी हूँ।'

'ऐसा क्यों सोचते है आप?'

'सोचता नहीं हूँ, सच में हूँ और माबदौलत को इसका पूरा अहसास है।'

'मगर ---?'

'नहीं, मुझे रोको मत, अब कहने दो। सैयद बंधुओं ने मुझे ताज तो दिया, मगर एक सत्रह साल का लड़का क्या राज करता। वे पहले मुझे अपनी उंगली पर नचाते और फिर मार डालते, जैसा उन्होंने पहले कई बार किया। बहुत सी बेक़सूर जानें गयीं। मगर मैं सबसे ज्यादा कमीना था। सैयद बंधुओं को उन्हीं की गोटी से मात दे दी और वे जन्नतनशीं हो गए। मुझसे पहले केवल आलमगीर ही ऐसे थे जिनका दबदबा था बाकी सबने दिल्ली को खोखला ही किया, जिससे छोटे राज्य ताकतवर हो गये। हम केवल कहने को हिंदुस्तान के बादशाह हैं पर सच पूछो तो हमारी रियासत दिल्ली के आस–पास ही सिमटी है। तो हमने भी ज्यादा सिर नहीं खपाया और सोचा बादशाह हूँ तो कुछ ऐश ही कर लूँ और अपनी खब्त में मैं रंगीला बन गया– सदारंगीला। मैं कम उम्र में बादशाह जरूर बना मगर मैं शुरू में बेहया नहीं था। मिजाज से सदारंगीला नहीं

था। लेकिन जिसे कम उम्र में इतनी शान–ओ–शौकत मिल जाय वह कैसे पागल नहीं होगा। चलो वह जो हुआ सो हुआ। मैंने अपने को सुरा–सुन्दरी में गर्क कर लिया। इसके बाद जीवन में पहली बार मैंने अपने दिल की तमाम गहराइयों से सुजान रानी से दिल लगाया। उसके सामने हमने अपनी बेगमों की परवाह नहीं की। उसकी बाँहों में माँ कसम खुद को गर्क कर दिया। दिल के साथ मैंने उसे क्या–क्या नहीं दिया। इज्जत, शोहरत, सुरक्षा, सहारा और मुहब्बत। उसे तवायफों की मलिका बनाया। उसे फर्श से अर्श पर बिठाया। लेकिन आखिरकार उसी ने मेरी पीठ में छूरा घोंप दिया। मेरी मुश्किल यह है कि मैं सुजान को कोई सजा नहीं दे सकता, क्योंकि उसमें मेरा दिल बसता है। ऐसी स्थिति में यह लाचार, बदनसीब, नाकारा और अपाहिज बादशाह क्या करे? तुम बताओ रानी, दिल–ए–मजबूर हम क्या करें?'

सुजान की रूह काँप उठी। बात इतनी जल्दी और इतने साफ़ तौर पर उसके सामने आ जायेगी, यह उसकी कल्पना से बाहर था। पल भर को वह अवाक रह गयी। पर इस आक्रमण का सामना तो उसे करना ही था। उसने अपने को सँभाला और कहा– 'मेरे सरताज ! सुजान आज जो कुछ भी है वह यकीनन आपकी मेहरबानियों से है, इसमें कोई शक नहीं। मैं दिल्ली तो बादशाह फर्रुखशियर के समय ही आ गयी थी, पर तब उम्र कम थी किसी ने मुझे ज्यादा तवज्जो नहीं दी। पर धीरे–धीरे वक्त की मेहरबानी से मैं आपके हजूर में आयी। आपने मुझसे मुहब्बत की और मैंने उसे कबूल किया। मगर आपके हजूर में आने से पहले, मैं बचपन से जिसे चाहती थी और जिससे मेरी शादी हो सकती थी, वह आपके मीर मुंशी बनकर दिल्ली आ गये। मेरे सरकार यहाँ मैं यह भी बता दूँ, कि मैं कोई खानदानी तवायफ नहीं हूँ। मेरी परवरिश एक तवायफ ने जरूर की है और उसी ने आनंद से हमें दूर करने के लिए मुझे साजिशन शिकारपुर भी भेजा था, जहाँ से इत्तफाकन बादशाह फर्रुखशियर मुझे यहाँ ले आये। जब तक आनंद दिल्ली में नहीं थे, तब तक सब कुछ ठीक था। हजूर भी जानते है कि तब तक आपके सिवाय सुजान को कोई छू

भी नहीं पाया। मगर आनंद के आते ही बचपन का प्यार जो हालात से दब गया था, वह अचानक बरसात की नदी के माफिक उमड़ पड़ा और हम अपने को रोक नहीं पाए। हम उस उमड़ती नदी की धारा में बह गये। पर यहाँ भी सारी गलती मेरी है, हजूर। मैं यकीनन सजा की मुस्तहक हूँ। आप मुझे जो सजा देंगे वह मुझे मंजूर होगी। मुझे सजा दीजिये, मेरे सरकार, मुझे———'।

'यह अच्छा हुआ रानी कि तुमने अपने संबंधों को बिना किसी लाग–लपेट के खुलकर स्वीकार कर लिया। मैं जानता हूँ, एक औरत के लिए अपना ऐसा राज बेपर्दा करना कितना मुश्किल काम है। मगर फिर भी यह हकीर बादशाह रोशन अख्तर बहादुर मुहम्मदशाह आपको कोई सजा नहीं दे सकता। यह इंसानी फितरत है कि वह जिसे चाहता है या मुहब्बत करता है, उसकी लाख बेवफाई के बाद भी वह उसका बुरा नहीं सोच सकता। जहाँ तक बचपन की मुहब्बत की बात है, मैं मानता हूँ कि एक दूसरे को देखकर दोनों के मन में तूफ़ान जरूर उठा होगा। मगर इस नाचीज मुंशी को यह तो सोचना चाहिए था कि उसके मुक़ाबिल हिंदुस्तान का बादशाह खड़ा है। उसने ऐसी गुस्ताखी कैसे की, क्यों की। उसकी जुर्रत कैसे हुयी? क्या उसे इसके अंजाम का खौफ नहीं था?'

'उसने नहीं की, हजूर। मैं ही सैलाब बनकर बह गयी। आनंद कब तक अपने पर जब्त करता। उसका सचमुच कोई कसूर नहीं है, मेरे मालिक। मगर फिर भी आप उसकी गलती मानते है तो उसके लिए मैं आपसे माफी मागती हूँ।'

'रानी साहिबा, आपके माफी मांगने से क्या होगा? यह वसूल है कि एक म्यान में दो तलवारें एक साथ नहीं रह सकतीं। इनमें से एक को तो कटना ही होगा।'

सुजान ने झपटकर बादशाह के अधरों पर अपने अधर रख दिए और फुसफुसा कर बोली– 'रहम मेरे सरपरस्त ! आनंद मेरे बचपन का प्यार है। सुजान उसे मरता नहीं देख सकती। वह मर गया तो सुजान ज़िंदा नहीं रहेगी। इसलिए सुजान आपसे यह वायदा जरूर करती है कि

आज के बाद वह आनंद से कभी नहीं मिलेगी और न कोई संबंध रखेगी। वह केवल और केवल बादशाह बाँदी बनकर रहेगी। पर सरकार को इसके लिए आनंद की जान बख्शी करनी होगी। इसके अलावे सुजान को कोई और भीख नहीं चाहिए।'

बादशाह को अधर रस का आस्वाद मिला तो वह कुछ–कुछ पिघलने लगा। उसकी आवाज में थोड़ी सी नरमी और थोड़ी शरारत आयी–'रानी, आपका वायदा रस्मी है। कुछ दिन में इसका जहर उतर जाएगा, क्योंकि इश्क वह आग है जो लगाये न लगे और बुझाये न बुझे। आग और फूस का एक जगह रहना मुनासिब नहीं है। मुंशी को जाना ही होगा।'

सुजान ने बादशाह को आगोश में ले लिया। कुछ देर तक दोनों एक दूसरे में मग्न रहे। जब बादशाह की प्यास परवान चढ़ने लगी, तब सुजान ने धीरे से पूछा –'तो क्या फैसला किया आपने? कल क्या हुक्म सुनायेंगे?'

'सीधी सी बात, सजाये मौत। साँप को बख्शने का कोई प्रश्न ही नहीं।'

सुजान उठकर बैठ गयी –'सुजान अपने जीते जी ऐसा नहीं होने देगी। मेरे मरने के बाद ही आप यह फैसला ले पायेंगे।'–सुजान ने तड़प कर दीवाल पर टंगी बादशाह की कटार निकाल ली– 'अलविदा शाहे आलम, अलविदा।'

बादशाह के प्यार का नशा काफूर हो गया। उसने सुजान को एक जोरदार झटका दिया। सुजान चक्कर खाकर जमीन पर गिरी। इस बीच बादशाह ने कटार पर कब्जा कर लिया– 'पागल हो गयी हो। तुम्हीं बताओ इन परिस्थितियों में मुझे क्या करना चाहिए? कोई भी बेवकूफ अपने आस्तीन में साँप तो नहीं पाल सकता?'

'पर एक काम तो आप कर ही सकते हैं, हजूर। इससे साँप भी मर जाएगा और लाठी भी नहीं टूटेगी?'– सुजान बादशाह के शरीर पर किसी लता के सामान लिपट गयी।

'और वह काम क्या है?'

'आप साँप को दूर किसी दूसरे जंगल में तो छोड़ सकते हैं।'

'तुम्हारा मतलब देश निकाला?'

'देश नहीं, दिल्ली से निष्कासन। इस प्रकार आपके वहम का काँटा हमेशा के लिए दूर हो जाएगा और मुझे भी तसल्ली रहेगी कि आनंद दूर भले है, पर कम से कम ज़िंदा तो है।'

'रानी, यह तजबीज तो बुरी नहीं है। मेरी समझ में ऐसा किया जा सकता है। पर यह बात मेरे जेहन में क्यों नहीं आयी?'

'बकौल आपके मेरी सोहबत में आप सब कुछ भूल जाते हैं, शायद इसलिए।'

सुजान को संतोष हुआ कि वह अपनी नाग–मणि बचाने में कामयाब हो गयी है। बादशाह को भी तसल्ली हुई कि बिना खून–खराबे के मामला निपट जाएगा। इसके बाद कुछ यूं हुआ कि मुतमइन सागर अपना वजूद लेकर उठा और मजबूर दरिया में गर्क हो गया।

(60)

बादशाह अभी दरबार में आये नहीं थे। मगर दरबार खचाखच भरा था। बीते दिन का रुका हुआ फैसला आज जाहिर होना था। हर कोई अपने–अपने हिसाब से अटकलें लगा रहा था। अधिकतर लोगों का अनुमान था कि मुंशी जी को सजाये मौत ही दी जाएगी, क्योंकि यह बादशाह का व्यक्तिगत मामला था। फरगान पाशा अपने साथियों कमरू खान, अजमल, तरबेज और भाषा कवि हुडदंगी के साथ लहक–लहक कर बातें कर रहा था। उसने पिछली रात बादशाह को खूब शीशे में उतारा था। उसे पक्का यकीन था कि मुंशी जी को फाँसी से कम की सजा न होगी। वजीर–ए–आजम और कुछ खास लोग खासकर बुजुर्ग दरबारी चिंता में डूबे थे। मुंशी जैसा काबिल व्यक्ति चिराग लेकर ढूँढने पर भी नहीं मिलेगा। मगर मामला सुजान का था। यही सोचकर सबके मुख लटके हुए थे। बाज खान आनंद के पास ही बैठा था मगर उसकी सारी शोखी गायब थी। आनंद गंभीर था पर उसके चेहरे पर एक शांति थी।

यह सब चल रहा था कि सुजान के आने की हलचल हुयी। सुजान सफेद सलवार कुर्ता और नीले दुपट्टे में थी। उसका चेहरा अवसाद से भरा और संजीदा था। उसने एक निगाह सभी दरबारियों पर डाली। उसे लोगों के चेहरे पर तरह–तरह के भाव दिखाई दिए। उसने पिछली रात यूँ तो बादशाह को कायल कर दिया था। पर एक बात फिर भी उसके दिल में खटक रही थी– 'मुगलिया सनकी बादशाहों का क्या भरोसा?

कब कहाँ पलटी खा जायें।' इसलिए वह पूरी तैयारी से आयी थी। यदि आनंद नहीं तो सुजान भी नहीं। सुजान ने स्थितियाँ विपरीत होने पर आत्मघात के लिए अपने लिबास में एक कटारी छिपा रखी थी।

सुजान ने एक नजर आनंद की ओर देखा। आनंद गंभीर तो था, पर बेफिक्र भी नजर आ रहा था। आनंद ने भी सुजान को देखा। मगर सुजान ने अपनी निगाहें तुरंत हटा लीं। इसी समय नकीब की जोरदार आवाज आयी– 'बा–अदब होशियार, खबरदार, हर–कदम फ़तेह नुसरत, नजर माल औ दौलत, जुबान मुबारिक, बख्शिशो इज्जत, शहंशाह रोशन अख्तर बहादुर मुहम्मदशाह दीवाने आम में जलवा अफरोज हो रहे हैं।'

बादशाह के कदम पड़ते ही सारा दरबार खड़ा हो गया। बादशाह का चेहरा तनाव रहित था। उनके होठों पर मंद–मंद मुस्कान थी। आसन पर बैठते ही उन्होंने सबका शुक्रिया अदा किया– 'सभी हाजरीन का दीवाने आम में स्वागत है। सभी को शरबत पेश किया जाए।'

बुजुर्ग दरबारी समझ गये कि बादशाह का मिजाज दुरुस्त है। कुछ देर बाद दरबार की कार्यवाही शुरू हुयी। आज का मुकद्मा दिल्ली हुकूमत के मीर मुंशी लाला आनंद सिंह भटनागर के खिलाफ था। बादशाह ने एक नजर दरबार पर डाली और अपनी तसल्ली के लिए जोरदार आवाज में पूछा, 'सभी कानूनदां, आलिम, शरीया के जानकार, मुंसिफ और मुंसिफ–ए–आजम हाजिर हैं ?'

'हाजिर हैं, जहाँपनाह।'

'तो अदालत की कार्यवाही शुरू की जाए व इल्जामात पढ़े जायें।' बादशाह ने हुक्म दिया।

'बादशाह के मीर मुंशी पर पहला इल्जाम यह है कि उन्होंने बादशाह के हुक्म की उदूली की और उनके बार–बार कहने पर भी अपना गाना पेश नहीं किया, लेकिन रानी सुजान बानो के कहने पर उन्होंने गाना गाया।'

'क़ानून के जानकार क्या कहते हैं?'

'क़ानून कहता है कि गाना गाकर सुनाना किसी भी गायक के मिजाज पर निर्भर करता है। इस पर किसी का हुक्म नहीं चल सकता। मगर आनंद ने अगर बादशाह के कहने पर नहीं गाया तो फिर उन्हें सुजान के कहने पर भी नहीं गाना चाहिए था। उन्होंने सुजान के कहने पर गाया तो इसका मतलब उनका मिजाज ठीक था और बे बादशाह हजूर के कहने पर गा सकते थे। इस मामले के दो पहलू हैं, पहला बादशाह का हुक्म न मानकर हुक्मउदूली करना और दूसरा यह कि किसी और के कहने से फिर गाकर शाह–ए–हिंद की तौहीन करना।'

'सही है, सही है।'––चारों ओर से आवाजें उठी।

वजीर–ए–आजम सोच रहा था कि यह चूक हुयी कैसे? एक बार मना करने पर फिर सुजान के कहने पर गाने की क्या जरूरत थी? यह तो सरासर बेवकूफी हुई वह भी इतने जहीन आदमी से। फिर सोचा यह तासीर–ए–मुहब्बत है जो क्या–क्या नहीं करा देती। कोई भी आदमी हो, प्यादे की तरह नाचता है।'

'दूसरा इल्जाम पढ़ा जाये।' – हुक्म हुआ।

'दूसरा इल्जाम यह है कि पूरा गाना आनंद ने सुजान का मुखड़ा देखकर गाया और बादशाह की तरफ पीठ किये रहे।'

'क़ानून क्या कहता है?'

'क़ानून कहता है कि इस इल्जाम का सबूत पेश किया जाये। आनंद का रुख किधर था? पीठ कितनी बादशाह की ओर थी?'

'इसका सबूत कहाँ मिलेगा?'– अचानक फरगान पाशा खड़ा हो गया– 'कल दरबार में सबने ही तो इसे देखा? हाथ कंगन को आरसी क्या?'

'जरूर देखा, पर तब इल्जामात नहीं लगे थे। इल्जाम आपने बाद में लगाये हैं। इसलिए वे किस अंदाज में बैठे थे, इसका एक नमूना यहाँ पेश होना चाहिए और दरबार उस नमूने की तस्दीक करे।'

बादशाह की इजाजत से सुजान और आनंद को उसी स्थिति में बिठाया गया। आज सुजान ने आनंद से आँखें नहीं मिलाईं। बादशाह को यह अच्छा लगा। रानी अपने अहद पर कायम हैं।' उसने सोचा।

'क्या यह सही स्थिति है?'– एक मुंसिफ ने पूछा। दरबार ने समर्थन में सिर हिलाया।

'इस स्थिति से यह पता चलता है कि आनंद का मुख सुजान की ओर होने के कारण पीठ का एक ज़रा सा कोना बादशाह की तरफ जरूर हुआ, मगर ऐसा इरादतन नहीं हुआ। आनंद का इरादा बादशाह का अपमान करना नहीं था। रही बात सुजान को देखते रहने की तो उसे सारी दिल्ली जान चुकी है। यह मुआमला मुहब्बत का है।'

'इस पर मुंसिफ–ए–आजम अपनी राय पेश करें।'– बादशाह ने हुक्म दिया।

एक बुजुर्ग इंसान जो देखने में दुबला था पर उसके चेहरे पर सफ़ेद दाढ़ी और आँखों में नजर का चश्मा था। उसने कुछ कहने से पहले बादशाह के अदब में अपनी टोपी उतार कर हाथ में ले ली और बोला– 'मैं मुंसिफ साहब की राय से इत्तेफाक रखता हूँ। आनंद सिंह ने इरादतन ऐसा नहीं किया। मगर जब वे दरबार में थे तो उन्हें यहाँ के तौर–तरीकों से भी वाकिफ होना चाहिए था और वे जरूर वाकिफ हैं मगर, सुजान और गाने के चक्कर में वे इतना मशगूल हो गये कि इन्हें कायदे–क़ानून का होश ही नहीं रहा। इसलिए लापरवाही का जुर्म इन पर आयद जरूर होता है। पर यह कोई बड़ा जुर्म नहीं है। अब बादशाह हजूर अपना फैसला सुनायें।'

अचानक वजीर–ए–आजम खड़े हो गये –'गुस्ताखी मुआफ हजूर, आपके फैसले से पहले मैं भी कुछ अर्ज करना चाहता हूँ, अगर हजूर की इजाजत हो?'

मुहम्मदशाह अपने वजीर–ए–आजम की बहुत इज्जत करता था। वह एक बहादुर योद्धा और बादशाह का पुराना वफादार था। बादशाह

ने धीरे से कहा– 'इजाजत है।'

'हजूर पहली बात तो यह कि आनंद शाह–ए–हिंद के मीर मुंशी हैं।' वजीर–ए–आजम ने कहना शुरू किया– 'मुगलिया सल्तनत में बादशाह अकबर के नव–रत्नों के बाद इससे काबिल कोई दूसरा आदमी आज तक नहीं आया। मैं संगीत की काबिलियत की बात नहीं कर रहा। वह उनका अपना एक अलग शऊर है। मैं सियासी बात कहता हूँ। इनके ऊपर लगाये गये इल्जामात का कानूनी पक्ष हमारे सामने है। मैं उस पर कुछ नहीं कहूँगा। मगर इन सारी बातों से मुझे यह सारा किस्सा मुहब्बत का लगता है। जमाना न जाने कितने समय से मुहब्बत को हमेशा सजा ही देता आया है। आज भी कटघरे में मुहब्बत ही है। इसलिए इंसाफ हो, जरूर हो, पर मुहब्बत का एहतराम करते हुए हो। क्योंकि मुहब्बत खुदा का दिया हुआ एक खूबसूरत अहसास है।'

'शुभान अल्लाह'

'वजीर–ए–आजम साहेब, हाय–हाय आपने तो गजब ही कर दिया।'

'क्या तक़रीर किया है म्यां ?' –एक और आवाज आयी।

पूरा दरबार हिल गया। सुजान अपने आँसू न रोक सकी। बाज खान के चेहरे पर पहली बार मुस्कान आयी। बादशाह का चेहरा गंभीर हो उठा।

'खामोश हो जाइए।'– बादशाह ने हुक्म दिया– माँ बदौलत ने सारा तजकिरा सुना। हमारे वजीर–ए–आजम ने बड़ी तालियाँ बटोरीं। मगर फैसले जज्बात से नहीं किये जाते। चूँकि आनंद हमारे मीर मुंशी हैं इसलिए इस मुकदमे में लोगों की बड़ी दिलचस्पी है वरना यह कब का निपट चुका होता। तो पहला फैसला यह है कि आनंद को मीर मुंशी के पद से बर्खास्त किया जाता है। दूसरा यह कि मुहब्बत का एहतराम करते हुए हम उन्हें सजाये मौत के बदले दिल्ली छोड़ने का हुक्म देते हैं।'

दरबार तालियों से गूँज उठा। बादशाह की रहमदिली की शान में कसीदे पढ़े जाने लगे। सुजान और बाज खान की जान में जान आयी।

'लेकिन ————'– बादशाह का स्वर फिर गूँजा– 'हम यह भी हुक्म देते है कि वे तीन दिन के अंदर दिल्ली छोड़कर जहाँ जाना हो चले जाएँ। अगर इसके बाद वे दिल्ली की सीमा में कहीं देखे गये तो अपनी जान की हिफाजत उन्हें खुद करनी होगी। इसी के साथ यह दरबार मुल्तवी किया जाता है।'– बादशाह इतना कहकर चले गये।

दरबार में अधिकतर लोग खुश थे। लेकिन पाशा के चेहरे पर हवाइयाँ उड़ रही थीं। बीती रात ही तो बादशाह ने मुंशी को सजाये मौत देने का भरोसा दिलाया था। मगर यह क्या हो गया? उसको किसी बड़ी साजिश की बू लगी। बादशाह का सामना करने की अब उसकी हिम्मत न थी। वह अपने साथियों के साथ भाग खड़ा हुआ।

दरबार धीरे–धीरे खाली हो गया। सुजान भी जाने की जल्दी में थी।

'चलो जानबख्शी हो गयी।'– बाज खान ने संतोष की साँस ली– 'मर्द जाति का क्या चाहे घर रहे चाहे दिल्ली। जहाँ रहेगा, वहीं कमा–खा लेगा। भाभी तुम्हें चाहती ही हैं। वे यकीनन तुम्हारे साथ जाने को राजी हो जायेंगी। चलो उनसे बात कर लो।'

आनंद हैरान था कि इतना कुछ हो गया और सुजान उससे मिलने तक नहीं आयी। उसने बाज से कहा– 'बाज, तुम्हारी भाभी तो आज भाव ही नहीं दे रहीं। कुछ दाल में काला लगता है। मुझे दिल्ली से निकाले जाने के हुक्म के बाद क्या उन्हें मेरे पास आना नहीं चाहिए था?'

'यह सोचने का वक्त नहीं है भाई, देखो भाभी भीड़ में फँसी हैं। शायद उन्हें जाने की भी जल्दी है। चलो उनसे यहीं बात कर लेते हैं।'

एक बार आनंद का अहं आड़े आया। फिर उसने सोचा सुजान के सामने कैसा अभिमान और वह भी इन परिस्थितियों में। उसने सुजान से मिलने की कोशिश की पर सुजान फाटक पार कर चुकी थी। आनंद को झटका भी लगा और गुस्सा भी आया– 'यह क्या हिमाकत है ?' उसने बाज से बताया तो पहले तो बाज भी चकरा गया, फिर बोला मैं बाहर उनकी बग्घी रोकता हूँ। आप जल्दी से आओ। इतना कहकर बाज भीड़

में धँस गया। आनंद जब बाहर आया तो देखा सुजान और बाज दोनों एक दूसरे से उलझे हुए हैं। बाज रुकने की जिद कर रहा है और सुजान जाने की।

'भाभी आपको क्या हो गया है? भाई से बस दो पल बात कर लीजिये, फिर चली जाइयेगा। लो भाई आ भी गये।'

आनन्द ने सुजान की ओर देखकर कहा, 'सुजान तुमने बादशाह का फैसला सुन लिया। मेरे भगवान ने मुझे बंधन मुक्त कर दिया। अब मैं बादशाह का नौकर नहीं रहा। किसी का भी गुलाम नहीं हूँ मैं। अब हम तुम अपनी जिंदगी नये सिरे से बसा सकते हैं। तुम मेरे साथ चलो। हम दिल्ली की परछाईं से भी कहीं दूर चले जायेंगे। वहाँ किसी का खौफ नहीं होगा। हम होंगे। हमारे बच्चे होंगे। ढेर सारी खुशियाँ होंगी।'

'बाज –'– सुजान तीखे स्वर में बोली– 'तुम्हारा भाई पागल हो गया है। वह एक तवायफ को बीबी बनाना चाहता है। अभी जो हुआ वह क्या कम है। बाज इसे समझाओ।'

'भाभी क्या आप भाई के साथ सचमुच जाने को तैयार नहीं हैं?'

'मैं क्यों जाऊँगी बाज। यहाँ इतना मान–सम्मान है। धन–दौलत है। मैं तवायफों की मलिका हूँ। बादशाह मुझे चाहता है। मुझे और क्या चाहिए?'

'भाभी यह ऐश–ओ–आराम कुछ दिनों का है जहाँ आपकी कुछ उम्र हुयी फिर यहाँ आपको कोई न पूछेगा, न अवाम, न राजे–रजवाड़े और न बादशाह। भाभी आप भी बचपन की मुहब्बत की दुहाई देते नहीं थकती थीं। मगर आज आपको क्या हो गया है? एक ही रात में आप इतना बदल कैसे गईं?'

'तुम भूल गये कि मैं एक तवायफ हूँ'– अचानक सुजान का स्वर तीखा हो गया– 'और–––––– तवायफ केवल अपनी चाल चलती है, वह होती किसी की नहीं?'

'ओह –––'–बाज को धक्का लगा– 'आप इतने दिनों से अपनी

चाल चल रही थीं। बचपन की मुहब्बत के नाम से वासना का गंदा खेल, खेल रही थीं। आपके लिए भाई ने अपनी जिंदगी तबाह कर ली और आप अब नखरे दिखा रही हैं। ऐसी बदजात औरत को तो ज़िंदा नहीं छोड़ना चाहिए। याद रखना, मैं बाज हूँ, बाज खान, पठान का बेटा। मैं आपको ज़िंदा नहीं छोड़ूंगा।'

'संभल जाओ, बाज ———'– सुजान ने फुफकारते हुए कहा – अपनी औकात में रहो। तुम्हें होश भी है कि तुम किसे धमकी दे रहे हो। बादशाह के एक इशारे पर सिपाही तुम्हारी आँखें निकाल कर तुम्हें यमुना में गर्क कर देंगे।'– सुजान ने बग्घी पर चढ़ते हुए कहा। बाज पीछे हट गया। उसने घृणा से जमीन पर थूक दिया। सुजान ने कोचवान से बग्घी आगे बढ़ाने को कहा। लेकिन आनंद ने आगे बढ़कर घोड़े के गले में पड़े तस्मे को पकड़कर उसे रोक लिया और आंखों मे आँसू भर कर कहा –

पहिले अपनाय सुजान सनेह सों, क्यौं फिरि नेह कै तोरियै जू।
निरधार अधार दै धार–मझार दई ! गहि बाँह न बोरियै जू।।
घनआनँद आपने चातक को, गुन बाँधि लै, मोह न छोरियै जू।
रस प्याय कै ज्याय, बढ़ाय कै आस, बिसास मैं क्यों बिस घोरियै जू।।[1]

[हे सुजान ! पहले प्रेमपूर्वक तुमने मुझे अपनाया फिर अब तुम उस नेह को क्यों तोड़ती हो ? तुम्हें ईश्वर की सौगंध मुझ निरवलम्ब को सहारा देने के बाद बाँह पकड़कर मुझे मंझधार में फिर मत डुबाओ। अपने चातक को गुण रूपी रस्सी से बाँधने के बाद उससे अपना मोह मत छोड़ो। तुमने अपना प्रेम–रस पिलाकर जीवन दिया है, जीवन की आशा को उद्दीप्त किया है। अब मेरे अटूट विश्वास में इस प्रकार विष क्यों घोल रही हो?]

1– सुजान हित / 38

(61)

सुजान ने आनंद के आँसुओं पर ध्यान नहीं दिया। उसकी कवितामयी उलाहना बेकार हो गयी। इस बेमुरव्वती के बावजूद दिल्ली छोड़ने से पूर्व तीन दिन की अवधि में आनंद ने हरचंद कोशिश की कि एक बार सुजान उसकी बात सुन ले, पर सुनना तो दूर सुजान ने मिलना तक गवारा नहीं किया। आनंद की हालत ऐसी थी की न खुदा ही मिला न विसाले सनम। उसकी नौकरी तो गयी ही अब दिल्ली भी छूट रही थी। इन दिनों केवल बाज खान ने उसका साथ नहीं छोड़ा। उसे हैरानी थी कि आखिर सुजान को हो क्या गया। जिस आनंद को वह अपने बचपन का प्यार कहती थी, जिसके लिए उसके हृदय में हमेशा एक तड़प दिखती थी, आज उसे मिलने तक से गुरेज है।

'भाई, मेरी समझ में नहीं आता कि भाभी को हो क्या गया ?'

'मेरी समझ से भी बाहर है, बाज। सुजान की छोडो, पर मेरी शाजिया मेरे साथ ऐसा कैसे कर सकती है? वह तो चाँदनी से भी उजली थी। उसका हृदय गंगा के जल की तरह निर्मल था। उसकी हँसी किसी झरने की तरह निश्छल थी।'

'भाई शाजिया और सुजान में अंतर है। शाजिया तवायफ नहीं थी। वह सिर्फ जवानी की दहलीज पर कदम रखने वाली एक लड़की थी। मगर सुजान दिल्ली की चकाचौंध देख चुकी है। वह एक टूटे हुए आदमी का साथ क्यों करे। अब आप मीर मुंशी तो रहे नहीं उसकी नजर में अब आप एक बेकार आदमी हैं।'

'मगर बाज, सुजान ने मुझे खुद लिख कर भेजा था– *'लाज, समाज क भीति व रीति अचार–विचार क बूड़नि लागी '* इतना ही नहीं उसने मुझसे यह विनय भी की थी कि आनंद मुझे कभी पीठ मत दिखाना।'

'देखो भाईजान, इन तवायफों को समझना बहुत मुश्किल है। सारी दुनिया जानती है कि सुजान बादशाह की खास पसंद है और आपके खिलाफ यह जो नाटक हुआ है वह भी सिर्फ इसीलिये हुआ कि आपको रास्ते से हटा दिया जाए, वरना कितने लोग तवायफों के पास जाते हैं और किसी के कान में जूँ तक नहीं रेंगती। मैं तो कहता हूँ कि हो न हो आपके खिलाफ साजिश में सुजान भी शामिल हो। वरना क्या जरूरत थी की वह आपसे गाने के लिए कहती, जब आपने बादशाह को मना कर दिया था। यह सब मिली भगत है। सच्ची बात तो यह है की आपकी मुहब्बत की तुलना में सुजान ने बादशाह की सरपरस्ती को ज्यादा अहमियत दी है। मैं तो अब इन्हें न भाभी कहूँगा और न मिलने जाऊँगा।'

'बाज ———भाई, तू बाज आ यार। मुहब्बत को अभी तूने जाना ही नहीं। यह बेवफाई से मरती नहीं। इसकी शिद्दत और भड़कती है। आदमी दिन–रात तड़पता है और उसी तड़प में सुकून पाता है। उसका इंतजार कभी खत्म नहीं होता। इंतजार करते–करते एक दिन वह खुद खत्म हो जाता है।'

'भाई यह जिगरा आपको कहाँ हासिल हुआ? कोई आपकी चमड़ी उघाड़ने पर तुला हो और आप कहें, हाँ भाई आ थोड़ी सी और उघाड़।'

'छोड़ बाज, तू मेरी एक मदद करेगा?'

'कोई शक है क्या भाई ?'

'तो सुजान की कोठी पर चलते हैं और वहीं कहीं धूनी रमाते है कभी कहीं तो किसी झरोखे पर नजर आयेगी। जाने से पहले मैं उसकी एक झलक पाना चाहता हूँ।'

'आप पागल हो गये हैं भाई। आप बालू से तेल निकालना चाहते हैं। आप भूल गए जब उसकी बग्घी रोककर आपने उससे रोते हुए कहा

था– 'रस प्याय कै ज्याय, बढ़ाय कै आस, बिसास मैं क्यों बिस घोरियै जू।' तब उसने किस शिद्दत से अपना मुख मोड़ लिया था। आपकी यह मंशा कभी पूरी नहीं होगी।'

'चातक को क्या पता होता है की उसे स्वाति की बूँद नहीं मिलेगी, पर वह अपने धंधे में लगा रहता है।'

'हम चातक नहीं न हैं भाई। हम इंसान हैं। हम जानते हैं कि क्या मुमकिन है और क्या नामुमकिन।'

'तो फिर मैं अकेला ही जाता हूँ।'

आनंद उठकर खड़ा हो गया। बाज गड़बड़ा गया– 'अरे-----रे भाई, मान गये न बुरा। अब तो साला चलना ही पड़ेगा।'

इन लोगों ने डेढ़ पहर तक सुजान की कोठी का चक्कर लगाया। पर सुजान तो दूर उसकी एक सखी तक नमूदार नहीं हुयी। बाज गुस्से में मुँह बंद किये रहा– आखिरकार आनंद ने अपनी व्यथा इस तरह प्रकट की–

'घनआनँद जीवन मूल सुजान की, कौंधनि हू न कहूँ दरसैं ।
सुन जानिये धौं कित छाय रहे, दृग चातक प्रान तपै तरसैं।।
बिन पावस तो इन्हें थ्यावस हो न, सु क्यों करि ये अब सो परसैं।
बदरा बरसै रितु में घिरि कै, नितहीं अँखियाँ उघरी बरसैं।।'[1]

[घनानंद के जीवन की मूल बादल स्वरूपा सुजान की एक कौंध भी कहीं दिखाई नहीं देती। वह न जाने कहाँ आकाश में छाई होगी। इधर हमारे नेत्र–चातक के प्राण तप रहे हैं और तरस रहे हैं अब जब तक पावस ऋतु नहीं आयेगी, सुजान रूपी बादल एक जगह स्थिर नहीं होंगे तो अभी इनका परस कैसे हो सकता है। बिडंबना यह है कि ये सुजान रूपी बादल तो ऋतु पाकर (अवसर पाकर) ही बरसेंगे, पर हमारी आँखे तो नित्य ही खुलकर बरसती है]

1– सुजान हित/77

(62)

ब्रजनाथ अचानक ठिठक कर रुक गया। यमुना के कच्चे घाट में उसे बालू से निर्मित मूर्ति दिखाई दी। उसके मन में एक झंझावात सा उठा। आज से लगभग दस वर्ष पहले उसने अनूपशहर के गंगाघाट पर ऐसी ही एक मूर्ति देखी थी। उसने अपना चश्मा साफ़ किया और फिर से उस मूर्ति का गौर से निरीक्षण किया। यह बिलकुल उससे मिलती–जुलती थी। अंतर केवल इतना था कि अनूपशहर की मूर्ति एक मुग्धा नायिका की थी और यह मूर्ति मध्या नायिका की थी। ब्रजनाथ वर्तमान में राधावल्लभ संप्रदाय[1] का एक साधु था, पर वह पूर्व में आशु–चित्रकार रह चुका था, अतः उसे मूर्ति को पहचानने में कोई कठिनाई नहीं हुयी। पर यह मूर्ति वृंदावन में कैसे? ब्रजनाथ के आश्चर्य का ठिकाना नहीं था। तो क्या आनंद अभी तक उस लड़की के वियोग में जी रहा है। क्या शाजिया से उसका विवाह नहीं हो पाया या फिर शाजिया ने उसे धोखा दिया? मगर

1– राधावल्लभ सम्प्रदाय के प्रवर्तक एवं कवि गोस्वामी हितहरिवंश का जन्म मथुरा मण्डल के अन्तर्गत बाद ग्राम में हुआ। इनका जन्म वि० सं०1559 में वैशाख मास की शुक्ल पक्ष एकादशी को प्रातः काल हुआ। इनके पिता नाम व्यास मिश्र और माता का नाम तारारानी था। जन्म के अवसर पर इनके पिता बादशाह के साथ दिल्ली से आगरा जा रहे थे। मार्ग में ही बाद ग्राम में हितहरिवंश जी का जन्म हुआ। इनके जन्म के बाद व्यास मिश्र देववन में रहने लगे।

--hindi sahitya info.blogspot.com/2017/05/blog-post-16-html

शाजिया तो ऐसी लड़की नहीं थी। उसकी करुणा या संवेदना में कोई खोट नहीं था। ऐसे बहुतेरे प्रश्न ब्रजनाथ के मन में कुलबुलाने लगे, पर उनका समाधान करने वाला कोई उपलब्ध नहीं था। तो क्या नियति ही आनंद को वृंदावन ले आयी है। उसने चारों ओर निगाह दौडाई पर भक्तों की भीड़ में आनंद को खोज पाना मुश्किल था। ब्रजनाथ उस मूर्ति के सामने बैठ गया। उसे आनंद के गाये सवैये की याद हो आयी जिसको उसने लिख लिया था। यह सवैया उसने इतनी बार पढ़ा था कि उसे कंठस्थ हो गया था। उसने मस्तिष्क पर जोर डाला– झलके अति सुंदर आनन गौर, छके दृग राजत कानन छवैं।

आनंद ने यह सवैया शाजिया के लिए लिखा था। पर इसमें किसी का नाम नहीं है और यह किसी भी देवी की प्रांजल सौन्दर्याभिव्यक्ति हो सकती है। कुछ देर ब्रजनाथ मौन सोचता रहा कि आनंद से इस भीड़ से भरी जगह में कैसे मुलाक़ात हो पायेगी। फिर उसके मन में हठात यह विचार आया कि जब उसके आने की सूचना नियति ने दे ही दी है तो विधाता स्वयं ही कभी मिलाएगा भी। वह उठ खड़ा हुआ और राधावल्लभ मंदिर की ओर चल पड़ा। अभी वह कुछ ही दूर चला था कि रास्ते में उसे एक भीड़ नजर आयी। उसने लोगों से पूछा –'भाई, यह भीड़ क्यों लगी है?'

एक साधु को सामने देखकर भीड़ ने उसे रास्ता दिया। उसने देखा कि एक भिखारी जैसा व्यक्ति सड़क पर बेहोशी की हालत में पड़ा है। उसकी दाढ़ी–मूंछें बड़ी बेतरतीबी से बढी हुयी हैं। उसके कपड़े अस्त व्यस्त और फटे हुए हैं। शरीर पर चोट के निशान भी हैं। उसके कंधे पर एक निर्जीव सा थैला पड़ा था।

'भाइयों, जरा मेरी मदद करें और इस व्यथित को राधा–वल्लभ मंदिर में मेरे कक्ष में ले जाने हेतु मेरा सहयोग करें। यह भूखा–प्यासा, बीमार और कुछ घायल भी लगता है।'

ब्रजनाथ को कुछ करना नहीं पड़ा। साधु का सम्मान करते हुए चंद उत्साही नवयुवकों ने भिखारी को मंदिर में साधु के कक्ष तक पहुँचा

दिया। ब्रजनाथ ने पहले उसे पानी पिलाया। इससे उसमें कुछ चैतन्यता आ गयी। उसे कुछ फल खाने को दिए गये। वह कुछ स्वस्थ तो हुआ पर वह अभी अपने आपे में नहीं था। वह मन ही मन कुछ बुदबुदा रहा था। साधु ने उसका थैला अलग रख दिया और अपने एक शिष्य से कहा कि इसे पहले स्नान कराओ और फिर गेरुआ वस्त्र पहनाओ। एक घड़ी में भिखारी साधु की सज्जा में लाया गया। पर वह जान–जान की रट लगाये था।

'भाई तुम कौन हो? अपना परिचय दो और यह जान–जान क्या लगा रखा है?'

'मैं दिल्ली के बादशाह मुहम्मदशाह का मीर मुंशी था और जान मेरी सुजान है, मेरा प्राण, मेरा सब कुछ।'– उसने बेखुदी में कहा।

ब्रजनाथ का शिष्य हँसा– 'सचमुच पागल है।'

'पागल नहीं हूँ, सच कहता हूँ।' –उसने दृढ़ता से कहा–'मेरे पास बहुत धन था। यहाँ कुछ लोगों ने मुझे लूट लिया और मुझे मारकर सड़क पर फेंक दिया। मगर बाबा, आपने मुझे बचा लिया। हालांकि मैं मर जाता तो ज्यादा अच्छा होता। सुजान की याद से तो छुटकारा मिल जाता।'

'यह सुजान कौन है?'– ब्रजनाथ ने पूछा।

'मेरा सब कुछ, मेरा प्राण। मेरा जीवन।'

ब्रजनाथ ने सोचा इस प्यार ने कितने जीवन बर्बाद किये हैं। अभी उसे आनंद की कहानी भूली भी न थी कि बादशाह के मीर मुंशी की नई प्रेम कहानी सामने आ गयी। ब्रजनाथ को लगा कि यह आदमी सच बोल रहा है मगर मीर मुंशी का ओहदा तो बड़ा अहम होता है। फ़िर तो यह कोई मामूली व्यक्ति नहीं हो सकता। ब्रजनाथ ने उत्सुकता से पूछा, 'भाई, तुम वृंदावन कैसे आए?'

'बादशाह ने मुझे बर्खास्त कर दिल्ली से निकाल दिया। मेरा दोस्त बाज मुझे सिवान तक छोड़ गया था।'

'पर तुम्हारा कुछ तो कसूर रहा होगा? बादशाह यूँ ही तो नहीं निकाल देगा?'

'कसूर तो था बाबा ! इस जमाने में किसी को दिल से चाहना सबसे बड़ा कसूर है।'

'बादशाह को तुम्हारी मुहब्बत से क्या लेना–देना था ?'

'वह कमबख्त भी उसी का दीवाना था।'

'अरे यह तो बड़ी गंभीर बात हो गयी। तुम जानते थे कि बादशाह उसे चाहता है फिर भी तुमने यह हिमाकत की।'

'हिमाकत मैंने नहीं की। मेरा तो उससे बचपन का प्यार था।'

ब्रजनाथ के कान खड़े हो गये। आनंद का प्यार भी तो ऐसा ही था। उसने आतुर होकर पूछा– 'तुम्हारी प्रेयसी का नाम क्या है?'

'सुजान'

'ओह –––'– ब्रजनाथ के हृदय की धड़कन शांत हुयी– 'तो तुम्हारे उस बचपन के प्यार पर बादशाह की नजर कैसे पड़ी?'

'किस्मत ने उसे शाह–ए–हिंद की दरबारी तवायफ–ए–खास जो बना दिया।'

'अरे, यह तो बड़ी उलझी हुई कहानी है।' –ब्रजनाथ ने हैरान होकर कहा– 'अब क्या इरादा है?'

'सुजान को भूल नहीं सकता। उसकी सुंदरता के गीत गाऊँगा। उसकी याद में दहूंगा, पर जान देकर अपने प्यार को कलंकित नहीं करूँगा।'

'तो क्या सुजान ने सचमुच बेवफाई की?'

'हाँ, मुझे यकीन था कि मेरे बचपन का प्यार है वह, बादशाह को ठुकराकर मेरे साथ चली आयेगी। पर उसने मेरी पेशकश ठुकरा दी और बादशाह की सरपरस्ती को अहमियत दी।'

'ठीक ही तो है, एक तवायफ से वफ़ा की क्या उम्मीद? पर अब सुंदरता के गीत गाने से क्या होगा?' अचानक ब्रजनाथ चौंका– 'तो क्या तुम कविताई भी करते हो?'

'अब वही जीने का सहारा बचा है।'

'किस नाम से करते हो?'– ब्रजनाथ ने साँस रोककर पूछा।

'घनानंद के नाम से।'

ब्रजनाथ धक् से रह गया। बालू की उस मूर्ति को देखकर जिससे मिलने को वह इतना व्यग्र था वह इस रूप में मिलेगा, इसकी तो उसे कल्पना भी नहीं थी।

'यह तुम्हारा नाम है या तखल्लुस'

'दोनों, नाम आनंद है और घनानंद मेरे एक बड़े पुराने दोस्त का सुझाया 'तखल्लुस' है। जाने वह अब कहाँ और किस हाल में होगा? पहले अनूपशहर में गंगा के किनारे लोगों के चित्र बनाता था।'

'अच्छा, तो यमुना के तट पर वह बालू की मूर्ति तुम्हीं ने बनायी थी?'

'हाँ, मगर ––––'– उस व्यक्ति को आश्चर्य हुआ– 'आपको कैसे मालूम?'

'कितने बदल गये हो तुम आनंद। मैं ब्रजनाथ हूँ, वही चित्रकार।'

'हे भगवान ! आप ब्रजनाथ हो। राधावल्लभ का लाख–लाख शुक्र है। मुझे सुरक्षित जगह तक पहुँचा दिया। आप भी कितने बदल गये। इस साधु वेश में मैं तो कभी न पहचान पाता।'

'मगर यह बताओ तुम तो शाजिया से प्यार करते थे। तुम्हारे बचपन का प्यार तो वही था। यह बीच में सुजान कहाँ से आ गयी?'

'शाजिया ही सुजान है। कहानी कुछ लंबी हो गयी है।'

'हाँ, ठीक है, चलो पहले भंडारे में खाना खाते हैं। फिर मंदिर के

औषधालय से तुम्हारे चोट की कुछ दवा कराते हैं। रात में तुम्हारी कहानी इत्मीनान से सुनूँगा और कल तुम्हारी कविताओं का भरपूर आनंद लूँगा। अब तो भगवान की कृपा से तुम्हारी कलम बिलकुल पक गयी होगी ?'

'पता नहीं। पर सुजान ने मुझे एक ऐसी आग में जलने को छोड़ दिया है कि मैं केवल इतना ही कह सकता हूँ कि– *लोग हैं लागि कवित्त बनावत मोहि तो मेरे कवित्त बनावत।*'[1]

1– तीछन ईछन बान बखान सो पैनी दसान लै सान चढ़ावत।
प्राननि प्यासे, भरे अति पानिप, मायल घायल चोप, चटावत।
यौं घनआनंद छावत भावत जान सजीवन ओर ते आवत।
लोग हैं लागि कवित्त बनावत मोहि तो मेरे कवित्त बनावत।
–सुजान हित / 227

(63)

दिन के तीसरे प्रहर में आनंद ने यमुना के नीरव तट पर बालू से फिर सुजान की मूर्ति बनायी। बड़ी देर तक वह उसे अनिमेष देखता रहा। उसे लगा की सुजान की मूर्ति उसे देखकर व्यंग्य से मुस्करा रही है। आनंद के मन में क्षोभ भर आया– 'मेरे मन की यह दशा है और तुम हँस रही हो, सुजान ! ज़रा मेरी बात सुनो। मैं कितने दुःख और कितनी पीड़ायें झेल रहा हूँ, तुम इस बात को नहीं जानती। न तो तुमसे मिलने की अब कोई समय सीमा है। न मुझे कोई उम्मीद या सहारा है। मेरी इस विपन्न दशा को देखकर लोग मुझसे इसका कारण बूझते हैं। मैं उन्हें क्या उत्तर दूँ? तुम मुझे विचार कर अपनी ठीक–ठीक स्थिति बता दो तो, मैं तुम्हारे पैर दूर से ही छू लूँ।'[1]

आनंद ने मूर्ति को फिर से देखा। अब वह मुस्कान तिरोहित हो चुकी थी। अचानक हवा के झोंके और धूलि के प्रवाह से मूर्ति का क्षरण होने लगा। आनंद को लगा इस पवन की गति तो सर्वत्र है। यह तो सभी दिशाओं को धूल–धूसरित कर एक दिन फिर वापस आयेगा। यह मेरी

1– घनआनंद प्यारे सुजान सुनौ, जेहिं भाँतिन हौं दुख–शूल सहौं।
नहिं आवन औधि, न रावरि आस, इते पर एक सा बात चहौं।
यह देखि अकारन मेरि दसा, कोइ बूझइ ऊतर कौन कहौं।
जिय नेकु बिचारि कै देहु बताय, हहा प्रिय दूरि ते पाँय गहौं।
–सुजान हित / 258

सुजान का स्पर्श भी करेगा। यह सोच कर आनंद मन ही मन कहने लगा– 'हे वीर पवन ! तुम्हार गमन तो हर जगह है। तुम्हारे समान और कौन ऐसा बली है जो मेरे जैसे निढाल और थके हुए व्यक्ति को सहारा दे। तुम तो जगत के प्राण हो तुम्हारे लिए तो छोटे–बड़े सब एक जैसे हैं। तुम आनंद के भरपूर भंडार हो और दुखियों को विशेष रूप से सुख देने वाले हो। मेरी प्रेयसी सुजान् जो धवल–वर्ण है, गुणों की भंडार है, मुझे अत्यधिक चाहती थी। वह अब बिसासी हो गयी है। उसने मेरी ओर अपनी पीठ कर ली है। वह मेरे विरह–व्यथा की मूल है। इसलिए ओ रे पवन तू उसके पैरों की ज़रा सी धूल ला दे जिससे मैं अपनी इन आँखों को थोड़ा सा आँज लूँ।'[1]

आनंद की बनायी मूर्ति हवा का आघात अधिक देर तक सह नहीं सकी और वहीं तटवर्ती बालुका की चादर पर पसर गयी। अचानक बादल घिर आये। सूर्य देवता अंतर्धान हो गये हवा में ठंडक बढ़ गयी। इस बदले मौसम में कोयलें कुहू–कुहू करने लगीं। जंगल से कुछ मोर उड़ कर आ गये और कदंब के पेड़ की नीची डालियों पर बैठने लगे। कुछ नृत्य करने लगे। चातक को लगा शाम हो गयी वह भी 'पी कहाँ' रटने लगा आनंद को लगा यह प्रकृति भी मुझे सताने पर लगी है। वह कहने लगा– 'रे काली और क्रूर कोयल तू कहाँ का बैर मुझसे निकाल रही है? तू कुहुक–कुहुक मेरे कलेजे को अभी से छलनी किये देती है। ये पापी मोर रात दिन मेरे पीछे पड़े हैं और चातक तू भी मेरे कान फोड़ ले। इस घनानंद के जीवन और प्राण स्वरुप सुजान उसके पास नहीं है। अतः मेरी इस विरह अवस्था में मुझे अकेला जानकार ये सारे उपादान दलबंदी कर घेरा डाल लें और जब तक वह सुजान विनोद बरसाने नहीं आती तब तक डरावने बज्रमार

1– ए रे बीर पौन! तेरो सबै ओर गौन, वारि तो सों और कौन मनै ढरकौं ही बानि दै।
जगत के प्रान, ओछे बड़े को समान, घनआनंदनिधान सुखदान दुखियानि दै
जान उजियारे, गुनभारे अति मोहि प्यारे अब ह्वै अमोही बैठे पीठि पहिचानि दै।
बिरहबिथा की मूरि आँखिन में राखौं पूरि, धूरि तिन्ह पाँयन की हा–हा! नैकु आनि दै।

–हिदी साहित्य का इतिहास, रामचन्द्र शुक्ल, पृष्ठ 314

बादल भी खूब गरज लें।'[1]

पर बादल गरजने वाले ही नहीं, बरसने वाले भी थे। जाने कैसे चहुँ ओर से काले और भूरे बादल आ गये। यमुना नदी के ऊपर दूर–दूर तक एक चितकबरा सा वितान तन गया। बादल कई दिशा से उमड़ते हुए आये थे इसलिये उनमें भयानक मुठभेड़ हो गयी। आकाश में घमासान छिड़ गया। वर्षा–उन्मेषी मेघों को देखकर आनंद का मन मयूर नाचने लगा। उसने आकाश की ओर हाथ उठाकर पुकारते हुए कहा –'हे पर्जन्य! (बादल, जिसका जन्म दूसरे के लिए ही हुआ हो) तुमने तो पर सेवा के लिए ही यह शरीर धारण किया है, इसलिए अपने नाम को सार्थक करते हुए तुम यथार्थ रूप से बरसो। अपने जल–भंडार को अमृत सा बना दो और हर प्रकार से अपनी सज्जनता का रस सरसा दो। हे पर्जन्य, तुम तो जीवन प्रदान करने वाले हो तो मेरे ह्रदय की पीड़ा का भी कुछ स्पर्श कर लो और अपनी काया में मेरे आंसुओं को भरकर कभी मेरी उस बेवफा प्रेयसी सुजान के आँगन में भी बरसा दो।[2]

सहसा मूसलाधार पानी बरसने लगा। लोग किनारे से भाग खड़े हुए। आनंद ने यमुना मंदिर में शरण ली। तीव्र मेघ की धारा से यमुना

1– कारी कूर कोकिला कहाँ को बैर काढ़ति री,
कूकि–कूकि अबही करेजो किन कोरि रै।
पैंड़ परै पापी ये कलापी निसि द्यौस ज्यों ही,
चातक रे घातक ह्वै तुहू कान फोरि लै
आनंद के घन प्रान जीवन सुजान बिना,
जानि कै अकेली सब घेरो दल जोरि लै।
जौ लौं करै आवन विनोद बरसावन वे,
तौ लौं रे डरारे बजमारे घन घोरि लै।

– सुजान हित / 268

2– परकारज देह को धारे फिरौ परजन्य! जथारथ ह्वै दरसौ।
निधि नीर सुधा के समान करौ, सबही बिधि सुंदरता सरसौ
घनआनंद जीवनदायक हो, कबौं मेरियौ पीर हिये परसौ।
कबहूँ वा बिसासी सुजान के आँगन मो अंसुवानहि लै बरसौ।।

– सुजान हित / 237

का वह क्षेत्र नयनाभिराम हो गया। इसका लाभ लेते हुए कुछ लोग पानी में भीग कर क्रीड़ा करने लगे और आपाद तर–बतर हो गये। जल की धारा इतनी प्रखर और स्थूल थी कि धारा के विपरीत (anti-current) चलने वाली मछलियाँ बरसती धारा पर ऊपर चढ़ने लगीं। इनमें से तमाम यमुना के बालुका तट पर आ गिरीं, पर बालुका में पानी कहाँ। निदान वे मछलियाँ वहीं तड़प–तड़प कर मरने लगीं। आनंद ने इस दृश्य को देखा तो सोचा– 'पानी के अधीन रहने वाली मछली पानी के कम हो जाने पर जिस प्रकार व्याकुल होती हैं और मृत्यु–यंत्रणा से होकर गुजरती हैं, उस पीड़ा और व्याकुलता से मेरी पीड़ा की यदि पूरी नहीं तो कुछ–कुछ समता हो सकती है। मछली निराशा में अपने प्राण देकर अपने स्नेही जल को कलंकित कर देती है। वह दुर्बुद्धि प्रेम की रीति को क्या जाने? उसकी समझ में तो स्नेही मीत के साथ रहने में ही प्रेम की प्रामाणिकता है। लेकिन सच्चाई तो यह है की मर जाने पर प्रेम रह ही कहाँ जाता है? प्रेम तो केवल तब तक है, जब तक जीवन है इसलिए प्रेम की कसौटी मरना नहीं अपितु जीवन कायम रखते हुए विरह में तिल–तिल जलना है। इस दृष्टि से उसके मन की वास्तविक दशा और प्राणों की जियन (जीवनशीलता) को केवल सुजान ही जानती है।'[1]

पानी बरसना बंद हुआ तो आनंद मंदिर से निकल कर फिर यमुना के तट पर पहुंचे पर वहाँ कुछ मगरमच्छ पानी से निकलकर रेत में आ गये थे। आनंद का ध्यान उस ओर नहीं गया था। अतः मौक़ा ताड़कर उनमें से एक ने आनंद का पैर दबोच लिया और उछल कर पानी में जा गिरा। आनंद जोर से चिल्लाया– 'बचाओ–बचाओ'

ब्रजनाथ ने आनंद के सीने को हाथ से सहलाते हुए कहा– 'बुरा सपना था क्या?'

1– हीन भये जल मीन अधीन कहा कछु मो अकुलानि समानै।
नीर सनेही को लाय कलंक निराश ह्वै कायर त्यागत प्रानै।।
प्रीति की रीति सु क्यों समुझै जड़ मीत के हाथ परै को प्रमानै।
या मन की जू दशा घन आनंद जीव की जीवनि जान ही जानै।।
–सुजान हित/4

(64)

सुजान ने बाज खान को तीन बार संदेश भेजकर बुलाने की कोशिश की, पर बाज नहीं आया। निदान उसे आनंद की सौगंध दी गयी, तब बाज मजबूर हो गया। आखिरकार उसे जाना ही पड़ा। वह भरे दिल से सुजान की कोठी पर पहुँचा। सुजान ने किन्ही कारणों से कोठी के चारों ओर बने सहन में फूलों की क्यारियों के बीच उससे मिलना तय किया। बाज आज काली शेरवानी और सफेद पायजामे में था। सिर पर काली टोपी और पैरों में लखनवी जूते थे। चेहरे की मुद्रा अपेक्षाकृत गंभीर थी। इधर सुजान धानी रंग के कुर्ते और सफेद सलवार में थी।

बाज एक आराम कुर्सी पर बैठा इंतजारफरमां था। सुजान को अपनी ओर आता देखकर वह सम्मान में उठकर खड़ा हो गया। फिर उसने बेरूख होकर धीरे से आदाब किया। इसके बाद उसने सुजान का चेहरा देखा। बाज को हैरानी हुयी। नीलोफर की तरह हमेशा खिला रहने वाला रेशमी चेहरा पीला पड़ गया था। आँखों के पपोटे सूजे हुए थे। वह कुछ दुबली हो गयी थी। इसके साथ ही चेहरे पर छाये अवसाद के कारण वह कुछ बीमार सी और रहस्यमय लग रही थी।

'कैसे हो बाज?'– सुजान ने कोमल स्वर में पूछा।

'इनायत है।' –बाज ने रूखे स्वर में उत्तर दिया।

'नाराज हो ?'

'राजा, बादशाह, रानी और बड़े हुक्मरानों से नाराजगी के क्या मायने है? कोई उनका क्या बिगाड़ लेगा? और कहीं निगाह उलट गयी तो बेचारा खुद ही जिबह हो जाएगा।'

'समझदार हो गये हो, मेरे हाथ से शरबत पियोगे?'

'मैं यहाँ शरबत पीने नहीं आया।'– बाज ने फिर बेरुखी से कहा– 'आपने भाई की कसम देकर बुलाया था। हमने समझा कोई बहुत जरूरी काम होगा?'

'काम ––––? हाँ, वह तो है। बाज तुम जानते हो इस सारी कायनात में आनंद के बाद अगर मैं किसी पर भरोसा कर सकती हूँ तो वह तुम हो।'

'बंदा इस भरोसे का शुक्रगुजार है। आप काम बताइए।'

'नहीं, ऐसा कोई काम नहीं ––––यह बताओ तुम आनंद को कहाँ तक छोड़कर आये थे?'

'आनंद की बात आप मत करो। अब आनंद का नाम आपके मुख से अच्छा नहीं लगता। उससे आपका वास्ता ही क्या?

'अल्लाहताला के बाद अगर सुजान का किसी से वास्ता है तो वह केवल आनंद से है?'– सुजान ने अभिमान से कहा– 'यह केवल मेरा खुदा जानता है और कोई नहीं।'

'ऐसी बातें अब आपको जेब नहीं देती। सारी दिल्ली जानती है कि आपने उसके साथ क्या सलूक किया है? बदकिस्मती से मैं भी उसका गवाह हूँ। आप ही ने उस दिन तड़पकर कहा था, तवायफ अपनी चाल चलती है, वह होती किसी की नहीं।'

'हाँ और उसी चाल का नतीजा है कि आज आनंद जिंदा है और उसके साथ ही तुम भी। अगर मैं ऐसा सलूक नहीं करती तो कोई ज़िंदा नहीं बचता।'

'यह आप क्या कहती हैं? और मैं क्यों?'

'गेहूँ के साथ घुन पिसता है, यह तो जानते हो तुम। शुक्र करो कि

तुम भी बच गये, पर सोचो, तुम आनंद को सिवान तक छोड़ने गये थे तो क्या इससे बादशाह खुश हुए होंगे?'

'हाँ, खुश तो नहीं हुए होंगे।'

'शुक्र है कि इस बात का अहसास है तुम्हें। बाज तुम्हें पहले से कहीं अधिक सावधान रहना होगा।'

'मशवरे के लिए शुक्रिया। पर बादशाह अगर पीछे पड़ा हो, तो हर सावधानी नाकाफी है?'

'हाँ, इसलिए तुम्हें एक नाटक करना होगा।'

'नाटक ! 'कैसा नाटक?'

'जैसा नाटक मैं कर रही हूँ?'

'क्या मतलब आप क्या नाटक कर रही हैं?'

'यह बाद में बताऊँगी, अभी तुम्हें यह जताना होगा कि आनंद से सिवान में तुम्हारी अच्छी झड़प हो गयी। अब तुम्हारा उससे कोई वास्ता नहीं है। आज से वह तुम्हारा दुश्मन है।'

'यह मुझसे नहीं होगा, पठान का बच्चा हूँ। मर जाऊँगा पर आन से नहीं हटूँगा।'

'फिर तो समय ही बताएगा की जलाल–ए–मुहम्मदशाह से तुम कब तक बच पाते हो।'

'मैं इसकी परवाह नहीं करता।'

'आनंद भी यही कहता था। वह भी तुम्हारी तरह ही सोचता था। पर नतीजा क्या हुआ? मैं बेवफाई का नाटक न करती तो आनंद को शूली पर लटका दिया जाता।'

'आप ऐसा कैसे कह सकती हैं?'– खान ने चिढ़ कर कहा।

'मैं ही कह सकती हूँ क्योंकि मैंने बादशाह के साथ जानबूझकर

रात गुजारी थी और उनसे आनंद की जान बतौर भीख माँगी थी जो मुझे इस शर्त पर मिली थी कि मैं आनंद से कभी कोई वास्ता न रखूँ और केवल बादशाह की होकर रहूँ। उसे दिल्ली से बाहर मेरी इल्तजा पर भेजा गया है, बादशाह तो उसे सजा–ए– मौत देने वाले थे। जिसे तुम बादशाह की रहम समझते हो वह बादशाह से मुझको मिली एक भीख है जो उसने देना मजबूरन कबूल किया क्योंकि वह खुद मुझ पर जी–जान से मरता है। मेरे लिए आनंद की सलामती ही अल्लाह की सबसे बड़ी मेहर थी।'

'तो आप यह सब मुझे क्यों बता रही हैं?'

'तीन वजहात से। एक तो तुम आनंद के वफादार–राजदार दोस्त हो दूसरा जो मैं पहले बता चुकी हूँ कि पूरी कायनात में मुझे सिर्फ और सिर्फ बाज पर भरोसा है। मैं यहाँ सहन में तुमसे बात क्यों कर रही हूँ। सिर्फ इसलिए कि दीवारों के भी कान होते हैं। तुम्हें यकीन नहीं होगा पर सच यह भी है कि मुझ पर लगातार नजर रखी जा रही है। मैं कब उठती हूँ, क्या करती हूँ, मुझसे कौन मिलने आता है? मैं कब सोती हूँ? यह सारी खबर बादशाह के पास पहुँचती है।'

'तोबा ———मैं यहाँ हूँ। इसकी खबर बादशाह को होगी।'

'अभी नहीं होगी तो तुम्हारे जाने के बाद हो जायेगी।'

'और तीसरी वजह ?'

'वह वजह गंभीर है। इसके लिए यह जानना जरूरी है कि आनंद कहाँ गया है? तुम भी उसे केवल सिवान तक ही छोड़ के आये हो या ——?'

'हाँ, सिवान तक मगर, भाई वृंदाबन जाने की बात कर रहे थे।'

'पक्का?'

'हाँ, कहा तो यही था।'

'अगर वह वृंदावन गये हैं, तो मेरा काम आसान हो जाएगा। बाज तुम पर आनंद का और मेरा बराबर का भरोसा है, इसलिए सिर्फ और सिर्फ तुम्हें बताती हूँ कि मेरे गर्भ में आनंद का अंश आ चुका है। यह

अहसास मुझे आनंद के जाने के बाद हुआ।'

'तोबा ---- क्या यह सच है?'

'सौ फीसद, बच्चे के बारे में उसकी माँ से बेहतर कोई नहीं जानता।'

'यानि कि मैं ताऊ----?'– बाज अपनी मुस्कान न रोक सका– 'मगर बेवक्त, अब क्या होगा?'

'जाहिर है, बादशाह को यह हजम नहीं होगा, वह बच्चा गिराने पर जोर डालेंगे और मैं यह हरगिज नहीं चाहती।'

'फिर----?'

'मैं कल अल–सुबह बजरिये नाव यमुना नदी के रास्ते से वृंदावन के लिए निकलना चाहूँगी। अन्य कोई रास्ता मेरे लिए महफूज नहीं रहेगा। क्या इस काम में मुझे बाज की मदद मिल सकती है?'

'अब आप मुझे शर्मिंदा कर रही हैं। जब तक असलियत का पता नहीं था, तब तक मेरे खयालात आपके खिलाफ थे। पर अब आप मेरे लिए पहले से भी ज्यादा फख्रगुजार हैं। अफ़सोस भाई को इस सच्चाई का इल्म नहीं हैं और वे बड़े मुगालते में है।'

'तो मेरी इस योजना का पता किसी को नहीं है, पर बादशाह की नजर का क्या भरोसा? उसने हर ओर जासूसों का जाल बिछा रखा है।'

'ऐसा है तो, आप फ़िक्र न करें, भाभी, बाज हथियार–बंद होकर घाट पर नाव के साथ मौजूद रहेगा।'

'बड़ी देर के बाद तुम्हारे मुख से 'भाभी' शब्द निकला।'

'आपकी इस गहराई का पता किसी को नहीं है। मैं भी हूँ तो एक मामूली इंसान ही। आपकी बेवफाई का अक्स मेरे सामने था, मैं क्या करता। मगर भाई तो इसी सोच में बावला है कि सुजान ने उसे छोड़ दिया। बाखुदा, मैं इस सच्ची मोहब्बत को फिर से सलाम करता हूँ और अब मैं चलूँगा।'

'अभी नहीं, पहले हल्का नाश्ता। फिर मेरे हाथ का शरबत, फिर विदाई।'

बाज के जाने के बाद सुजान ने एक अरसे के बाद कलम उठाई और कागज लेकर कुछ लिखने बैठ गयी। काफी विचार के बाद उसने जिन भावों की अभिव्यक्ति की वह इस प्रकार थी –

निकसी जु बयार सु शीतल सो चहुँ ओर विभोर अजान चली
पथ माँहि मिले वन कंटक शूल तिनै हिय सों पहिचान चली।
सबु घात सहे, प्रतिघात सहे अरु रीति अनीति क जान चली
जग छांड़ि उतै हि मिलो सजना घन आनंद धार सुजान चली।।[1]

इस सवैये को रचकर सुजान को एक संतुष्टि मिली। उसे लगा की शायद इस तरह उसने अपने अंतिम पथ का निर्धारण कर लिया है। वह अपनी किसी सखी को पुकारने वाली ही थी कि अचानक पहरे के सिपाही ने आकर सूचना दी– 'कोई साधु आपसे मिलना चाहते हैं ?'

इस अवस्था में भी सुजान के चेहरे पर एक मुस्कान तैर गयी। तवायफ के कोठे पर साधु का क्या काम? सुजान की इच्छा हुयी कि वह मिलने से मना कर दे। परंतु उसे यह जानने की भी उत्सुकता हुयी कि यहाँ साधु का क्या प्रयोजन हो सकता है। वह फिर से सहन में आ गयी। वहाँ वैष्णव साधु के वेश में एक तेजस्वी व्यक्ति बैठा था। पहरे के दो अवांछित सिपाही भी वहाँ आ गये थे। सुजान यदि उन्हें हटने को कहती तो उन्हें शंका ही सकती थी। सुजान जानती थी कि पहरे के नाम पर बादशाह ने भेदिये तैनात कर रखे हैं।

'कहाँ से आगमन हुआ है, स्वामी ?'

'वृंदावन से, पुत्री।'

सुजान की जान सूख गयी। जरूर आनंद का कोई समाचार लाये होंगे। मगर इन भेदियों के सामने वह खुल नहीं सकती थी। अर्थात् उसे

1– लेखक द्वारा रचित

फिर विपरीत आचरण करना होगा और इससे फिर आनंद को चोट पहुंचेगी। पर इसके सिवाय कोई चारा नहीं था।'

'स्वागत है स्वामी, पर एक तवायफ से आपका क्या काम है ?'

'मेरा नाम ब्रजनाथ है।'

'जी'

'जी क्या, तुम मुझे जानती हो।'

'मैं ––– नहीं बाबा, मैं वृंदावन कभी नहीं गयी।'

'जानता हूँ। पर हमारी भेंट वृंदावन में नहीं अनूपशहर में हुयी थी। शायद तुम भूल गयी।'

अनूपशहर में तब मैं गंगा के पावन तट पर चित्र बनाया करता था।'

'ओह चित्रकार, तो आप वह चित्रकार है। कितना बदल गये हैं आप?'

'संसार परिवर्तनशील है बेटी। तन को छोडो यहाँ तो लोगों के ईमान तक बदल जाते हैं।'

सुजान को यह व्यंग्य किसी चाबुक की तरह लगा। वह कसमसाकर रह गयी। पर परिस्थितिवश कुछ कहने की स्थिति में नहीं थी वह।

'यहाँ किसी प्रयोजन से आपका आना हुआ है ?'

'हाँ, जरूर, वरना उतनी दूर से राधा–वल्लभ को छोड़कर मैं यहाँ कहाँ आता ?'

'तो हुक्म कीजिये?'– सुजान ने आशंकित होकर पूछा।

'देखो बेटी, मैं यहाँ सुजान से नहीं शाजिया से मिलने आया हूँ। मुझे वह सारे प्रसंग याद हैं। तुम तो ऐसी न थी शाजिया। मैंने तुम्हारी वह तड़प, वह हाहाकार देखा है। तुम आनंद को कैसे इस प्रकार मरने के लिए छोड़ सकती हो? राधावल्लभ की कृपा से उसे मैंने बचा लिया वरना तो वह कब का मर गया होता।'

'चित्रकार या स्वामी जी या आप जो भी हों।'– सुजान का लहजा अचानक सख्त हो गया– 'आप शायद गलत जगह पर आ गये हैं। यह शाजिया का घर नहीं सुजान को कोठा है। यहाँ आनंद जैसे हजारों लोग आते हैं और चले जाते हैं। तवायफ किसी का हिसाब नहीं रखती। आप अगर यह सब कहने के लिए आये हैं, तो आप गलत दरवाजे पर आए हैं।'

इतना कहकर उसने सिपाहियों की ओर देखा। वह जानती थी कि यह सारी खबर अभी बादशाह को मिल जायेगी। उसने अपना रुख और कड़ा कर लिया। ब्रजनाथ सुजान के तेवर देखकर धीरे से हँसा– 'मैं साधु हो चुका हूँ। तुम्हारे इन तीखे बचनों से मेरा कुछ न बनेगा और न बिगड़ेगा। सच पूछो तो मुझे तुमसे ऐसे ही उत्तर की आशा थी। अब मैं सीधी बात पर आता हूँ। आनंद ने तुम्हारे लिए अपने खून से एक चिठ्ठी लिखकर भेजी है, तुम अगर चाहो तो इसे पढ़ लो और मन में आये तो उत्तर भी दे दो। बेचारे को राहत के दो शब्द ही मिल जायेंगे।'– ब्रजनाथ ने पत्र सुजान के हाथों में देते हुए कहा।

सुजान मन ही मन काँप उठी। आनंद के खून से लिखा पत्र। हे परवरदिगार तू इस नन्हीं सी जान की कितनी परीक्षा लेगा। इस थोड़े से वक्फे में उसने अपने कर्तव्य का निर्धारण कर लिया और चिठ्ठी को बिना पढ़े ही उसे फाड़कर स्वामी के मुख पर उछाल दिया।[1] ब्रजनाथ को यह उम्मीद नहीं थी। वह पल भर के लिए भाव शून्य हो गया।

'यह है मेरा जवाब'– सुजान ने चीख कर कहा– 'अब जाओ, अल्लाह के वास्ते, मुझ पर रहम करो।'

1– पूरन प्रेम को मंत्र महा पन, जा मधि सोधि सुधारि है लेख्यौ।
ताही के चारू चरित्र बिचित्रनि यौं पचि कै राचि राखि बिसेख्यौं।।
एसो हियो–हित–पत्र पवित्र जु आन कथा न कहूँ अवरेख्यौ।
सो घनआनँद जान, अजान लौं टूक कियो पर बाँचि न देख्यौ।।
–सुजान हित / 281

'मैं राधा वल्लभ संप्रदाय में दीक्षित हूँ, बेटी। मेरे सामने कृष्ण और राधा के प्यार का प्रतिमान नाचता रहता है। पर तुम्हारे प्यार के इस रूप को मैं क्या नाम दूँ, यह मेरी समझ से बाहर है। प्यार का इससे अधिक अपमान और क्या हो सकता है? सचमुच एक तवायफ ही इस सीमा तक जा सकती है। तुम्हारे लिए प्रायश्चित का यह आख़िरी मौक़ा था और तुमने वह भी गवाँ दिया।'

सुजान आवेश में भरी हुयी अपने कक्ष की ओर भागी। वहाँ शैय्या पर सुजान किसी कटे वृक्ष की भांति धड़ाम हो गयी। उसकी आँखों से आँसुओं का सैलाब उमड़ पड़ा– 'ओ आनन्द, मेरे आनंद !'

(65)

बाज अंतिम प्रहर के पहले ही घाट पर पहुँच गया। उसने एक छोटी नाव का प्रबंध कर लिया था। यमुना नदी का प्रवाह शांत था। रात छीज चुकी थी। पौ फटने वाली थी। अचानक बाज किसी घोडे की आवाज सुनकर चौंक उठा। वह बिजली जैसी फुर्ती से नदी के तटवर्ती एक पेड़ पर चढ़ गया। पेड़ में घने पत्ते थे, वह उसी में दुबक कर अदृश्य हो गया। घुड़सवार सिर से लेकर पाँव तक काले लिबास में था। उसने घाट पर आकर अपना घोड़ा रोका, फिर चौकन्नी दृष्टि से चारों ओर देखा। किसी को न पाकर वह सवार घाट पर इधर–उधर चहलकदमी करने लगा। टहलते–टहलते वह उस पेड़ के नीचे भी पहुँचा जिस पर बाज छिपकर बैठा था। अचानक बाज ने छलांग लगा दी। घुड़सवार की मानो जान ही निकल गयी। तभी बाज ने सरगोशी की– 'भाभी मैंने आपको पहचान लिया है। एक छोटी नाव है, जो आपके लिए पर्याप्त है, मगर आपका सफ़र कठिन है। नाव से इतनी दूर जाना जीवट का काम है। आप रुकते–रुकाते आराम से जाइयेगा।'

'बहुत शुक्रिया बाज भाई, मगर अब तक मेरे आने की खबर बादशाह को हो गयी होगी। उनके सिपाही किसी भी समय आ सकते हैं। तुम मेरी यह पोटली नाव पर रख दो। देर करना ठीक नहीं होगा।'

'अरे बहुत वजन है, भाभी इस पोटली में क्या है ?' बाज ने पोटली उठाकर कहा।

'मेरे गहने, हीरे, जवाहरात और कुछ अशर्फियाँ भी हैं। आनंद के काम आयेंगे।'

'ओह, शुभानअल्लाह ––– ठीक है आप जाकर नाव पर बैठिये––––––'– अचानक बाज की आवाज फँस गयी– 'भाभी आप जल्दी कीजिये। बादशाह के आदमी आ रहे हैं।'

सुजान के रोंगटे खड़े हो गये। उसके पैर जड़ हो गये। क्या आजाद, खुदमुख्तार जीवन उसकी किस्मत में है ही नहीं। पर अब सोचने का वक्त नहीं था। जब तक सुजान ने अपना स्थान ग्रहण किया तब तक बाज ने पोटली नाव पर रख दी। सुजान ने चप्पू चलाने की कोशिश की। पर अभ्यास नहीं था। नाव हिचकोले खाकर रह गयी। अब तक कुछ लोग आ चुके थे। इसलिए बाज को नाव छोड़नी पड़ी। अब इतनी रोशनी हो चुकी थी की सारा नजारा साफ़–साफ़ दिखने लगा था। सबसे आगे कोई भीमकाय व्यक्ति आ रहा था, उसके हाथ में नंगी तलवार थी। बाज भी तैयारी से आया था। उसने लपक कर भाला और अपनी ढाल उठा ली। वह भीमकाय व्यक्ति पास आ गया और गरज कर बोला–'मैं जानता था कि तेरी नजर सुजान पर है। जैसे ही आनंद नामक काँटा हटा तूने अपनी असलियत दिखा दी। तू सुजान को लेकर भाग नहीं पायेगा। अब तो बादशाह ही तेरी खाल में भुस भरवायेंगे।'

'अबे पाशा तेरी ये हिम्मत ?' –कहकर बाज ने भाला उसके पेट में हूल दिया। उसकी तलवार उसके ज़रा भी काम न आयी। पाशा वहीं तड़प कर ढेर हो गया। उसके जो साथी थे। उन्होंने बाज से भिड़ने की कोशिश ही नहीं की वे सुजान को जिंदा पकड़ने के लिए यमुना नदी में कूद पड़े। उनकी संख्या चार थी। निदान बाज को भी यमुना में धँसना पड़ा। बाज ने उनमें से दो को हलाक कर दिया। तीसरा जो सुजान तक पहुँच चुका था, उसे मारने के लिए बाज ने उछल कर भाले का वार किया, पर वार चूक गया। भाला सुजान के पास जाकर गिरा और नाव की तलहटी में धँस गया। पर इस बीच सुजान जो अपनी पोशाक में एक कटारी छुपा कर लाई थी, उससे उसने उस आदमी का काम तमाम कर दिया। आख़िरी

को बाज ने यमुना के पानी में डुबो दिया। बाज भी थोड़ा घायल हो गया था। अपने माथे के पसीने को पोंछते हुए उसने कहा, भाभी आपको नाव चलाना नहीं आता। देर होने से बादशाह के सैनिक भी आ जायेंगे, तब बड़ी मुश्किल होगी। इसलिये मैं भी नाव खेकर आपके साथ चलता हूँ। खतरा दूर होते ही मैं वापस लौट आऊँगा। आगे अल्लाह की मर्जी।'

दूसरा कोई विकल्प था ही नहीं। बाज ने चप्पू संभाले और वह नाव को बीच धार तक ले गया। वहाँ धारा–प्रवाह और हवा का रुख पाकर नाव में गति आ गयी। सुजान के चेहरे पर संतोष का भाव उत्पन्न हुआ। वह आभार प्रकट करते हुए बोली, 'बाज भाई आपका बहुत–बहुत शुक्रिया। इस तरह जाने में मुझे कुछ दिन लग जायेंगे। इसलिए मैं यह पत्र तैयार करके लाई हूँ, इसे सावधानी से अपने किसी विश्वस्त आदमी द्वारा भेजकर अपने भाई तक पहुँचा देना। इसमें मैंने अपने आने का संदेश लिख दिया है। इससे आनंद को सुकून हासिल होगा। मुझे क्या करना है यह तो मैं वृंदावन पहुँच कर ही तय करूँगी और बाज, मैं तुम्हें कभी नहीं भूलूँगी। तुमने दोस्ती का और भाई होने का हक बखूबी अदा किया।'

'भाभी, मैंने कुछ नहीं किया, बस अपना धर्म निभाया है।'

इतना कहकर बाज चुप हो गया। सुजान से भी आगे कुछ कहते नहीं बना। एक घड़ी बीत जाने पर बाज ने कहा, 'भाभी अब आप महफूज हैं, इसलिए मैं चलता हूँ। यह बल्लम जो नाव की तलहटी तक धँसा है, इससे आप कोई छेड़खानी न करिएगा। भाई को मेरा सलाम कहना। खुदा ने चाहा तो अपने भतीजे से मिलने मैं खुद आऊँगा, खुदा हाफिज!' इतना कहकर बाज यमुना में कूद गया। सुजान को कुछ कहने का मौक़ा ही नहीं मिला। उसे जब बोध हुआ तो जोर से चिल्लाई, 'हाँ बाज भाई, मैं जरूर इंतजार करूंगी। अपना ख्याल रखना।'

नाव बाज से दूर होती गयी। अब सुजान ने पतवार संभाल ली और अपने ढंग से मानो अभ्यास करने लगी। मगर बाज का भाला जो नाव की तलहटी में धँसा था, वह बार–बार दिक्कत कर रहा था। बाज

ने उसे न छेड़ने को कहा था पर दिक्कत जब ज्यादा होनी लगी तो सुजान ने उसे निकालने का मन बना लिया। बहुत जोर लगाने पर भाला अपनी फल की जगह से टूट गया और फल पूर्ववत नाव की तलहटी में ही धँसा रहा। पर जोर लगाने से सुजान का संतुलन बिगड़ गया। वह नाव पर गिर पड़ी। इससे नाव में भूचाल आ गया और उसका एक किनारा जोर से सुजान के सिर पर भी लगा। चोट की शिद्दत से सुजान बिलबिला उठी। कुछ देर तक वह गुमसुम पीड़ा बर्दास्त करती रही। कुछ राहत मिलने पर उसने हाथ जोड़कर यमुना मैया को प्रणाम किया और फिर मन ही मन वह कहने लगी, 'माँ आपने ही मुझे आनंद से मिलाया फिर आपने ही बिछोह करा दिया। उसके बिना मेरा जीवन कुछ नहीं था। मैं मर भी जाती तो मुझे अफ़सोस नहीं होता। पर अब जब आनंद का बच्चा मेरे पेट में है। मैं जीना चाहती हूँ। माँ आपसे मेरी एक ही प्रार्थना है कि अगले जन्म में मुझे तवायफ मत बनाना।'

सुजान इतना ही कह पायी थी कि उसे ऐसा लगा मानो उसके पावों में कोई साँप आकर लिपट गया है। उसने चौंककर देखा तो उसकी चीख निकल गयी। नाव की तलहटी में जहाँ बाज के भाले का फल धँसा था वहाँ से यमुना नदी का ठंडा पानी रिसकर धीरे–धीरे नाव में भर रहा था। सुजान पहले तो निराश हुयी फिर उसका मन एकाएक हल्का हो गया।

'माँ, आपकी यही इच्छा है तो फिर यही सही। अफ़सोस है तो इतना कि आनंद मुझे बिसासी सुजान समझकर ताजिंदगी तड़पता रहेगा।' इतना कहकर सुजान ने अपनी आँखें बंद कर लीं। कुछ ही देर में उसके विभोर कंठ से वही सवैया फूट पड़ा, जो उसने बीती शाम आनंद के लिये लिखा था।

'जग छांड़ि उतै हि मिलो सजना घनानंद धार सुजान चली'

-----•••-----

परिशिष्ट

परिशिष्ट

धरती में धसौं कि अकासहि चीरौं

घनानंद सच्चे प्रेमी थे। सुजान को उन्होंने आत्मा की गहराई से चाहा। वृंदावन में उनका अरण्यरोदन कौन सुनता? एकमात्र ब्रजनाथ ही उनकी मनोदशा के साथी थे। सुजान ने ऐसा व्यवहार क्यों किया? उसने घनानंद का पत्र तक फाड़कर फेंक दिया। वह बिसासी सुजान कैसे बनी? यह सब अतीत के पन्नों में धुल गया और इतिहास नहीं बन पाया। वास्तव में क्या हुआ था? यह किसी को ज्ञात नहीं, परंतु इतना अवश्य सच है कि घनानंद की विरह वेदना जो बाद में आध्यत्मिक ऊँचाइयों तक पहुँची, उसके मूल में सुजान थी। राधा–कृष्ण के प्रति घनानंद के भक्ति–रस में परमात्मा से विलग जीव के वियोग का वही हाहाकार सुनाई देता है, जो सूफियों की तड़प और वेदना में दिखता रहा है। तभी वे वहशत में इस तरह का चीत्कार कर उठते हैं –

> अंतर हौं किधौ अंत रहौं –ग फारि फिरौं कि अभागनि भीरौं।
> आगि जरौं अकि पानी परौं अब कैसी करौं हिय का विधि धीरौं।
> जौ धन आनंद ऐसी रुची तौ कहा बस हैं अहो प्रानिनि पीरौं।
> पाऊं कहाँ हरि हाय तुम्हें, धरती में धसौं कि अकासहि चीरौं।[1]

1– सुजान हित / 414

उन पर कोई अपराध सिद्ध हुआ जिसकी वजह से न केवल उनकी नौकरी छिनी अपितु बादशाह मोहम्मदशाह ने उन्हें दिल्ली से निष्कासित भी कर दिया। ऐसी स्थिति में एक पतित और चरित्रहीन अपराधी को कौन गुरु, शिष्य बनाकर अपना मार्ग कंटकाकीर्ण करता। अतः कई वर्ष तक वे राधा–वल्लभ की कृपा पाने के लिए तरसते रहे। ऐसे मौके पर उनके मित्र ब्रजनाथ ने घनानंद की बड़ी सहायता की। ब्रजनाथ स्वयं भी कवि थे और घनानंद की गहराई को समझते थे। उन्हें पता था कि घनानंद के व्यापक पीर की जो गति या हलचल है, वह बाहर से नजर नहीं आती। यह वियोग धीर, प्रशांत और गंभीर है। यहाँ भरत मुनि के बताये गये अधिकांश संचारी भाव प्रायशः मौन हैं। इसीलिये आचार्य शुक्ल कहते है उनकी 'मौन मधि' पुकार है।[1] मधि का अर्थ है मध्य में होने की अवस्था या भाव अथवा सुख–दुःख, स्वर्ग नरक आदि को समान भाव से देखने की अवस्था, क्रिया या भाव। यह सच है कि प्रेम मार्ग का ऐसा प्रवीण और धीर पथिक तथा जबाँदाजी का ऐसा दावा रखने वाला दूसरा कवि नहीं हुआ।

कालांतर में जब घनानंद ने सुजान को राधा–कृष्ण का रूपक बनाकर भक्तिपरक रचनाये कीं और अपने सदाचरण से सबको प्रभावित किया तब गुरुओं ने इनका दामन थामा और वे दीक्षित भी हुए। घनानंद राधा–कृष्णार्पित तो अवश्य हुए पर वे दीक्षित किस संप्रदाय में हुए, इसमें भी बड़ा मतभेद है। लाला भगवानदीन ने उन्हें सखी–संप्रदाय से सम्बद्ध माना है। आचार्य शुक्ल ने इन्हें निंबार्क–संप्रदाय से प्रभावित माना है। श्रीमती ज्ञानवती दरबार ने इन्हें वल्लभ–संप्रदाय के अंतर्गत स्वीकार किया है। डॉ. विश्वनाथ प्रसाद मिश्र के अनुसार घंनानंद प्रेम मार्ग के कवि थे और उन्होंने प्रेम–पंथ से प्रभावित होकर कृष्ण भक्ति को स्वीकार्य किया था। डॉ. मनोहरलाल गौड़ ने भी सखी–संप्रदाय के अंतर्गत घनानंद की भक्ति को स्वीकार किया है। इस प्रकार यह एक बड़ा झमेला है और निश्चित

1– हिंदी साहित्य का इतिहास, रामचंद्र शुक्ल, पृष्ठ 312

2– हिंदी साहित्य का इतिहास, रामचंद्र शुक्ल, पृष्ठ 310

रूप से व्यापक शोध का विषय है। परंतु इतना अवश्य है कि घनानंद के निम्बार्क–संप्रदाय में दीक्षित होने की मान्यता ही सर्वोपरि है।

लोक विश्वास के अनुसार 1739 ई० में नादिरशाह ने जब दिल्ली में मार–काट की। उसी समय वृंदावन में भी उसके सिपाहियों ने उत्पात मचाई। जनश्रुति के अनुसार उन लुटेरे सिपाहियों से किसी ने बता दिया कि घनानंद दिल्ली की बादशाहत में मीर मुंशी थे। इनके पास बहुत संपति है। अतः अगर लूटना है तो इन्हें लूटो। हम गरीबों को मार कर तुम्हें क्या मिलेगा। इतना सुनते ही सिपाहियों ने घनानंद को घेर लिया और उससे तीन बार जर–जर–जर कह कर संपत्ति की मांग की। फारसी भाषा में जर का अर्थ धन–संपत्ति होता है। घनानंद विरक्त साधु थे। उनके लिए जर और रज में कोई अंतर नहीं था। अतः उन्होंने तीन मुठ्ठी धूल जमीन से उठाकर सिपाहियों को रज–रज–रज कहकर देना चाहा। पर उद्धत सिपाही घनानंद का दर्शन क्या समझते ? उन्होंने इसे अपना अपमान समझा। अतः उन्होंने पहले घनानंद के हाथ काटे फिर शरीर के टुकड़े–टुकड़े कर उन्हें बड़ी बेरहमी से मार डाला। कहा जाता है घनानंद ने अपने खून और कटे हुए हाथ से वृंदावन की माटी पर यह अंतिम सवैया लिखा था –

बहुत दिनान के अवधि आस–पास परे।
खरे अरबरनि भरे हैं उठि जान को।।
कहि–कहि आवन संदेसौ मन भावन को।
गहि–गहि राखति ही दै दै सनमान को।।
झूठी बतियानि की पत्यानि तै उदास ह्वैके।
अब न घिरत घन आनंद निदान को।।
अधर लगे हैं आनि करिकै पयान प्रान।
चाहत चलन ये संदेसो लै सुजान को।।[1]

1– सुजान हित (परिशिष्ट) / 54